FOLIO POLICIER

Bernard Mathieu

Otelo

Le sang du Capricorne

Gallimard

© *Éditions Gallimard, 1999.*

Publié par Joëlle Losfeld pour les romans *Un cachalot sur les bras, Jusqu'à la mer* ou *Sous un ciel en zigzag*, Bernard Mathieu est, avec sa trilogie *Le sang du Capricorne* disponible aux Éditions Gallimard, l'un des plus grands écrivains français de roman noir. Les deuxième et troisième volets de cet ensemble ont été respectivement récompensés par le prix du polar SNCF 2000 pour *Otelo* et par le Grand Prix du roman noir français du festival de films policiers 2004 de Cognac pour *Carmelita*.

1

Barreto pleurait et ça le dégoûtait. Il se sentait minable, il se sentait sale, souillé par cette flotte qui lui pissait des yeux, cependant il ne pouvait empêcher les larmes de couler, de ruisseler : une autre et une autre et puis encore, sur ses joues, le long de son nez. Il crispait ses paupières, pinçait la bouche, grimaçait...

Ça servait à rien ! Il était comme un vieux qui retient pas son urine, comme une pouffiasse sans nom qui part en eau, en glaires, pour un oui pour un non !

D'où elle sortait, Seigneur ?... De son cerveau ?... C'est ma cervelle qui jute comme ça ?...

Arrête-toi, Aníbal ! Arrête ça, *puta merda* !

Si quelqu'un s'amenait maintenant, surgissant du dehors, il aurait l'air malin, à chialer comme un veau ! Il avait intérêt à ce que l'autre soit surpris, à ce qu'il ne saisisse pas tout de suite ce que les trois cadavres foutaient par terre... S'il avait affaire à un type vif, à un type qui démarrait au quart de tour, ou bien à une de ces grosses connasses qui se mettent à gueuler avant même de comprendre de quoi il retourne, il était dans la merde !

Comment qu'tu feras pour flinguer un type avec tes yeux chassieux, si c'est ça qu'tu dois faire ?... Hein ?... Aníbal, nom de Dieu !

Il y voyait comme à travers une vitre un jour d'orage. Une vitre noyée de pluie.

Il se demanda quand il avait pleuré pour la dernière fois. Pour la mort de son père, sans doute ! Il y avait combien de ça ? Quinze ans ?... Dix-sept ans ?... Davantage peut-être...

Il se souvint du petit cimetière d'Amarante do Maranhão. Les pierres chaulées des tombes dessinaient un archipel dans les herbes folles du sertão dont les terres couleur de brique, les terres couvertes d'une végétation en loques allongeaient leur détresse sous un ciel haut et vide bien plus loin que les yeux ne pouvaient porter...

On avait creusé un trou pour recevoir son vieux : un trou rectangulaire dans la terre orangée, on avait posé le cercueil à côté et tout le temps qu'avait duré la cérémonie, il s'était inquiété. Tantôt il était persuadé que la fosse n'était pas aux dimensions de la boîte, tantôt il était convaincu qu'elle n'était pas assez profonde pour protéger le mort des bêtes sauvages, des fantômes qui, la nuit venue, rôdaient entre les termitières...

Il croyait encore aux fantômes en ce temps-là, il en devinait, parfois, glissant le long des murs, se faufilant dans l'entrebâillement d'une porte... Des p'tits fantômes tout gris ! Légers comme de la fumée de cigare !

Mieux valait que les fantômes existent pas, *puta merda*, mieux valait que la question soit réglée une fois pour toutes, sinon, d'ici peu, il en aurait trois aux fesses ! Et pas du petit fantôme à la con ; pas du fantôme Luis Duglan ou Chico-mes-couilles, pas des spectres du genre de ces petites crapules qu'on tue sans même réfléchir... Non, des coriaces... des durs...

Barreto poussa du pied le corps de Pedreiro, la masse de chair vibra avec une mollesse torpide.

Les fantômes existaient pas ! C'étaient des conneries de vieilles : des sornettes du sertão que propagent les bouffeurs de serpents...

Le jour où on avait descendu son père dans le trou, il avait pleuré son enfance perdue... à jamais disparue !...

Même si cette période n'avait pas été très heureuse, c'était tout de même un bout de sa vie qu'on avait tranché comme on coupe un bras ou une guibole et qu'on avait enterré avec la dépouille de son père !

Oui, on avait amputé Barreto du gamin qui disait : « *Pai !... Oi pai !... Como vai ?... Bem ?... Tudo bem pai ?...* » Ces bêtises ordinaires qu'on dit sans y penser quand on rencontre son père...

Les mots *pai, papai* étaient morts ce jour-là. Il avait compris que, désormais, le seul *pai* de la famille c'était lui : Aníbal ! Aníbal Barreto... Ça l'avait fait vieillir d'un coup ; ça lui avait fourré subitement dans la carcasse les trente ans et quelques qu'il avait à l'époque !

Ce salopard de Zé [1] était pâle et rouge, nom de Dieu !

---

1. Voir *Zé*, premier volet de la trilogie (Gallimard, coll. La Noire, 1997 et Folio Policier, *n° 345*).

Barreto se frotta les yeux avec colère. Il voulait arracher les larmes, les effacer, les annuler... Le chef de la 2ᵉ délégation de police criminelle du District Fédéral ne pleurait pas, *puta merda* ! Qu'est-ce que c'est que ça ? Hein, Aníbal ? Qu'est-ce que c'est que ce cinéma ?... Chialer comme une femme...

Tout ce rouge autour de Zé, c'était pas son sang qui avait coulé sur le parquet ciré, non, c'était son blouson rouge, soyeux, qui le corsetait d'une auréole pourpre...

Sacré Zé... un blouson de... de quoi au juste ?... De gigolo ?... de frimeur ?... Pas un blouson de flic, en tout cas !...

Le visage de Zé était calme... Il avait l'air serein : fatigué mais serein !

Il avait foutrement turbiné durant ces quatre jours d'enquête ! Barreto l'avait poussé, poussé... Il croyait pas qu'il tiendrait le coup, et pourtant... C'était à cause de sa gueule céleste : sa gueule de type auquel Dieu a fait don d'une beauté quasi surnaturelle... Il aurait été plus avisé de faire modèle, ce con, au lieu de tourner flic !...

Hein, Zé ?... Pourquoi que t'as pas posé pour les magazines ?... T'aurais gagné bien davantage, tu te serais tapé toutes les poules que tu voulais !... J'aurais pas été obligé de te tuer, *puta merda* !... Pourquoi que t'as pas fait modèle, Zé ?... Si j'avais eu ta gueule... putain !... je me serais pas fait chier dans la police, crois-moi !... Ah non !...

Lorsque Saulo avait basculé dans son fauteuil roulant, son flingue avait valsé quelque part et Barreto dut se mettre à quatre pattes pour le retrouver.

Cette saloperie s'était enfilée sous un bahut colonial qu'en dépit de sa force de bœuf il eut du mal à déplacer.

Il essuya soigneusement le Ruger avec un pan de sa veste, s'accroupit près du cadavre de Zé. Toucher le corps du jeune homme lui répugnait mais il dut quand même s'y contraindre. Il ouvrit la main encore tiède : la main de Zé, pas encore la main d'un mort... Il y déposa le pistolet de Saulo, referma les doigts autour de la crosse, appuyant tour à tour sur chacun des ongles pour marquer les empreintes digitales.

Des sanglots convulsifs le secouèrent à nouveau !

Ça repartait, *puta merda* ! Voilà qu'y remettait ça !... Mais qu'est-ce qui lui prenait ?... Y avait quequ'chose de cassé dans sa tête ? Quequ'chose qui marchait plus ?...

Barreto pleurait sans comprendre pourquoi et ça le déroutait. Il ne se sentait pas triste : son âme ne se tordait pas de douleur dans sa boîte crânienne, le remords qui serre la poitrine dans son poing inflexible ne le faisait pas suffoquer...

Pourquoi qu'il se serait senti coupable ?... Hein ?... Il avait trahi personne ! Il avait fait pour le mieux, il avait agi proprement : correctement ! Zé n'avait pas souffert : il ne l'avait pas tourmenté avant de lui envoyer une balle dans le cœur, il l'avait pas emmerdé comme il aurait pu le faire, comme il savait le faire ! Il lui avait juste dit, si son souvenir était bon, qu'il était trop honnête pour le District Fédéral, et ça, c'était indiscutable !

Tel qu'il était parti, Zé allait foutre le bordel partout !...

Ce con était suffisamment intelligent pour savoir que Barreto disait vrai, d'ailleurs il avait pas nié !... Il avait rien dit ; il était resté digne, s'efforçant de regarder ailleurs comme s'il voulait pas gêner le patron, comme s'il voulait pas l'embêter en chargeant ses yeux de reproche...

Oui, il devait reconnaître que Zé lui avait facilité la tâche : il avait été impeccable jusqu'au bout, jusqu'à l'ultime seconde...

Vivant ou mort, Barreto n'avait rien à reprocher à Zé. Rien !... Quel malheur, *puta merda*, qu'il ait dû le tuer !

Il essuya soigneusement le Beretta de Zé et le plaça dans la main de Saulo puis, jugeant que ça faisait un peu trop mise en scène, il l'envoya valser d'un coup de pied sous le bahut où il avait trouvé le Ruger.

Il soupira : quel que soit le nouvel adjoint qu'on lui enverrait, jamais ce serait quelqu'un du calibre de Zé, non, une chance pareille souriait pas deux fois dans une carrière !

Il eut un petit rire désenchanté, s'épongea le visage d'un revers de manche.

Le vieux n'avait pas saigné, pourtant cet abruti de Saulo lui avait tiré en plein dans la poitrine ! Peut-être qu'il était vide à l'intérieur, peut-être qu'il avait jamais été qu'un gros sac de vent et de morgue.

Barreto se pencha sur le cadavre de Pedreiro, il retourna le corps sur le ventre et avisa la bosse du portefeuille dans la poche revolver du pantalon. Il l'ouvrit, en extirpa une imposante liasse de billets de cent réais qu'il fourra dans sa poche d'un geste compulsif.

« T'as plus besoin de fric ! » il marmonna. « Là où tu vas, les bus roulent à l'œil... »

Il se ravisa : s'il ne laissait rien, les autres trouveraient ça bizarre. Il détacha deux billets et les glissa dans le portefeuille qu'il remit en place avant de se relever, laissant le corps de Pedreiro face contre terre. Le premier flic qui ferait les poches du mort faucherait l'un des deux billets, un second flic remplacerait le billet de cent qui restait par un billet de cinquante et ainsi de suite... Lorsqu'on remettrait le portefeuille à la famille, il serait vide ! Tout le monde saurait à quoi s'en tenir, mais les flics n'avaient plus de réputation à sauver depuis belle lurette ! Les riches les traitaient comme des chiens, il était normal, après tout, qu'ils se comportent comme des chiens !

Une onde d'exultation irradia la poitrine de Barreto : lui aussi il était riche maintenant ! Combien avait-il au juste ?... Un million de réais ?...

C'était pas le moment de s'occuper de ça, *puta merda* ! Maintenant il devait s'appliquer à faire croire que les trois s'étaient entre-tués, qu'ils s'étaient flingués les uns les autres ! Comme de bons chrétiens, pouffa-t-il in petto, comme de bons paroissiens...

Il jeta un coup d'œil à l'extérieur. Le soleil commençait à chauffer ! Rien ne bougeait : les pales de l'éolienne piquée sur la colline d'en face étaient inertes. La fazenda était silencieuse. On n'entendait pas une rumeur de bétail, pas un aboiement de chien… Pedreiro l'avait entièrement vidée pour Saulo… Pour qu'il y soit en sécurité.

Il avait sans doute réduit la domesticité au strict minimum pour que personne n'aille bavasser en ville, n'aille se vanter que le fils Pedreiro : Saulo, vous savez, le garçon qui a assassiné Célia, la fille de Seu Aldemir, il y a deux ans, vous vous souvenez ?… Mais si, vous vous souvenez !… Eh bien, il est pas mort comme son père l'a fait croire ! Il a pas brûlé dans sa voiture sur la route de Cristalina. Non ! Pas du tout !

Qui le vieux a-t-il mis dans la bagnole ?…

Comment voulez-vous que je sache ? Y restait plus qu'un bout de charbon tout rétréci… Il aura mis n'importe qui !… Un type qu'il avait fait tuer… Un vagabond qu'il aura fait ramasser par là, ou bien quelqu'un qui le gênait… Quelqu'un qu'il avait choisi au hasard… Quelle importance !… Vous lui demanderez si le cœur vous en dit, si vous avez assez de couilles. Hein ?… Allez l'attendre à la sortie du Sénat et dites-lui : « Excusez, Seu Pedreiro, mais c'était qui ce cadavre calciné que vous avez foutu dans le cercueil, à la place de votre fils ? » En tout cas, le fameux Saulo, eh bien c'est moi qui m'en occupe !… Ne le répétez pas, surtout, Pedreiro vous tuerait !… C'est moi qui en prends soin. Je lui fais sa cuisine, je le lave, je lui fais son lit… C'est un légume maintenant, il est dans une chaise roulante.

Pedreiro leur avait donné congé… Comme il venait passer quelques jours avec son fils, il leur avait proposé d'en profiter pour aller faire un tour…

Barreto sourit : personne ne viendrait, personne ne le dérangerait ! C'était bien : ça lui simplifiait le boulot, ça lui épargnait peut-être deux ou trois meurtres supplémentaires...

Il ricana : le delegado Barreto, commettre des meurtres !... Si quelqu'un lui avait dit ça hier, il l'aurait insulté, il lui aurait sans doute foutu son poing dans la gueule ; et pourtant, il venait d'en flinguer deux ! Le vieux, il était pas à lui, il pouvait pas le revendiquer, mais Saulo et Zé, c'était bel et bien lui, Aníbal Barreto, qui les avait descendus !

Il soupira : il était pas le premier delegado à tirer dans les coins, il serait pas le dernier non plus !...

Il revint au milieu de la pièce, demeura immobile, imaginant ses collègues arrivant sur les lieux : ce connard d'Itamar par exemple, avec ses chemises de gringo, ou cette tête de nœud de Ricardo. Peut-être qu'ils débarqueraient ensemble comme deux abrutis...

D'abord, ils ne comprendraient pas ! Ils se demanderaient qui était le jeune type usé, si extraordinairement émacié, du fauteuil roulant. Il leur faudrait du temps pour convenir que c'était bien Saulo. Saulo qu'était pas mort comme on l'avait cru, ou plutôt comme son père l'avait fait croire... Qui n'était qu'amoché : salement amoché puisqu'il ne marchait plus. Presque mort mais pas mort, même s'il ne restait plus que la carcasse avec un peu de chair autour !

Et le jeune type, là ?...

Celui-là ?... *Puta merda* ! C'est le génie de São Paulo !...

Non, tu déconnes !...

Tous avaient entendu parler de Zé, ils avaient fait des gorges chaudes de sa réputation flatteuse, mais

17

très peu d'entre eux l'avaient aperçu : Barreto l'avait mis sur l'affaire du Gato sans même lui laisser le temps de dormir une vraie nuit !... Plus tard, quand la poussière serait retombée, il insisterait pour que tout le mérite de l'affaire du Gato Cor-de-Rosa revienne à Zé ! Il le devait à sa mémoire ! C'était Zé qui avait deviné que Saulo n'était pas mort, Zé qui avait compris que le fils Pedreiro était le meurtrier de la petite pute du Gato.

Barreto se promit de faire exhumer le corps de la fille. Il commanderait une autopsie et on découvrirait que ce *filho da mãe* de Saulo lui avait bel et bien tiré une balle entre les jambes !

Ça le mettrait mal avec le légiste, mais maintenant que Pedreiro était mort, ce toubib de merde n'avait plus aucun poids !...

Ils penseraient que Zé était venu arrêter Saulo et que ce salopard s'était pas laissé faire... Il lui avait envoyé une balle dans le cœur !

Ça collait pas ! On se demanderait qui avait flingué le vieux. Pas un flic croirait que son propre fils l'avait descendu d'une balle en pleine poitrine ! D'ailleurs, si lui-même n'avait pas été témoin de la scène, il l'aurait pas cru non plus...

Barreto se rendit au râtelier à fusils, il en fit tomber une carabine Remington qu'il poussa du pied jusqu'au cadavre de Pedreiro.

Pourquoi se donnait-il tout ce mal ? Sa mise en scène ne servait à rien, il le savait. Dora s'était suicidée, Saulo était mort, le vieux était mort. Le clan entier était anéanti : personne ne demanderait des comptes. Les héritiers devaient être des parents éloignés...

C'est pas eux qui pousseront à la vérité !... C'est pas eux qui chercheront des noises : ils seront bien trop heureux de ramasser des propriétés qui leur tombent du ciel !... Ils béniront plutôt les assassins !...

Barreto leva les yeux, regarda le plafond comme Pedreiro l'avait fait en appelant son fils. Il grimperait volontiers là-haut pour jeter un coup d'œil dans ce qui avait été la chambre de Saulo, avant que les urubus de la délégation n'arrivent, mais fouiller maintenant serait déraisonnable et puis il n'en était plus là !...

Une onde de chaleur le traversa de nouveau, le faisant frissonner tout entier. Il était riche : Aníbal Barreto était un homme riche !...

Ce fric : ces lingots d'or qui l'attendaient dans le coffre de sa voiture, il les devait à Zé, *puta merda* ! À Zé !... Et il avait dû le tuer !

Une fois encore les larmes ruisselèrent sur ses joues salies de barbe.

Les yeux du jeune mort étaient ouverts. Barreto se pencha sur lui et les ferma avec une tendresse rugueuse. « Repose en paix... », il murmura, avant de bredouiller, plein d'une pudeur honteuse : « *Meu filho.* » Personne ne remarquerait que quelqu'un avait fermé les yeux de Zé... et quand bien même, il s'en foutait !

Avant de quitter la pièce il s'attarda sur l'immense toile, avec des vaches blanches criblées de taches rousses, traversant un gué dans de grandes éclaboussures d'eau cristalline, que Zé avait contemplée lui aussi. C'était un beau tableau : les bêtes avaient l'air vivantes !

Barreto sortit sous un soleil dur. Au moment où il grimpait dans sa Bronco, le cri perçant d'un bem-te-vi retentit près de lui.

Bem-te-viiii...

Barreto chercha l'oiseau et aperçut une silhouette noir et jaune, de la taille d'un poing, perchée sur la branche morte d'un manguier.

L'oiseau avança le cou, poignardant l'air de son bec acéré, pour crier à nouveau : *Bem-te-viiii...*

Un cri long, pointu, qui s'enfonçait dans le crâne, le traversait d'une oreille à l'autre.

Bem-te-viiii... J't'ai bien vu...

Barreto n'aimait pas ce cri ; il ne l'avait jamais aimé, mais ce jour-là il eut envie de prendre son flingue et de tirer sur l'oiseau pour le réduire en un paquet de plumes, de chairs sanguinolentes, d'os brisés.

Bem-te-viiii...

Ouais, tu m'as vu ! Et alors ?... T'es qu'un oiseau !... Un enculé d'oiseau !...

Barreto tourna la clé de contact, le moteur démarra aussitôt. L'oiseau cria une dernière fois *j't'ai bien vuuuu*, puis s'envola, dérangé par le bruit.

2

Barreto arrêta sa voiture à une centaine de mètres de la route fédérale 30. Il devait prendre à gauche et rentrer chez lui mais quelque chose, il ne savait quoi, le faisait hésiter, lui disait de prendre à droite et de filer, filer...

Passe Formosa !... Mets le cap à l'est ! Enfonce l'accélérateur, *meu filho*, jusqu'au plancher !... Jusqu'à Barreira, Salvador, Fortaleza !...

Les gosses étaient à l'école à cette heure, Lene serait en train de faire les lits, de briquer la maison... Lene... S'il profitait de ce qu'elle était baissée pour lui caresser l'entrejambe, elle l'enverrait balader !... Elle lui dirait que c'était pas le moment, qu'elle aimait pas baiser tant qu'elle avait pas fait son ménage et s'il insistait, s'il la renversait sur le lit, remontait sa jupe sur son ventre pour enfourner son machin dans sa fente sombre, elle regarderait le plafond, d'un air ostensiblement résigné, en attendant qu'il décharge son foutre...

Non, il baiserait pas Lene, c'était pas une bonne idée, même s'il avait besoin, après avoir flingué deux types, de se persuader qu'il était vivant, que la vie continuait avec ses rituels usés forgés par quinze ans de mariage : ne pas marcher sur le carrelage qu'elle venait de laver avant qu'il soit sec, ne pas claquer la porte du frigo, ne pas sortir ses nichons du soutien-gorge pour tirer sur les bouts, visser le bouchon du tube de dentifrice, ne pas laisser traîner son linge sale sur le lit...

Il allait rentrer, il pendrait une douche, changerait de slip, passerait son pantalon de survêtement, un tee-shirt qui sentait le propre, il attraperait une Brahma bien fraîche dans le bac inférieur du frigo et il irait la boire dans le hamac suspendu sous la véranda en racontant une nuit imaginaire : une nuit qu'il inventerait pièce à pièce et que Lene écouterait d'une oreille en briquant la maison.

Il avait tellement de nuits en mémoire... De quoi écrire une novela pour la Globo qui durerait dix ans, avec un épisode différent chaque soir... Dix ans, *puta merda* !

Il se sentit vieux, patiné par tous ces crimes qu'on lui avait fourrés entre les pattes en lui disant de se démerder, toutes ces combines auxquelles il avait été mêlé, parfois à son corps défendant. Ici le pouvoir pesait si lourd que tout le monde se foutait bien de la volonté d'un flic, fût-il delegado...

Il boirait sa bière et puis peut-être une autre, si elle avait pas oublié d'en acheter... Elle prétendait qu'elle oubliait mais, en vérité, elle jugeait qu'il buvait trop, que la bière coûtait trop cher !...

Les mêmes vieux reproches, les mêmes vieilles rengaines...

Rouler vers l'est, *puta merda* ; rouler, rouler jusqu'à la mer, jusqu'à la plage... Faire le con sur le sable avec la Bronco, faire gicler l'eau avec les roues et puis emballer les filles. Quand on a une belle bagnole, quand on a du pognon, de la *grana*, les filles regardent pas à l'âge, elles se foutent qu'un type ait de l'estomac, qu'il s'empâte...

Les filles, *meu filho* : des *gatas* comme celles qu'on voit sur les plages de Rio, presque à poil, dorées comme des empadinhas, avec des petits nichons bien ronds, haut perchés, accrochés presque sous le menton !.... Des filles avec des culs comme des cœurs renversés, des culs rayés d'une ficelle qui les sépare en deux moitiés, des filles vêtues d'un petit cordon qui souligne la taille et de quelques triangles pour signaler les endroits qu'elles devraient cacher...

Des filles de vingt ans...

Combien de jours s'écouleraient avant qu'on prévienne ces connards de la délégation ?... Deux ?... trois ?... Il ne devait pas broncher, ne donner aucun signe qui pourrait laisser soupçonner qu'il savait ce qui s'était passé à la fazenda Pedreiro...

D'abord il resterait chez lui toute la journée pour se reposer : il s'était suffisamment crevé la paillasse durant ces derniers jours, il y avait droit ! Il ne se rendrait que demain à la délégation, il demanderait après Zé. Costa est pas passé ?... Vous l'avez pas vu ? Il doit dormir à poings fermés... Après tout, il l'a bien mérité !... Ce genre de questions dont ils se rappelleraient plus tard, qu'il se chargerait de leur rappeler si jamais leur cervelle faiblissait !

Au bureau, il flemmarderait en écrivant le rapport sur le suicide de Dora, il se plaindrait qu'il en avait plein les bottes... Il pousserait un ou deux coups de gueule contre les feignants qui foutaient jamais rien, contre les crédits qu'arrivaient pas, les bagnoles fusillées qu'on leur fournissait au compte-gouttes... Comme d'habitude, quoi, comme toujours...

Il bâilla longuement, largement, il bâilla jusqu'au sternum, bâilla jusqu'au nombril, essuya du pouce les larmes qui perlaient aux commissures de ses paupières.

Vers midi, il dirait à Lene qu'il devait passer à la délégation et il irait chez Zulma, nom de Dieu : il l'enfilerait jusqu'à la glotte !

Il constata qu'il bandait.

Zulma !...

Elle avait la *boceta* la plus onctueuse, la plus beurrée qu'il ait jamais fourrée et quand il se vautrait sur elle, comment dire... il avait le sentiment de se coucher sur une tartine : une épaisse et moelleuse tartine de miel !

Elle le faisait jouir comme un âne, avec des braiments de baudet, mais elle était trop grosse, *puta merda* ! Elle se soignait pas, s'arrangeait n'importe comment !... Si elle avait été présentable, sortable, il l'aurait échangée contre Lene depuis belle lurette ! Mais s'il s'amenait avec ce monument au club de la police, il aurait pas fini de les entendre ricaner !... T'as vu Barreto ?... Il promène sainte Gélatine !... T'as harponné une baleine, delegado !... D'où qu'elle sort, cette grosse-là ?

Un de ces jours, il débarquerait au club avec une fille qui les laisserait tous gueule béante. Une fille avec des longs cheveux, une bouche à faire fondre les pierres, une fille qui les couperait en deux, qui les laisserait déchirés : du front à la braguette !

Quand, Barreto ?...

Bientôt !

Quand bientôt ?...

Bientôt bientôt !

Fous le camp, attends pas : les filles sont au bout de la route ! Elles frétillent, elles gigotent, remuent leur derrière dans une samba qui grésille, une samba qui va, qui vient : samba qu'en finit pas !... T'as les lingots dans ton coffre, t'as besoin de rien d'autre !

J'peux pas partir comme ça, sans savoir, sans avoir rien préparé ! À qui je vendrai mon or ?

N'importe qui te l'achètera ! Tu préfères retourner là-bas, endosser ta vieille défroque de mari, de père, de delegado ?...

Le temps de m'organiser...

T'as peur, Barreto : t'as la trouille de sauter dans le Grand Inconnu ! C'est ça la vérité !

Partir maintenant ça serait avouer !...

Ça serait disparaître : c'est pas la même chose ! Ils penseront qu'on t'a tué, qu'on a jeté ton corps quelque part... Pas mal d'entre eux se réjouiront à l'idée que t'es plus qu'une charogne pourrissante ! Ça fera rigoler cette loque de Beto que t'engueulais à longueur de journée ; ce grand con de Ricardo s'assoira sur ta chaise en allongeant les jambes jusqu'à l'autre bout du bureau !.... Qui te regrettera, qui éprouvera, non pas du chagrin, faut pas trop en demander, mais de la peine ? Un peu de compassion à la pensée qu'on t'a troué la panse ?

Itamar ?... Itamar, tu crois ?... Laisse-moi rigoler !

Un gros pick-up rouge sombre qui passait sur la BR 30 ralentit et Barreto crut qu'il allait virer et prendre la piste de terre conduisant à la fazenda. Il porta instinctivement la main à son holster mais la voiture poursuivit sa route et il comprit que le conducteur ne s'était pas rendu compte que la Bronco était arrêtée : il avait redouté qu'elle ne déboule pour lui couper le chemin et avait ralenti.

Il ne fallait pas tenter le destin trop longtemps : la prochaine bagnole pouvait venir à sa rencontre et personne ne devait témoigner que le delegado de la 2e DP était allé à la fazenda Pedreiro !

Barreto embraya.

Il se donnait vingt-quatre heures pour réfléchir. Demain, l'avenir serait clair ! Il serra le volant dans ses grosses mains de bœuf et cria de toutes ses forces. Son cri, long, inarticulé, violent, disait que le delegado Barreto était mort ! À sa place venait de naître Seu Barreto : un homme riche de soixante-dix, peut-être même quatre-vingts kilos d'or ! Un homme auquel le monde appartenait !

L'air chaud lui fouettait le visage, lui arrachait des larmes. Il les baiserait tous, nom de Dieu ! Tous !... Ils l'avaient pris pour un con, ils l'avaient humilié, ils avaient essuyé les semelles de leurs godasses sur sa figure en lui demandant quel effet ça faisait, lui ordonnant de répondre que c'était bon, qu'il en voulait encore, de la boue, de la merde, qu'il était corrompu jusqu'à l'os, jusqu'à la moelle, qu'il ne méritait de vivre qu'à condition de leur lécher le cul !...

Maintenant il tenait sa revanche ! Il avait toujours su que son heure viendrait : celle où il pourrait leur dire d'aller se faire foutre, où il serait en mesure de leur cracher son mépris à la gueule.

Quel dommage qu'il n'ait pas flingué Pedreiro lui-même ! Oh, Bon Dieu, qu'il aurait joui en appuyant sur la queue de détente !

Il se souvenait de la face de poisson que le sénateur avait faite lorsque Saulo lui avait tiré, à bout touchant, dans la poitrine : Saulo, son fils, chair de sa chair, sang de son sang ; Saulo que Pedreiro avait soustrait à la vengeance de Seu Aldemir, le père de l'adolescente assassinée : un type riche, qu'avait les moyens de s'offrir un excellent tueur ! Saulo à qui il avait épargné l'infamie d'un jugement, qu'il avait protégé des flics comme lui : Barreto, rapaces et sans limites ! Saulo dont il avait bourré le cercueil inoccupé de lingots d'or pour qu'il ait toujours de quoi prendre la fuite en cas de malheur : au cas, par exemple, où l'écorce de son cœur de sénateur s'ouvrirait sur une chair d'un rouge vineux, fusée comme du vieux caoutchouc par un abus de viande, de graisse, un excès de whisky, lassée par le tourment d'une cupidité harassante, sans qu'il ait eu le temps de préparer la fuite de ce fils esquinté, de ce fils abîmé mais tout de même chéri, à l'étranger ou bien loin, profond, dans un bled oublié de l'intérieur des terres, avant qu'il ait pu lui procurer l'argent nécessaire au confort d'un infirme !

De l'or, *meu Deus*, et non pas des billets que ces saloperies de bêtes qui vivent dans la terre auraient bouffés, auraient réduits en chiures ! Que les bêtes qui vivent dans la terre soient bénies ! Les soixante-dix ou même les quatre-vingts kilos d'or du sénateur, ils étaient dans le coffre de sa Bronco ! Ils étaient à lui !... À lui !

Deux jeunes filles attendaient le bus à l'arrêt de Sobradinho : deux collégiennes en chemisier blanc, en jupe courte bleu marine, deux jeune filles pimpantes, l'une blanche l'autre *mulata*, dont les lèvres étaient peintes d'un rouge éclatant et luisant.

Barreto les salua de la main.

Bientôt, ces deux-là, il les dénuderait comme on pèle une banane !

Des collégiennes, tu crois ?...

Pourquoi pas ? Quand on a du fric, tout est possible... Je me les taperai ensemble ! J'ai toujours rêvé de m'en faire une paire bicolore. Je me les cognerai en sandwich !

Il rit.

Je m'offrirai un sandwich avec seulement le jambon... Il fit le geste de balancer le pain par la fenêtre. Quatre beaux jambons, nom de Dieu, deux blancs deux noirs !

Il bandait encore lorsqu'il ralentit pour prendre l'Axe central qui coupe le Plan Pilote en deux.

Dommage que pour avoir cet or il ait dû flinguer Zé !...

Il pouvait pas faire autrement ! Ce con aurait pas accepté de partager, d'ailleurs lui non plus il aurait pas voulu !... Il avait trop attendu : cet or, il l'avait déjà payé dix fois de toutes les misères qu'il avait endurées !...

Zé aussi en un sens : avant d'entrer dans la police, il avait connu l'abandon, la rue...

Zé était jeune ! Sa vie était à peine éclose : il avait pas eu le temps de connaître grand-chose, il avait pas grand-chose à regretter !...

Pas grand-chose, tu parles ! La veille de sa mort, il s'était quand même farci la fille Pedreiro ! Si un morceau pareil c'était pas grand-chose, plus rien ne valait rien !

Toi, Barreto, dans toute ta putain d'existence, tu t'es jamais tapé une fille de ce calibre !

Il avait pas la gueule de Zé ! Il n'était qu'un type ordinaire, un type épais et modeste, même si ses pourboires lui avaient permis de s'offrir une Ford Bronco ; un type qui ne pouvait guère espérer davantage qu'une femme comme Lene qu'était souvent revêche, une maîtresse comme la grosse Zulma, moche comme un derrière d'éléphant...

Tout ça allait changer ! *Puta merda !* La mouise, c'était fini !

Au bout de l'Axe monumental, la Ford vira à gauche puis à droite, un peu plus loin, pour entrer dans Guará.

Regarde bien, Barreto ! Mets-t'en plein les yeux, grave ça dans ta mémoire parce que c'est la dernière fois que tu vois la maison, le quartier, les immeubles...

C'était pas si mal, c'est pas le cul du pays, ni même celui du District Fédéral, mais c'est fini ! Demain, après-demain, bientôt ça sera la grande vie : villa, piscine, parc... les hôtels de luxe !

Dans le rectangle ombreux de la fenêtre, rayé par les barreaux de la grille, il aperçut Lene, courbée en deux, occupée à briquer. Elle se redressa en entendant la voiture s'arrêter devant la maison. Barreto la salua de la main, elle ne répondit pas, retournant à son carrelage, aux taches qui voulaient pas partir, à la sueur qui lui mouillait le front.

L'indifférence de Lene contraria Barreto. Il marcha jusqu'au kiosque à journaux de Seu Ernesto, acheta *O Globo* et l'ouvrit aussitôt pour chercher le cours de l'or. Il feuilleta longuement le journal sans rien trouver : *O Globo* ne publiait pas ce genre d'information parce que ses lecteurs se tamponnaient du cours de l'or comme de leurs premières couches ! Le seul or qu'ils auraient jamais c'était celui qu'on leur collerait sur les dents de devant, le jour où elles commenceraient à vouloir se débiner, et encore, il y avait de fortes chances pour qu'ils ne puissent pas s'offrir une couronne, qu'ils ne puissent même pas se payer le dentiste, qu'ils se soignent, lorsque la douleur leur tarauderait la tête, au clou de girofle et à la cachaça en priant le ciel que cette saleté de dent se déchausse en vitesse. Ça leur ferait le sourire 101, puis le sourire 1001 et pour finir, le sourire millionnaire quand ils n'auraient plus, sous leurs lèvres flétries, que les bourrelets tuméfiés de leurs gencives nues !

Il acheta la *Folha de São Paulo*. Seu Ernesto lui jeta un regard suspicieux comme si Barreto s'était emparé de l'un de ces magazines porno qu'il avait maintenant le droit de vendre et qui le faisaient rougir chaque fois qu'il les plaçait dans les rayons.

Barreto éplucha la *Folha* avec une espèce de dégoût respectueux. C'était pas son journal : il ne comprenait rien à ce qui était écrit là-dedans ; ça parlait d'un autre monde, de choses qu'il ignorait, de gens qu'il ne connaissait pas, qui occupaient leur vie d'étrange façon, cultivaient de curieuses manières, qui parlaient comme des… Comme quoi au juste ? Il ne savait pas.

Peut-être que Zé aurait su ? Lui, Barreto, n'avait pas fait l'école des flics de São Paulo : son grade de delegado, il l'avait obtenu dans la rue, dans les coulisses du pouvoir ! Là où on se salit, *puta merda* ! Là où on se fait crever la panse, des fois, si on sait pas y faire !

Il trouva enfin une page couverte de chiffres minuscules : des chiffres nombreux, serrés, qui parlaient à des types qui vivaient le cul dans un fauteuil mais pas à lui, non, pas à lui !

Il tendit le journal à Seu Ernesto et demanda, d'une voix hésitante, humble, qu'il lui dise le cours de l'or parce qu'il n'avait pas ses lunettes. Le marchand de journaux tourna deux pages et répondit presque aussitôt que le gramme d'or était à douze zéro un.

« Qu'est-ce que vous maquillez, delegado ? » il marmonna, tandis que Barreto s'éloignait. « Vous envisagez de vendre votre alliance ? Vous avez fauché le butin d'un voleur et vous vous demandez combien ça vaut ? »

Un kilo, comptait Barreto, en retournant chez lui, ça fait combien un kilo ?... Ça fait douze mille réais ! Et soixante-dix kilos ?... Ça ne lui plaisait guère de laisser l'or dans la voiture, mais s'il le transportait chez lui, Lene lui demanderait ce que c'était et il ne voulait pas qu'elle sache ! Il n'avait pas l'intention de l'emmener avec lui, alors, pas plus que quiconque, elle ne devait connaître son secret !

Lorsqu'il s'étendit dans le hamac, après avoir pris sa douche, le torse serré dans un tee-shirt qui sentait bon, une Brahma glacée à la main, Barreto calcula combien faisaient quatre-vingts fois douze mille réais... Ça devait faire presque un million, *puta merda* ! Il dut se retenir pour ne pas crier à cette garce de Lene qui l'avait envoyé balader quand il lui avait passé la main entre les cuisses : Lene !... Lene, j'ai un million ! Tu viens d'envoyer chier un type qu'a un million, Lene !... Quel effet ça te fait ?...

3

Si j'en ai soixante-dix kilos et pas quatre-vingts, il comptait, à douze zéro un le gramme ça ferait dans les huit cent quarante, huit cent quarante et un...

C'est pas pareil, il se rongeait : pas pareil du tout ! Ça fait une foutue différence !...

Il éprouvait de l'amertume, de la colère, comme si quelqu'un lui avait pris cent vingt mille réais, lui avait volé une part de sa fortune : dix kilos d'un or hypothétique qui allaient et venaient dans ses projets, dix kilos de rêve qu'on lui aurait fauchés !... Comme une jouissance empêchée !

Il se tourna du côté du mur, sans doute pour la dixième fois, et le sommier fatigué grinça sous son poids. Pour la dixième fois !

Lene gémit dans son sommeil mais ne se réveilla pas et Barreto la maudit de dormir si profondément, si sereinement alors que lui se débattait, comme toujours, comme de trop nombreuses nuits en tout cas, à ruminer des problèmes de fric... Sauf que cette fois, c'était pas le lendemain qui était en cause, ni même la fin du mois ! C'était sa vie, nom de Dieu ! Sa vie tout entière : sa vie à lui !

Faut pas se mettre martel en tête, il se raisonnait ; j'en ai peut-être soixante-quinze kilos et pas soixante-dix... Si j'en ai soixante-quinze, ça fera huit cent quarante plus soixante. Neuf cents !...

Il espérait un million ! Il voulait se voir millionnaire en vrais billets comme dans les films à la télé !

Qui aurait parié là-dessus ? Qui aurait prédit : un jour, ce garçon sera millionnaire ?... Personne, *puta merda* !... Pas un chat ! Son vieux aurait pas misé un clou là-dessus ! Ça l'aurait fait ricaner !

Aníbal ?... vous voyez Aníbal riche ?... Qu'est-ce qui vous arrive ?... Vous avez bu trop de cachaça ?... Aníbal sera comme moi, il aura pas un rond !... Pourquoi ?... Elle est bien bonne celle-là !... Parce qu'il sera honnête !

« Y a deux façons de devenir riche », pérorait le père de Barreto devant la famille rassemblée à la table du dîner, « pas trente-six : deux ! » Et il sommait l'un des enfants de réciter. « Être un inventeur génial et chanceux ou bien un grand voleur ! » ânonnait le gamin.

Le vieux les prenait à témoin : « Vous avez vu vos têtes ?... » Tous plongeaient le nez dans leur assiette. « Toi, Aníbal, tu crois que t'as une gueule de génie ? »

S'il avait dit oui, il aurait pris une baffe, alors il se taisait, tâchant de ne pas rater sa bouche en enfournant le chuchu ou l'abóbora que sa mère avait cuisiné ce soir-là.

« T'as une tête d'abruti, Aníbal !... T'y peux rien, c'est vrai : c'est ta mère et moi qui sommes en cause et avant nous tes ancêtres ! Les lignées de crétins qui se sont conjuguées pour nous faire ce que nous sommes !... C'est comme ça : la vie est chienne ! N'empêche que, pour votre malheur, vous avez bel et bien des gueules de demeurés !... »

À chaque fois, la bile lui montait à la tête, lui saturait les circonvolutions de la cervelle !

« Afonso !... », suppliait la mère. « Je t'en prie, Afonso...

— Je les prépare à la vie, Elisa, faut bien que quelqu'un leur dise !... Vous aurez une vie de crétins ! » il poursuivait, de plus en plus échauffé, de plus en plus perdu dans sa rancœur, « tous autant que vous êtes ! Mais de crétins honnêtes, comme votre père, parce que le premier qui cherche à faire voleur, je lui fiche moi-même une balle dans la peau ! »

Il égrenait la liste des compromissions misérables dont il avait été le témoin durant la semaine, le mois qui venaient de s'écouler, puis il régurgitait les grosses histoires, vieilles de dix ans, qui lui restaient sur l'estomac. Ce salopard d'Izalco qui avait foutu le camp avec la caisse de retraite des fonctionnaires du Plan, cette petite crapule de Morris qui avait financé la construction d'un immeuble de bureaux avec le fric prêté par les Américains...

« Tu te fais mal ! » pleurnichait Elisa de sa voix couinante de rate maladive, « c'est pas bon pour ton cœur ! »

Elle avait peur qu'il claque avant le dessert, qu'emporté par la colère il plante là sa tribu pour s'en aller, maussade et seul, baguenauder chez les défunts.

Toute sa vie, il avait occupé un poste de fonctionnaire minable de l'État du Maranhão. Minable et cependant honnête. D'une honnêteté crasse, aveugle, d'une honnêteté de brute. C'est d'ailleurs parce qu'il était honnête au-delà du raisonnable qu'on l'avait choisi, entre des centaines de candidats, pour ce poste de secrétaire du gouverneur chargé des affaires spéciales : un poste qui le mettait au courant des cent mille arnaques, escroqueries, entubages, magouilles, filouteries, vols, fraudes, entôlages, tricheries ! Oui, il connaissait les coups foireux, les coups bas, les coups tordus, il savait tout des carambouilles qui se tramaient dans l'État et, fidèle à la parole donnée, n'en disait rien.

Sa probité faisait rigoler. Afonso…, se gaussait-on, on peut tout lui dire, tout lui confier, il dira rien… On lui grillerait les pieds, on lui hacherait les testicules, il dirait toujours rien… On peut même le payer à coups de lance-pierres, il réclame pas !

Afonso Barreto estimait que ses maigres émoluments étaient une manière de châtiment en retour de sa complicité silencieuse. Il refusait même les cadeaux en nature : une bagnole d'occasion dont plus personne ne voulait, un verrat maigre comme un clou, au seuil de la mort ! Tu veux pas un cochon, Afonso ?… Un cochon de reproduction avec des couilles comme mes deux poings ?… Il voulait pas.

Afonso l'incorruptible !

Quand il avait bu un coup de trop, les ascensions fulgurantes dans le panthéon local des richesses indues dont il avait été le témoin impavide le faisaient dérailler. « Si j'avais de l'or… », il bramait, les yeux exorbités, « si j'avais de l'or… »

Il ne disait jamais ce qu'il ferait de cet or aussi mythique qu'hypothétique : un verrou devait se fermer dans son cerveau et son rêve inavouable en restait à cette incantation hallucinée : « Si j'avais de l'or... »

Tout connard, tout rustre qu'il était, Barreto avait compris qu'en vérité, son vieux aurait aimé être malhonnête : oui, il aurait voulu faucher, lui aussi, dans les caisses de l'État, échanger sa signature contre des valoches de pognon, des sacs de pèze, des quantités de flouze, seulement il osait pas ! Il pouvait pas ! C'était comme une maladie dont il avait hérité, que ses vieux lui avaient transmise : tu ne voleras point ! Ça l'avait ligoté. Il en devenait fou.

Barreto se retourna sur l'autre flanc.

Lene poussa un soupir d'exaspération. Elle marmonna qu'elle en avait marre qu'il frétille comme une sardine dans la poêle. D'autant qu'il était pas léger, le salaud ! Quand une masse pareille remuait, ça se sentait !

« Je dors pas ! » il grogna. « J'y peux rien, je dors pas...

— Pourquoi tu vas pas dans le hamac ? » suggéra Lene, la bouche empâtée de sommeil.

Le hamac !... Elle manquait pas de souffle, celle-là ! « Pourquoi que j'irais dans le hamac ?... Pourquoi que t'irais pas, toi, si j't'e dérange ?... »

Lene bredouilla quelque chose d'incompréhensible.

Il était chez lui ! *Puta merda !*... C'était lui, avec sa solde de flic, qu'avait payé cette saleté de baraque !

Il se retourna rageusement du côté du mur, histoire d'affirmer son droit à faire ce qu'il voulait dans ce lit qui lui appartenait ; mais Lene, cette fois, ne moufta pas.

Une voiture passa dans la rue et le pinceau de ses phares, éclaté par les fentes des persiennes de fer, se promena dans la pièce.

D'un coup de poing Barreto bourra l'oreiller contre le mur pour rehausser sa tête. Il était tellement crevé, tellement excité qu'il ne pouvait pas dormir. Son dos était dur, sa nuque lui faisait mal...

Peut-être que s'il tirait un coup, ça casserait cette tension ? Il se retourna encore, remonta la chemise de nuit sur les fesses de Lene qu'il caressa d'une main machinale. Elle ne réagit pas, ne bougea pas davantage qu'un sac de farine.

Elle le laisserait se démerder seul, ne l'aiderait en rien : il devrait se livrer à une gymnastique laborieuse, décourageante, pour lui ôter sa culotte... Au début, ça l'excitait cette inertie de morte qu'elle opposait à son désir, mais il l'avait fait si souvent qu'à la longue le plaisir s'était usé...

Pourquoi ne le prenait-elle pas dans ses bras, pourquoi ne le berçait-elle pas contre sa poitrine ?... Il avait envie qu'une femme inconnue l'aime, lui chuchote des mots d'amour...

Et Lene, cette garce de Lene, elle lui conseillerait plutôt d'aller se faire foutre, d'aller au diable, sa bite sous le bras !... Peut-être qu'elle avait raison... Peut-être qu'il ferait mieux de sortir, de boire une bière dans le hamac en attendant le jour ?

Barreto se leva, passa son pantalon, attrapa une Brahma dans le frigo. Il en restait encore quatre : de quoi, en y allant doucement, attendre l'ouverture du bar de Jacinto !

Il sortit, pieds nus, sur le dallage, se gratta longuement l'entrejambe qui le démangeait parce que, ces derniers temps, il était resté assis longtemps dans sa bagnole.

Toutes les maisons alentour étaient obscures. Ça roupillait dur, ça roupillait ferme, ça roupillait à toute allure, comme pour un grand prix de Formule 1 !

Pourquoi qu'il pouvait pas dormir, *puta merda* ?... Pourquoi qu'il était obligé de rester éveillé comme un damné, comme une âme en peine du purgatoire alors que les autres en écrasaient si furieusement, si délicieusement ?... C'était pas juste !...

T'as tout de même descendu deux types dans ta journée, mon grand... Y a de quoi mettre les nerfs en pelote, pas vrai ?...

Dieu lui était témoin que le fils Pedreiro méritait cent fois sa mort ! Il regrettait pas de l'avoir flingué, non, mais Zé !... L'assassinat de Zé lui restait sur la patate...

C'était le prix !... C'était tous les trois ou personne !... Au fond, si on cherche à comprendre, c'est les deux autres qui ont tué Zé : les Pedreiro ! Toi, t'étais que la main du destin. L'exécuteur comme on dit à la télévision : celui qui fait le boulot, le type qui se salit les mains...

S'il pleuvait, si seulement le ciel crevait, ça apaiserait cette tension qui lui raidissait le dos.

Il pleuvrait pas : pas cette nuit, ou alors trop tard...

Barreto déverrouilla le portillon, fit quelques pas dans la rue. Il marchait silencieusement, s'envoyant, de temps à autre, une rasade de bière.

Pour la première fois depuis qu'il habitait Guará,

il constatait avec surprise que toutes les maisons, sans exception, étaient encloses de hautes grilles, aux barreaux épais, pour se défendre des voleurs, des rôdeurs, des innombrables criminels qui, la nuit, disputent les rues aux spectres, aux fantômes.

Ouais, les maisons du quartier ressemblaient à des cages du zoo… Barreto se mit à rire : tandis qu'il se promenait, ses voisins dormaient enfermés.

Comme des animaux, pensa-t-il, comme des bêtes !…

Il éprouva un sentiment grisant de liberté, d'aisance, de légèreté. L'enfermement dans lequel il avait vécu, lui aussi, était terminé ! Il ne rentrerait plus jamais dans la cage ! L'or lui avait donné la clé des champs !

Combien avait-il au juste ?…

C'était le moment ou jamais de le savoir. À cette heure profonde, personne ne verrait, nul ne surprendrait son secret.

Il termina la Brahma, balança la bouteille loin devant lui, écouta, avec satisfaction, le bruit de verre brisé qui ponctua sa chute, puis il retourna sur ses pas.

Six allers et retours furent nécessaires pour transporter l'or de l'arrière de la Bronco jusqu'à l'appentis où Lene élevait les poules, non pas que ce fût trop lourd, mais les lingots, cousus deux par deux dans la toile de jute, étaient malaisés à trimbaler.

Trop occupé à peser son or avec la vieille balance romaine que Lene tenait de son père, Barreto n'eut pas conscience qu'on l'observait par la fenêtre de la cuisine, il ne vit pas la tache pâle que faisait le visage dans le rectangle obscur : un visage d'adolescent.

Ça lui prit longtemps de tout peser parce que les anses du sac de plastique qu'il avait suspendues au crochet, au bout du bras de la balance, ne résistèrent pas au poids du premier lingot qui lui tomba sur le pied. La douleur le cassa en deux et il se retint pour ne pas crier. Il massa longuement son pied endolori en se réjouissant, à travers la souffrance qui remontait le long de sa jambe, que cette saloperie qui l'avait esquinté soit aussi lourde, ce qui promettait quatre-vingts kilos, et peut-être même davantage, au lieu des maigres soixante-dix qu'il redoutait...

Il inscrivit le résultat de chaque pesée sur le mur en rayant le crépi de la pointe d'un clou de charpentier.

Le total faisait quatre-vingt-douze kilos !

Puta merda : quatre-vingt-douze et pas soixante-dix comme il l'avait imaginé !

Il aurait voulu gueuler sa joie, sa délivrance, s'asseoir sur son cul au sommet d'une montagne et gueuler ; gueuler interminablement qu'il était Barreto, qu'il était riche, que, s'il voulait, il pourrait s'envoler et puis planer, entre Grande Ourse et Voie lactée, et leur chier sur la tête à ceux d'en bas qui se demandaient ce que foutait là-haut, au milieu des étoiles, le delegado Barreto qu'était si balourd avec son envergure de bœuf, si plouc, qu'avait de si grosses paluches !

Il monta ses bras en candélabre à hauteur des épaules, brandit les poings à hauteur de ses oreilles dans un geste de triomphe et le garçon, dans la cuisine, se demanda si son père était pas devenu dingo à faire de la gymnastique en plein dans le ventre de la nuit. Il pensa qu'il était saoul, qu'il avait vidé toutes les bières du frigo : c'était l'ivresse qui le faisait danser, se dandiner, dans les ténèbres épaisses du cagibi à poules comme un ours polaire.

Barreto rapporta l'or en boitant dans la voiture, jeta sur le tas de lingots une couverture qui traînait à l'arrière en se disant qu'il devrait aménager une meilleure cachette. Tous les voyous, tous les filous, toutes les crapules, grosses et petites, du district fédéral savaient que cette Bronco bleu électrique était la sienne et aucun n'oserait y toucher, mais au-delà, passé la frontière avec l'État de Goiás, avec celui du Minas, sa réputation de type avec lequel on ne s'amuse pas ne lui servirait à rien. Il alla prendre une autre bière dans le frigo, se laissa tomber dans le hamac, appuya la bouteille glacée contre sa joue pour rafraîchir sa tête incandescente.

Il pourrait se rendre au bureau tout à l'heure, gueuler après les feignants, demander après Zé, griffonner un rapport sur le suicide de Dora... Rien ne s'opposait au plan qu'il avait échafaudé : rien ! Sauf qu'il pouvait plus attendre !

Il supportait plus cette maison enchâssée dans le bord de rue comme celles du voisinage, dont il s'était moqué, par une ceinture de grilles épaisses ; il pouvait plus encaisser Lene qui se foutait de lui, les gosses qui ne lui obéissaient que parce qu'il leur fichait la frousse, le débraillé de la grosse Zulma : le foutoir de sa chambre, celui de son ventre !...

Les types de la 2e DP lui sortaient par les yeux : ce grand con de Ricardo, jaune, filandreux, cette loque de Beto... Même Itamar, qu'était pourtant le moins fripouille de la bande, l'imbécile le moins lourd, il pourrait plus le fréquenter ! S'il retournait là-bas, ne fût-ce qu'une journée, il ferait une connerie !

Il avait trouvé la vérité qu'il cherchait depuis qu'il avait quitté la fazenda Pedreiro : le delegado Barreto avait besoin de vivre !... C'était ça la vérité ! Pour vivre, il lui fallait partir : à l'instant, sur-le-champ !

Il termina sa bière sans reprendre souffle, alla se soulager contre la baraque aux poules. Lene gueulerait en sentant l'odeur de pisse, ouais, Lene gueulerait !... Et alors ?... Il serait pas là pour l'entendre : il serait...

Il savait pas où il serait mais il ferait bien de s'en préoccuper ! Il passa dans la chambre, finit de s'habiller, boucla son holster, enfila sa veste par-dessus. Ses fringues sentaient la sueur aigre, la fatigue, mais il ne voulait pas courir le risque de réveiller Lene et puis il n'avait pas le temps : le moment était venu, il fallait qu'il décampe, vite, vite !... Le sol lui brûlait la plante des pieds !

4

Otelo gara sa vieille Fusca bleu d'azur dans l'Avenida IVº Centenário. Il éteignit les phares, coupa le moteur et, aussitôt, les chants entremêlés de centaines d'oiseaux résonnèrent dans le silence. Il les écouta quelques secondes avant de remonter la vitre. Amortis par l'épaisseur du verre, les chants des oiseaux perdirent de leur éclatante et virtuose précision et il eut le sentiment bref que le monde s'éloignait, devenait flou.

Il descendit de voiture. À cette heure, la circulation était quasiment inexistante et, comme cela lui arrivait parfois, un sentiment aigu de solitude lui procura l'illusion euphorique d'être le seul être vivant dans un monde saisi par une hypnose dont il ne se réveillerait peut-être pas.

Il porta les deux mains à ses reins et s'étira en jetant un coup d'œil aux immeubles dressés sur le bord opposé de l'avenue. De rares taches de lumière ponctuaient les façades obscures d'une opulente raideur. São Paulo, en tout cas cette partie-ci de São Paulo, dormait encore.

Au septième étage, une masse de feuillage débordait le balcon de Carlota, sa tante qu'il visitait le premier et le troisième samedi du mois. Les bougainvilliers avaient besoin d'être taillés. Il se promit d'en dire un mot au portier, la prochaine fois. Jair était un brave type, cependant Otelo éprouvait toujours une vague répugnance à l'envoyer chez la vieille femme et, à chaque fois, se reprochait de se laisser influencer par les journaux qui racontaient des histoires sordides à longueur de colonne.

Jair ne détrousserait personne. Il vivrait sa vie de factotum le plus longtemps possible et puis, un jour, il lâcherait la corde tout aussi discrètement qu'il avait vécu. Deux semaines après sa mort, personne ne se souviendrait qu'il avait existé. Il était dans la cohorte, il était de ceux dont on dit communément qu'ils ne comptent pas mais qui font bel et bien tourner le monde.

Otelo entrecroisa ses doigts, poussa ses mains vers le haut en tournant les paumes vers le ciel encore noir et imprima à son bassin un mouvement circulaire. Comme chaque matin, à ce moment précis de son échauffement, il pensa, avec la tristesse mêlée du plaisir amer que procure la mortification, qu'il n'avait pas baisé depuis très longtemps. Il soupira. Est-ce qu'il baiserait encore avant de mourir ? Lorsqu'il se posait cette question, dix ou quinze ans plus tôt, il répondait non : jamais, plus jamais ! Aujourd'hui, il n'était plus si sûr de la réponse, comme si la haine de soi qui le tenait depuis l'assassinat d'Íris s'apaisait un peu. D'ailleurs, il avait fait une entorse à sa résolution : une seule, certes, et dans des circonstances un peu particulières, mais il avait tout de même trahi sa promesse.

Un matin, en entrant dans son bureau, il avait découvert sur le sol un bout de papier que quelqu'un avait glissé sous la porte. Un numéro de téléphone y était écrit au bâton de rouge à lèvres. Aucune indication ne lui permettait de deviner de quoi il s'agissait. Il l'avait examiné longuement. Le rouge à lèvres pourpre lui suggérait que le message était un piège que quelqu'un lui tendait ; cependant, au lieu, comme son instinct le lui commandait, de jeter le bout de papier dans la poubelle, il l'avait rangé dans son portefeuille, attendant, toute la journée durant, puis la semaine suivante, que quelqu'un lui fasse un signe.

Personne, ni parmi ses collègues, ni parmi le personnel administratif de l'école, ne lui avait adressé quelque signe que ce fût. Il avait alors pensé que cela ne l'engagerait à rien de composer ce mystérieux numéro.

Il s'y était finalement résolu près d'un an plus tard. Une voix féminine lui avait répondu par un « *Oi !* » sucré et, bien qu'il eût immédiatement compris à quelle genre de femme il avait affaire, il avait demandé : « Qui êtes-vous ? » La voix avait rétorqué, avec des inflexions suffisamment enjôleuses pour l'émouvoir durablement : « Qui je suis ?... Mais Dona Dalva, *meu amor* ! »

Il avait raccroché sèchement et il était resté un long moment près du téléphone : paralysé, la gorge serrée, le cœur brûlant, secoué de souvenirs dont certains lui donnaient envie de rappeler aussitôt alors que d'autres lui enjoignaient d'ouvrir la fenêtre et de sauter dans le vide.

Trois mois plus tard, Dona Dalva lui envoyait une fille d'une vingtaine d'années qui, sitôt passée la porte, sitôt le fric cueilli, s'était déshabillée avec un naturel qui avait déplu à Otelo ou, plus exactement, qui l'avait déçu.

Une rangée de poils noirs se détachant sur le triangle de peau restée claire sous le maillot de bain lui rayait le pubis comme un point d'exclamation velu. Ça lui avait donné envie de rire.

Ils avaient baisé gymniquement, hygiéniquement, il l'avait enfilée en cadence, en rythme, il lui avait fourré son machin dans la fente et puis c'était tout, c'était tristement tout...

Sa jouissance n'avait pas été voluptueuse : elle l'avait grillé comme si sa bite était une allumette dont le bout, frotté sur un grattoir, s'était enflammée d'un coup.

Le lendemain, il avait trouvé un second papier glissé sous la porte de son bureau. On avait écrit, avec le même bâton de rouge à lèvres : « Alors ?... C'était bon ? »

Il soupçonnait le delegado Moreira qui s'était vanté, devant un groupe de collègues, de connaître une adresse qui procurait les plus belles filles de São Paulo. À dire vrai, le delegado Moreira se vantait de tout et tout le temps, c'était une des raisons pour lesquelles Otelo ne l'aimait pas.

N'empêche qu'il se souvenait de cette fille, de ses seins petits et hauts, plantés de gros bouts caoutchouteux dont elle avait dit en riant, alors qu'il les agaçait du doigt, que c'étaient des boutons de sonnette ! Oui, il se rappelait les tétons safran de la fille, son ventre élastique, sa bouche charnue... Et ça le faisait durcir !

Les frondaisons du parc Ibirapuéra étaient encore saturées de nuit ; elles paraissaient spongieuses, gorgées de ténèbres épaisses encore humides de la sueur de nuit.

Otelo s'allongea sur le gravier, bloqua la pointe de ses chaussures sous la voiture, porta les deux mains à sa nuque et se plia en avant, soufflant pour soutenir la cadence et ventiler ses poumons à fond. À chaque fois qu'il se redressait en tirant sur ses abdominaux, le balcon débordant de bougainvilliers de sa tante Carlota passait brièvement dans son champ de vision.

Elle était encore dans son lit à cette heure. Comment dormait-elle ? Jamais, au cours de la dizaine d'années qu'il avait vécue auprès de sa tante, après que sa mère fut décédée, il n'avait surpris la vieille femme cheveux défaits. Même malade, elle se coiffait, se maquillait, s'efforçait de dissimuler son âge derrière le masque peint qu'elle composait avec une précision maniaque avant de quitter sa chambre : les lèvres soulignées d'un rouge un peu violacé, les pommettes rehaussées d'une touche de fard, les rides enfouies sous la poudre de riz dont il humait toujours le parfum avec émotion parce qu'il était identique à celui qu'il respirait sur les joues de sa mère. Sur les joues lasses de sa mère, épuisée par un chagrin mortel...

Il se jeta en avant une dernière fois, souffla longuement, le front appuyé aux genoux, puis il se releva.

Un rectangle de clarté s'alluma sur la façade de l'immeuble où habitait Carlota. Ce n'était pas à l'étage qu'il connaissait bien, cependant il pensa à Anísia, la bonne qui vieillissait avec sa tante depuis plus d'un demi-siècle.

Elle était sans doute, elle aussi, en train de se lever. Il l'imagina assise, en chemise de nuit, sur son petit lit de fer, se préparant à lancer sa carcasse dans le travail du jour comme on lance un moteur fourbu. Elle avait posé ses pieds sur ses sandales et regardait devant elle, sans voir le mur, attendant, les mains à plat sur ses cuisses, que la vie revienne dans son corps aussi noir et noueux que celui de sa patronne était blanc et rosé.

Pour jouir un peu dans l'ennui d'une vie sans enfant, sans homme, sans aventure, Carlota s'empiffrait de confiseries qu'elle se faisait apporter d'Europe. Avec les bonbons, les biscuits, les gaufrettes, les loukoums, elle avait dû avaler la graine d'un étrange parasite qui s'était épanoui dans ses entrailles, avait prospéré jusqu'à atteindre puis dépasser la taille d'un ballon de football.

Otelo détestait cette rondeur : il la jugeait obscène. Souvent, tandis qu'il supportait sans broncher le bavardage de sa tante dans la pénombre des stores toujours baissés, il rêvait qu'il arrachait cette tumeur disgracieuse et la jetait par-dessus le balcon, ou bien qu'il plantait une aiguille dans le nombril de la vieille femme et que ce ventre distendu se dégonflait avec un chuintement, comme dans une bande dessinée...

Il se débarrassa de son survêtement et le roula en boule avant de le jeter sous le siège du conducteur.

Qui sait ce qu'un psychanalyste conclurait d'un pareil désir ?...

Il ne se confierait jamais à un psychanalyste. Il ne se confiait à personne et il y avait peu de chances qu'il le fasse jamais. Peut-être parce qu'il avait trop à dire...

Il verrouilla la portière, accrocha la clé à un élastique qu'il passa à son poignet, puis il se mit en marche d'un pas qu'il allongea volontairement pour préparer sa course.

Par-dessus les terrasses arides, le ciel se colorait d'un pourpre épais qui ne tarderait pas à virer orangé. La journée serait chaude. Il éprouva de la répulsion à l'idée que la pestilence âcre des gaz d'échappement envahirait bientôt les rues.

Comme chaque jour, avant d'obliquer sur sa droite pour s'enfoncer dans le parc, il jeta un dernier coup d'œil à l'immeuble d'en face pour prendre congé de sa tante, d'Anísia, des voisins et voisines qu'il connaissait depuis longtemps.

Margarida : la grande Guida au visage douloureux de veuve qui n'est toujours pas veuve et prend le monde à témoin de l'épreuve qui lui est infligée, Guida, dont la torture s'aiguisait à mesure que l'âge flétrissait son exubérante beauté brune. Il imagina son grand corps ficelé par les draps chiffonnés, sa chevelure opulente répandue sur l'oreiller. Elle geignait, sans doute, dans le sommeil agité de l'aube... À son côté le gros Eusébio, en qui Otelo avait toujours vu un gigantesque bébé pneumatique, ronflait, bouche ouverte. De temps à autre, il mâchait de l'air pour appeler la salive dans son palais desséché et puis ronflait de nouveau.

C'était le poids de la graisse adhérant à sa carcasse de rentier à perpétuité qui le faisait s'ouvrir dans son sommeil comme un fruit trop mûr et vrombir d'un ronflement à faire trembler les baies vitrées !

Lorsque Otelo rencontrait le couple et quel que fût le sujet de la conversation, Guida ne manquait jamais de se retourner vers le malheureux pour lui demander avec perfidie : « Pourquoi tu vas pas courir avec Otelo, le matin dans le parc ?... Ça te ferait du bien, ça te ferait perdre un peu tout ça ! »

Elle pinçait avec dégoût l'épais boudin gélatineux cerclant le ventre du gros homme. Eusébio geignait qu'elle lui faisait mal avant de marmonner, les yeux baissés comme un enfant honteux, qu'il s'y mettrait bientôt.

La grande femme secouait la tête avec accablement. Elle plantait ses yeux de veuve qui n'est toujours pas veuve dans le visage d'Otelo et implorait silencieusement sa commisération. Tu vois où j'en suis, mon pauvre Otelo, avec un pareil paquet dans mon lit ? Tu imagines mon calvaire ?

Elle devait prier secrètement pour qu'une embolie graisseuse la délivre de cette encombrante présence, mais Eusébio tenait le coup et le temps passait, passait...

Otelo prit une foulée courte et rapide, s'obligeant à monter les genoux pour faire jouer à fond les muscles de ses cuisses, relâcha ses épaules en courant bras pendants pour décontracter le haut de son corps, remua la tête de droite à gauche pour détendre sa nuque et son cou.

À cette heure, les bonnes s'affairaient dans les cuisines. Elles pressaient les oranges, découpaient les mamões en tranches épaisses dont elles ôtaient jusqu'au dernier les pépins noirs et vernis, elles sortaient du réfrigérateur le fromage de Minas. Elles le présenteraient sur une assiette qu'elles prendraient soin de lustrer d'un coup de torchon ou, profitant de ce qu'on ne les surveillait pas, du pan de leur blouse.

Les bonnes, toutes les bonnes de l'immeuble s'apprêtaient à dresser dans le séjour une table compliquée, riche d'une bonne trentaine de pièces de porcelaine auxquelles se mêlaient souvent du cristal, de l'argent poli au blanc d'Espagne. Elles pliaient, selon les exigences de la patronne, des serviettes immaculées brodées au petit fil, aiguisaient les plis d'un doigt sûr et précis. Bientôt elles descendraient à la boulangerie où une pochette de papier, bistre ou vert bleuté, remplie de petits pains encore chauds, les attendait déjà...

Il sourit : que de fois il avait vu Anísia préparer le petit déjeuner de la sorte... C'étaient ses souvenirs de la vie qu'il avait vécus là-haut, 355 Avenida IVº Centenário, de la mort de sa mère à son engagement dans l'armée...

Drapée dans son peignoir de satin blanc, chaussée de mules roses, Carlota ferait, plus tard, une entrée de théâtre. Si elle avait mal dormi, elle jouerait l'impératrice de Chine agacée par une mouche et jusqu'au soir elle ordonnerait — ordonnerait et se plaindrait de la vie difficile, de l'âge qui n'épargne personne ; toute la journée durant elle déviderait la litanie de malheurs minuscules. Anísia supporterait sans broncher.

Otelo n'avait pas la patience de la vieille bonne, et lorsque Carlota se comportait ainsi, il la singeait avec cruauté quand elle avait le dos tourné. Anísia bougonnait qu'il n'avait pas le droit de parler de la sorte de cette tante qui était si bonne pour lui, qui lui apportait la chaleur d'une mère, ce qu'Otelo réfutait violemment : aucune femme ne remplacerait jamais sa mère ! Anísia persistait avec obstination et Otelo finissait invariablement par l'engueuler, ce qu'il se reprochait à chaque fois, sans pouvoir cependant s'empêcher de recommencer.

Anísia supportait... Il l'engueulait pour ça aussi, lui reprochant sa soumission atavique. Il finissait par crier que le pays ne changerait pas tant que les bonnes ne se décideraient pas à jeter de la mort-aux-rats dans les repas qu'elles servaient à leurs maîtres. La vieille femme haussait les épaules et lui lançait un de ces regards pleins d'une réprobation bienveillante qui le mettaient en rage.

Chère Anísia, chère vieille Anísia...

Une foule innombrable d'oiseaux émus par l'aube comme s'ils avaient douté, jusqu'au dernier moment, que le jour se lèverait jamais, trillaient, piaillaient, croassaient leur soulagement à s'en érailler la gorge.

Le souffle d'Otelo était ample, le bruit de ses chaussures frappant le sol marquait un rythme qui résonnait dans tout son corps, entretenant sa course comme un balancier anime un mouvement de machine. Il n'avait pas encore sa foulée de pleine course : celle qui, pendant une grosse demi-heure, lui procurait une des rares jouissances physiques qu'il acceptait encore.

Dans la lumière grise, il aperçut fugitivement, car elle disparut presque aussitôt, masquée par un massif d'arbustes, une silhouette qui courait selon une trajectoire perpendiculaire à la sienne. L'homme portait un maillot rouge frappé de lettres noires qu'Otelo n'avait pas eu le temps de déchiffrer mais dont il aurait parié qu'il s'agissait du sigle de l'université de São Paulo : USP.

Plutôt grand, l'homme avait l'air d'être en forme, bien que la tonsure blanche d'une calvitie déjà affirmée laissât supposer qu'il n'était plus tout jeune. Au premier croisement, Otelo s'arrêta et souffla profondément tout en scrutant la pénombre du parc à la recherche du type de l'USP. Il ne l'aperçut nulle part. C'était dommage car il aimait engager des duels feutrés avec des coureurs de rencontre.

Il mit le cap sur la réplique du palais impérial de Kyoto que tout le monde, à São Paulo, appelait la maison du Japonais !

Il regrettait d'avoir perdu la trace de l'inconnu : ça lui aurait plu de battre un type de l'USP ! Un prof, probablement, qui entretenait son physique pour plaire aux étudiantes : un homme qui courait pour la galerie plus que pour assouvir un réel besoin. Chaque matin, il en croisait des dizaines de cet acabit, mais rares étaient ceux capables de relever le défi qu'il leur lançait.

Au bout de l'allée Antônio de Queiroga, il aperçut à nouveau la silhouette de l'homme en maillot rouge. Le type avait ralenti sa cadence et Otelo força l'allure pour le rattraper. Son cœur battait le bon rythme, son souffle lui prenait toute la poitrine. Il se sentait parfaitement bien. Il suivrait le type un moment : le temps qu'il prenne conscience de sa présence, il lui donnerait l'illusion qu'il peinait dans son sillage, puis il le passerait d'un coup de reins et le lâcherait au train.

Otelo se rapprochait rapidement. Comme il l'avait supposé, l'homme arborait bien un maillot aux armes de l'USP. Il portait également un short de tissu soyeux bleu roi, largement échancré sur des jambes fortes et bronzées. Ses chaussures étaient neuves. Otelo ne reconnut aucun des modèles qu'on voyait d'ordinaire. Il supposa qu'elles avaient été achetées à l'étranger, sans doute aux États-Unis. Il se réjouit : l'homme était un *faroleiro*. Il allait lui montrer ce qu'était un vrai coureur, un coureur endurci par des années et des années d'entraînement solitaire…

Le chauve avait dû accélérer sans qu'Otelo s'en rende compte car, alors qu'il n'était plus qu'à une dizaine de mètres, il constata qu'il ne revenait plus sur lui.

L'homme vira sur sa droite, Otelo suivit, et l'autre, sans que rien le laissât prévoir, démarra sèchement pour mettre ouvertement la gomme. Otelo eut alors la certitude que le chauve avait deviné sa présence depuis longtemps et lui lançait un défi brutal : celui d'un type qui se sent sûr de lui et dont aucune pudeur n'entrave le culot.

Au lieu de démarrer à la suite du chauve, il se borna à hausser progressivement la cadence, laissant l'autre s'enfuir dans la lumière grisâtre.

Répondre sur le même registre, se lancer à corps perdu dans une cavalcade digne d'adolescents prolongés lui apparaissait d'une naïveté vaguement obscène. Otelo aimait gagner mais pas n'importe comment, pas à n'importe quelle condition : il lui fallait la manière. Le style, une stratégie fine et, si possible, complexe, lui étaient indispensables pour oublier le dérisoire de ces victoires minuscules et vaines.

Là-bas, l'homme continuait sa course sur un rythme déraisonnable et Otelo se demanda s'il pourrait le suivre. Peut-être était-ce un sportif de haut niveau qui s'entraînait avant une compétition... Il ne croyait guère à cette hypothèse. Pour autant qu'il avait pu en juger, l'homme n'était pas émacié comme les professionnels de la piste ou du cross, il avait l'air d'un type normal : costaud mais normal.

Cinq minutes plus tard, l'homme ralentit et Otelo reprit espoir : il allait battre ce chauve arrogant et naïf comme, naguère, il avait battu Júlio César Sacramento.

O professor Sacramento était à la tête de la meilleure équipe de course à pied de toute l'école de police. De son côté, Otelo était alors responsable d'une section de bras cassés avec laquelle il s'entendait plutôt bien car, de tout temps, il avait préféré les types inquiets, ceux à qui manquait quelque chose ou quelqu'un, aux garçons trop sûrs d'eux...

Un jour que Sacramento l'avait passablement irrité avec les bobards qu'il débitait dès le matin, dans la salle des profs, les deux équipes s'étaient retrouvées, par hasard, sur la cendrée du stade attenant à l'école. Planté au bord de la piste en veston de ville et mocassins cirés, les yeux masqués par des lunettes de soleil, une cigarette au bec, Sacramento faisait courir ses élèves avec une désinvolture plus stupide qu'insolente.

Otelo avait parié mille réais que son équipe battrait la sienne dans un relais de dix fois quinze cents mètres ! Sûr de lui et de sa troupe, Sacramento avait doublé la mise.

Otelo avait aligné ses meilleurs coureurs dans les premiers relais alors que l'autre avait commencé par les moins bons. À la fin des trois premières courses, l'équipe de Júlio César accusait un tour de retard : quatre cents mètres pleins ! Contrairement à ce qu'avait imaginé Sacramento, les relayeurs restants avaient eu un mal fou à combler leur handicap car, stimulés par la confiance qu'Otelo leur avait témoignée, tous les bras cassés de son équipe s'étaient démenés comme des forcenés pour encourager celui des leurs qui était en piste. Leur meute hurlante accompagnait chaque coureur tandis que dans le camp d'en face on entendait voler les mouches.

Otelo avait tenu à prendre lui-même le dernier relais. Le souffle de son poursuivant était sur sa nuque lorsqu'il avait arraché le bâton au petit dos Santos qui avait franchi la ligne en vacillant, le visage terreux, tendant vers lui un bras de noyé. Otelo avait démarré avec une violence qui avait laissé son adversaire sur place, puis il s'était relâché en attendant que l'autre revienne sur lui.

Lorsque les pointes de son poursuivant lui avaient mordu les talons, il avait démarré sèchement une seconde fois, puis une troisième, recommençant son manège tout au long de la distance, affolant son adversaire par une tactique qui contredisait tous les principes qu'on lui avait enseignés ! Et Otelo avait passé la ligne le premier.

Depuis sa mémorable défaite, Júlio César Sacramento le haïssait sans retenue. C'était peut-être lui, après tout, qui avait glissé sous sa porte le fameux billet portant le numéro de Dona Dalva tatoué au rouge à lèvres ?...

Otelo monta les genoux, poussa plus fort sur l'avant-pied pour allonger sa foulée ; il tira davantage sur ses bras dont il se servait comme d'une paire de bielles. Son souffle pressé asséchait sa gorge, sa bouche commençait à manquer de salive mais il se sentait bien : il se rapprochait du chauve et jubilait d'avance en pensant à la tête que ferait le type lorsqu'il le passerait sans même lui accorder ce regard de connivence qu'échangent deux coureurs engagés dans un duel impromptu.

L'homme continuait sur un train soutenu mais sa foulée n'avait plus la superbe des premières longueurs après son démarrage : elle se faisait plus lourde, plus rasante, ses pieds frappaient le sol plus durement. Otelo revint, mètre après mètre, et puis, de nouveau, l'écart se stabilisa sans que l'autre eût donné le moindre signe qu'il avait accéléré.

L'homme vira brusquement sur sa droite et Otelo le vit disparaître dans un épais bosquet d'hibiscus. Jamais il ne s'était engagé dans ce labyrinthe, car les méandres des allées étroites cassaient le rythme et gâchaient le plaisir de la course. Il suivit cependant sans hésiter et s'engouffra à son tour dans le dédale du bosquet.

L'épaisseur de l'obscurité le suffoqua. Il buta presque aussitôt sur une racine et tomba, se releva rapidement pour ne pas perdre le contact.

L'entrelacs inextricable des arbustes formait caisse de résonance : son souffle, le bruit de ses semelles martelant la terre battue sonnaient bizarrement. Il devina une fourche dans laquelle le sentier se divisait en deux. Ne sachant quelle branche choisir, il s'arrêta, contint sa respiration pour deviner la rumeur de la course de l'autre. Il n'entendait rien, même pas un chant d'oiseau, comme si le monde, dans cette partie-là du parc, était encore au plus fort de la nuit. Le chauve semblait s'être fondu dans les ténèbres.

Il eut soudain la conviction que le type avait prémédité de l'emmener là pour le perdre. L'homme jouait depuis le début, il s'amusait de lui. Caché quelque part, peut-être à deux pas, il riait de son désarroi. Furieux, Otelo s'engagea à sa droite sur le chemin qui lui parut le plus large. Après quelques dizaines de mètres, une branche qu'il n'avait pas vue le fouetta en plein visage et le jeta sur le derrière. Un peu plus loin, le sentier devint impraticable et il dut retourner sur ses pas.

Du liquide coulait sur son menton, il y porta la main et sentit sous ses doigts la poix chaude du sang. Il n'avait pas mal. Il s'essuya le visage avec le bas de son tricot. Ce salaud de chauve devait être loin maintenant, à moins qu'il ne se soit perdu, lui aussi, dans ce labyrinthe obscur ; auquel cas, avec de la chance, il pourrait retrouver sa trace.

La clarté du jour naissant apparut par une brèche dans la végétation dense. La piste débouchait sur une pelouse et se changeait, un peu plus loin, en allée bitumée. La pelouse comme la piste étaient vides. Ou bien le chauve s'était changé en un de ces oiseaux qui glapissaient au jour montant, ou bien il était toujours dans le labyrinthe. Otelo rebroussa chemin, obliqua au hasard des embranchements, revint au cœur du taillis.

Il erra longuement dans le lacis de feuilles et de branches nouées ensemble comme des cordes embrouillées. Il voulait retrouver le chauve mais se demandait ce qu'il ferait si cela arrivait.

De temps à autre, il pensait à la fable du Minotaure et imaginait que l'homme se tenait tapi quelque part, le guettait. Il éprouvait alors un sentiment diffus qui ressemblait à la peur.

5

« À qui t'as volé ça, Tonino ? »

Barreto examinait le téléphone cellulaire trouvé près du lit où il avait surpris le petit homme souffreteux.

« Je l'ai pas volé, delegado, je l'ai acheté ! »

Tonino miaulait, ouvrant des yeux de chouette effarée, tendant ses bras maigres comme des pattes d'insecte, pour mimer une innocence aussi emphatique que douteuse.

« Où tu l'as acheté ?... Dans une boutique ? »

Le petit homme fit un sourire noir dévoilant des dents réduites à des esquilles acérées.

« Non, pas dans une boutique... On trouve pas ça ici, ça vient des États-Unis ! »

Tonino remonta son pantalon qui glissait sur ses hanches. La dope l'avait fondu ! Il paraissait avoir mitonné des jours et des nuits, des lunes, plongé, jusqu'au cou, dans le bouillon d'une grosse marmite ; les graisses, les chairs s'étaient dissoutes, ne restait que ce souvenir d'homme qui, étrangement, parlait, s'agitait, souriait comme un homme ordinaire, comme un vrai homme en viande.

« Déconne pas, Tonino : des Motorola y en a autant qu'on veut au Conjunto Nacional !

— Des Motorola oui, mais pas des comme ça... » Le petit homme montra le numéro du modèle gravé sur le boîtier. « Celui-là, il est pas encore arrivé ici...

— Tu l'as acheté à un type qui voyage ?... »

Tonino sourit, exhibant ses dents ravagées sans aucune pudeur. « À un type qui voyage ! » il répéta, accentuant son sourire. Qu'est-ce que vous faites chez moi à cette heure, delegado, interrogeaient ses yeux trop grands, pourquoi vous êtes entré comme un voleur ?... J'aurais pu vous tirer dessus, vous savez... Heureusement que je vous ai reconnu ! Je me suis dit : fais pas le con, Tonino, c'est pas un type qui vient te tuer, c'est le delegado Barreto qui passe te dire bonjour...

Barreto promena un regard ironique sur les murs lézardés, le lit bancal, le sol où traînaient des emballages, des bouteilles vides.

« Ça marche, les affaires ?... »

Tonino balança ses bras décharnés : « Comme ci comme ça, delegado... Ça dépend des jours...

— Si tu t'offres ce jouet », insista Barreto en brandissant le téléphone, « c'est que ça marche, non ? »

Le petit type inclina la tête sur son épaule, fit une moue de capitulation : il avait trop parlé. Il aurait dû se taire, inventer une histoire...

« Oui », il concéda, « si on veut... Ça marche si on veut... »

Une odeur écœurante flottait dans la baraque. Barreto avait envie de sortir, de laisser tomber. Comment avait-il pu imaginer qu'un type comme ça, si on pouvait appeler ça un type, lui serait d'un quelconque secours ?

« Qu'est-ce que tu vends en ce moment ? » Barreto donna un coup de pied dans un tas de cartons amoncelés dans un coin de la pièce, se pencha pour jeter un coup d'œil sous l'évier. « Qu'est-ce que tu trafiques, Tonino ?

— Y a rien, delegado... c'est pas la peine de tout foutre en l'air... »

Tonino n'avait pas l'air inquiet : il devait dire vrai ! Il ne cachait rien de répréhensible ; rien que Barreto pouvait lui prendre, en tout cas, rien qu'on pouvait lui voler. Barreto continua sa fouille brutale, jetant la literie par terre.

Au milieu des draps souillés il découvrit un revolver Rossi chromé, calibre 38, qu'il fourra dans sa poche ; il trouva également un chiffon soyeux, noir. Il jeta sur Tonino un regard ébahi. « Et ça », il dit, « ça, qu'est-ce que c'est ?... »

L'autre fit son sourire tragique. C'était une culotte, eh oui : une culotte de femme...

Barreto fit une grimace écœurée. Comment faisaient-elles, Seigneur, pour accepter ce... pour tolérer qu'il leur grimpe dessus ?....

« Tu vends de la dope ! » il gronda.

Tonino affecta un air innocent et répondit que non, il vendait pas de dope. Jamais de la vie ! Il touchait pas à ça ! Dieu lui en était témoin !

Barreto le poussa violemment, l'envoyant cogner de la tête contre le mur. Le petit homme parut glisser : dégouliner comme une pâte épaisse qui met du temps pour arriver au sol.

« Si tu baises », siffla Barreto, « c'est que tu vends de la dope à des camées ! Autrement elles voudraient pas !... Elles pourraient pas ! »

Tonino s'était assis, la tête entre les bras, dans une attitude de gosse que la honte dévore. Barreto savait qu'il pourrait le rouer de coups, l'autre avouerait tout ce qu'il voudrait, il resterait prostré, attendant que l'orage passe.

« Écoute-moi ! » ordonna Barreto.

Tonino ne bougea pas mais Barreto savait qu'il l'écoutait.

« Tu m'as dit, il y a quelque temps, que tu connaissais un type qui achetait de l'or... »

Tonino releva un peu la tête sans toutefois la décoller de ses bras.

« Tu te souviens ?... »

Il se souvenait ! Il dit — très vite, comme s'il redoutait que la porte entrouverte par Barreto ne se referme à l'improviste — que l'homme en question était très riche, très important. Il achetait de l'or, oui, il achetait tout ce qui pouvait se vendre : des voitures, de l'or, des femmes, du bétail ; il offrait de bons prix et il était honnête !

Barreto lui ordonna de fermer sa gueule : il avait pas besoin qu'on lui fasse l'article ! Où était ce type ?

Tonino fit un geste vague du bras en direction de la fenêtre : là-bas, loin, après l'horizon...

Comment s'appelait-il ?

« Seu Ortiz !...
— Ortiz ?... avec un z ?
— C'est ça : Ortiz !
— T'as le numéro de cet Ortiz ? »

Tonino l'avait… Barreto tendit le téléphone. « Appelle-le ! »

Tonino se leva aussitôt pour aller chercher un minuscule carnet dans la poche de sa chemise accrochée à un clou planté dans le mur à la tête du lit.

La baraque avait dû abriter une famille de paysans au temps où le District Fédéral n'était qu'un bout de cette terre rouge et ingrate du Planalto : une part de ce vide central où erraient des troupes d'émeus, des onces, des cohortes de bœufs, mâtinés de zébus, poussées par des *boiaderos* hirsutes… Des images pieuses — Nossa Senhora de Fátima, Nossa Senhora de Lourdes, O Cristo Redentor — des casseroles dont l'émail avait sauté, une écumoire, un vase de verre épais et encrassé de poussière terreuse, un fouet à bestiaux dont le cuir se crevassait attestaient de cette présence ancienne.

« Seu Ortiz ? » glapit le petit homme. « C'est Tonino, Tonino de Brasília. J'ai là un *senhor* qui voudrait vous parler… » Il considéra le téléphone d'un air navré comme s'il était un animal qui venait de lui crever dans la main. « Il a coupé ! » il dit piteusement. « Il m'a envoyé me faire enculer et il a coupé ! »

Barreto prit le téléphone, appuya sur la touche de rappel automatique. L'autre mit longtemps à répondre. Lorsque enfin il prit la communication, Barreto lui demanda s'il était bien Ortiz. Le type grogna que oui. Barreto lui annonça alors qu'il aurait une affaire à lui proposer : il passerait le voir prochainement ! Qu'il retienne son nom : Aníbal ! Il coupa sans attendre la réponse.

« Aníbal ? » répéta Tonino, avec un étonnement enfantin. « Vous vous appelez Aníbal, delegado ? »

Ortiz était argentin, il habitait le Rancho Alegre, à Campo dos Índios, au sud du Pantanal, pas loin de la frontière avec le Paraguay, pas loin non plus de la Bolivie.

Barreto fit la grimace, grogna que c'était loin : près de deux mille kilomètres ! Il en aurait pour deux jours de voiture si tout se passait bien — si les routes n'étaient pas coupées, là-bas, dans les marais ou au passage des fleuves.

Tonino était navré mais Ortiz était le seul type réellement de confiance qu'il pouvait recommander. Un ancien militaire, précisa-t-il avec respect ; quelqu'un qui avait eu un poste important dans le gouvernement argentin, du temps de la guerre des Malouines...

De toute manière, ajouta-t-il, si Barreto avait de l'or à vendre, il n'en tirerait rien dans le District Fédéral ; il devait se rendre sur les frontières, là où se tenait le trafic...

L'odeur du fric l'avait remis d'aplomb. Il regardait Barreto avec des yeux brillants, espérant qu'il lui en dirait davantage, qu'il le mettrait peut-être dans le coup, lui permettrait de gratter un peu d'argent...

« Vous connaissez là-bas ?... Vous êtes allé au Pantanal ?... » Non, Barreto ne connaissait pas. À dire vrai, en dehors du Maranhão, de Goiás, de Rio et de São Paulo, hormis deux-trois balades par-ci par-là, pour le boulot plus que pour le plaisir, le delegado n'avait guère voyagé...

Lui, Tonino, il connaissait très bien ! Corumbá, Cuiabá, Campo Grande, Ponta Porã... Même des petits bleds comme Porto Morinho... Le delegado n'était pas un enfant de chœur mais il devrait faire attention tout de même : là-bas, c'était plein de Boliviens, d'escrocs de toutes sortes. Il fallait savoir où on mettait les pieds. Là-bas, il ricana, c'était encore sauvage... Si le delegado avait besoin d'un guide, il partait avec lui sur-le-champ !

Barreto lui conseilla de passer sa chemise et une paire de godasses.

« Vous m'emmenez ? » sursauta le petit homme. « Vrai, delegado ?... »

Barreto se contenta d'ébaucher un sourire vaguement paternel.

« Vous le regretterez pas ! » glapit Tonino. Il se dépêchait comme s'il devait prendre un train ou un avion qui s'éloignait déjà. « Je connais des gens là-bas... » Il frétillait comme un chien que la nourriture affole, se coucha sur le sol répugnant pour chercher sa sandale manquante. « Je connais des filles... », il postillonnait, nouant une ficelle en guise de ceinture pour retenir son pantalon. « Elles sont pas comme ici : elles font pas de manières, elles se prennent pas pour des dames... Vous verrez ! »

Il farfouillait avec obstination dans le tas de vêtements jeté au pied du lit. Barreto lui demanda ce qu'il fichait et Tonino répondit, avec un embarras plus feint que réel, qu'il devait mettre la main sur un petit paquet... Il vendait pas, non, il faisait pas de commerce avec la drogue mais il avait besoin de son petit paquet... Parce que la vie est dure, delegado, parce que ça aidait bien un type comme lui qu'avait pas grand-chose pour être heureux.

Il se releva, la main crispée sur quelque chose, souriant, apaisé... Et puis ça calmait les douleurs de ses dents !... Barreto les avait vues : c'était pas la peine qu'il les montre à nouveau...

« On y va ! » ordonna Barreto. « Suis-moi. »

Il sortit le premier et Tonino lui emboîta le pas.

La nuit virait lentement au gris, on commençait à entendre les premiers oiseaux.

Tonino s'étonna de ne pas voir la Bronco bleu électrique, fameuse dans tout le District Fédéral, il demanda pourquoi, tournant le dos à Brazlândia dont les feux d'un blanc mordant piquaient l'ombre goudronneuse, le delegado prenait à pied à travers le Planalto.

« J'ai pas les chaussures qu'il faut », il se plaignit. « Où on va ?... »

Barreto répondit qu'ils allaient droit devant.

« Droit devant ?... Où ça droit devant ? »

Du bras, Barreto embrassa l'obscurité d'où émergeaient, sur des pans de ciel plus clair, les ombres griffues d'arbustes aux silhouettes contournées. « Par là », il dit, « tout droit !... »

Tonino ne comprenait rien à ce que racontait le delegado : là-bas, dans la direction qu'il montrait, c'était le barrage de Descoberto...

« Votre voiture est par là ?... »

Barreto acquiesça d'un grognement.

« Elle est loin ?...

— Marche ! » ordonna Barreto. « Marche et tais-toi ! »

Tonino n'aimait pas la marche : il n'aimait pas marcher de nuit, sans savoir où il allait, avec toutes ces choses qu'on voit pas et contre lesquelles on bute...

« Je suis pas équipé ! » il pleurnichait, « y me faudrait des chaussures... Allez chercher votre voiture et revenez me prendre... Je vous attends ici !

— Marche, Tonino !... Me fais pas chier, avance ! »

Le petit homme traînait, cherchant une brèche, une ouverture où se faufiler, mais il n'y avait que ténèbres autour de lui, et puis, là-bas, la flaque, l'immense et inquiétante flaque du barrage.

« Il va bientôt faire jour », marmonna Barreto. « Il pleuvra aujourd'hui ?... Qu'est-ce que t'en dis ? »

Tonino n'en disait rien ; il pensait que le barrage de Descoberto c'était comme un œil crevé, une poche pleine d'humeur...

« Je voulais pas qu'on voie ma voiture près de chez toi », poursuivit Barreto. « Tu comprends ? »

Tonino comprenait... Il se mit à pleurer, renifla... Il devina le visage de Barreto qui se tournait vers lui, il regarda le ciel et constata qu'il était d'un gris terreux.

« Ouvre ton paquet », conseilla Barreto d'une voix consolante, « prends-le... »

Tonino déplia le bout de papier blanc. Il n'avait pas de paille à se fourrer dans le nez, il humecta son index, le pressa sur la poudre dont il se frotta les gencives.

« On n'est pas loin maintenant », dit encore Barreto. « Qu'est-ce qu'elles ont les filles du Pantanal ?... Elles l'ont en travers ?

— En travers ?... », répéta Tonino sans comprendre.

— Elles ont la *boceta* en travers ? insista Barreto.
— Non... », s'exclama le petit homme, « oh non... non, elles l'ont comme celles d'ici ! »

Barreto éclata de rire. « T'es con ! » il jeta, s'étouffant de rire, « t'es con, Tonino ! Putain que t'es con !
— Pourquoi que vous me laissez pas partir ? » implora le petit homme. « Je dirai rien... »

Il connaissait la réponse mais il fallait quand même qu'il demande !

« C'est ce que tu dis... », bougonna Barreto, « c'est ce que je dirais si j'étais à ta place... Je veux être sûr que tu diras rien. À personne ! Jamais !
— Jamais ! » cria le petit homme dont la voix se déchirait dans l'aigu. « À personne !
— Voilà », approuva Barreto, « t'as tout compris ! »

Tonino s'arrêta. Pourquoi continuer s'ils étaient d'accord ? Pourquoi poursuivre cette marche absurde vers cette saleté de lac ?

Barreto tira le Rossi de sa poche. « Allez !... », il gronda, « traîne pas quoi, on y est presque ! »

Tonino n'avait jamais aimé ce lac : jamais ! Il aimait pas les rios non plus, l'eau lui faisait peur... Une vague l'avait emporté sur la plage de Porto Galinhas, dans le Nordeste, où ses parents se baignaient le dimanche... On avait mis longtemps, paraît-il, à le ramener à la vie et encore... « une petite vie, hein, delegado... ».

Tonino était persuadé que s'il n'avait guère grandi, s'il était resté chétif, c'était à cause de cette noyade dont il n'était qu'à demi revenu. Qui sait ce qui se cachait dans la vague ? Iemanjá ? Non : pas Iemanjá, elle fait pas des coups comme ça ! Un démon : quelqu'un comme Exu par exemple. « Vous croyez pas, delegado ?

— Possible, Tonino, moi, tu sais, je connais pas la *macumba* ! Ces trucs-là, ça me dit rien. »

Avec ce ciel bouché, la lumière montait pas. Si seulement il faisait plus clair, il aurait pu tenter de s'enfuir en courant, mais avec ses yeux amochés par la drogue, Tonino voyait mal dans la pénombre.

« Toutes tes misères vont finir », disait Barreto, « on n'est plus loin maintenant.

— On n'est plus loin ? »

C'était derrière ce bourrelet de terrain qui barrait l'horizon ; s'ils se pressaient un peu, ils y seraient en dix minutes !

Tonino s'assit sur la terre caillouteuse. Que le delegado le flingue sur place, il irait pas dans le lac !

Barreto arma le chien du Rossi, il appuya le canon sur la tempe du petit homme. « Si tu veux », il dit, « au fond ça m'est égal ! Mais tu fais une connerie. »

Tonino leva vers lui son regard effaré.

« Dans l'eau, tu retrouveras l'autre moitié de ton âme qu'Exu t'a volée !... »

Le delegado croyait pas à la *macumba*, alors comment pouvait-il savoir ?... Peut-être qu'il était un messager, peut-être que c'était Oxum qui parlait par sa bouche... Que le moment était venu... Quel moment ?... Le moment !... Y a toujours un moment !

« Grouille-toi ! » s'impatientait Barreto. « J'ai deux mille kilomètres à me taper ! Je vais pas poireauter longtemps ! »

Tonino se releva. Après tout, ça lui donnait dix minutes supplémentaires... Qui sait ce qui pouvait arriver en dix minutes ? La terre pouvait s'ouvrir et

Barreto tomber dans la crevasse... Un aigle pouvait l'emporter dans ses serres...

La rive du barrage était envahie par la végétation aquatique, et Barreto dut chercher un endroit dégagé d'où il pourrait surveiller la noyade de Tonino. Le petit homme tremblait, ses jambes ne le portaient plus, le delegado dut l'empoigner par le dos de sa chemise et le traîner comme un pantin.

Arrivé à l'endroit qui lui convenait, il le laissa tomber dans la vase du bord et lui ordonna d'avancer droit devant lui jusqu'à ce que l'eau le submerge. Tonino ne voulait pas bouger, il restait accroupi dans la boue, gémissant comme un animal malade.

Dieu était avec Barreto. Le delegado aperçut une perche à demi immergée : sans doute une gaffe perdue par une barque ; il la tendit à Tonino. Le petit homme s'agrippa convulsivement au morceau de bois et Barreto le repoussa loin de la rive, entrant lui-même dans l'eau jusqu'à mi-cuisse, donnant un dernier et violent coup de reins pour éloigner encore le petit homme.

Tonino fit un signe bref de la main puis il disparut, cramponné à son morceau de bois gorgé de flotte qui coula avec lui.

Barreto regagna le bord en pestant parce qu'il n'avait pas eu la présence d'esprit d'ôter ses chaussures.

Tout le long du chemin de retour, les bem-te-vi lui cornèrent aux oreilles : *Bem-te-viiii... Bem-te-viiii...* Y en avait partout, nom de Dieu : dans les arbres, les buissons, perchés sur les termitières : *Bem-te-viiii... Bem-te-viiii...* C'étaient des oiseaux de merde : des oiseaux qui gueulaient comme des cons ! comme...

Barreto ne trouvait pas les mots.

Y gueulaient pour rien ! Y gueulaient pour le plaisir de gueuler : *Bem-te-viiii... Bem-te-viiii...* Franchement : gueuler comme ça, ça ressemblait à quoi ?

6

Otelo retira de sa boîte aux lettres une enveloppe blanche, mince et de médiocre qualité sur laquelle il reconnut immédiatement l'écriture familière de Zé. D'après le cachet, elle avait été postée à Ceilândia, dans le District Fédéral.

C'était la première lettre qu'il recevait depuis le départ du jeune homme.

Il ne lisait jamais son courrier dans l'escalier car il aurait eu le sentiment d'ouvrir son intimité aux gens de l'immeuble, il résolut donc de ne décacheter l'enveloppe qu'après qu'il se fut douché et habillé. Quand il était gosse, il était de ceux qui mangeaient leur pain sec en premier pour savourer dans toute sa plénitude l'amertume suave du chocolat.

En sortant de l'ascenseur, un attaché-case à la main et, déjà, son téléphone portable soudé à l'oreille, Túlio Gonçalves lui jeta un regard ébahi. Otelo le salua machinalement en se demandant pourquoi diable cet animal de Túlio le dévisageait, ce matin-là, comme s'il était une bête curieuse, puis il se souvint de la blessure qui lui meurtrissait les lèvres et du sang qu'il avait épongé sur son visage.

Túlio hésita un instant, visiblement curieux de savoir ce qui lui était arrivé, mais une péripétie dans la conversation qu'il menait au téléphone le reprit, il oublia le visage abîmé d'Otelo et quitta le hall en riant bruyamment.

La cabine de l'ascenseur sentait fort une eau de toilette au parfum épicé. Otelo appuya sur le bouton du cinquième étage.

Il reprochait à Zé de ne pas lui avoir adressé le moindre signe avant cette lettre qu'il retournait dans ses doigts. Certes, le jeune homme n'était en poste que depuis une semaine, mais il devait se douter qu'Otelo était soucieux, qu'il se demandait comment on l'avait reçu, quel genre de personnage était son chef, quelle mission on lui avait confiée... Il souhaitait savoir ce qu'il pensait de la ville qu'il avait lui-même visitée brièvement, dix-huit ans plus tôt... À vrai dire, il ne l'avait pas réellement visitée : il l'avait aperçue à travers les vitres d'un taxi...

Zé aurait pu passer un coup de fil depuis les locaux de la délégation s'il n'avait pas, comme c'était probable, le téléphone chez lui !

Otelo ne réclamait pas grand-chose : entendre la voix de Zé lui dire qu'il allait bien, que ça ne se passait pas trop mal aurait suffi à dissiper l'anxiété qui l'étreignait chaque fois qu'il se demandait comment Zé se débrouillait au milieu des *tubarões* de la capitale fédérale...

Il lui parut un peu curieux que le jeune homme ait pris la peine de lui écrire mais, après tout, Zé le connaissait bien : il savait qu'il attacherait davantage de prix à un courrier qu'à une conversation téléphonique. Il lui avait envoyé cette lettre pour qu'il puisse la serrer dans son portefeuille et la relire quand bon lui semblerait.

À moins qu'elle ne contînt une photo...

Otelo palpa l'enveloppe sans deviner autre chose qu'une feuille de papier ordinaire.

L'eau de toilette de Gonçalves embaumait le couloir du cinquième étage. On la lui avait sans doute rapportée de France et il en usait comme il usait de son téléphone portable : avec la générosité étourdie des fils de famille !

L'appartement sentait encore la nuit. Otelo ouvrit les fenêtres en grand, brancha la cafetière électrique, jeta ses socquettes dans le panier à linge, régla la température de la douche.

Il déposa ses chaussures en évidence à l'entrée de la salle de bains pour qu'Ângela, qui venait vers dix heures, n'oublie pas de les décrotter, puis il jeta un coup d'œil dans le miroir accroché au-dessus du lavabo. Il comprit l'étonnement de Gonçalves : son visage était barbouillé de sang qui, en séchant, avait formé des croûtes noires prises dans le chaume de sa barbe du jour. Otelo ricana silencieusement. Cet animal de Túlio avait dû penser qu'il s'était fait attaquer... Avant deux jours, l'immeuble bruisserait de la rumeur selon laquelle le capitão Otelo, le prof de l'école de police du cinquième, s'était fait braquer par quelque marginal au cours de son footing quotidien dans le parc Ibirapuéra. D'ici trois jours, on connaîtrait tous les détails de l'affaire !

Otelo rentrait de sa course avec le sentiment désagréable d'avoir été joué, manipulé. Bien qu'il se fût attardé presque une demi-heure dans le bosquet d'hibiscus, jamais il n'était parvenu à retrouver la trace du type de l'USP : ce maudit chauve devait connaître l'endroit comme sa poche.

Cette rencontre était étrange et il se demanda si son issue en queue de poisson ne préfigurait pas une suite, si cet épisode ne constituait pas le premier chapitre d'une histoire que le chauve entendait prolonger les jours suivants.

Il passa sous la douche, resta un moment immobile sous le jet brûlant, puis il ajouta de l'eau froide et commença à se savonner.

Sa joue gauche le cuisait. À coup sûr, les ecchymoses récoltées dans cette course pitoyable lui feraient bientôt un visage tuméfié de boxeur au lendemain d'un combat. Il sourit en pensant à la tête que feraient ses collègues et ses élèves en le découvrant amoché de la sorte. Il ne leur fournirait aucune explication : il les laisserait échafauder les hypothèses les plus farfelues et Dieu sait qu'ils étaient capables de tout imaginer !

S'il devait revoir ce chauve de malheur, il lui faudrait l'empêcher de prendre le contrôle. Pour imposer sa propre logique, il devrait coincer le type dans une partie du parc où l'autre serait obligé de courir au train et de suivre son rythme.

Il se sécha avec l'un de ces vastes draps de bain immaculés que lui envoyait Carlota parmi les innombrables pièces du trousseau qu'elle bâtissait patiemment, car elle était persuadée que son neveu unique se marierait un jour. Otelo fourrait les cadeaux de Carlota dans un placard, au fur et à mesure, refusant de collaborer au rêve de sa tante, et puis un jour, ulcérée par un gaspillage inouï à ses yeux d'employée, Ângela les exhumait et les faisait entrer discrètement dans le quotidien d'Otelo.

Après qu'il se fut séché, le drap de bain était taché de sang en plusieurs endroits. Sous l'eau chaude, ses lèvres heurtées par la branche s'étaient mises à saigner. Depuis qu'à la mort de son père ces imbéciles de Fernando et Gerson s'étaient entre-tués pour la possession de l'héritage, Otelo avait la phobie du sang. Il roula le linge en boule et le jeta avec dégoût dans un coin de la salle de bains.

Il appliqua la pierre d'alun dont il se servait lorsqu'il se coupait en se rasant et le saignement cessa. Il enduisit un coton-tige de *metiolato* et le passa doucement sur la coupure. Le médicament dessina en travers de ses lèvres un trait fin, d'un pourpre éclatant, qui lui barrait la bouche en diagonale et qui devait se voir à des kilomètres !

Pour être exact, ce n'était pas depuis la mort de Fernando et Gerson qu'il ne supportait pas la vue du sang : il était encore enfant lorsque ses frères s'étaient entre-tués et sa mère lui avait épargné le spectacle macabre de leurs dépouilles trouées par les balles. Non, c'était depuis qu'il avait vu Íris suspendue, ensanglantée et nue, au *pau-de-arara*, dans la salle de torture du DOI-CODI, à Rio.

Il enfila un caleçon et passa dans la cuisine.

Il attirerait le type vers les espaces découverts de l'Obélisque des Héros et là, sans échappatoire, sans nul abri où se cacher pour esquiver le duel, on verrait bien ce que ce chauve avait réellement dans le ventre.

Il avala un yogourt, un bol de céréales. Sa tasse était remplie de café fumant lorsqu'il glissa la lame du couteau à pain sous le rabat de l'enveloppe et le déchira. Il extirpa une feuille de carnet pliée en deux, couverte d'une vingtaine de lignes écrites avec un mauvais stylo à bille dont l'encre avait bavé. Cela ressemblait à un message écrit dans l'urgence et il eut le pressentiment que le contenu ne lui serait pas forcément agréable.

« Très cher capitão Otelo, écrivait Zé, si vous lisez cette lettre, c'est que je suis mort. »

Cette première phrase le laissa abasourdi, glacé. Il la lut, la relut : « Si vous lisez cette lettre, c'est que je suis mort... »

Zé était un garçon que la vie avait rendu grave, il plaisantait rarement et jamais dans ce registre. Qu'est-ce qu'il voulait dire par là ? De plus, Zé n'était pas mort puisqu'il tenait sa lettre entre ses mains...

Il lut la suite d'une traite. Les mots se brouillaient devant ses yeux, il perdait le fil, revenait sans cesse à cet avertissement liminaire : « Si vous lisez cette lettre, c'est que je suis mort... » Il recommença et recommença jusqu'à ce qu'il comprenne enfin le sens de ce qu'il lisait.

Je tiens pour coupable de mon assassinat le delegado Barreto de la 2e délégation de police criminelle du District Fédéral.

Accuser un de nos collègues est grave, j'en suis conscient : d'autant plus grave que je ne fais qu'exprimer une présomption. Je pourrais dresser la liste des indices qui me font croire à la culpabilité du delegado mais je sais que ce serait inutile.

Vous avez été pour moi bien davantage qu'un père et je mourrai en vous remerciant, encore et encore, de tout ce que vous m'avez donné avec une générosité qui m'éblouit.

Acceptez que je vous demande une ultime faveur : chargez-vous de l'enquête et vengez-moi, naturellement dans les limites de la loi.

Prenez garde à vous, très cher capitão Otelo ! Le delegado Barreto est beaucoup plus fin qu'il n'en a l'air et je le crois sans aucun scrupule !

Je regrette infiniment de vous quitter si vite, si abruptement. J'ai le sentiment de couper dans une chair vivante. Je sais que vous attendiez beaucoup de moi et je n'aurai pas eu le temps de vous remercier comme j'en rêvais.

J'en suis navré à mort.

Respectueusement, indéfectiblement et filialement à vous depuis le fond de ma tombe.

Zé Costa

Si Zé n'était pas mort, car il ne pouvait être mort, il lui était arrivé quelque chose, ou il menaçait de lui arriver quelque chose et le jeune homme l'appelait à son secours !

Otelo mit une douzaine de minutes pour obtenir auprès des renseignements téléphoniques le numéro de la 2e DP de Brasília. Lorsqu'il eut la communication, il demanda qu'on lui passe Zé Costa. L'homme qui lui répondit ne connaissait pas d'autre Zé que Zé Pinheiro. Celui-ci prenait sa vacation en début d'après-midi, si *o senhor* voulait le joindre, il devait rappeler vers quatorze heures.

Otelo insista : Zé Costa !

— *Não*... Zé Pinheiro ! » Retranché derrière l'anonymat du combiné, l'homme n'en démordait pas.

Otelo demanda alors à parler au delegado Barreto. La voix de son correspondant s'éclaira aussitôt. Le delegado Barreto, ça c'était quelqu'un dont le nom lui disait quelque chose !

Il était pas là, lui non plus. Il aurait dû être à son bureau mais, pour le moment, il n'y avait personne. Il pouvait, cependant, passer d'une minute à l'autre... Est-ce que *o senhor* désirait laisser un message au delegado ?...

Otelo répondit qu'il rappellerait plus tard.

Il demanda une dernière fois après Zé Costa mais l'autre raccrocha avant qu'il eût achevé sa phrase.

Otelo se rendit à l'école avec le sentiment de ne pas parvenir à se réveiller d'un cauchemar qui avait commencé dans le parc Ibirapuéra.

Le cours de procédure pénale lui parut interminable.

Abelardo Negro rigolait sans arrêt avec des gloussements de garçon trop gras, nourri au sucre et à la goiabada ; au fond de la salle, le petit Fischel feuilletait une revue posée sur ses genoux. C'était probablement une de ces revues porno qu'on trouvait maintenant dans les kiosques. Dans un moment, la main en visière pour masquer ses yeux mi-clos, il se masturberait à travers la poche de son pantalon...

Un jour normal, Otelo serait intervenu. Il aurait fait taire Abelardo et il aurait exigé que le petit Fischel lui apporte la revue qu'il lisait en douce.

Otelo aimait bien le petit Fischel en dépit de ses habitudes de branleur invétéré. Un jour ordinaire, il se serait moqué de lui avec l'ironie aigre-douce qu'il affectionnait, puis il l'aurait renvoyé à sa place, rouge comme une de ces langoustes rôties qu'il dégustait, le dimanche, sur les nappes immaculées de la Companhia Marinara, où l'entraînait Carlota…

Ce jour-là n'était pas un jour normal : ce jour-là Otelo se moquait de l'avenir d'Abelardo Negro, de celui du petit Fischel ; il se moquait du destin de la promotion entière, il se moquait aussi de son enseignement. En vérité il n'était pas à São Paulo, il était quelque part dans le ciel du Planalto, scrutant l'immense plateau de terre rouge à la recherche de Zé.

Il se força à attendre midi pour rappeler. Il eut un autre flic au bout du fil ; celui-là connaissait Zé. L'homme précisa, pour preuve, qu'il s'agissait du jeune type, tout juste diplômé de l'école de police, qu'on leur avait envoyé pour sa première affectation. « Un crack », il ajouta, « un super-crack d'après le delegado ! »

Otelo éprouva de la reconnaissance pour son correspondant inconnu. L'homme était présent lorsque Barreto avait présenté Zé à l'équipe. Il ne l'avait pas revu depuis, mais il allait se renseigner.

Otelo l'entendit demander à la cantonade si quelqu'un avait vu le nouveau. Le type insista, ajoutant que c'était ce garçon, « *o moço*, qu'avait une gueule de modèle ».

Non, personne ne l'avait vu : ni ce matin-là, ni même depuis deux ou trois jours.

Otelo déclina ses titre et qualité de professeur de droit à l'École fédérale de police de São Paulo et insista pour que quelqu'un se rende d'urgence chez Zé Costa car il redoutait qu'il lui soit arrivé malheur.

Personne ne savait où créchait ce Costa ! Le seul qui connaissait son adresse c'était le delegado avec lequel Zé faisait équipe, or il n'était pas présent, lui non plus, à la délégation. L'homme se dit désolé et promit de rappeler dès qu'il aurait le renseignement.

Otelo s'assit face au téléphone et le fixa un long moment. L'appareil ne sonna pas.

Il savait qu'il ne sonnerait pas.

Vers midi trente, il quitta son bureau et gagna la sortie de l'école. Il croisa Moreira et ne répondit pas à son salut. Il n'était plus à São Paulo : il était dans le ciel du Planalto, scrutant la terre rouge pour apercevoir la petite silhouette de Zé qui courait, qui tendait le bras vers lui, criant : « Capitão !... capitão Otelo !... je suis là !... Descendez, capitão !... posez-vous ! »

Et lui, arrondissant son vol, il descendait en tournoyant. « J'arrive !... », il criait, « j'arrive !... Sois pas inquiet, Zé, je suis là ! »

7

« Conduis avec davantage d'amour. »

Barreto frappa le volant avec mépris, de ses deux mains à plat. C'était une phrase de pédé !...

Davantage d'amour... Dégage la route, fils de pute !

Le camion projetait des gerbes d'eau sur le pare-brise de la Bronco. Chaque fois que Barreto déboîtait pour doubler, il se trouvait nez à nez avec un bus, une voiture ou un autre poids lourd arrivant en sens inverse et qui le contraignait à se rabattre vivement. Il savait que personne ne lui céderait le passage, que nul ne ferait le moindre geste pour favoriser le dépassement du camion. Tous les conducteurs roulant sur cette putain de route étaient sûrs de leur bon droit et si, par malheur, cette Bronco à la con insistait, eh bien il arriverait ce qui arrivait souvent, comme en témoignaient les innombrables croix bleues ou blanches plantées sur le talus de terre vive ! *Mario Figueiredo 7-3-91. Paulo Rocha 25-11-90...*

Des milliers, des dizaines de milliers de gens étaient morts de n'avoir pas accepté de céder la route ou bien de l'avoir prise alors que d'autres le voulaient pas ! Des centaines de milliers mourraient encore !

Ces types qui refusaient de lui faire de la place, c'étaient des enculés, y avait pas de doute là-dessus, mais y arrivaient en face et, *puta merda*, la Bronco c'était pas un hélicoptère ! Y avait pas moyen de faire autrement que de se rabattre derrière cette saloperie de camion !

Il était long comme un train de marchandises, bâché d'une toile plastifiée épaisse, de couleur orange, qui devait protéger un chargement de bois ! Du jacarandá, probablement, dont la coupe était interdite, ou bien de la cerejeira en provenance d'Amazonie ou du nord du Goiás.

Conduis avec davantage d'amour !...

Amour mes couilles !...

Jamais Barreto aurait pu se mettre au volant d'un camion qui portait une phrase pareille peinte au cul ! Pourquoi il avait pas écrit, je sais pas moi : je suis une grosse salope, suce-moi le pot, *querido* !...

La route prit de la pente et le camion ralentit encore. Barreto lui collait désespérément aux feux arrière, pointant sans cesse son capot sur la gauche comme un animal obstiné, comme un chien frénétique tirant sur sa laisse.

Des tentes bricolées avec des branches et des bouts de plastique noir, probablement récupérés dans une fazenda, étaient agglutinées, comme une touffe de champignons, au-dessous d'un immense panneau délavé par les pluies. « Faites un examen du col de l'utérus ! »

Barreto secoua la tête avec accablement : depuis que Collor était au pouvoir, ce genre de conneries se multipliait ! À quand : faites-vous mirer le trou du cul ?

Des bus, des bahuts énormes chargés à rompre leurs essieux déboulaient sans discontinuer dans l'autre sens. Il y avait trop de monde sur cette maudite route : jamais il ne parviendrait à doubler !

Une gigantesque cuvette s'étendait sur sa droite. Des lambeaux d'une brume chaude, blanche et grasse, s'accrochaient aux collines qui bosselaient le fond. Il lut, en lettres bleues, sur un portique de bois dressé à l'entrée d'une piste creusée d'ornières : fazenda Buriti.

C'était comme une énigme proposée à la sagacité du voyageur. Pourquoi Buriti ? Pourquoi pas fazenda São João ou São Joaquim ? Est-ce que le *fazendeiro* avait choisi ce nom par goût, pour une raison personnelle, ou bien le nom s'était-il imposé à lui à travers l'histoire de la propriété ?

Que cultivait-on à la fazenda Buriti ? Quel bétail élevait-on ? Combien ça rapportait de faire le *fazendeiro*, combien restait-il en fin d'année, une fois les comptes clos ?

On disait que la terre était bonne par là : Antônio Barriguda possédait un magnifique élevage de porcs dans les environs ! On le prétendait richissime...

Est-ce que ça valait le coup de mettre du fric dans le coin ?

La pente diminuait, Barreto passa en quatrième. Il déboîta une fois encore. Un camion-citerne de la Petrobras passa au ras de la Bronco, tous ses klaxons hurlant.

La peur souffla en Barreto un vertige de flammes. Durant quelques secondes, un nuage ardent dont les volutes orange et noir se tordaient en convulsions infernales dansa devant ses yeux. Il vit, oui, il vit plus qu'il n'imagina, une silhouette charbonneuse qui courait sur la route, la tête, le dos en feu, comme dans les films américains. C'était lui qui galopait ainsi : lui qui brûlait comme un damné...

Il l'avait échappé belle, *puta merda* ! Il avait intérêt à se tenir peinard un petit moment : le temps que son cœur retrouve un rythme normal, que la sueur cesse de sourdre à son front, à ruisseler dans la paume de ses mains.

Il ne savait pas comment il userait de son fric.

Que savait-il faire à part enquêter sur des gens, les traquer, leur foutre le nez dans leur merde, les pousser aux abois comme des viados, des onces, comme des lobos guarás ?...

Rien !

Il n'avait rien appris d'autre !... Il esquissa un sourire : depuis peu, il apprenait à tuer les gens...

Il en avait dézingué trois en deux jours ! Ça n'était pas grand-chose si on comparait aux scores du Gordo ou de Bico Fino : deux anciens de la police militaire dont c'était devenu le métier d'éliminer des gens et qui devaient totaliser chacun cinquante à soixante têtes lorsqu'il les avait foutus en taule. Ce qui le différenciait de ces deux abrutis c'était que, Tonino mis à part, les types qu'il venait de descendre n'étaient pas les marginaux, gosses des rues, femmes volages et époux infidèles qui constituaient l'essentiel des trophées du Gordo et de Bico Fino. Lui, il avait immédiatement tapé dans le gros, dans le royal ! Saulo Pedreiro était riche et fils de sénateur, quant à Zé... Zé c'était un crack !...

Un espace s'ouvrit enfin et Barreto doubla le camion. À travers la vitre baissée il fit un geste insultant et jeta un coup d'œil dans le rétroviseur pour voir comment le chauffeur prenait ça. Le type ne répondit pas et Barreto en fut déçu.

Zé était le seul crack qu'il eût jamais connu. On lui en avait présenté des tas : le crack machin, le crack truc... Tu parles !... Crack mon cul, oui !...

Zé était d'un autre calibre ! Il avait en lui quelque chose d'inexplicable : la grâce, pour ainsi dire !

Barreto n'avait pratiquement rien absorbé depuis la veille : son ventre gargouillait, le réservoir de la bagnole était pratiquement à sec, son dos et sa nuque, courbatus, lui faisaient mal. Il ralentit sur les bourrelets de ciment placés en travers de la route, à l'entrée d'Alexânia, puis s'engagea sur la piste latérale à la recherche d'un endroit où manger quelque chose.

Il parqua la Bronco devant la Churrascaria Displan et choisit une place devant la fenêtre pour la garder à l'œil. Il commanda une Brahma au serveur qui lui apporta le couvert puis il gagna le buffet. Il empoigna une assiette et piocha dans l'énorme plat d'une farofa aux grains épais, saturée d'huile.

Presque tous les clients étaient des gens de la route. Des camionneurs, des villageois, des entrepreneurs des environs qui rentraient du District Fédéral après une démarche administrative, une requête auprès d'un homme politique... Barreto se servit une louche de riz.

Il reconnut des commerciaux en tournée. Le District Fédéral les attirait comme le fromage attire les mouches. Tous ces fonctionnaires qui gagnaient bien, qui gagnaient à rien foutre, qui s'emmerdaient dans le béton comme des singes en cage, pensaient qu'à claquer leur pognon ! Ça valait le coup de faire le voyage pour tâcher de leur vendre de quoi oublier leur ennui une journée ou même une heure ! Machines à musique, illustrés pour la santé, pour le cœur en panne d'émotions, illustrés pour les astres, vélos d'appartement, chiens de compagnie, caleçons pour la gymnastique et puis des téléphones, des trucs électroniques en veux-tu en voilà !...

Barreto jeta dans son assiette une grosse pincée de couve coupée en minces lanières.

Y avait du pognon à se faire, c'était sûr, dans cette capitale de bureaucrates à la mords-moi le gland mais lui, il avait plus à s'en faire. Il avait plus à se creuser la cervelle pour trouver un filon. Il trimbalait un million de réais dans son coffre ! Un million, *puta merda* ! La seule question qui se posait réellement c'était : comment claquer ce fric ? Avec qui le claquer ?

Il jeta un coup d'œil circulaire dans la salle. Y avait personne, non, personne avec qui il aimerait dépenser son argent.

Une famille entière : une tripotée de gros, attroupée comme une horde de barriques, patientait derrière lui, chacun tenant son assiette vide comme un mendiant sa sébile. Ils étaient silencieux et regardaient leurs pieds pour empêcher que la salive ne leur monte à la bouche trop tôt.

Barreto ricana pour lui-même : ils essayaient de pas baver sur leurs godasses !

Il sourit à la mère, des bijoux plein les bourrelets, équipée d'un soutien-gorge de force aux bonnets amples comme des bonnets de bain. Elle lui retourna poliment une espèce de grimace. Il sourit au père, tourné monument de saindoux, dont la silhouette était plate derrière et très bombée devant. Le type se contenta d'un hochement de tête signifiant : dépêche-toi, tu vois pas que j'ai faim ! Dans ses falzards, on aurait pu tailler une paire de draps assez amples pour couvrir un lit de pauvres !... Quant aux gosses !...

Barreto se servit de feijão dont le fumet capiteux, le jus noir se mélangeant au riz, réveilla brutalement la faim qui lui creusait le ventre.

S'il avait eu des gosses de l'acabit des trois qui piaffaient dans son dos, il les aurait noyés ! Il y avait en eux quelque chose de l'azul : ce poisson d'un bleu intense, couvert d'une sécrétion épaisse et gluante, sans yeux, sans écailles, pas plus expressif qu'un pis de vache coupé ras la mamelle et jeté dans l'eau. Ils en attrapaient des quantités, son père et lui, dans le rio Pindaré et, chaque fois, les décrocher de l'hameçon était tout un fourbi...

Il regagna sa table, caressa la Bronco du regard en se répétant qu'il devrait aménager une cache sérieuse pour y planquer son or.

La Brahma était glacée comme il aimait. Il se servit un verre, qu'il avala d'un trait, puis un autre qu'il liquida tout aussi goulûment. Il claqua la langue avec satisfaction, s'essuya les lèvres du dos de la main, soupira d'aise et reprit l'inventaire ironique de la salle bruyante.

Une tablée de *fazendeiros* coiffés de chapeaux de paille tressée à bord large bâfrait, sans un mot, à grands coups de mâchoire. Ils mangeaient comme leurs bœufs, mastiquant amplement, les yeux baissés, indifférents au monde !

Un garçon apporta une picanha à peine entamée, enfilée sur une broche dégouttante de jus. Barreto lui fit signe de tailler une tranche large comme la moitié de sa main.

Il claquerait une partie de son fric, mais pas tout, non, pas tout !

Il assaisonna la viande de piment Bode ; du piment « Bouc » qui le faisait suer comme une fontaine chaque fois qu'il en bouffait, et qui, le lendemain, lui faisait chier de la braise vive, mais dont il adorait la brûlure lorsqu'il mastiquait la bidoche, le goût de feu qui restait dans sa bouche après qu'il avait avalé…

Il claquerait pas tout, non, il en mettrait un paquet de côté ! De quoi assurer ses vieux jours…

La bouteille de Brahma était vide et il fit signe qu'on lui en apporte une seconde.

C'était la première halte qu'il s'accordait depuis la veille, depuis la tuerie de la fazenda Pedreiro ! La première halte, oui, et, pour la première fois depuis une trentaine d'heures, la vie lui apparaissait un peu moins laborieuse. Un peu moins crevante, ricana-t-il, un peu moins tuante !

Un garçon lui proposa de l'alcatre et il lui fit signe d'y aller… Un bon morceau d'alcatre !

Il demanda si c'étaient des bœufs de Goiás qu'on servait dans cette *churrascaria*. Le garçon hocha la tête avec une gravité de curé en messe : des bœufs de Goiás, de bons bœufs élevés dans les environs ; les meilleurs bœufs de tout le Brésil !... Les meilleurs bœufs de la planète entière !...

« *Sim senhor !...* »

Nulle part ailleurs ils n'avaient le luxe d'une viande de cette opulence. À la fois tendre et ferme, juteuse, parfumée...

« De la viande quoi ! » approuva Barreto. « De la bonne viande pour les hommes ! »

Un garçon emplit son verre avant de poser la bouteille de Brahma sur la table en la faisant claquer.

Maintenant qu'il était riche, Barreto se paierait les meilleures *churrascarias* du pays ! Il s'en mettrait plein la lampe, *Senhor Deus*, il se remplirait la panse jusqu'à ce qu'elle touche ses épaules !...

Il s'avisa qu'il s'en mettait déjà plein la lampe et une pointe de déception ternit son enthousiasme.

Il devait exister des *churrascarias* où la bidoche était meilleure que toutes celles qu'il avait goûtées jusque-là, où on servait des viandes d'une succulence inouïe !... Il les trouverait !... Il y mangerait tous les jours : deux fois par jour !

Le garçon avait raison : c'était vrai que ces sacrés bœufs de Goiás donnaient la meilleure viande qu'on puisse imaginer... Peut-être qu'y avait pas mieux qu'ici, au fond...

Il but son verre, plus lentement cette fois.

Ouais, où qu'y placerait son pognon ?

À la banque ?...

Depuis que ce *filho da mãe* de Collor avait, sans prévenir, gelé les comptes rémunérés, Barreto détestait les banques ! Pour tuer l'inflation, avait prétendu ce crétin !... Tu parles !... Il avait rien tué du tout : il avait tué les épargnants ! Lui, il avait sauvé sa cagnotte par miracle ! Ce salopard de Collor avait failli le priver de sa Bronco !

Depuis, il gardait son argent chez lui, en liquide ! Dans une boîte de biscuit métallique Dona Benta qu'il cachait, à l'insu de Lene, sous les dalles déjointées du garage.

« *Contrafilé ?*

— *Sim* », grogna Barreto, « *contrafilé !* »

Et puis *costela, contra costela, comto de peito, frango, cupim, carne temperada, filé mignon*... Allez-y... Je mange de tout, je mange tout !

Il appela pour avoir une autre bière...

Combien de bœufs avait-il mangés depuis qu'il était au monde ? Et combien en avait-il chiés ?

Il rit, haut, et la femme qui déjeunait à la table d'en face, assise côte à côte avec un homme qui devait être son mari, ou son amant, ou un connard quelconque, lui jeta un coup d'œil rapide avant de murmurer quelque chose à l'oreille de son compagnon qui hocha la tête d'un air à la fois attristé et dégoûté.

« Vous savez pourquoi je ris ? » lança Barreto. Le couple lui jeta un regard s'efforçant à une prudente indifférence. « Je ris parce que je me demande combien de bœufs j'ai bouffés depuis que je suis né ?... Et vous, combien en avez-vous avalé ? »

L'homme et la femme, à demi rassurés, ébauchèrent un sourire maigre.

« Je me demande aussi combien j'en ai chié ?... parce qu'y faut bien les chier, pas vrai », s'esclaffa Barreto, « et c'est pas facile de faire passer les cornes ! »

La femme saisit le bras de l'homme et le pressa comme pour lui demander de garder son calme, de ne pas répondre à la provocation, mais l'homme n'avait nulle envie de réagir : Barreto était trop puissant, trop costaud pour qu'il risque une bagarre !

Le garçon apporta des lingüiças noires, ruisselantes de graisse, embrochées sur la lame effilée comme des bananes en collier. Barreto en prit une, retourna se servir en riz, en feijão, en farofa, en couve, commanda une autre Brahma.

Lorsqu'il se rassit, le couple était parti. Il termina son repas par des corações de galinhas : de tout petits cœurs pointus qui craquaient sous la dent... Des cœurs d'oiseau...

Il en eut pour moins de dix réais et se sentit vaguement déçu de la modicité de la somme pour son premier repas de riche.

Il se serait volontiers allongé à l'arrière de la Bronco pour y dormir une heure ou deux, mais c'était pas le moment de sommeiller : la vie était ouverte, la richesse l'attendait, là-bas, à Campo dos Índios !

Il fit le plein à la station Texaco et reprit la route sur laquelle il lui sembla que la circulation avait un peu diminué.

8

La vue de cette pauvre Anísia ne cessait de baisser. Une main en visière sur les yeux comme pour se protéger d'un soleil aussi obscur qu'aveuglant, la vieille femme dut scruter la pénombre du palier durant plusieurs secondes avant de reconnaître Otelo.

Il la serra contre lui avec affection et l'embrassa sur les deux joues. Baiser cette peau ridée et sombre lui procurait le sentiment de goûter à un fruit succulent qu'il avait envie de mordre pour s'en repaître.

Il suivit sa silhouette maigre, de plus en plus fragile, dans le corridor mal éclairé conduisant au séjour où déjeunait sa tante.

Carlota trônait au centre de la longue table de jacarandá cirée qui dressait une manière de scène dans le fond du vaste séjour donnant sur les frondaisons baroques du parc Ibirapuéra.

Au moment où Otelo pénétra dans la pièce, sa tante mastiquait lentement, absorbée, semblait-il, à quelque mystérieuse partie de pions qu'elle jouait avec les assiettes de porcelaine anglaise, le sucrier, les verres et les carafes de cristal déployés devant elle sur une nappe de lin immaculé. Carmita, la petite bonne rondouillarde qui, désormais, assurait le service sous le regard sévère d'Anísia, jouait elle aussi avec une hâte frivole, déposant un broc d'argent, emportant la saucière…

Le déjeuner était le seul repas de Carlota. Le soir, elle dînait de biscuits trempés dans du porto, grignotait des pães de queijo en contemplant les lumières qui criblaient la nuit sur l'autre rive du parc.

Elle jeta à Otelo un regard de reproche avant de se forcer à un sourire contraint. Elle n'aimait pas qu'on interrompe ce moment béni où elle n'était plus que bouche, lèvres, langue, où elle se sentait la gorge et le ventre caressés par ces mets qu'elle dégustait longuement et dont elle savourait la descente dans ses profondeurs intimes. Elle s'absolvait elle-même de sa gourmandise en prétendant, avec une mauvaise foi dont elle n'était pas dupe, que si Dieu en avait décidé ainsi, elle prenait peut-être, sans le savoir, son dernier déjeuner. Dès lors, il était de son devoir de chrétienne de profiter, jusqu'à la dernière miette, de cet ultime gueuleton !

Elle s'essuya la bouche avec le petit mouchoir de batiste qui ne la quittait jamais et lança : « *Como vai ?* » en scrutant d'un regard aigu le visage d'Otelo. Son neveu n'avait pas pour habitude de lui rendre visite à l'heure du déjeuner en milieu de semaine.

Elle invita Otelo à prendre place à la table, en face d'elle. Sachant qu'il importunerait la vieille femme, il refusa, prétendant qu'il avait déjà déjeuné. Carlota accepta l'excuse et lui fut reconnaissante de l'élégance de son geste : c'était le jour des quindins qu'Anísia préparait une fois la semaine et les quindins d'Anísia méritaient d'être dégustés dans le recueillement !

Otelo alla s'installer sur le vaste canapé de cuir noir, à l'autre bout de la pièce.

Peu après, Anísia apporta une douzaine de gâteaux, délicieusement luisants, disposés en rond dans un plat d'argent qu'elle posa cérémonieusement devant sa maîtresse avant de reculer d'un pas. Carlota saisit un quindin du bout de ses ongles longs et bombés, courbes comme des serres d'oiseau, examina avec circonspection la pâte jaune clair, presque translucide, qui ressemblait à une chair étrange, puis ferma les yeux, porta le gâteau à sa bouche et le coupa en deux d'un coup de dents sec et précis.

Elle tint la moitié tranchée en croissant à hauteur de son visage, mastiqua, les yeux toujours fermés, enfourna la seconde moitié, la déglutit et consentit enfin un hochement de tête accompagné d'un sourire lumineux : ces quindins-là valaient le recueillement ! Le visage sombre d'Anísia s'éclaira aussitôt. Carlota désigna Otelo d'un coup de menton, la vieille bonne mit trois quindins dans une assiette et les lui apporta.

Elle se retira sans attendre son opinion. Seul le verdict de Carlota avait de l'importance. Interrogé sur la qualité des quindins, Otelo mentirait comme mentait n'importe lequel des visiteurs de sa maîtresse. Il le ferait gentiment, certes, avec chaleur, avec tendresse, mais il mentirait. Et puis il n'était pas habilité à porter un jugement. Avec quoi pourrait-il comparer ? Avec les quindins qu'on trouvait dans le commerce ? On ne vendait plus que des quindins chimiques depuis belle lurette. Ils y mettaient du caoutchouc pour les rendre moelleux et la couleur venait directement de chez le marchand de peinture ! C'est Dona Filomena, la veuve du second étage, qui le lui avait dit, et Dona Filomena c'était quelqu'un ! Elle était quasiment aussi riche que Dona Carlota, connaissait presque autant de monde et, de plus, elle avait su conserver un et peut-être même plusieurs amants !

Carlota posa sa serviette brodée près de son assiette, commanda à Anísia de servir le café avant de rejoindre Otelo, avec une lenteur souveraine, pour s'asseoir face à lui. Elle l'observa à nouveau attentivement, cherchant à deviner ce qui lui valait cette visite exceptionnelle.

Elle avait remarqué la blessure de ses lèvres, la meurtrissure de sa joue, mais n'en avait soufflé mot pour ne pas engager prématurément la conversation. Maintenant que le moment sacré des quindins était passé, elle avait tout loisir de questionner son neveu.

Elle se pencha en avant, effleura la blessure du bout des doigts. « Qu'est-ce qui t'est arrivé », elle demanda, « tu t'es battu, tu as eu un accident ? »

Il raconta qu'il avait heurté une branche en courant dans le parc. Elle lui proposa de consulter son docteur, *o doutor* Laertes, qui faisait des miracles.

Otelo sourit, se détourna, regarda par la fenêtre la lumière plombée qui annonçait la pluie. Il n'avait pas besoin d'un docteur, il avait besoin d'argent.

Quelques semaines plus tôt, un dimanche après-midi, alors que l'averse crépitant sur le store de toile couvrait presque leurs voix, la vieille femme avait tenté, une fois de plus, d'aborder la question de sa succession. Otelo l'avait interrompue sur-le-champ, protestant avec véhémence qu'il n'accepterait rien, ajoutant, comme à chaque fois, que si sa tante s'obstinait à faire de lui son légataire universel, il offrirait la totalité de ce qui lui reviendrait à une œuvre caritative comme il l'avait fait pour les biens de ses parents.

Après la mort de sa mère dévastée par le chagrin, ses études de droit achevées, Otelo avait légué son héritage à l'œuvre des Meninos da Rua, puis il s'était engagé dans l'armée comme on entre dans les ordres.

Carlota était une femme qui avait de la suite dans les idées et les rebuffades d'Otelo ne la décourageaient pas. Elle avait décidé une fois pour toutes que les milliers et les milliers d'hectares de bonne terre qui, à sa mort, reviendraient à son neveu, ses fazendas prospères du Paraná, du Mato Grosso do Sul, n'échoueraient jamais sur le compte en banque d'un escroc car, selon elle, toutes les œuvres charitables n'étaient que des rets tendus par des filous dans lesquels se prenaient des gens généreux certes, mais crédules.

À chacune des visites d'Otelo, elle se faisait un devoir de lui rappeler qu'il était de son bord et pas de celui d'Anísia ou de Jair, le *porteiro* qui veillait à l'entrée de l'immeuble, enfermé dans sa guérite de verre, pas du côté des hommes de peine, des chauffeurs d'autobus. Quoi qu'il prétendît, il ne décidait rien ! Son destin ne lui appartenait pas : il appartenait à la famille, au clan dont il était, avec elle, le dernier représentant depuis que ses imbéciles de frères s'étaient entre-tués pour se voler l'un autre !

Parvenue à ce point de son sermon, elle ne manquait jamais de baisser la tête et de joindre les mains pour expédier une prière hâtive. Bien qu'Otelo fût un homme fait, elle le considérait toujours avec cette condescendance bienveillante qu'affectent les gens d'expérience face à de jeunes étourdis. Elle soupirait qu'il avait le temps de changer ! Au cours d'une existence, tant de choses se produisent qu'on n'avait pas prévues...

Une fois encore, ce dimanche-là, il avait ricané que rien, non, rien, ne le ferait changer d'avis !

Il était sincère, sûr de lui ! Mais il ne savait pas, alors, qu'il recevrait cette lettre, que le type au téléphone lui dirait qu'il n'avait pas vu Zé depuis un bon moment... Il n'avait pas en lui cette angoisse sourde qui lui serrait le cœur...

Tant de choses se produisent qu'on n'avait pas prévues...

Est-ce que sa tante se souvenait de ces serments ? Comment les aurait-elle oubliés ? Elle n'eut pas la cruauté de les lui rappeler.

« J'ai besoin d'argent ! » il répéta mais, malgré son effort pour parler haut, sa voix resta un souffle.

La vieille femme tressaillit de plaisir : son neveu quittait sa défroque de moine soldat et redevenait un homme !

Elle se pencha vers lui, posa une main affectueuse sur son genou, imaginant qu'il avait enfin un projet à lui soumettre : un projet qu'elle serait ravie d'examiner, de soupeser avec lui, un projet qui les lierait enfin à la vie à la mort !

« Combien veux-tu ? » elle demanda, ajoutant « *meu filho* », lui indiquant ainsi qu'il pouvait demander ce que bon lui semblerait.

Il avait besoin de cinq mille réais, si possible en liquide. Il crut nécessaire de justifier sa requête en expliquant qu'il devait partir, l'après-midi même, pour un voyage inopiné. Il ignorait combien de temps il devrait rester sur place et, par conséquent, ne pouvait évaluer ce que seraient ses dépenses, or sa trésorerie était bloquée jusqu'à la fin du mois.

En vérité, son compte était vide ! Son souci de se mortifier l'obligeait à vivre avec peu, virant, chaque mois, le reste de sa solde aux Meninos da Rua.

Carlota fit une grimace déçue : cinq mille réais, ce n'était pas de l'argent, c'était un peu, très peu d'argent, c'était une somme qui ne comptait pas !

« Combien veux-tu ? » elle insista.

Cinq mille réais suffiraient amplement. Carlota lui tapota le genou, se mit debout et quitta la pièce.

En attendant que la vieille femme fût prête, Otelo passa sur le balcon. Depuis le belvédère, il aimait contempler la ville, vaste, puissante, déployant jour et nuit l'énergie brutale d'une bête qui veut sa part de vie.

Le ciel était d'un noir uniformément dense ; l'air, moite, était inerte. Les sons semblaient ne plus rencontrer aucune résistance ! Les bruits de moteur, les coups de Klaxon résonnaient avec une précision hallucinante. Baignant dans son jus d'huile mécanique, de sueur, d'eaux grasses, la ville suffoquait en espérant une pluie qui tardait. Otelo se délectait de ces instants suspendus avant que se déchaîne la cavalerie céleste.

Une lame de lumière trémulante s'enfonça dans une brèche ouverte entre deux buildings ; quelques secondes plus tard, un tonnerre roulant déferlait sur le parc.

Le vent de l'orage ébouriffa les feuillages, les frondaisons se couvrirent de moirures argentées. Les éclairs, déployant d'immenses racines bleues qui allumaient des reflets sur les façades vitrées des immeubles du centre, se succédèrent bientôt à une cadence énervée. Un rideau, épais comme un brouillard, se tendit en travers de l'horizon, gommant, l'une après l'autre, les silhouettes des immeubles.

Tandis qu'il observait l'avancée de la pluie, Otelo vit distinctement deux branches de lumière, l'une qui montait du parc et l'autre qui descendait, se tendre l'une vers l'autre. Lorsque les deux branches de la foudre se joignirent, Otelo ne vit plus rien qu'une clarté indescriptible : comme une incandescence blanche qui lui mangea le regard. Le ciel entier craqua. Il eut le sentiment qu'il s'était fissuré, que, dans une fraction de seconde, il tomberait en morceaux, jetant sur la ville une averse de verre en miettes.

Après l'éblouissement qui l'avait aveuglé, la vue lui revint comme une photographie apparaît dans le révélateur. Il devina l'ombre moussante du parc, et, sur la gauche, des choses jaunes et rouges qui ressemblaient à des vers ou des serpents qui dansaient, qui gigotaient dans le vert sombre du feuillage.

Le gigantesque tamarinier, planté comme un pivot au cœur du massif d'hibiscus où Otelo s'était perdu en courant, le matin même, flambait. Absurdement, il se sentit vengé du chauve.

Quinze minutes après le début de la pluie, Carlota revenait dans le séjour habillée pour sortir. Elle portait, accroché au bras, un volumineux sac de cuir noir dont elle indiqua, fière de son inventivité, qu'elle avait fait renforcer la bride par un mince câble d'acier pour empêcher qu'un voleur ne le lui arrache. Otelo doucha l'enthousiasme de sa tante en lui faisant observer qu'au lieu de lui arracher le sac, les voleurs, désormais, lui arracheraient le bras. Carlota n'avait pas envisagé la question sous cet angle. Elle considéra le sac en fronçant les sourcils et demanda à Otelo ce qu'il lui conseillait. Il répondit que le mieux, à son avis, serait qu'elle se balade en char d'assaut. Étouffant un rire gloussant, la vieille femme fit mine de le frapper du plat de la main pour châtier son insolence.

Lorsqu'ils débouchèrent du hall, le trottoir paraissait fumer sous la violence de gouttes énormes qui crépitaient avec un bruit de friture sur le dallage de pierre. Carlota conseilla à Otelo d'attendre que l'averse se calme un peu avant de courir à la Fusca. Il n'avait pas le temps : à quinze cents kilomètres de là, au nord-ouest, sur le Planalto rouge foncé rayé par la ligne pointillée du tropique, Zé attendait son secours !

Le temps de se précipiter jusqu'à la voiture, Otelo fut trempé. Son veston collait à son torse ; à chacun de ses pas, ses mocassins gorgés d'eau faisaient des bruits de crapaud qu'on écrabouille.

Il amena la voiture au bas de l'immeuble. Jair, le portier, abritait Carlota sous un vaste parapluie pourpre, hochant consciencieusement la tête aux remarques de la vieille femme sur l'orage, sur la pluie, sur l'impatience d'Otelo qui n'avait pas su attendre une accalmie.

Carlota se glissa avec difficulté dans l'habitacle exigu de la Fusca, casa, en gémissant, son corps replet dans le siège inconfortable du passager. Comme à chaque fois qu'elle devait s'astreindre à cette gymnastique, elle reprocha à Otelo de rouler dans une voiture de pauvre. « Ça te plaît de me faire honte devant Jair ?... », elle protesta. « Qu'est-ce que pensent les gens de l'immeuble ? »

Ils pensaient qu'elle n'était pas fichue d'offrir à son neveu une voiture convenable, voilà ce qu'ils pensaient ! Au bout du compte, l'orgueil stupide d'Otelo lui retombait dessus !

Otelo engagea la Fusca dans le flot ralenti de la circulation avant d'objecter que Jair adorerait posséder une Fusca, quant aux gens de l'immeuble, il se moquait royalement de leur opinion !

« Pourquoi tu n'achètes pas une vraie voiture », elle poursuivait, têtue, infatigable, « une zéro kilomètre ? » Otelo écarquillait les yeux pour tâcher de voir à travers le pare-brise noyé de pluie qui dégoulinait en lourds drapés liquides.

Une ombre noire, luisante, glissait sur le flanc de la Fusca. « Pourquoi tu n'achètes pas celle-là, par exemple ? » s'exclama la vieille femme. « Elle te plaît pas ? Non... »

Il n'avait pas besoin d'un autobus, pas besoin d'une bétaillère...

« Pourquoi tu viens pas avec moi au garage de Seu Fernando », elle insistait, « c'est à deux rues d'ici. J'y suis passée l'autre jour, il m'a montré une voiture magnifique : une limousine, je crois, ou un machin comme ça ! Il m'a même dit : c'est ça qu'il faudrait à votre neveu pour vous promener, Dona Carlota. Il dit que ta Fusca est une épave : un cercueil roulant. »

Elle se signa rapidement.

« Ton Fernando est un escroc ! » bougonna Otelo. « Un homme honnête ne chercherait pas à te vendre une voiture ! »

Carlota répliqua, l'air pincé, qu'elle avait les moyens de s'offrir la voiture de son choix et le chauffeur en casquette qui allait avec. Elle pouvait s'acheter le garage de Seu Fernando si le cœur lui en disait, et le grand garage de la Ford, à la sortie nord de la ville, sur la route de Rio ! Elle avait les moyens de s'acheter tous les concessionnaires automobiles de l'État de São Paulo !

Elle exagérait, sans aucun doute, mais pas autant qu'on aurait pu le penser...

La pluie crépitant sur la tôle faisait un roulement sourd et continu. Les égouts saturés dégorgeaient des flots brunâtres. Si le niveau de l'eau continuait de grimper, bientôt ils n'auraient plus les pieds au sec !

La rue Morgado Mateus était bouchée. Ils durent faire un détour par la rue Amâncio de Carvalho, puis par l'avenue 23 de Maio.

Exaspéré par le contretemps, Otelo tapait du plat de la main sur le volant. Carlota lui demanda ce qui le mettait dans un état pareil ? Elle suggéra, les yeux brillants, que dans son fameux voyage il allait à la rencontre d'une femme.

Otelo était navré de la décevoir mais il n'allait pas à la rencontre d'une femme : il avait rendez-vous avec « Zé !... Zé Costa ! »

La vieille dame lui jeta un regard surpris : elle ignorait jusqu'à l'existence de ce Zé. Connaissant le mépris de Carlota pour ceux qu'elle appelait *o povão*, certain qu'elle n'y comprendrait rien et n'y verrait que du mal, jamais Otelo ne lui avait touché le moindre mot de son étrange aventure tout au long des dix années qu'elle s'était prolongée. Maintenant qu'il réclamait de l'argent à sa tante, le moment était venu de lui dire qui était Zé.

Il raconta en quelques mots sa rencontre avec le gamin, dans la rue, du temps où on l'avait envoyé battre les favelas du grand São Paulo pour le punir de son rôle dans l'affaire Darci, comment, subjugué par l'intelligence du gosse, il l'avait pris sous sa protection, comment il l'avait éduqué, comment, enfin, il l'avait préparé au concours d'entrée de l'École fédérale de police que Zé avait réussi brillamment pour sortir, trois ans plus tard, premier de sa promotion : la promotion Erivaldo Nunez.

Carlota écoutait, le visage fermé, sans aucun commentaire. Ce que racontait son neveu lui déplaisait fortement.

Otelo s'attendait à une telle réaction. Depuis qu'il avait résolu de sauver Zé de la rue, il s'était heurté à l'incompréhension, voire à l'hostilité déclarée de ses collègues de l'école de police. Eux aussi considéraient qu'en introduisant chez eux quelqu'un de l'autre monde, Otelo enfreignait un tabou.

À hauteur de la rue Doutor Sampaio Viana, la circulation était bloquée. Carlota abaissa la vitre latérale et héla un gamin en haillons qui, plaqué contre un mur, s'abritait tant bien que mal, tout en se distrayant au spectacle de l'encombrement.

« *Garoto* », elle cria, « *oi garoto !… O que esta acontecendo lá embaixo ? Vai ver e me conta !* »

Le gosse ne bougea pas. Carlota soupira une résignation indignée, fouilla dans son sac et en tira une pièce de monnaie qu'elle montra à l'enfant. Le gosse quitta son abri et s'élança aussitôt sous la pluie battante. Il revint, deux minutes plus tard, les cheveux plaqués sur le crâne, ses loques trempées collant à sa peau, dessinant son corps maigre de félin écorché.

Un camion en panne bloquait le trafic à cent mètres de là. Mieux valait faire marche arrière et tâcher de trouver un autre itinéraire.

Carlota lui donna la pièce promise. Le gosse la serra dans son poing de crainte que quelqu'un ne cherche à la lui prendre et son ombre disparut rapidement.

« Il ressemblait à celui-là », marmonna Otelo. Carlota se borna à répondre qu'elle savait parfaitement ce que c'était qu'un gosse des rues. Ils étaient des milliers à rôder, à l'affût d'une rapine.

Otelo la détestait lorsque ses lèvres se serraient en un rictus haineux, lorsque ses mains s'agrippaient à son sac comme si sa vie était dedans ; il eut envie de la déposer dans le premier bar venu mais il avait besoin de son argent ou, plus exactement, Zé en avait besoin ! Il se contraignit à étouffer sa colère.

Il ajouta, pour conclure, que Zé venait d'être nommé au poste d'enquêteur à la 2e DP du District Fédéral, à Brasília, ce dont il se sentait, lui, Otelo Braga, extrêmement fier. Un message l'avait prévenu que le jeune homme était probablement en danger : voilà pourquoi il devait prendre sans tarder l'avion pour la Capitale Fédérale !

Carlota le regardait avec commisération. Quoi que fasse son neveu, ce gosse, ce Zé machinchose, resterait à jamais un vaurien. Sa sauvagerie intrinsèque perdurerait jusqu'à sa mort, quelle que fût l'épaisseur du vernis dont on avait badigeonné son âme !

Ils arrivèrent enfin à la succursale de la Bradesco où Carlota avait un de ses multiples comptes. Elle demanda à être reçue par le directeur et, moins de dix minutes plus tard, tous deux étaient introduits dans le bureau de celui-ci.

Dès qu'elle se fut assise, Carlota demanda qu'on lui remette en liquide cinquante mille réais. Otelo se retint de corriger car, après tout, sa tante traitait peut-être, par la même occasion, d'autres affaires qui ne le concernaient pas.

Le banquier ne fit aucun commentaire, s'enquérant seulement des détails techniques de l'opération. Il appela quelqu'un par l'interphone, lui passa ses instructions et, un moment plus tard, un employé pénétra dans la pièce en serrant une énorme enveloppe de papier bulle dans le creux de son bras.

Le banquier étala les liasses devant lui avec le plaisir physique d'un homme qui aime l'argent d'amour et il se mit à compter à voix haute. Après quoi, il remit les billets dans l'enveloppe qu'il tendit à Carlota. La vieille femme lui fit signe de la remettre à Otelo qui hésita. Il jugea que discuter de la somme avec sa tante en présence d'étrangers serait trivial. Il se saisit donc de l'enveloppe et la posa sans un mot sur ses genoux.

Carlota demanda les toilettes. L'employé qui avait apporté l'argent la conduisit et Otelo resta seul avec le directeur de la banque. Après un moment de silence, l'homme lui fit un sourire vaguement ironique : « C'est agréable », il dit, faisant mine de ranger son bureau, « d'avoir une parente fortunée. »

L'homme avait dû en voir défiler des dizaines, des centaines suspendus, comme lui, à la générosité d'une vieille femme, soumis à son caprice, vendant leur âme, vendant tout ce qu'ils pouvaient vendre. Il en verrait sans doute encore ! Beaucoup !

« C'est très agréable, en effet », approuva Otelo.

L'homme parut déçu de la sérénité de sa réponse. D'habitude, les types lui servaient les justifications les plus inattendues, inventaient des prétextes qui ne trompaient personne, et il prenait une revanche — mesquine, certes, il en avait conscience, mais une revanche tout de même — sur tous ces salopards qui détroussaient les vieux.

« Avec cinquante mille réais », il plaisanta, « vous avez de quoi vous amuser un bon moment ! »

Otelo sourit. Peu lui importait que cet homme le prît pour un gigolo ou pour toute autre espèce d'aigrefin. Après tout, il méritait les sarcasmes : s'il avait été à la place du banquier, il aurait sans doute pensé de même, mais il n'était pas, il ne serait jamais banquier ! Son sourire s'élargit.

« Oui », il dit, « il me faudra pas mal de temps pour tout dépenser, mais j'y arriverai ! »

L'homme fit une espèce de grimace qui se voulait amène. « Quand vous n'en aurez plus », il grinça, « vous reviendrez nous voir ! »

Otelo assura qu'il n'y manquerait pas.

L'homme se tut et se mit à pianoter son impatience sur le sous-main de cuir. Cette gourde de

Dona Braga en mettait du temps à revenir ! Qu'est-ce qu'elle foutait ? Elle n'avait pas une vessie de vache tout de même ! Elle devait se repoudrer le nez, se refaire sa façade abîmée par la pluie !...

Elle s'était repassé un coup de rouge à lèvres et repoudré le nez...

Le banquier tint à les raccompagner lui-même jusque dans le hall. Il proposa d'appeler un taxi mais Otelo répliqua qu'il n'en avait pas besoin : la petite Fusca bleu d'azur qu'on apercevait, stationnée de l'autre côté de la rue, était la sienne.

Il voulut rendre à Carlota la partie de l'argent dont il n'avait pas besoin. La vieille femme s'indigna : Otelo n'allait pas lui gâcher le plaisir qu'elle éprouvait à lui faire un cadeau !

Otelo s'inclina.

Après avoir déposé sa tante Avenida IV° Centenário, il se rendit à son appartement, passa une chemisette bleu ciel, un costume léger bleu marine, jeta un nécessaire de toilette et quelques vêtements dans un sac de sport, détacha une liasse de billets qu'il fourra dans la poche de son pantalon, glissa l'enveloppe entre sa chemise et sa peau et appela un taxi qui le conduisit à l'aéroport.

La pluie avait cessé.

9

Il n'aurait pas dû boire tant de bière, manger tant de viande, de farofa, de riz, de feijão. Il se sentait pris d'une lourdeur chaude, enveloppante : une lourdeur délicieusement dangereuse ! Dieu qu'il serait bon de s'abandonner dans le ventre du hamac, de se balancer doucement et puis de se laisser prendre par le sommeil, par les rêves échevelés de l'après-midi qui dévident, à toute allure, leurs rubans d'images folles et vivement colorées.

Il avait baissé la vitre et dès qu'il sentait ses paupières tirer le rideau, son menton s'appesantir sur sa poitrine, il sortait la tête par la fenêtre et, conduisant du bout des bras, s'exposait au fouet de l'air mêlé de pluie.

Il ne pouvait pas s'arrêter : il fallait qu'il roule, qu'il aille au rendez-vous de la richesse. C'était plus fort que lui, plus fort que la mort qui guettait sa défaillance pour l'attirer hors du bitume, le faire verser dans le campo, l'écraser sous la tôle emboutie !

Il traversa Goiânia sans savoir. Lorsqu'il refit surface, vers quatre heures, du côté d'Indiara, un nom : Mozart Morais, lui trottait par la tête sans qu'il parvienne à se souvenir où il l'avait attrapé. Mozart Morais... C'était comme une verrue qui lui avait poussé sur la mémoire !

Et puis ça lui revint : *Candidato Mozart Morais...* Un portrait en noir et blanc sur des affiches encore luisantes de colle ! L'une d'elles s'était empéguée sur sa cervelle, *puta merda* ! Il pouvait plus s'en débarrasser !

Il ne pleuvait plus. La route était déserte. On ne voyait ni champs ni bétail. Derrière les clôtures de barbelés qui couraient de part et d'autre de la bande de bitume, le campo allongeait jusqu'à l'horizon son vide herbu semé de buissons, d'arbres isolés, d'arbustes décharnés d'un gris argenté ou bleuté. Un urubu solitaire tournoyait à la limite des nuages bas.

Je lui dirai : j'en veux comme sur le journal !

Barreto avait gardé la page de la *Folha de São Paulo*, il la déplierait sous le nez d'Ortiz, mettrait son doigt sous les chiffres minuscules : douze zéro un !

Il le lui ferait à douze, c'était une affaire entendue, mais il ne descendrait pas au-dessous !

Douze, Seu Ortiz !... dernier prix, dernier carat ! C'est une faveur que je vous accorde ! Un or comme celui-là : un or vierge, comme qui dirait à peine sorti de terre, un or qui dénonce pas, ça vaut davantage que l'or répertorié dont on suit l'histoire à la trace... Seu Ortiz : vous qui vendez des armes, du bétail, de la poudre, des femmes, vous connaissez le prix des choses, vous savez que j'ai raison... Douze, Seu Ortiz ! Pas un centavo de moins !...

Qu'est-ce qui lui prenait de lui donner du *seu* ? Est-ce qu'il se laissait impressionner par un type qu'il ne connaissait pas ?... Parce qu'il possédait des terres, une estância ?... Parce qu'il avait été quelqu'un dans un gouvernement étranger ?... T'as trop longtemps léché le cul des puissants, Barreto ! Tu t'es trop souvent aplati !... Redresse-toi, mon vieux ! Lève la tête !... Ortiz, Barreto ! Ortiz, pas Seu Ortiz, *puta merda* !... Le delegado de la 2e DP est mort ! Il est resté sur le carreau dans la fazenda Pedreiro, avec Zé et les autres !... Montre que t'es un type qui compte ! Montre que t'en as entre les jambes !

Je te le fais à douze, Ortiz, à prendre ou à laisser ! Si t'en veux pas, va te faire voir !...

Une *boiada* tenait la route et Barreto dut ralentir jusqu'à rouler au pas mesuré et chaloupé des bœufs. Un *boiadeiro* hirsute, sur un cheval gris, fermait la marche. Il jeta un regard hostile à la Bronco comme s'il soupçonnait la bagnole d'en vouloir à ses bêtes, puis il fit mine de l'ignorer.

Lorsque Barreto tenta de forcer le passage, l'homme manœuvra pour s'interposer entre la voiture et le troupeau, ralentissant encore pour laisser les bœufs prendre du champ.

La *boiada* coupait la route pour se rendre d'une pâture à l'autre et Barreto savait que le contretemps ne durerait guère mais l'insolence du *boiadeiro* l'irritait. « Hé, toi ! » il cria, « pousse tes bœufs, mets-toi sur le côté !... »

L'autre ne broncha pas.

« C'est pas ta route ! » gueulait Barreto. « T'entends, pedzouille ?... Vire tes bœufs de là ! »

L'homme fit claquer son fouet de cuir, siffla ses chiens qui rappliquèrent rapidement.

« Te fous pas de ma gueule ! » hurlait Barreto. « Je te dis de te bouger et tu vas te bouger !... »

L'homme s'écarta pour houspiller un bouvillon traînard et revint aussitôt prendre sa place devant la Bronco.

Hors de lui, Barreto brandit son Taurus par la fenêtre. « Je vais te plomber le cul ! »

L'homme continuait de lui opposer son dos vêtu d'une chemise de toile bleue décolorée, ses cheveux noirs dont les mèches folles ornaient le chapeau de cuir d'un feston broussailleux.

« Retourne-toi ! » ordonnait Barreto. « Regarde, j'ai un flingue dans la main !... Je plaisante pas ! Je vais t'en coller une, tu m'entends ? »

Non, le type n'entendait pas : ce salopard ne voulait rien entendre...

Barreto tira un coup de feu en l'air. Le cheval fit un écart et le *boiadeiro* consentit enfin à se retourner. Barreto braqua le Taurus sur sa poitrine maigre.

« Alors », il gueula, « tu pousses ta viande maintenant ? »

Il crevait d'envie de tirer, il entendait la détonation, l'odeur épicée de la cordite grillée lui emplissait le nez, le saoulait ; il imaginait le type s'affalant, glissant de sa selle et tombant, tombant de son cheval dans une chute qui n'en finissait pas !

Retenir la mort dans le canon de son arme lui causait une douleur quasi insupportable, qu'il surmonta pourtant.

Le *boiadeiro* fit des yeux effarés comme s'il prenait enfin la mesure de la fureur de Barreto ; il se hâta d'ouvrir le passage à la Bronco. Barreto klaxonnait rageusement et les bœufs, effrayés, prirent un trot nerveux, divagant, imprévisible.

Il avait envie de leur foncer dedans, de leur casser les pattes, de les écrabouiller ! Pourquoi qu'il l'avait pas flingué ce con, pourquoi qu'il avait pas pressé la queue de détente, comme on disait dans les manuels d'instruction ?...

Le désir réprimé lui chauffait la poitrine : c'était comme un poing qui lui tordait le cœur dans son étreinte brûlante ! Il était riche, *puta merda*, pourquoi qu'il faisait pas selon son bon plaisir ?

Parce que t'es encore humble, Aníbal. T'as pas foutu en l'air la gangue du passé qui te tient prisonnier !

Au passage de la Bronco, une bête lança un coup de corne qui frappa le montant de tôle du côté conducteur. Le coup résonna dans toute la voiture et ce fut comme si un gong tirait Barreto de sa transe.

Il cessa de klaxonner.

Lorsqu'il parvint enfin à la tête du troupeau, le chef de la *boiada*, un homme d'une cinquantaine d'années au visage buriné par le campo, se porta à sa hauteur et lui demanda, sur un ton de reproche, pourquoi il s'était énervé ainsi.

Barreto prétendit que l'homme de queue lui avait manqué de respect et l'autre, portant un doigt à son oreille, fit signe que le type était sourd. Barreto haussa les épaules, à demi convaincu, et relança la voiture.

Il conduisit durant un long moment avec un brouillard dans la tête. Il sentait des pensées lovées dans sa cervelle comme des serpents dans un nid de gaze blanche. Elles ne bougeaient pas mais il les sentait qui étaient là : minces, gonflées d'un poison acide, corrosif. Il redoutait qu'elles ne se détendent d'un coup, qu'elles ne sautent dans son crâne comme des ressorts d'acier, ne lui percent la tête.

À Rio Verde, il abandonna la BR 60, qui filait sur Cuiabá, et prit la direction de Cassilândia pour rejoindre la BR 262 à Água Clara. Là, il lui resterait environ deux cents kilomètres pour arriver à Campo Grande où il ne comptait pas s'arrêter. Il arriverait au Rancho Alegre, trois cents kilomètres plus loin, aux environs de l'aube. À midi l'affaire serait réglée. Il reprendrait la route en sens inverse, les poches gonflées de billets.

Il passa le rio Preto, le rio Doce à Aparecida, le rio Claro à Caçu, le rio Verde, une dizaine de kilomètres avant Itarumã.

Une sueur pâle, abondante, fluide, ruisselait sur son visage. Qu'est-ce qui lui était arrivé, grands dieux ? Qu'est-ce qui lui avait pris de vouloir flinguer ce type qui ne le méritait pas ? C'était pas lui, non, ce n'était pas le Barreto familier qui avait fait ça ! C'était un autre homme, qu'il ne connaissait pas. D'où sortait-il, celui-là ?... D'où venait-il, *Senhor Deus* ? Est-ce qu'on avait des tiroirs en soi qui s'ouvraient, un beau jour, sans qu'on sache comment, et d'où surgissait, comme un polichinelle enragé, un autre moi qu'on ne comprenait pas ?

Et si c'était le cas, combien de ces spectres inconnus portait-on cachés dans sa carcasse ? Un seul ou bien toute une foule ?...

Le rio Correntes ne courait pas. La barge rouillée d'un *garimpo* flottant était amarrée au milieu de son lit, dans une eau marron et lente comme du chocolat liquide. Un cormoran hautain, perché sur une branche écorcée par le flot, semblait surveiller le labeur harassant des chercheurs d'or...

C'étaient peut-être les morts des jours derniers qui l'avaient troublé... Personne ne tue sans en payer le prix ! Non, personne !... Lui comme les autres...

Il passa le rio Aporé et pénétra dans le Mato Grosso do Sul à Cassilândia, traversa le rio Santana à hauteur d'Árvore Grande.

Au bar Churrascaria da Gilda, à Inocência, il engloutit un beignet à la viande, un pâté au poulet et un salgadinho qu'il arrosa de deux Brahma. L'horloge, derrière le comptoir, lui apprit qu'il changeait de fuseau horaire et devait retarder sa montre d'une heure.

La nuit était tombée lorsqu'il quitta le bar. Il se sentait mieux : il avait cessé de suer et le malaise provoqué par l'incident avec les *boiadeiros* commençait à s'estomper. Il prit de l'essence à la station Ipiranga, à la sortie de la ville, traversa encore le rio Sucuriú et, à Água Clara, il tourna enfin à gauche sur la 262.

Il se sentait brisé. Son dos lui faisait un mal de chien : un troupeau de vaches l'avait piétiné, mille sabots pointus avaient dansé sur sa carcasse ; quand il tournait la tête, ses vertèbres grinçaient comme des gonds mal huilés et, par moments, des nuages d'une lumière verdasse escamotaient la route !

Entre Mutum et Ribas do Rio Pardo, il engagea la Bronco sur une piste de terre et s'éloigna de la route de quelques centaines de mètres.

Il arrêta la voiture à l'ombre vaste, profonde, d'une figueira. Il roula en boule sa veste de toile pour s'en faire un oreiller, quitta ses chaussures et s'allongea sur la banquette arrière. Il plaça le Rossi qu'il avait pris à Tonino à portée de main, sur le plancher, posa son Taurus près de sa joue et ferma les yeux. Bien qu'il se sentît éreinté comme une bête, il mit longtemps à s'endormir.

Il se demanda si Ortiz aurait chez lui suffisamment de liquide pour payer l'or qu'il lui vendrait et il répondit que oui : un homme qui faisait commerce de tant de marchandises illicites disposait obligatoirement de sommes importantes en liquide.

Dans les films américains, ces gens-là ouvrent des valises remplies de dollars en liasses épaisses, attachées par des bracelets de plastique !... Ortiz était un type comme ça !

Il examinerait les billets... Il se laisserait pas baiser comme un gogo : il piocherait dans les liasses pour vérifier qu'ils étaient tous bons...

Ce salaud d'Ortiz devait être malin pour faire le métier qu'il faisait, mais tout malin qu'il était, il l'aurait pas, *puta merda* !

Il était Barreto : le delegado Barreto qu'avait vu tellement d'arnaques au fil de sa vie de flic que rien ni personne ne pouvait plus le surprendre !

10

Otelo embarqua sur un avion de la TransBrasil à dix-huit heures. Le ciel, rayé de bandes nuageuses d'un noir épais, rougeoyait à l'ouest d'un pourpre grandiloquent.

Otelo se cala contre le hublot et regarda les faubourgs de la ville défiler sous les ailes, de moins en moins vite à mesure que l'avion prenait de la hauteur. C'était dans le lacis tortueux des favelas qu'il avait rencontré Zé pour la première fois.

Il se tenait debout, seul, au milieu d'une ruelle, le visage levé comme s'il espérait quelque chose de la nuit qui tombait : la venue d'un oiseau de paille, l'apparition d'une comète en carton… Il émanait de sa silhouette gracile une impression de légèreté, de solitude lumineuse ; on aurait dit qu'il était suspendu à un fil. Otelo avait eu le sentiment fugace que Zé se trouvait sur le point de grimper en l'air comme une flamme pour filer par-dessus les toits des baraques dans une course de météorite.

Il avait observé le gamin un moment puis il avait fait demi-tour, le laissant à sa contemplation rêveuse du ciel méchant de la favela, sachant déjà qu'il ne l'oublierait plus.

À cette époque, Otelo se demandait encore presque chaque jour s'il se collerait ou non une balle dans la tête avant le soir et la rencontre de Zé l'avait sauvé...

Lorsque le remords pesait si fort sur son âme amochée qu'il avait du mal à traîner sa carcasse dans le dédale des taudis, il se mettait inconsciemment à la recherche du gosse.

La famille de Zé — des paysans sans terre de l'État du Minas rejetés par le flot d'un intarissable exode dans les marges pouilleuses du grand São Paulo — l'avait abandonné à lui-même. Il fréquentait la bande de Macacão, le Grand Singe, un adolescent d'une quinzaine d'années qui vendait de la maconha et de la cocaïne derrière l'église São Gerônimo et s'affirmait déjà comme un caïd local.

Otelo venait d'être muté par mesure disciplinaire dans une délégation de police criminelle de la banlieue pauliste. Personne n'avait accepté de faire équipe avec lui de peur de se compromettre aux yeux de la dictature qui, certes, avait perdu de sa rigueur mais n'en demeurait pas moins redoutable et entretenait un réseau de mouchards zélés, y compris au sein de la police.

Le delegado dont il dépendait, un homme pleutre qui mâchonnait un palito à longueur de journée, ne lui confiait d'autre mission que celle de se faire oublier. Otelo aurait pu rester chez lui mais il ne le faisait pas de peur de se jeter tête la première contre les murs.

Lorsqu'elle avait appris cette relégation ignominieuse, Carlota s'était récriée que les favelas appartenaient au premier cercle de l'enfer. Elle connaissait suffisamment de gens importants pour ne pas laisser croupir son neveu parmi ce ramassis d'assassins et de filles perdues !

Si les favelas relevaient de l'enfer, avait murmuré Otelo, alors il y serait chez lui. Il avait insisté pour que sa tante n'entreprenne aucune démarche pour le tirer de là.

Il avait débarqué dans son nouveau territoire comme en pays étranger car, avant d'y mettre les pieds, il n'avait aucune idée de ce que c'était. La télévision montrait la favela quand un escadron de la police militaire lançait une expédition pour capturer un chef de gang et avait besoin de se faire de la publicité, ou bien quand on découvrait des cadavres en quantités suffisantes pour faire événement ou bien, enfin, lorsque les écoles de samba préparaient le carnaval. En dehors de ça, on ne parlait guère des favelas, on les montrait encore moins. Ni Télé Manchete ni TV Globo, pas plus que Canal Bandeirantes ou Records ne s'attardaient jamais à évoquer les odeurs de pourriture, les puanteurs de merde qui montent du sol et qui suffoquent, les jours de canicule. Jamais aucune chaîne ne prenait la peine de s'arrêter près d'une baraque et d'enregistrer les bruits d'une promiscuité atroce qui perce les parois trop minces. On n'avait pas besoin de coller son oreille aux murs de planches, à la tôle oxydée pour les entendre crier à l'intérieur, se chamailler au sang, s'aimer, aussi, avec des rots de bière et de cachaça.

Lui qui avait toujours vécu sur l'archipel des riches avait découvert les ruisseaux d'eau corrompue qui courent les ruelles, les fils électriques auxquels s'accrochent les oriflammes barbares de sacs de plastique lacérés par le vent, les glissements de terrain des jours de grosses pluies, les corps assassinés jetés dans les décharges, les têtes coupées abandonnées sur un carré de boue entre les lèvres desquelles un gosse, pour exorciser la peur plus encore que pour faire le malin, a glissé un mégot...

Il avait parcouru en tous sens cette *terra incognita*, habité par la certitude qu'il venait enfin d'arriver là où il devait, et il avait rencontré Zé et sa beauté céleste, sa beauté d'un autre monde restée miraculeusement intacte dans le grouillement des damnés. Zé qui lui avait offert un rachat qu'il n'espérait pas.

Il avait mis longtemps à l'approcher. Au début le gosse s'enfuyait dès qu'il l'apercevait. « *Menino !* » criait Otelo, « *não corra assim !... Menino !... * »

Les femmes qui faisaient leur lessive, celles qui cuisaient le riz, celles qui endormaient les nourrissons contre leurs seins flapis, les gosses qui jouaient dans les cours minuscules pavées de débris pointaient des têtes curieuses, se demandant ce que ce flic qui avait atterri depuis peu sur cette terre maudite voulait à ce gamin farouche.

Au bout de quelques jours, les appels d'Otelo n'intriguaient plus personne. Zé continuait à se cacher : dans l'encoignure d'une porte, derrière un tas de gravats, jouant une crainte qui l'avait quitté plus depuis belle lurette !

« Tu voudrais pas aller à l'école ?... Tu ne préférerais pas t'instruire plutôt que de traîner les rues ? »

Zé l'écoutait, planté face à lui, à l'autre bout de la ruelle, puis il fichait le camp soudainement, sans répondre.

À cette époque, le gosse était le seul espoir, la seule lumière dans les ténèbres intimes d'Otelo !

« Tu sais lire ?... Tu ne souhaiterais pas apprendre à lire ?... À écrire ?... Veux-tu que je te donne un stylo ?... »

Il avait brandi le Schaeffer que lui avait offert Carlota pour son anniversaire, l'avait fait rouler jusqu'au milieu de la rue. Zé était parti sans un mot et Otelo était allé ramasser le stylo, heureux, somme toute, que le gamin l'eût dédaigné.

Zé avait disparu durant plus d'une semaine. Lorsqu'il était réapparu, il toussait, il boitait bas, son teint était d'un jaune terreux. Otelo l'avait attrapé sans difficulté et l'avait fait admettre dans une clinique privée. Le médecin avait diagnostiqué un déchirement de la plèvre du poumon droit consécutive à une fracture des côtes. Il avait également relevé des ecchymoses étranges marbrant son échine de gosse de la rue aux vertèbres saillantes.

Zé s'était retapé mais il n'avait rien voulu confier de ce qui lui était arrivé. Par un des membres de la bande, Otelo avait appris que Macacão persécutait Zé depuis quelque temps en raison, précisément, de l'attention qu'il lui portait. Un soir, alors que tous les gosses fumaient de la maconha sur les marches de São Gerônimo, Macacão avait saisi Zé dans ses bras de singe et il avait serré comme il faisait parfois, pour démontrer sa force, jusqu'à ce que Zé perde connaissance.

Zé s'était enfui de la clinique avant que le médecin n'eût donné son accord. Deux jours plus tard, on retrouvait Macacão derrière une palissade, le crâne fendu d'un coup de madrier.

Zé s'était exilé dans un autre quartier puis il était revenu. Macacão l'avait accueilli avec indifférence mais Otelo était convaincu qu'il finirait par le tuer, alors il était allé à la rencontre de Macacão et il l'avait abattu en plein jour, d'une balle dans la poitrine, et tout le monde, Padre Inácio, le curé de la paroisse São Gerônimo, Dona Josefina qui cousait à domicile, Tales, le vendeur de pipoca, le petit Petrônio dont une jambe était morte, tous l'avaient remercié avec leurs mots de pauvres car, en dépit de ses quinze ans, Macacão leur faisait déjà peur.

Il aurait fallu voler haut : très haut, pour deviner l'oiseau, ailes déployées, que dessinait la ville. Peut-être en voyait-on clairement le dessin depuis la lune ?...

Par le hublot, Otelo aperçut le pointillé double, d'un blanc acide, ponctuant une autoroute ; il aperçut les phares, les feux rouges de voitures glissant sur le bitume, les points de suspension rectangulaires d'un autobus...

L'avion vira, perdit de l'altitude, et il vit défiler les damiers des *quadras*, les pavés bleus de piscines éclairées *a giorno*...

L'avion arrondit son approche et il n'y eut plus que les ténèbres du campo, l'eau du barrage de Paranoá miroitant sous une lune bientôt pleine. Les balises de la piste défilèrent très vite et le choc des roues cognant sur le tarmac ébranla la carlingue.

Otelo débarqua à Brasília vers dix-neuf heures trente. La nuit était agréablement fraîche et il se souvint que le Planalto était à mille mètres d'altitude. Il grimpa dans un taxi et ordonna au chauffeur de le conduire à la 2ᵉ DP.

Il n'était pas venu à Brasília depuis presque vingt ans et rien n'avait changé. Embaumée dans son béton originel, la ville semblait pouvoir se survivre, identique à elle-même, pour une durée hors de portée de l'imagination ! Derrière leurs façades raides comme des masques, les immeubles paraissaient sous hypnose. Les phares de la voiture surprenaient des grappes de gens agglutinés aux arrêts de bus. Leurs vêtements simples, leur immobilité lasse disaient que, leur journée de travail terminée, ils rentraient chez eux, comme on part en exil, dans une ville satellite lointaine.

Aux abords du Conjunto Nacional, le taxi ralentit et roula presque au pas. Le chauffeur grommela que depuis quelque temps la police militaire avait installé un radar pour se faire de l'argent de poche. Otelo ne l'écoutait pas : il regardait, sur sa droite, l'esplanade des Ministères. Les fenêtres des immeubles alignés comme des dominos, de part et d'autre du complexe du Congrès, quadrillaient de leurs grilles livides la nuit chaude, la nuit légère et odorante de Brasília.

Moreira prétendait que la tour double qui s'élevait entre les deux coupoles inversées était la bite de la nation et que les démocrates, avec leur parlementarisme stupide, avaient tranché en deux la couille unique de ce pauvre pays.

L'immeuble des Forces armées se trouvait quelque part dans le milieu de l'alignement de gauche...

Il se souvint de la bannière qui tenait la moitié du mur, derrière le bureau du général. Quand on était assis face à lui, on ne voyait que ça ! Chaque fois qu'il le cherchait, le nom du général lui échappait... Le général Corilla... le général Gorila...

Cet oubli signifiait-il que sa blessure guérissait ?... Elle se refermait, sans doute, avec le temps, mais elle ne guérirait jamais. Jamais !

Lorsque Otelo avait quitté le siège dur que l'officier réservait à ses visiteurs et qu'il s'était retourné pour quitter la pièce, il avait buté sur l'injonction, à la fois terrible et puérile, peinte sur le mur opposé : *Ame-o ou deixe-o !* Aime-le : aime le pays ou fous le camp !

Ils auraient voulu qu'il disparaisse discrètement : qu'il s'en aille refaire sa vie aux États-Unis ou en Europe, mais il ne le pouvait pas. Il était enchaîné à cette terre : sa vie était au Brésil. Et puis, pour rien au monde il n'aurait accepté d'exaucer le plus anodin de leurs vœux !

Corrêa : c'était *o general* Corrêa... Ce putain de général Corrêa !...

Passé le viaduc enjambant la gare routière, le taxi reprit de la vitesse.

Depuis l'assassinat d'Íris, il les haïssait : tous, sans exception ! Les premières années, la haine qui le tenait était si violente qu'elle le rendait malade, il en était empoisonné !

Souvent, au cours de ces jours de fournaise, il avait souhaité qu'ils lui envoient un tueur ! S'ils ne l'avaient pas fait, c'était parce qu'il possédait alors — et, d'ailleurs, possédait toujours — les documents de l'affaire Darci.

Sous le gouvernement Geisel, les abrutis qui étaient au pouvoir à l'époque avaient décidé de faire sauter un gazomètre en plein quartier populaire et d'en faire porter la responsabilité à la guérilla.

Ils savaient parfaitement que l'explosion ferait des dizaines de morts parmi les habitants vivant à proximité des cuves géantes, remplies de gaz, mais ça ne les gênait pas. Ils avaient un compte à régler avec ces gens-là et peu leur importait qu'on crût ou non à la responsabilité de la lutte armée. Ils détestaient ce peuple qui ne les avait jamais réellement soutenus, ce peuple qui, quoi qu'ils fassent pour l'amadouer, ne les aimait pas, ne les aimerait jamais parce que, en dépit de son inculture, de sa misère, il savait intuitivement que ces généraux galonnés jusqu'à la braguette appartenaient à une caste ennemie !

Le capitaine Darci avait été chargé de l'exécution du sabotage. Darci était d'origine modeste et, pour lui, les gens qu'on allait tuer avaient un visage. Tuer autant d'êtres humains lui faisait craindre pour le salut de son âme. Il avait également peur de ce que deviendrait le pays sous le joug d'hommes qui cultivaient de pareils projets.

À l'époque, Otelo faisait encore partie des services secrets de l'armée ; il connaissait Darci, lequel, il ne savait pourquoi, lui faisait confiance et prouvait cette confiance en se confiant à lui.

Le jour où Darci lui avait raconté l'affaire du gazomètre, Otelo avait vu, le matin même, Íris pendue par les pieds, nue, ensanglantée, dans la salle de torture du DOI-CODI. Cent fois il avait tenté de joindre Corrêa pour lui demander des comptes. Le général était absent : le général était en tournée sur la lune où, comme chacun savait, il n'y avait pas le téléphone !

Otelo avait compris qu'ils l'avaient manipulé, que leurs promesses ne valaient rien ! Il avait compris qu'il les verrait tous : Evandro, Nico, Gonzaga et les autres, suspendus, sanglants et nus, au *páu-de-arara*, et ça lui avait donné envie de se suicider.

Il avait promis à Darci que s'il faisait échouer l'attentat, il l'aiderait et mettrait à son service toutes les ressources dont il disposait. En vérité, les ressources en question se résumaient aux relations de sa tante Carlota, mais Darci lui avait fait confiance et l'opération avait échoué.

Darci avait demandé la convocation d'une cellule de crise et il avait déclaré, tout de go et sans mollir à ses commanditaires galonnés, que cet attentat était une saloperie qu'il ne commettrait pas ! Otelo n'était pas là pour le voir mais Darci lui avait raconté, plus tard, qu'ils en étaient restés comme des cons.

Lui-même expérimentait alors, pour le compte du service, du matériel de transmission miniature livré, quelques jours plus tôt, par le type de la CIA à l'ambassade américaine.

Pour cette fameuse séance, Otelo avait dissimulé un micro et un transmetteur, de la taille d'une boîte d'allumettes, dans l'uniforme de Darci. Comme il devait l'écrire dans son rapport d'essai, le matériel yankee permettait des enregistrements d'une qualité inouïe. Il captait tout : même les soupirs. Durant la fameuse réunion, certains des conspirateurs n'avaient été que soupirs ! Ils avaient poussé soupir sur soupir !

Après qu'Otelo eut mis les bandes magnétiques en sûreté dans l'une des fazendas de Carlota, Darci avait convoqué une seconde réunion de la cellule de crise et il les avait menacés, s'ils s'entêtaient dans leurs rêves d'assassins, de révéler au public le projet d'attentat avec les noms et les grades des comploteurs. Pour les convaincre qu'il ne bluffait pas, Darci leur avait fait écouter un extrait dans lequel on entendait Corrêa proclamer qu'il tenait son pouvoir de Dieu, qu'il pissait à la gueule des chancelleries occidentales, qu'ils étaient, lui et ses collègues, le dernier rempart du monde libre contre le communisme... Corrêa était une brute. Où qu'il fût, il s'exprimait comme une brute !

Darci avait dû les rencontrer deux fois encore pour mettre au point un protocole d'accord. Avant chacune des réunions, Otelo lui préparait questions et réponses.

Quatre jours plus tard, Íris mourait sous la torture. Otelo s'était déplacé personnellement pour les avertir qu'il possédait les bandes. S'il devait arriver malheur au capitaine Darci, tout était prévu pour que les enregistrements parviennent à la presse nationale et aux ambassades étrangères.

La semaine suivante, Corrêa le convoquait à Brasília et le fichait dehors de l'armée.

Il suivit des yeux une silhouette qui courait sur le terre-plein longeant l'Axe central. Le corps nerveux et mince de l'homme ruisselait de sueur ; sous la lumière blafarde des lampadaires, sa peau ressemblait à du plastique.

Il n'y avait que deux enquêteurs à la 2e DP lorsque Otelo descendit du taxi. L'un et l'autre ignoraient où habitait Zé mais Otelo sut mettre la morgue qu'il fallait pour exiger l'adresse du jeune homme. Une demi-heure plus tard, Itamar Pessoa débarquait, ahuri, de sa vieille Del Rey blanche.

L'enquêteur considéra Otelo avec circonspection et conclut son bref examen en remontant son pantalon d'un geste mécanique : on ne jouait pas avec l'homme qu'il avait en face de lui, on se faisait docile et on obéissait.

Oui, il avait loué une bicoque à ce Zé de São Paulo... parce que chez eux, *sabe*, y avait aussi Zé Pinheiro que tout le monde connaissait, qu'était là depuis vingt ans ! La baraque qu'il avait louée était pas la sienne, *sabe* : elle appartenait à son beau-père, *o velho* Laurentino. Si *o senhor* voulait le suivre, il acceptait bien volontiers de le conduire jusqu'à Ceilândia.

Otelo grimpa dans la vieille Del Rey blanche. Itamar Pessoa n'était pas un homme qu'on intimidait longtemps. S'il avait été assis à côté du président Collor, par exemple, ou même du président Clinton, ça ne l'aurait pas empêché de parler.

« *Delegado* », il dit, lorgnant Otelo du coin de l'œil, « *esta casinha é pequena...* »

Otelo ne répondit pas.

« Elle est toute petite, delegado, elle est mal foutue comme tout mais elle dépanne ! »

Otelo s'attendit au pire : pour que l'homme implore ainsi sa clémence, l'endroit devait être sordide !

Un remugle de tabac froid lui soulevait le cœur... À moins que la nausée qui le faisait blanchir ne résultât de la crainte qui le taraudait de découvrir que la lettre de Zé disait vrai...

Il abaissa la vitre.

Ils passèrent devant un supermarché Carrefour dont l'enseigne placardait la nuit en bleu-blanc-rouge, puis devant un bâtiment bas et long d'où sortait une foule chargée de ballots. Après, il n'y eut plus que le ruban d'une autoroute qui filait entre deux rangées de candélabres dispensant une lumière terreuse.

Otelo suait. L'enveloppe pleine de billets collait à sa peau. Que ferait-il si Zé n'était pas chez lui ?... S'il trouvait la maison vide ?...

Cela ne signifierait pas pour autant qu'il lui était arrivé malheur. Il se rendrait chez Barreto...

Les façades décrépites de maisons basses encloses de murets, ceintes de barrières bricolées avec du fer à béton, surgissaient dans le faisceau des phares. La misère qui suintait, de plus en plus épaisse au fur et à mesure qu'ils s'enfonçaient par les rues au bitume défoncé, rendait la nuit plus noire !

Zé serait là !

Otelo imagina les yeux ronds que ferait le jeune homme lorsqu'il passerait sa porte ; il se réjouit de la stupeur honteuse qui se peindrait sur son visage lorsqu'il réaliserait que la lettre qu'il avait envoyée et qui n'était qu'une plaisanterie, car elle n'était qu'une plaisanterie, sans aucun doute, l'avait fait accourir à travers ciel par-dessus la terre rouge du Planalto !

Il dirait que ça n'était qu'une blague : *uma piada, capitão !... uma brincadeirinha...* il bafouillerait des excuses...

Otelo ne lui adresserait aucun reproche ; trop heureux de le revoir, il le serrerait dans ses bras et l'emmènerait dîner dans le meilleur restaurant de la ville !

La Del Rey vira sur la gauche, Itamar évita en jurant une énorme pierre laissée au milieu de la chaussée de terre rouge et arrêta la voiture devant une masure minuscule, ceinte d'une clôture de ferraille hérissée de tessons de bouteille.

La lumière brûlait à l'intérieur. Otelo sourit. Zé était là !

11

Avant d'entrer, Otelo jeta un coup d'œil par la fenêtre.

Une ampoule de faible puissance pendait du plafond au bout d'un fil, éclairant un mur dont la peinture vert pistache, écaillée par endroits, laissait apparaître le moellon comme de la chair à vif. Sous un lit de fer repoussé le long du mur, il reconnut la valise avachie dans laquelle Zé trimbalait son mince bagage.

Il poussa la porte. Une silhouette prostrée dans un angle de mur se redressa brusquement.

Ce n'était pas Zé qui se tenait assis à même le sol mais une femme : une *mulata*, d'une quarantaine d'années lui sembla-t-il, qui tendait vers lui un visage ravagé par les larmes.

Otelo n'était pas l'homme qu'elle espérait. Elle se replia sur elle-même avec une lenteur brisée de plante qui se fane, retourna à son chagrin.

Cette femme qui sanglotait, le dénuement total du lieu, cette valise béante sur du linge en désordre comme un paquet d'entrailles sentaient la tragédie.

Otelo eut le pressentiment que le cadavre de Zé

gisait quelque part dans le taudis. Il jeta un coup d'œil dans le réduit de la douche, inspecta les abords de la maison. Il ne trouva que des bouteilles de bière vides jetées depuis longtemps. Un chien aboyait frénétiquement dans la nuit. Une voix d'homme cria deux ou trois fois, avec colère, et l'aboiement du chien se mua en plainte aiguë.

Otelo avait envie d'appeler : Zé !... Réponds, Zé !... Où es-tu ?... Fais-moi signe ! Mais il n'en fit rien et retourna dans la pièce.

Itamar le regardait d'un air désolé et Otelo se demanda si l'enquêteur s'excusait de la pauvreté de la baraque, de l'absence de Zé ou de la présence incongrue de cette *mulata* recroquevillée sur elle-même.

Otelo se pencha sur la femme et lui demanda pourquoi elle pleurait. Elle ne répondit pas.

Otelo se sentit brusquement épuisé. Il eut envie de se coucher par terre pour dormir le temps que se dissipe la terrassante lassitude qui venait de s'abattre sur lui et plombait ses reins. Il alla s'asseoir sur le lit et, durant plusieurs minutes, il ne fut capable de rien.

Itamar se tenait au centre de la pièce, bras ballants. Il attendit un moment puis, comme rien ne se passait, il secoua l'épaule de la femme. « Où il est ? »

La femme ne réagit pas. Itamar la renifla, cherchant une odeur de pinga, et remua la tête à l'adresse d'Otelo : la femme ne sentait pas l'alcool ! Si cette *mulata* était saoule, c'était de chagrin.

Itamar l'empoigna par le menton, la forçant à lever son visage vers lui. « Qui tu es ? » il demanda durement. « T'habites ici ?... »

La femme laissa échapper une plainte aiguë, longue, interminable et les deux hommes eurent l'impression que le son venait du dehors : indéfinissable, lugubre.

Itamar relâcha son étreinte et la tête de la femme retomba sur sa poitrine. L'enquêteur s'essuya machinalement la main au pantalon comme si d'avoir touché cette peau poissée de larmes l'avait souillé.

Quelque chose était arrivé à Zé, Otelo le savait maintenant, quelque chose de terrible... Il n'y avait plus rien à faire : il n'y avait plus qu'à rester assis sur ce lit défoncé en attendant que la lumière s'éteigne... que le temps passe et efface tout !... Une fois de plus, une fois encore... si possible...

Otelo savait que le temps n'efface rien. Il se leva, écarta Itamar et s'accroupit devant la femme. Il lui caressa doucement les cheveux, la nuque, la joue, comme on fait pour amadouer un animal rétif... Il murmura qu'il arrivait de São Paulo, qu'il était un ami de Zé : un ami très proche, accouru pour l'aider...

La femme était vêtue d'un chemisier blanc auquel il manquait un bouton et qui bâillait sur sa poitrine, d'une jupe noire laissant penser qu'elle était *empregada* dans une bonne maison, ou, en tout cas, dans une maison suffisamment riche pour fournir des vêtements décents à ses employées.

Itamar regardait, incrédule. Lui, il s'y serait pas pris comme ça, il aurait pas caressé les cheveux de cette *mulata*... Il lui aurait pas parlé doucement à l'oreille, mais, après tout, c'était peut-être ainsi qu'on bossait désormais à São Paulo... Un type comme celui-là devait savoir ce qu'il faisait !

Otelo disait qu'ils allaient chercher Zé, qu'ils allaient le retrouver, que le jeune homme était sauf... Il se berçait à ses propres paroles : c'était sa peine à lui qu'il pansait plus que celle de la femme. Elle finit par réagir.

Elle ne savait pas où était Zé, ne savait pas ce qui lui était arrivé : elle n'était certaine de rien hormis qu'il lui était arrivé malheur.

Otelo l'aida à se lever et la conduisit jusqu'au lit où il la fit asseoir. D'où tenait-elle sa certitude que Zé était mort ?... Est-ce qu'elle avait vu son cadavre ?

Par habitude ou pour se donner une contenance, Itamar griffonnait sur un carnet.

La femme raconta qu'elle avait voulu rendre Zé *corpo fechado*, invulnérable aux balles, aux lames des couteaux, mais elle était si mauvaise, si indigne que sa prière était restée sans écho : il s'était rendu là-bas la peau à vif !

Elle parlait sans les voir, elle parlait pour le ciel, pour un autre monde où il n'y avait qu'elle et ces divinités capricieuses qu'elle avait invoquées en vain.

Elle aurait dû le retenir mais elle n'avait pas su et il était parti pour la fazenda sans que rien le protège. Il était parti depuis longtemps déjà et ne revenait pas. Il ne reviendrait jamais. Elle fut prise d'une nouvelle crise de larmes.

Où Zé s'était-il rendu ? De quelle fazenda parlait-elle ?

Itamar rangea son carnet : la fazenda dont il s'agissait était probablement celle du sénateur Pedreiro. Il savait où elle se trouvait et se proposa de conduire Otelo.

Lorsqu'ils quittèrent la bicoque, la femme s'accrocha à eux. Itamar consulta Otelo du regard mais celui-ci se moquait qu'elle les accompagnât ou pas. L'enquêteur la laissa se faufiler à l'intérieur de la Del Rey. Elle se blottit sur la banquette arrière.

Itamar ne connaissait pas le détail de l'enquête que menaient ensemble le delegado et le nouveau venu. Tout ce qu'il savait c'était qu'elle avait commencé au Gato Cor-de-Rosa : un motel sur la BR 40, la route de Belo Horizonte !

On avait tué une petite là-bas. Le légiste disait que c'était un accident mais ce que disait le légiste...

Dans la lumière des phares qui filaient sur la route de Formosa, Otelo le vit qui secouait la tête. Les rapports du légiste étaient fameux dans tout le District Fédéral.

« Il y voit rien ! » ricana Itamar. « Y fait pas la différence entre une poule et un cheval ! »

D'après ce qu'il savait, la fille était une petite pute venue de la campagne comme il y en avait tant... Ils devaient en avoir aussi à São Paulo, pas vrai ?

Otelo se rappela Flora : une noiraude d'une quinzaine d'années, maigre comme un clou, qui se tenait ordinairement près de l'arrêt du bus 87, derrière l'église São Gerônimo. « *Amigo, amiguiiiinho...* », elle minaudait à son passage, les mains sur ses hanches osseuses dans une pose de cinéma, « *oi amiguinho*, viens folâtrer dans mon buisson... Viens jardiner ma touffe, *jardineirinho querido...* » Il riait. « C'est un jardin d'enfant, Florinha : ta fleur est encore en bouton ! Rentre chez ta mère, va... Retourne dans ta cambrousse ! »

Il y avait une douzaine d'années de ça... Qu'était devenue Flora ?...

Les phares qui venaient en sens inverse frappaient le pare-brise, découpant les impacts vert et jaune laissés sur le verre par les insectes éclatés.

Quoi qu'il y eût au bout de cette route scandée par les lumières qui giflaient ses rétines, Otelo ne pouvait plus y échapper.

Pourquoi avait-on tué la petite ? Itamar l'ignorait et, au fond, la question n'était pas là. Ce qui comptait, c'était que le motel appartenait à un sénateur : *o senador* Pedreiro ! Le propriétaire de la fazenda où, d'après la *mulata*, Zé s'était rendu.

Otelo se retourna vers la femme assise à l'arrière de la Del Rey. Elle avait cessé de pleurer et regardait la nuit de l'autre côté de la vitre. Elle contemplait les ténèbres, pressant sur ses lèvres quelque chose de blanc qui devait être un mouchoir.

Pourquoi pleurait-elle ainsi, pourquoi ce désespoir animal, ce chagrin qui lui montait du ventre ? Elle l'aimait ?... Une semaine avait suffi ?...

L'intensité du chagrin de cette femme, le désespoir absolu qu'elle transpirait, impressionnaient Otelo. Il se doutait que Zé pourrait un jour inspirer un amour sans limites, mais il ne croyait pas que cela arriverait si vite, si abruptement. Et pourtant... La douleur de l'inconnue révélait qu'en quelques jours Zé avait su se construire une vie d'homme. Otelo eut le sentiment qu'il allait à la rencontre de quelqu'un qu'il ne connaissait pas.

Itamar demanda s'il pouvait fumer. Otelo n'y voyait pas d'inconvénient. Itamar alluma sa cigarette sans prendre la peine de consulter sa passagère.

« Après », il reprit, en soufflant la fumée, « y a eu cette histoire de suicide... »

Zé et le delegado s'étaient rendus à une soirée que donnait le sénateur dans sa villa de la péninsule des Ministres. Au cours de la nuit, la fille de Pedreiro, Dora, s'était tiré une balle dans la tête. Le bruit courait que Zé était impliqué dans cette affaire. Itamar n'en savait pas davantage.

Zé et le delegado s'étaient sûrement rendus ensemble à la fazenda. Pourquoi n'étaient-ils pas passés avant à la 2e DP ?

« Il est parti depuis longtemps ? » lança Itamar par-dessus son épaule, guettant la femme dans le miroir du rétroviseur intérieur.

Elle ne savait pas si une journée ou deux s'étaient écoulées depuis le départ de Zé. En d'autres circonstances, Otelo aurait eu du mal à admettre un telle perte de conscience, mais là il la crut.

Elle raconta que plus tôt, cette même nuit, ils s'étaient rendus au cimetière. D'après ce qu'elle avait compris, Zé l'avait entraînée là-bas pour vérifier qu'un mort reposait bien dans son cercueil. Elle l'avait adjuré d'attendre le jour car les morts n'aiment pas qu'on trouble leur repos, mais Zé s'était moqué d'elle et n'avait rien voulu savoir.

Elle ne se rappelait pas grand-chose de cette nuit horrible hormis qu'elle avait couru, couru à travers tombes à en perdre les jambes, après qu'un fantôme l'eut attaquée tandis qu'elle attendait le retour de Zé dans la voiture, près de l'entrée du cimetière.

Un gros bruit l'avait surprise, un bruit... comment dire... le bruit que ferait un énorme tambour, le bruit que ferait un corps jeté dans un chaudron de fer dont le ventre résonne... « *Foi um barulho do inferno* », elle murmura, en se signant rapidement, « *foi o diabo que fez !* »

Elle n'avait pas voulu assister à l'ouverture de la sépulture : le gardien l'avait accompagnée jusqu'à sa bicoque et ils avaient attendu chez lui que ce fût fini.

Après, ils étaient retournés à Ceilândia. Zé lui avait déclaré qu'il devait se rendre à la fazenda Pedreiro. Elle avait essayé de le retenir mais la résolution du jeune homme était inflexible : quand il avait décidé quelque chose, il fallait qu'il le fasse ! Il était parti vers cinq heures du matin : seul.

Ils roulèrent en silence une dizaine de kilomètres. De temps à autre, Itamar regardait Otelo à la dérobée. Cet homme bien vêtu qui parlait une langue infiniment plus noble que la sienne, cet homme surgi brusquement de la nuit à la recherche d'un flic — un enquêteur, comme lui —, l'intimidait.

Il se demandait encore comment lui poser les questions qui lui démangeaient la cervelle lorsque la Del Rey arriva à l'embranchement du chemin conduisant à la propriété Pedreiro.

Une voiture étrangement tordue, comme si la tôle, trop vieille, avait fondu sous la chaleur, déjetant la caisse sur un côté, stationnait sur le bas-côté de la route.

Itamar reconnut l'épave : c'était celle de la Chevette exténuée dont plus personne ne voulait à la 2e DP et qu'on avait refilée à Zé. Le toit cabossé, les portières enfoncées disaient qu'elle avait fait un tonneau. Itamar inspecta les abords de la carcasse à la lumière des phares de la Del Rey. Il ne trouva aucun débris de verre sur la chaussée, pourtant le pare-brise avait volé en éclats. Zé avait eu un accident ailleurs, la voiture roulait encore et elle l'avait amené jusque-là. Il tâta la tôle du capot. La carcasse était froide !

Otelo inspecta l'intérieur de l'épave. La page froissée d'un journal qui puait le poisson avait été jetée sur le plancher. De nombreux fragments de verre attestaient que la voiture avait bien été endommagée dans un accident récent. Il palpa les sièges et ne découvrit aucune trace de sang.

Au détour de la piste, le corps principal de la fazenda apparut. Aucune lumière ne brillait. Itamar arrêta la Del Rey au bas du perron. Des chiens auraient dû aboyer, une silhouette aurait dû se découper dans le rectangle d'une porte et venir à leur rencontre ou bien attendre que les gens qui arrivaient dans cette voiture inconnue se fassent connaître...

Les ouvertures du bâtiment restèrent obscures. Seul le grincement obsédant de l'éolienne, dont l'ombre décharnée se profilait sur le ciel clair, trouait le silence. L'endroit sentait la mort.

La porte principale n'était pas fermée. Otelo et la femme restèrent sur le seuil tandis qu'Itamar s'aventurait seul à l'intérieur. Ils l'entendirent qui cherchait son chemin dans l'obscurité, trébuchant contre les meubles, puis il poussa une exclamation qui ressemblait à un cri de terreur.

Quelques secondes plus tard, Itamar les rejoignait. À la clarté de la lune montante, Otelo vit que le visage de l'enquêteur était décomposé. Il avait marché sur quelque chose, quelque chose de mou...

Itamar déglutit avec difficulté.

Il avait marché sur un bras !

Otelo l'écarta et entra à son tour. L'obscurité était totale. Il suivit le mur à tâtons jusqu'à sentir un interrupteur sous ses doigts.

Itamar ne s'était pas trompé. La première chose qu'aperçut Otelo, ce fut une main ouverte, paume vers le haut : une main qui reposait sur le plancher comme une grosse araignée crevée. C'était la main d'un homme âgé et corpulent qui gisait face contre terre.

Otelo élargit son regard et devina une tache rouge, soyeuse, de l'autre côté de la table monumentale. Il sut que la tache rouge lui signalait le cadavre de Zé.

La *mulata* avait aperçu la tache, elle aussi. Elle se rua en avant mais Otelo lui bloqua le passage. La femme se débattit, cherchant à le griffer avec une fureur primitive. Otelo la frappa à la pointe du menton et elle s'effondra comme une masse, comme si l'évanouissement lui était une délivrance. Son crâne cogna le plancher avec un bruit sourd.

Otelo pensa d'abord à fermer les yeux de Zé mais les paupières du jeune homme étaient déjà closes. Il imagina que quelqu'un, découvrant le carnage, avait pieusement fermé les yeux des morts, mais les deux autres cadavres de la pièce — celui du vieil homme corpulent et celui d'un infirme, guère plus âgé que Zé, dont le corps terriblement décharné paraissait désarticulé — avaient toujours les yeux ouverts.

Otelo fit signe à Itamar de s'occuper des deux autres et s'accroupit près de la dépouille de Zé.

Le jeune homme portait le blouson pourpre en imitation soie qu'il avait acheté chez Fofi, peu après son entrée à l'école de police. De tous les vêtements de sa maigre garde-robe, c'était celui qu'il préférait. Un jour, le regard brillant, il avait confié à Otelo que George Chakiris portait un blouson identique dans *West Side Story*. À force d'avoir été porté, le tissu de mauvaise qualité s'effilochait aux poignets...

Lorsque Otelo souleva le bras du cadavre, celui-ci opposa une assez forte résistance. La rigidité affirmée prouvait que le décès remontait à plus de douze heures.

Une large bande de sparadrap balafrait le corps à la base du cou. Les franges de gaze qui dépassaient le bord du sparadrap étaient imprégnées d'un sang noir, sec depuis longtemps. Otelo arracha le pansement. La peau et un peu de chair avaient été entaillées sur une longueur de deux centimètres environ. La blessure, récente, était propre. Les bords n'étaient pas nets, ce n'était donc pas une coupure ; par ailleurs, la peau ne révélait aucune trace de contusion. Otelo en conclut que l'entaille avait été produite par une balle.

Le visage et, en particulier le front, portait plusieurs plaies minuscules. Dans l'une d'elles brillait un éclat de verre.

On avait tiré sur Zé alors qu'il circulait à bord de la Chevette. La voiture avait fait un tonneau dont il était sorti pratiquement indemne ; il avait échappé à ses agresseurs, il était rentré chez lui, s'était pansé, avait changé de vêtements puis s'était rendu à la fazenda où la chance l'avait lâché.

Son meurtrier lui avait logé une seule balle — dans le cœur ! La blessure n'avait pratiquement pas saigné. Le tissu de la chemise n'était pas brûlé et, pour autant qu'on pouvait en juger à l'œil nu, il ne portait aucune trace de projections de poudre. L'homme avait tiré d'assez loin et, à moins qu'il n'ait eu de la chance, avec une précision assez exceptionnelle.

« Je tiens pour coupable de mon assassinat le delegado Barreto de la 2ᵉ délégation de police criminelle du District Fédéral… »

Le cadavre tenait encore à la main un Ruger 9 mm. Otelo héla Itamar. Penché sur la dépouille du vieil homme, l'enquêteur se redressa vivement. Quelque chose tomba sur le sol avec un bruit mat. C'était un portefeuille de cuir noir rempli de papiers et bombé d'avoir été longuement glissé dans la poche arrière d'un pantalon. Itamar blêmit. Otelo ignora l'incident et se borna à demander quelles armes de service on distribuait à la 2ᵉ DP. Itamar répondit que c'étaient des Taurus, comme le sien. Il ajouta que beaucoup d'enquêteurs possédaient une arme personnelle qu'ils préféraient généralement au revolver, assez lourd et qu'ils jugeaient ringard.

Le mort aurait dû avoir en main le Beretta 70 qu'Otelo lui avait offert à sa sortie de l'école de police. Connaissant Zé comme il le connaissait, Otelo était convaincu que le jeune homme aurait détesté le Ruger : c'était une arme trop massive, trop rugueuse pour lui ! Peut-être lui avait-on placé le Ruger dans la main pour embrouiller l'enquête ?

Otelo fouilla les poches du blouson de Zé et découvrit un chargeur plein : un chargeur de Beretta qu'il avait lui-même acheté en supplément et une poignée de cartouches de 9 mm en vrac. Il trouva également la paire de Ray Ban à monture dorée que

Zé s'était offerte pour masquer son regard de type qui en avait vu de toutes les couleurs. Otelo glissa les lunettes dans la poche de poitrine de sa chemise.

Il se mit à la recherche du Beretta et finit par le dénicher sous un lourd bahut colonial qu'il ne put déplacer seul.

Le canon du pistolet sentait la poudre. Otelo éjecta le chargeur. Une cartouche manquait. Il fit de même avec le Ruger et la réponse fut identique : une cartouche manquait dans le magasin.

La carabine Remington qui gisait près du vieux n'avait pas servi, d'ailleurs elle n'était pas chargée.

Le vieux, l'infirme et Zé avaient été tués d'une balle chacun, trois coups de feu avaient donc été tirés. Malgré une longue et minutieuse recherche, Otelo ne trouva que deux étuis percutés. Cela signifiait que l'un des trois coups de feu avait été tiré par un revolver. La douille percutée était restée dans le barillet.

Quel que fût l'ordre selon lequel s'était déroulée la tuerie, quelqu'un manquait.

« Je tiens pour coupable de mon assassinat le delegado Barreto de la 2e délégation de police criminelle du District Fédéral. »

Otelo prit la plaque de police de Zé, glissa le Beretta et le chargeur d'appoint dans une poche de son veston. Le seul document qu'il laissa sur le cadavre fut la carte plastifiée du permis de conduire. Itamar ouvrit la bouche pour dire quelque chose mais finalement renonça. Il marmonna qu'il devait demander du monde à la 2e DP et quitta la pièce à la recherche d'un téléphone.

La femme gémit. Otelo l'aida à se redresser et l'adossa au mur. Elle regarda autour d'elle d'un air hébété, aperçut le corps de Zé, se signa et se mit à prier.

« Tu l'aimais ? » demanda doucement Otelo. La femme hocha la tête. Oui. Elle l'aimait.

Dans un geste de pudeur instinctive, elle ferma de la main son chemisier bâillant sur sa poitrine. Elle était revenue à elle, revenue au monde : à la tragédie du monde...

Zé était le premier homme qu'elle eût jamais rencontré ! Il était jeune et pourtant c'était ainsi : le premier homme...

Otelo ouvrit sa chemise, en extirpa la grosse enveloppe humide de sueur que lui avait remise le directeur de la Bradesco et en tira une liasse de billets de cent réais. Il demanda à la femme comment elle s'appelait et elle répondit Carmelita : Carmelita da Cruz.

Otelo lui remit la liasse et la chargea de faire à Zé les meilleures funérailles qu'elle pourrait. Elle acquiesça avec, dans les yeux, une lueur de reconnaissance parce qu'elle avait le sentiment que Zé lui revenait pour un court moment.

Otelo lui conseilla de cacher l'argent avant le retour d'Itamar. Carmelita se mit debout, se détourna, remonta sa jupe en haut des cuisses puis la rabaissa vivement et se remit à prier.

Itamar revint peu après, annonçant qu'une équipe de la 2e DP serait là dans une demi-heure.

Il avait également conclu que quelqu'un manquait sur la scène du crime. Dans son idée, Barreto avait flingué le vieux qui lui-même avait descendu Zé.

Maintenant, le delegado redoutait que la famille du sénateur ne lui envoie des tueurs pour lui faire payer ce qu'elle ne manquerait pas d'interpréter comme une exécution. Barreto se cachait quelque part dans les environs, le temps de voir comment évoluait la situation. S'il s'avérait qu'elle était sans danger, il réapparaîtrait d'ici une quinzaine de jours.

Itamar cligna de l'œil d'un air entendu : le delegado avait le cuir tanné par des années de service dans le District Fédéral, il saurait se sortir de ce mauvais pas !

Quant à l'infirme, l'enquêteur n'avait aucune idée de qui ça pouvait être. À ce qu'il savait, le fils unique du sénateur s'était tué en voiture sur la route de Cristalina, quelques années plus tôt, au terme d'une sale histoire.

Il se pouvait que ce fût lui : après tout... Un fils de sénateur, ça pouvait ressusciter.

Itamar voulait attendre les types de la 2e DP, mais Otelo souhaitait quitter les lieux avant leur arrivée. Il estimait que la mort de Zé relevait de sa vie privée. « Chargez-vous de l'enquête et vengez-moi », avait écrit Zé. Personne ne fourrerait son nez dans cette affaire.

Si l'opinion d'Itamar était représentative de ce que pensaient les hommes de la 2e DP, alors ils ne feraient rien dans les premiers jours et pas grand-chose par la suite. Ils laisseraient Barreto se débrouiller seul avec ce triple meurtre qui les foutait dans la merde parce qu'un sénateur y avait laissé sa peau. Ils étaient dans le District Fédéral, pas dans un bled pourri du Maranhão ou du Pará !

Itamar renâclait, cependant, à le laisser partir.

Otelo fit valoir qu'en qualité d'officier de police, Itamar était habilité à prendre des initiatives. L'enquêteur acquiesça. Oui, il pouvait, c'était indubitable. Certes, il décidait rarement de quoi que ce soit, car le delegado Barreto était le chef incontesté de la 2ᵉ DP, cependant le règlement de la police stipulait très explicitement qu'un enquêteur avait le droit de prendre des initiatives dans le cadre d'une enquête pour favoriser l'apparition de la vérité. Personne ne pouvait dire le contraire. Otelo lui demanda de l'accompagner.

Itamar accepta : après tout, ses collègues connaissaient la marche à suivre, ils se débrouilleraient seuls.

Lorsque Otelo exigea qu'Itamar le conduise chez Barreto, l'enquêteur pensa qu'il s'était fait blouser mais il était trop tard, désormais, pour faire machine arrière : s'il refusait maintenant, il passerait pour un con sans honneur. Il s'inclina et la Del Rey mit le cap sur Guará.

12

« Il est parti ! » Elle secouait sa tête hérissée de bigoudis avec une obstination amère. « Il reviendra pas ! »

Elle scrutait la nuit, cherchant dans le désert de la rue mal éclairée la confirmation de son pressentiment.

« Pourquoi tu dis ça ? » la gronda Itamar. « Qu'est-ce qui te permet d'affirmer qu'il a foutu le camp ? »

Le contre-jour de la lampe brillant dans le dos de la femme découpait l'ombre d'un corps charnu dans le voile blanc d'une chemise de nuit légère. Tandis qu'elle continuait à clamer son abandon, le regard d'Itamar s'égarait sur ses hanches épanouies, sur son ventre, sur ses cuisses robustes. Elle sentit peser sur elle ce regard qui fouillait, prit conscience de l'impudeur de sa tenue et se tut. Croisant les bras sur sa poitrine, elle frictionna ses bras épais comme si elle avait froid. Itamar jeta un coup d'œil rapide à Otelo, immobile et muet, un pas en retrait. Le fait qu'un étranger fût témoin de cet échange équivoque entre Lene et lui, entre l'épouse du delegado et lui, l'embarrassait.

« Il a dit quelque chose ? » grommela Itamar.

Barreto n'avait rien dit de particulier. Elle ajouta, furieuse, qu'il l'avait ennuyée la moitié de la nuit avant de réaliser, confuse, qu'elle suggérait une intimité lourde de désirs, de refus, de soumission mal acceptée, alors qu'elle s'exposait, à moitié nue, dans la lumière électrique. C'était comme si elle invitait les deux hommes à remonter sa chemise de nuit sur ses fesses pour lui caresser le derrière comme Barreto l'avait fait cette nuit-là !

Elle les regarda tous les deux avec des yeux brillants, des yeux embués par le trouble avant de préciser, d'une voix à peine audible, que Barreto était excité comme lorsqu'il gagnait au *jogo do bicho* ou qu'il réussissait un coup tordu dont il ne voulait rien dire. Il remuait alors dans le lit comme une sardine vive dans une poêle brûlante.

Itamar esquissa un sourire.

On avait comparé Barreto à un bœuf, à un bulldozer, à un tronc d'arbre, mais pas à une sardine ! Jamais à une sardine !

Quand Barreto s'agitait ainsi, Lene savait que le lendemain elle découvrirait quelques billets supplémentaires dans la boîte de biscuits Dona Benta, qu'il cachait sous des dalles déjointées du garage.

Au matin elle n'avait pas manqué de vérifier. La boîte contenait toujours la même somme : trois cent quarante-cinq réais. Depuis, Barreto n'était pas réapparu et la seule explication qui lui venait c'était qu'il avait ruminé toute la nuit son départ ! C'était la perspective de les plaquer, elle et les gosses, qui lui flanquait de l'électricité dans le corps !

« Il aurait pris sa boîte ! » objecta Itamar.

Lene ne se donna pas la peine de lui répondre et, pour la première fois, elle s'adressa à Otelo qui n'avait pas encore ouvert la bouche. Son costume bleu marine sortant, visiblement, de chez un bon tailleur, sa chemisette bleu ciel, son air triste et distant cessèrent de lui inspirer la crainte obscure qu'elle éprouvait à son endroit et elle se prit à imaginer qu'il était une espèce d'envoyé de Dieu ou d'un pouvoir quelconque, venu lui rendre enfin justice.

« Il est parti ! » elle répéta. Pointant sur Itamar un pouce accusateur, elle ajouta : « C'est son chef et ça l'emmerde de l'admettre, mais ce salaud a bel et bien foutu le camp ! »

Quand il en avait eu marre de tourner dans le lit comme une toupie ivre, Barreto était allé boire une bière dans le hamac, d'un rouge passé, qui pendait entre ses deux crochets comme une parenthèse flasque, puis il était allé farfouiller dans la cabane aux poules.

« À quatre heures du matin, dans la baraque aux poules !... », elle se récria comme si elle tenait dans ce détail la preuve irréfutable de ce qu'elle alléguait. « Sandro l'a vu !... Sandro ! » Elle appela d'une voix claironnante, sans se préoccuper du repos du voisinage. « Lève-toi et viens ici, Sandro ! »

Un garçon d'une douzaine d'années, vêtu d'un short de sport aux couleurs de la Seleção, arriva en traînant les pieds. Il reconnut Itamar et le salua d'un « *Oi !* » vaseux.

« Qu'est-ce que t'as vu la nuit dernière dans le cagibi aux poules ?

— *Meu pai* », grogna le garçon, en se frottant les yeux.

Lene le saisit aux poignets pour l'obliger à lui faire face. « Qu'est-ce qu'y faisait ? »

Sandro lui jeta un regard hostile et marmonna avec mauvaise humeur : « De la gymnastique ! »

Itamar fronça les sourcils. « Y faisait quoi ?
— De la gymnastique ! » répéta Sandro.

Itamar jeta un coup d'œil perplexe à Otelo. « T'es sûr de ce que tu racontes ? »

Le garçon haussa les épaules. Son père faisait de la gymnastique à quatre heures du matin dans la baraque aux poules ! Ça valait sûrement pas qu'on le tire de son lit en plein milieu de la nuit, ni que sa mère l'exhibe comme une attraction de foire, mais c'était bel et bien ce qu'il avait vu...

Avec une politesse dont la froideur acheva de le réveiller, Otelo demanda au garçon de répéter, aussi fidèlement que possible, les mouvements qu'avait exécutés son père.

Sandro monta ses bras en candélabre à hauteur des épaules comme Barreto l'avait fait pour exprimer sa jubilation. Il conserva la pose, jetant aux deux hommes un regard anxieux comme s'il redoutait que ceux-ci ne se moquent de lui ou ne l'accusent de mentir.

Avait-il surpris d'autres mouvements ? Le garçon se souvenait que son père s'était baissé à plusieurs reprises ; il pensait qu'il avait manipulé quelque chose posé par terre mais on y voyait mal et, à vrai dire, il n'avait guère prêté attention à ce que fabriquait son vieux, car il était convaincu qu'il avait un coup dans le nez et débloquait plein tube.

Otelo réclama une lampe de poche. Lene dépêcha Sandro qui rapporta une bougie, une boîte d'allumettes de ménage et guida Otelo jusqu'à la baraque aux poules.

Une douzaine de volailles somnolaient, la tête dans les plumes. Près de la fenêtre donnant sur la cour, les fientes avaient été piétinées sur une bonne surface ; ailleurs, le sol était vierge d'empreintes. Barreto ne s'était pas aventuré dans le fond du cagibi : il était resté à la même place, près de la porte.

Otelo inspecta le mur à la flamme maigre de la bougie et découvrit une série de nombres, gravés de frais comme en témoignaient les traînées poudreuses, couleur de terre, qui maculaient encore le crépi. La somme de ces nombres s'élevait à quatre-vingt-douze et avait été soulignée plusieurs fois de traits appuyés comme des balafres.

Otelo avisa une antique balance romaine suspendue à une poutre, au-dessus de sa tête. En l'examinant attentivement, il découvrit des traces de sang séché. Sandro confirma que l'instrument servait à peser les volailles sacrifiées. De la fiente, encore compacte, adhérait au contrepoids, prouvant qu'on l'avait posé à terre récemment.

Lene n'avait pas tué de poule depuis un mois et ne s'était pas servie de la balance depuis plus longtemps encore. Barreto avait pesé là une marchandise dont le poids total atteignait quatre-vingt-douze kilos.

Le garçon ne savait rien de cette mystérieuse marchandise. Son père l'avait sans doute cachée dans le coffre de sa voiture : une Bronco bleu électrique presque neuve, qu'il décrivit dans le détail. Otelo nota le numéro d'immatriculation du véhicule sur un bout de papier qu'il rangea dans son portefeuille, avant de regagner la véranda.

« Tu le reverras », assurait Itamar, « il se montrera dans une semaine ou deux, quand il jugera qu'il risque plus grand-chose ! »

Lene le toisa avec mépris. « Tu le connais pas », elle dit, « tu sais pas qui il est !

— Je le connais », protesta Itamar, « je travaille avec lui depuis onze ans maintenant ! »

Lene éclata d'un rire insultant. « Vous travaillez... Tu parles que vous travaillez ! » Elle prit son fils à témoin. « T'entends ça ? » elle gloussa. « Itamar et ton père travaillent ! C'est du boulot de se remplir de bière, de s'empiffrer à l'œil dans tous les restaurants du District Fédéral ?

— Tu sais pas ce qu'on fait », s'indigna Itamar, « tu sais pas ce que c'est qu'une enquête !... On prends des risques, Lene ! On peut se faire trouer la peau !

— C'est l'ulcère qui vous trouera le ventre ! » elle ricana. « La Brahma vous suce les entrailles ! »

Otelo demanda une nouvelle fois à Lene d'où elle tirait sa certitude que Barreto ne rentrerait pas chez lui. Est-ce qu'il avait dit quelque chose dans ce sens ? Est-ce qu'il avait fait quelque chose laissant supposer qu'il était parti pour ne plus revenir ?

La femme ouvrit la bouche, prête à vitupérer encore, mais rien ne lui vint. Non, Barreto n'avait rien dit, rien fait de particulier. Il avait foutu le camp en douce, profitant de ce qu'elle dormait ! Il avait pas pris la peine de lui dire un mot, l'avait pas prévenue de quoi que ce soit : il avait grimpé dans sa bagnole chérie et il s'était enfoncé dans la nuit. Il avait rien emporté : chemises, chaussettes, linge de corps, tout était rangé à sa place dans l'armoire aux vêtements ; Otelo pouvait vérifier si le cœur lui disait.

Le cœur ne lui disait pas.

Barreto était parti comme un voleur ! Elle savait que ça devait arriver, elle s'étonnait même qu'il soit resté si longtemps avec elle ! Quinze jours après leur mariage, elle avait compris qu'il la plaquerait avec ses gosses sitôt qu'une occasion se présenterait !

« Quelle occasion ? »

Elle haussa les épaules, regarda à nouveau la rue déserte enténébrée. Est-ce qu'on sait ce qu'est une occasion ?

Lui, il aurait pu le dire mais elle ne savait pas ce qui trottait dans la caboche de cet homme qui avait été, qui était toujours son mari ! Et elle n'était pas la seule dans ce cas-là. Elle adressa à Itamar une grimace éloquente : ce devait être le lot de beaucoup d'épouses, de beaucoup d'épouses de flics !... Les garagistes faisaient de la mécanique, les postiers triaient le courrier et le portaient chez les gens mais les flics, on savait pas ce qu'y maquillaient ! C'était comme ça avec Barreto ! Ça avait toujours été comme ça !

Itamar haussa les épaules.

Y avait une femme, c'était sûr, ou bien y aurait une femme : une gamine de vingt ans avec un cul bien rond ! Elle fit un geste avec ses mains réunies en coupe : *uma menina* avec des nichons gros comme le poing, durs comme des piquis...

Itamar adressa à Otelo un geste d'impuissance signifiant que Lene était bornée : ils n'en tireraient rien. Lene surprit sa mimique.

« Tu comprends pas toi », elle se fâcha, « mais moi je sais ! Je le sais là ! » Elle plaqua ses mains sur son ventre puis sur son cœur : « Et là aussi !... Y a pas besoin d'expliquer ! Je le sais comme seule une femme peut savoir !

— Vous lui connaissez une maîtresse ? » suggéra Otelo. Lene éclata d'un rire vulgaire. « La grosse Zulma !... Il avait la grosse Zulma ! »

Elle fit une moue dégoûtée. « C'est pas pour elle qu'il est parti ! Elle pèse un quintal, elle est moche, elle est sale : allez la voir, vous comprendrez tout de suite ! C'est juste un sac à foutre ! »

Itamar fit une grimace éloquente.

Est-ce que Lene possédait une photo de Barreto ? Quelques minutes plus tard, elle remettait à Otelo un cadre de bois verni. C'était tout ce qu'elle possédait : leur portrait tiré le jour de leur mariage. Deux jeunes gens de vingt ans à peine, empesés dans leurs habits de cérémonie faisaient un sourire de commande. Deux jeunes gens rustauds comme il en existait des millions dans ce vaste pays !

L'homme avait un visage aux traits épais, posé sur un cou de bœuf. Il avait l'air décidé, l'air d'un type qui, plus tard, serait flic ou soldat... qui serait camionneur, boulanger, vendeur de voitures... N'eût été la vigueur exceptionnelle qui transparaissait sur la photo en dépit des couleurs pâlies, il avait l'air de n'importe qui.

« Je tiens pour coupable de mon assassinat le delegado Barreto de la 2e délégation de police criminelle du District Fédéral. »

Otelo demanda s'il pouvait conserver la photographie le temps de son enquête.

Lene n'en voulait plus : qu'il l'emporte ! Quand il n'en n'aurait plus l'usage, qu'il la déchire, qu'il la brûle ! Le jour où elle avait épousé ce... elle chercha une insulte, le jour où elle avait lié sa vie à ce *pilantra*, à ce *safado*, était un jour maudit !

« Il a guère changé », elle dit avec rancune, en s'essuyant les yeux d'un revers de main, « il a pris du poids, il a perdu quelques cheveux mais si vous le rencontrez vous le reconnaîtrez ! »

Otelo prit la photo et rendit le cadre vide à la femme. Elle le lança rageusement au loin et il rebondit bruyamment sur le dallage. Sandro courut le ramasser, le frotta à son short pour essuyer une poussière imaginaire et le cacha derrière son dos de crainte que sa mère ne le lui reprenne.

« Me le ramenez pas ! » elle cria tandis que les deux hommes regagnaient la voiture, « dites-lui qu'il remette pas les pieds ici ! »

Itamar grommela qu'il ne la savait pas aussi timbrée. Avec un outil pareil à la baraque, il n'était pas étonnant que Barreto eût mis les voiles !

« Tuez-le ! » elle cria encore. « S'il le faut, hésitez pas ! »

Avant que la Del Rey ne tourne le coin de la rue, Otelo la vit lever la main sur Sandro, furieux, qui paraissait lui tenir tête. Itamar proposa de conduire Otelo chez la grosse Zulma.

13

Le type du bar était mort : liquidé ! D'énormes poches de fatigue lui mangeaient la figure. Il n'était plus derrière son comptoir : il était déjà allongé dans son lit, délassant ses jambes gonflées par une nuit de boulot dans la poussière chargée de vapeurs de gasoil.

Il servit en soupirant deux cafés amers comme l'aube de cette nuit sans sommeil.

Zulma était réellement grosse : grosse et volubile ! Même tirée du fond de son sommeil, elle remuait son corps volumineux avec un entrain, une verve ondulante qui laissait supposer qu'un homme sur son ventre la faisait frétiller comme un poisson en mer.

Malgré son abandon, ses cheveux qui se dressaient sur sa tête comme les flammes d'un incendie crépu, le débraillé de sa chemise de nuit découvrant une chair cuivrée rayée de bourrelets, poinçonnée de fossettes, Itamar l'avait regardée avec des yeux brûlants.

Barreto n'était pas chez elle ! Elle ne l'avait pas vu depuis près d'une semaine et, justement, en se couchant ce soir-là, elle s'était demandé ce que devenait le delegado.

Elle donnait le sentiment d'être d'une gloutonnerie sans limites, sans frein. On la sentait capable d'enfourner n'importe quoi : gloussante, frémissante, chavirée !

Oui, la grosse Zulma était bel et bien un sac à foutre et ne s'en cachait pas.

Les silhouettes prostrées sur les bancs qui couraient le long des quais ne dormaient que d'un œil. Une vieille femme se redressa, hagarde, s'assura d'une main fébrile que son sac était bien à son côté, écarquilla les yeux comme un animal surpris dans la lumière des phares, puis sa tête dodelina, s'abaissa lentement sur sa poitrine informe, et son corps se tassa jusqu'au prochain sursaut.

Itamar s'appuya au comptoir de ses deux coudes largement écartés et bâilla qu'il était crevé. Otelo suivit un moment la divagation d'un *faxineiro* traquant les papiers sales d'un balai hésitant comme s'il redoutait que le type ne vienne vers lui et ne le pousse à son tour dans le tas d'immondices qu'il rassemblait près d'un pilier. Il avala son café d'un coup, comme une médecine, et demanda à Itamar qu'il lui parle de Barreto.

« Barreto ? » répéta Itamar. « Comment il est ? »

Il tourna longuement sa cuiller dans sa tasse, accompagnant son geste d'une grimace perplexe. Il attendait qu'Otelo lui vienne en aide, qu'il lui souffle la réponse que, croyait-il, il espérait de lui.

Otelo se contenta de le regarder en silence qui remuait son café.

Itamar eut un rire amusé : « C'est pas une sardine comme sa femme a dit... Personne à la 2e DP s'aviserait de prétendre que le delegado Barreto est une sardine ! » Il but une gorgée, riant dans sa barbe. « Elle est conne », il marmonna. « C'est pas une mauvaise femme mais elle est conne... Conne et têtue ! »

Il ne savait que dire de plus d'ailleurs, compte tenu du peu qu'il savait d'Otelo, fût-il professeur de droit à l'école de police de São Paulo, il estimait en avoir dit suffisamment.

Un moteur graillonna dans la rampe d'accès à la gare puis un bus glissa dans la lumière blafarde des néons pour s'arrêter au bout du quai, dans un chuintement d'air comprimé.

Les passagers descendirent lentement, le corps endolori par un sommeil cassé, pour s'attrouper à l'orée de la soute, en attendant qu'on décharge leurs bagages.

« Le delegado sortira bientôt du bois ! » répéta Itamar. « Que ça lui plaise ou non, Lene l'aura de nouveau sur le dos !... Elle aura de nouveau une sardine dans son lit ! » Il s'esclaffa : « Une grosse sardine, une sardine géante !

— Il ne reviendra pas ! » laissa tomber Otelo.

Itamar le regarda avec stupeur.

« Il reviendra pas ?... Pourquoi il reviendrait pas ?... Il est mort ? »

Otelo secoua la tête : non, Barreto n'était pas mort.

Là-bas, à l'extrémité est de la gare routière, le ciel commençait à blanchir.

Le delegado avait pris quelque chose chez Pedreiro : quelque chose de pesant et qui valait cher ! Otelo raconta ce qu'il avait découvert dans le cagibi aux poules. Barreto avait pesé sa précieuse marchandise et, lorsqu'il avait fait la somme de ce qu'il avait emporté, il avait levé les bras au ciel comme un type qui vient de toucher le gros lot !

Itamar écoutait bouche bée, la fatigue semblait l'avoir quitté d'un coup. Qu'est-ce que Barreto avait volé ?... De l'argent ?...

Non, pas de l'argent !

Qu'est-ce qui, pour quatre-vingt-douze kilos, assurait la richesse ?...

Des objets, des meubles qu'il aurait emportés après le massacre chez le *fazendeiro* ?...

Itamar balaya l'hypothèse d'un revers de main : Barreto se foutait des meubles ! Les objets, les... les meubles, ça l'intéressait pas !

Quoi alors ?

Itamar fit la moue. D'aussi loin qu'il se souvînt, il n'avait jamais vu le delegado exulter au point de lever les bras au ciel comme un boxeur qui vient de gagner son match par K.O.

Il but une seconde gorgée de café. Pour lui arracher ce genre de pantomime, il fallait que ça fasse énormément de fric ou alors il ne connaissait pas son Barreto. Il reposa sa tasse.

« J'ai entendu dire... »

Il regarda Otelo par en dessous comme s'il redoutait qu'il ne l'interrompe, scandalisé par ce qu'il entendrait. D'un signe de tête, Otelo l'encouragea à poursuivre. Qu'est-ce qu'il avait entendu dire ?

« Les gens racontent n'importe quoi... Ce qu'ils savent pas ils l'inventent... vous savez bien ! » soupira l'enquêteur.

Otelo savait.

Il avait entendu raconter que des gens importants de la capitale étaient compromis dans le trafic de drogue ! Des hauts fonctionnaires, des hommes politiques... Il fit tourner ce qu'il lui restait de café. Tant de rumeurs couraient le District Fédéral !

Otelo haussa les épaules : pourquoi pas de la coke, en effet ! Mais, à dire vrai, la nature de ce que Barreto avait volé lui était parfaitement indifférente.

Des moteurs se mettaient en route sur le parc de stationnement des bus ; des voyageurs, de plus en plus nombreux, arrivaient à la gare, débarquant par grappes de Fusca aux amortisseurs flingués depuis des lustres, de Chevette exténuées, de Monza rouillées à cœur.

« Qu'est-ce que vous allez faire ? » demanda Itamar.

Otelo considéra d'un œil sévère le visage un peu veule de l'enquêteur, son estomac qui faisait une boule menaçant de rouler par-dessus sa ceinture pour tomber sur le sol où il rebondirait en sonnant le caoutchouc creux, ses vêtements bon marché, la chaîne en or, aux maillons lâches, qui lui barrait le cou...

Le seul type qui pouvait l'aider c'était ce flic, pas plus véreux qu'un autre, mais pas plus vertueux non plus.

« Je vais le chercher. »

Otelo eut le sentiment qu'Itamar le soupesait, qu'il évaluait ses chances de réussite.

« Le delegado est un malin, il faudra être rudement finaud pour le trouver. »

D'un geste circulaire, l'enquêteur embrassa le campo qu'on devinait maintenant, par-delà le bâtiment de la gare routière. « C'est grand », il soupira, « c'est foutrement grand, vous pensez pas ? »

Otelo haussa les épaules. Le pays était immense, en effet, mais il chercherait quand même !

« Qu'est-ce que vous ferez si vous le trouvez ? »

Itamar fit un sourire vaguement ironique comme s'il ne croyait pas une seconde à cette hypothèse.

« Je le tuerai ! » dit simplement Otelo.

Itamar sursauta. « Vous tuerez le delegado », il répéta, « vous voulez dire que vous le descendrez ? »

Otelo tira la lettre de Zé de son portefeuille et la lui tendit. Itamar lut en remuant les lèvres : « Très cher capitão Otelo, si vous lisez cette lettre, c'est que je suis mort. » Il fronça les sourcils : « Si vous lisez cette lettre, c'est que je suis mort ? »

Otelo lui fit signe de poursuivre jusqu'à la fin et il s'exécuta avec une application scolaire. Lorsqu'il eut terminé, il rendit la lettre en la tenant du bout des doigts comme si le bout de papier lui inspirait de la crainte ou de la répugnance. Bien qu'il n'en eût pas compris tout le sens, il n'avait pas aimé ce qu'il avait lu. Il opposait à Otelo un visage buté car il l'associait au malaise que suscitait en lui cette maudite lettre.

Otelo lui demanda s'il avait déjà tué un gosse des rues. Itamar fit une grimace et secoua la tête : non ! Grâce à Dieu, il n'avait jamais fait une chose pareille !

Il garda le silence un moment, les yeux dans le vague, avant d'ajouter d'une voix sourde qu'un de ses anciens collègues de la 2e DP, Bigodão, avait trempé dans une histoire. Une histoire… Bien qu'il se donnât du mal, il ne parvint pas à trouver de qualificatif qui lui parût approprié.

À l'époque, une bande de gosses vagabonds avait pris ses quartiers dans un bâtiment en chantier de la banlieue sud de la Capitale Fédérale : une zone résidentielle, un coin de villas habité par des gens qui s'étaient installés à l'écart justement pour pas être emmerdés !

Les gosses étaient devenus de plus en plus remuants et un collectif de *moradores* s'était réuni pour étudier les moyens de se débarrasser de la bande. Un des types, qui avait longtemps vécu à Rio, avait assuré que le mieux serait de faire comme ils faisaient là-bas : on constituait une cagnotte et on payait des flics ou des soldats qui se chargeaient de régler le problème. Les autres s'étaient rangés à son avis.

Par connaissances, ils étaient entrés en contact avec des flics de la 2e DP et leur avaient fait une offre : quelque chose comme deux mille réais... Des réais de maintenant, pas des réais du temps de l'inflation ! Du bon réal : du réal dollar !

Le collègue en question, Bigodão, avait accepté.

Itamar commanda un autre café. Le type du bar lui répondit que c'était fermé. Itamar abattit son poing de toutes ses forces sur le comptoir en hurlant : « Sers-moi un café, *puta merda* ! »

L'homme fit semblant de ne pas avoir entendu. D'un coup de reins, Itamar hissa ses fesses sur le comptoir, prêt à basculer de l'autre côté. Otelo exhiba la plaque de police de Zé et l'homme fit signe que tout allait bien : il leur servirait autant de cafés qu'ils lui en réclameraient ! Itamar descendit de son perchoir.

Bigodão lui avait proposé de participer à l'opération ; il venait d'acheter la Del Rey et il avait bougrement besoin de fric. Mille réais l'auraient bien dépanné.

C'était sa femme, Maura, qui l'avait réveillé. Tu vas pas faire ça, Itamar ?... Dis !... Dieu te voit de là-haut. Il sait tout ce que tu fais, chaque jour, chaque heure, chaque minute, chaque seconde. Itamar ! Tu ferais pas une chose pareille ?

Ce con de Bigodão s'était trompé de gosses ! Il en avait flingué quatre ! Un fils de professeur, le fils d'une *empregada* qui travaillait dans le voisinage et puis deux autres...

Itamar était arrivé le premier sur les lieux.

« Aide-moi », dit Otelo. « Zé venait de la rue... Je l'avais rencontré dans la rue... »

La voix d'Otelo tremblait. Itamar regarda ses pieds.

« C'était un crack, tu sais ! Un vrai crack... »

Le barman servit le café et l'enquêteur se mit à tourner sa cuiller d'un air absorbé.

Otelo se moucha dans une serviette de papier qu'il prit sur le comptoir, sa voix s'affermit.

« Barreto cherchera sans doute à te joindre. Ne lui parle pas de moi : dis-lui que tout va bien. »

Itamar fit la moue : Barreto n'avait aucune raison de chercher à le joindre.

« Il t'appellera, il voudra savoir ce que vous faites, où vous en êtes ! » Otelo lui tapota amicalement le bras comme s'ils étaient déjà complices. « Je te téléphonerai de temps à autre. »

Itamar regarda sa montre et grogna qu'il était six heures et demie. Il n'avait pas prévenu chez lui et sa femme devait commencer à s'inquiéter.

Otelo régla les cafés. « J'ai besoin d'un brave type », il dit, « j'ai besoin d'un type comme toi ! »

Il demanda à Itamar de le déposer chez un concessionnaire automobile : il n'avait aucune préférence, le premier venu ferait l'affaire.

À neuf heures trente, Otelo s'installait au volant d'un cabriolet Logus. Il chaussait les lunettes noires qu'il avait récupérées sur le corps de Zé et prenait la direction du nord.

14

Bem-te-viiii... Bem-te-viiii...
Le cri résonnait dans un noir sidéral !
Bem-te-viiii...

Ça venait des étoiles, *puta merda* ! Ça venait de l'au-delà ! Il ne devait pas s'attarder dans ces limbes ténébreux : il fallait qu'il revienne chez les vivants, qu'il redescende en vitesse dans son corps ! Là-haut, les ombres des morts qu'il avait tués de sa main rôdaient : mauvaises, menaçantes ! Elles lui feraient la peau s'il foutait pas le camp !

Bem-te-viiii...

Barreto se dressa avec peine, s'assit sur la banquette arrière de la Bronco où il avait dormi quelques heures d'un sommeil gluant et lourd. Il regarda le paysage charbonneux dans la lumière encore inerte du jour qui se levait à peine. Il ne reconnaissait rien !

Il resta un moment hébété, incapable de penser juste, se demandant où il était. Il ne parvenait pas à se rappeler comment il était arrivé sous cet arbre majestueux, planté dans le campo comme une cathédrale de feuilles.

Sa bouche était pâteuse, il avait envie de pisser. Ses pieds enflés rentrèrent difficilement dans ses chaussures. Était-ce ainsi : vieux, courbatu, la cervelle grillée, qu'on s'éveille en enfer ?

Il sortit de la voiture, s'éloigna de la figueira, se campa face à la lumière montante et pissa longuement.

Il se rappela les bières qu'il avait bues au bar Churrascaria da Gilda, à Inocência.

Inocência : tu parles !...

Puis il revit Tonino, vautré dans la boue du barrage de Descoberto, Tonino qui s'agrippait à une perche et lui qui le poussait vers le profond de l'eau ; la main, aux doigts largement écartés comme une étoile de chair, qui appelait : « *Senhor Deus ! socorro !... Socorro Senhor Deus !* » avant de disparaître, de s'enfoncer dans le ventre noir de la retenue.

C'était hier : hier matin !... Ça avait déjà les couleurs flétries du passé !

Bem-te-viiii...

Il leva la tête vers le sommet de l'arbre : une de ces saletés d'oiseaux était perchée là-haut et saluait le jour à pleine gorge !

Il retourna à la voiture en boutonnant sa braguette. La fraîcheur de l'aube le fit violemment frissonner. Il s'assit derrière le volant, abandonna sa nuque à l'appui-tête. À cette heure, Lene dormait encore dans leur lit. Il imagina son corps déshabillé par la chemise de nuit, le drap en désordre, la pénombre qui se dissipait à mesure que le jour sourdait par les stores.

Il fut pris d'une saudade violente.

Pourquoi n'était-il pas auprès d'elle ? Il aurait

donné n'importe quoi pour sentir la masse tiède de sa femme allongée près de lui, pour humer son odeur sucrée de fin de nuit, se bercer à son souffle régulier.

Au nom de quoi, Seigneur, avait-il foutu le camp ?... Par quel coup de folie s'était-il lancé dans cette histoire ?... Il avait plus l'âge !...

Aníbal, t'as plus l'âge, *puta merda* !

Bem-te-viiii...

« Ta gueule ! » il cria. Un autre cri répondit aussitôt : comme une provocation aiguë, un défi à se battre, comme une insulte qui lui tombait du ciel !

On n'arrêtait pas de rêver : non, tant qu'on était vivant, quoi qu'on fasse, on rêvait !...

Barreto soupira, il lança le moteur.

Comme le lui rappelait cet enculé d'oiseau, il n'avait plus le choix : il lui fallait partir, poursuivre son rêve, même si c'était un rêve à la con, un rêve de con, peut-être un cauchemar...

Son instinct lui dit de prendre la piste sur la droite. Il retrouva la route.

Toute la matinée il pensa à Lene, aux gosses, regrettant sa famille perdue. Il prit un petit déjeuner copieux dans une station-service, à l'entrée de Ribas do Rio Pardo, contourna Campo Grande par le sud. Vers dix heures, il s'arrêta à Miranda pour déjeuner à la Cantina Dell'Amore, espérant, vaguement, que l'établissement tiendrait ses promesses et qu'on lui offrirait une fille à poil, dans une grande coupe, en guise de dessert.

C'était un homme âgé, en gilet rouge, qui faisait le service. Bien que ce ne fût pas la saison de la pêche, la carte proposait du pintado grillé accompagné d'une garniture de tomates et de riz.

Le restaurant ne faisait pas la Brahma et le garçon apporta, à la place, une Antártica glacée encapuchonnée dans un étui thermique de polystyrène jaune vif.

C'était le meilleur poisson que Barreto eût jamais mangé et il en commanda deux tranches supplémentaires avec une seconde, puis une troisième bière. Il prit un sorbet pour digérer et deux cafés pour se réveiller.

Il n'était plus qu'à une centaine de kilomètres du rancho d'Ortiz : il avait tout son temps... Lorsqu'il paya, sans avoir eu la fille à poil dans le grand verre, il ne restait plus beaucoup de monde dans la salle.

Il s'engagea sur la MS 339. Au bazar de Bodoquena, il acheta une glacière de plastique qu'il remplit de boîtes de Skol, et un pain de glace qu'il fit concasser par un gamin. Quinze kilomètres plus loin, l'asphalte s'arrêtait net : comme un tapis tranché d'un coup de lame. La Bronco continua sur une piste de terre rouge, en assez bon état.

Il arriva à Campo dos Índios en fin d'après-midi. C'était un village de quelques centaines d'habitants sur le rio Naitaca.

Il dîna dans l'unique gargote de riz, de feijão et d'un bifteck trop cuit, large comme ses deux mains. À la nuit tombante, il remonta la berge du rio en voiture, sur une dizaine de kilomètres. Le terrain était plat, la Bronco roulait sans difficulté dans l'herbe, d'un vert bleuté, semée de termitières et d'arbustes échevelés.

Il s'arrêta près d'une figueira monumentale et découvrit, dans le voisinage de l'arbre, un petit cimetière d'une douzaine de tombes abandonnées depuis longtemps, à demi cachées dans le capim sauvage.

Une fazenda, un hameau de quelques âmes y avait enterré ses morts avant de disparaître, mangé, digéré par une propriété plus grande, détruit par des *jagunços* qui, avant de mettre le feu, avaient volé jusqu'à la peau que les villageois avaient sur les os... La plupart des croix étaient brisées ; les pluies en avaient lessivé la peinture, si bien que Barreto ne put rien y lire. Le cimetière d'Amarante, où reposait son père, ressemblait un peu à ça...

Il tira la pelle qu'il gardait dans le compartiment de la roue de secours et se mit à creuser la terre rouge et dure. Il s'arrêta lorsque le trou rectangulaire fut profond d'un bon mètre cinquante. Il y déposa les sacs de jute dans lesquels étaient cousus les lingots d'or dont il glissa le dernier dans sa poche de pantalon.

Au moment de refermer la fosse, il se ravisa. Il enveloppa le Rossi pris à Tonino dans un chiffon graisseux qui traînait à l'arrière de la voiture et l'enfouit dans le tas de lingots. Après quoi, il combla le trou qui, refermé, avait l'apparence d'une tombe fraîchement creusée. Décidément, cet or était voué aux sépultures ! Barreto se signa pour écarter la mort qui rôdait autour de ce trésor, il marmonna un bref Pater Noster avec le sentiment de n'être pas bon, d'être un cafard sous le regard de Dieu qui trônait au ciel, assis sur un nuage !

Il se signa à nouveau, hâtivement, honteusement, chargea la glacière sur son dos et gagna une petite plage dont le sable irradiait la chaleur de la journée. Une anhuma qui arpentait la grève d'un pas glissé, très lent, à la recherche de larves, s'envola lourdement à son approche pour aller se percher sur un arbre de la rive d'en face, attendant qu'il s'en aille pour reprendre sa déambulation pensive.

Barreto lui fit un bras d'honneur : la plage était à lui ! Il s'adossa à la glacière et décapsula sa première boîte.

Ouais, il était un cafard ! Est-ce qu'il y pouvait quelque chose ? Non, rien !... Que le Grand Barbu, là-haut, lui pardonne de Son trône céleste ! Après tout, il était Son œuvre, Sa créature !... Il réalisait Ses desseins... Ses desseins...

La nuit était très claire. La foudre illuminait, sans discontinuer, les boursouflures de deux gigantesques cumulus qui montaient leur crème épaisse dans le clair de lune. Barreto n'entendait pas le tonnerre, il n'entendait que le ruissellement de l'eau qui glissait devant lui et le crépitement des bulles crevant dans la boîte de bière qu'il tenait contre sa joue pour en goûter doublement la fraîcheur.

Il participait de l'ordre du monde... C'était comme ça !... Sa bonté, s'il avait été bon, n'aurait rien racheté, rien changé, puisque tout était écrit... Pourquoi se faire de la bile ?... Pourquoi se tourmenter ?... Y avait qu'à vivre, hein ? Barreto !... Vivre : descendre le fleuve, se laisser porter par le courant !

Des massifs de jacinthes passaient comme des noyés hirsutes. Barreto se signa une nouvelle fois, déchira une autre boîte.

Demain, il en saurait davantage sur son destin. Il arriverait au rancho d'Ortiz en début de matinée...

Une vache se plaignait quelque part dans le vert tourné noir qui l'entourait, elle pleurnichait, gémissait qu'elle avait peur, qu'elle redoutait l'once qui rôde, les morsures du lobo guará...

Ce salaud d'Ortiz serait sans doute difficile à manœuvrer : les types qui ont goûté au pouvoir sont les plus durs, les plus âpres, les plus avides... Il fallait qu'il se méfie, oui, qu'il se garde de toute imprudence ! La moindre erreur lui coûterait la vie, il le savait.

Il fit basculer le barillet de son Taurus, en fit tomber les balles dans le creux de sa main et les mordit, une à une, avant de les remettre en place.

15

Le ciel pissait une pluie lourde dont les gouttes énormes noyaient le pare-brise de la Logus, crépitaient sur le bitume luisant comme la peau d'un reptile qui fumait sous l'abondance et la violence des impacts. Le campo, couvert d'une végétation exubérante, d'un vert sombre et moussant, paraissait en ébullition.

Il aurait pu pleuvoir des troncs d'arbres, dégringoler des pierres : oui, des pierres, ou bien des bêtes crevées... Il aurait pu choir des plaques d'un azur durci comme du vieux plastique...

Zé était mort. Ça faisait un trou en lui par lequel son âme s'échappait.

Il s'arrêta au poste de contrôle de la police militaire, peu avant Alvorada do Norte. Le sergent de permanence ne se souvenait pas du passage d'une Bronco, d'ailleurs il n'avait reçu aucun ordre concernant un véhicule Ford, du type Bronco, bleu électrique. Si le capitão voulait qu'on arrête le conducteur de ce fameux véhicule, il devait adresser une demande en ce sens, accompagnée des justificatifs requis, au QG du bataillon *rodoviário* à Goiânia. En attendant, si cette Bronco se présentait, il la contrôlerait avec sévérité et la retiendrait si quelque chose clochait, mais en l'absence d'instructions précises de son chef, il ne pourrait faire davantage. Le sergent promit de passer la consigne à son collègue du peloton qui prendrait la relève.

Ses yeux disaient qu'il mentait. Ses yeux disaient qu'il ne ferait rien, qu'il se moquait d'Otelo. Celui-ci était professeur, c'était une affaire entendue : professeur de droit à l'École fédérale de police de São Paulo, mais il aurait pu être professeur de bondieuseries au Vatican, enseigner au pape que ça n'aurait rien changé : ici, on était dans l'État de Goiás et un sous-officier de la police militaire n'avait pas de comptes à rendre à un professeur de São Paulo. Lorsque Otelo quitta le poste de police, il eut le sentiment que le sergent ricanait dans son dos. On pouvait l'accabler des moqueries les plus cruelles, lui jeter des quolibets au visage, Zé était mort, plus rien n'avait d'importance hormis la quête sans espoir qui le tenait vivant.

Aqui se vende pavões ! proclamait une pancarte tendue entre deux perches à hauteur des bourrelets de béton qui, à l'entrée de l'agglomération, obligeaient les véhicules à ralentir.

Otelo arrêta la voiture, observa la demi-douzaine de grands oiseaux qui, à petits pas solennels, tournaient en rond dans une cage à barreaux de bois largement espacés. Leurs queues, comme les traînes de manteaux de cérémonie, balayaient la boue rouge de l'accotement. Ils avaient l'air grave, ils avaient l'air de réfléchir, de mûrir des décisions essentielles.

Ils avaient l'air de prisonniers princiers retenus en otages qui s'ennuyaient à périr loin de la cour, du faste de la cour. Un garçon d'une douzaine d'années, recroquevillé sous un bout de plastique transparent, surveillait les oiseaux.

On disait que les paons révélaient l'avenir. Peut-être l'un de ceux-là savait-il où se trouvait Barreto ?...

« *Pavões !* » appela Otelo. « *Pavões !* »

Le garçon se leva, courut vers la Logus et plaqua son visage maigre, son visage de crève-la-faim, plus grimaçant que souriant, à la vitre. « *Cinquenta réais !* » il annonça en écartant les doigts de sa main droite. « *Cinquenta cada um !* »

Otelo eut beau tendre l'oreille, aucun des paons ne répondit à sa prière. « *Quarenta e sete* », concédait le garçon.

« Où il est ? » demanda Otelo.

Gêné par le boucan des gouttes qui giflaient le plastique noué en fichu autour de son visage, le garçon tendit l'oreille.

« Tu as vu le Delegado Barreto ?... Il est passé par là ? »

Le garçon fit signe qu'il ne comprenait pas. « *Quarenta cinco p'ra você !* » il cria, tandis qu'Otelo embrayait. Il courut une centaine de mètres, accompagnant la voiture. « *Quarenta !* »

Le monde raisonnable, rationnel, qu'Otelo avait construit pour faire barrage à son passé maudit se délitait, cédait, et par la brèche que la mort de Zé avait ouverte en lui s'engouffraient les spectres, les fantômes, les souvenirs qu'il ne contenait plus. Tous les morts, les assassinés qui avaient ponctué sa vie revenaient à lui. Ils étaient si nombreux, si présents au milieu du déluge qu'il ne savait plus, désormais, si les gens qu'il croisait étaient vivants ou morts. S'ils étaient des humains ordinaires ou bien des messagers de l'au-delà que Zé lui envoyait pour le guider sur les traces de son meurtrier.

Il roulait sur la BR 020 qui remonte en direction de Salvador. Il l'avait choisie au hasard et sans grand espoir de retrouver la piste de Barreto, mais il n'aurait pas supporté de rester dans une chambre d'hôtel à attendre un signe de la providence.

Il s'arrêtait à chaque station-service, brandissait d'une main sa plaque de police et de l'autre la photo de mariage de Lene et Barreto qu'il collait sous le nez des pompistes en demandant s'ils avaient vu cet homme au visage épais à bord d'une Bronco bleu électrique.

Les types tordaient le nez, grimaçaient que non : ils ne se souvenaient pas d'avoir vu cette physionomie ou bien rétorquaient que si ça se trouvait, ils n'étaient pas de service le jour où la Bronco était passée à la pompe... Ils appelaient un collègue qui faisait la même réponse. Non, pas vu ce type ! Quant à la bagnole... y en avait des bagnoles bleu électrique ! Des Ford, des Bronco, des Chevette, des Gol... c'était pas ce qui manquait, pas vrai ?...

« Qu'est-ce qu'il a fait ? » ils demandaient avec des yeux où pétillait le drame. « Il a tué quelqu'un ?... »

Otelo répondait qu'il n'en savait rien lui-même, qu'il n'était qu'un enquêteur lancé à la recherche d'un suspect et il entrait dans le bar accolé à la station-service, répétait son manège avec la caissière, avec le barman, avec la cuisinière, le *faxineiro* qui nettoyait les tables.

Personne, non, personne ne se souvenait d'avoir croisé Barreto, et Otelo reprenait sa route pointée sur le nord comme une aiguille de boussole, une route secouée d'amples ondulations comme des vagues pétrifiées ; des vagues d'une terre rouge, cuite par le soleil ardent dans le four du Planalto.

Une clôture de quatre rangs de fil de fer barbelé, cloués sur des piquets, courait sur chaque bord ; une clôture impeccablement entretenue, sans faille, sans faiblesse, sans aucune ouverture, comme une ligne de chemin de fer dont on aurait dressé chacune des deux voies sur la tranche et dont les rails épineux s'allongeaient, filaient dans le gris, plus loin, toujours plus loin, disant que la terre était prise, que, fertile ou stérile, elle avait un maître qui marquait son domaine.

De temps à autre un camion, un bus, passaient avec un feulement mouillé, laissant derrière eux un sillage d'écume. Ils se rendaient chez les vivants et il était probable qu'ils ne le voyaient pas car lui, Otelo, le capitão Otelo Braga, naviguait chez les morts.

« *Íris !* » il appela. « *Íris, ajuda !* »

Íris ne répondit pas. Elle était toujours fâchée : elle lui en voulait toujours mais, après tout, il l'avait tuée ; en tout cas il avait contribué à sa mort !

Qui d'autre appeler à son aide ?

Son frère Fernando ?... son frère Gerson ?

Fernando avait dans la poitrine un trou assez grand pour y passer la tête ! Un trou que Gerson avait creusé de sa main avec la saleté de Glock que leur père avait rapportée d'Autriche où il était allé visiter d'autres Braga !

Seu Henrique, *o senhor* Henrique Braga, avait offert un Glock à chacun de ses fils ! Et deux d'entre eux en avaient fait bon usage !

Gerson n'avait plus de visage. Un tueur dépêché par ce salaud de Fernando lui avait tiré une balle Breneke en pleine figure ! Comment parler quand on n'a plus de bouche ? Quand on n'est plus qu'un corps sans tête qui erre dans les limbes en geignant, qui se fait du mouron en pensant à la résurrection des corps ?

Sa mère ?

Elle était perdue ; elle avait toujours été perdue ! Des heures durant elle le prenait sur ses genoux et pleurait sur son destin de femme humiliée, battue... Non, *mãe*, pas toi ! Tu ne peux rien, *mãe* ! Tu n'as jamais rien pu !...

La pluie avait cessé. Le paysage défilait : rouge et vert, monotone.

Zé était mort !

Sa vie n'avait plus de sens ! Plus aucun sens ! Il avait cru renaître à mesure qu'il sauvait Zé. Lorsque le garçon s'était classé premier au concours de sortie de l'école de police, il s'était cru vivant : amoché mais vivant ! On le lui avait tué et il était retombé dans les ténèbres dont il savait que, cette fois, il ne sortirait pas.

À quelques centaines de mètres de la route, un vol d'urubus tournoyait sous les nuages bas. Une trentaine d'oiseaux planaient en une ronde majestueuse, accompagnant les derniers soubresauts d'une agonie. Qu'est-ce qui crevait là-bas ? Un animal ? Un homme ?

Et si ce cercle en pointillé dans le ciel gris était un signe ? Si c'était l'agonie de Barreto qui faisait venir la salive au bec des charognards ?

Il n'y avait pas de voiture à l'horizon, pas de Bronco bleu électrique à portée de vue, cependant Otelo arrêta la Logus sur le bas-côté, franchit la clôture de fil barbelé et se guida sur le vol circulaire des oiseaux.

Il aperçut de loin une masse rousse, assez importante, étendue sur la terre pourpre. C'était un cheval : un jeune cheval qui souleva la tête lorsqu'il sentit la présence d'Otelo.

Quoique haletant, son souffle était régulier. Il n'était pas encore entré en agonie. Il en avait pour des heures, des jours peut-être à souffrir avant une mort inéluctable.

« T'as pas vu Barreto ? » murmura Otelo.

Le cheval orienta son oreille vers lui, fit un effort pour se redresser. Ses pattes brisées ne le portaient plus et il retomba lourdement, allongé de tout son long en soufflant bruyamment.

Non, il ne savait rien du delegado Barreto : il n'était pas un messager du destin mais un jeune cheval qui s'était cassé étourdiment les pattes en trébuchant dans une fondrière. Otelo s'accroupit, flatta la tête de l'animal tout en sortant le Beretta de sa poche de veston. Il manœuvra la culasse pour introduire une balle dans la chambre, appliqua le canon sur le front du cheval et tira.

La bête eut un dernier spasme.

Otelo regagna sa voiture.

Il était seul, seul à arpenter les routes pour rechercher un type dont il savait que si le destin ne s'en mêlait pas, il ne le retrouverait jamais !

Il passa Mimoso do Oeste, poussa jusqu'à Barreira. Personne n'avait aperçu la Bronco.

Il avait fait près de six cents kilomètres, et rien, absolument rien n'indiquait ou même ne laissait supposer que Barreto avait pris la direction de Salvador.

Il fit demi-tour pour essayer un autre itinéraire.

16

« On nous avait mandatés pour gagner une guerre et on l'a gagnée !... »

Il était coronel, ce con ! Coronel Juan Ortiz ou Jaime Ortiz ou n'importe quoi Ortiz : J. Ortiz en tout cas !... Et il avait l'air d'un gosse : d'un adolescent blond, poupin, qui mange un peu trop de gâteaux, de crème Chantilly...

Quel âge avait-il ?... Dans les quarante ans, sans doute, peut-être même quarante-cinq... On lui en donnait trente !...

« On nous a remerciés en nous flanquant en taule ! »

Ortiz plantait ses yeux d'un bleu intense dans le visage de Barreto pour voir quel effet lui faisait ce regard glacé, vitrifié, qu'il dardait comme une arme.

Barreto connaissait la musique : il avait lui-même des yeux presque blancs dont on disait qu'à travers leurs prunelles décolorées on voyait sa cervelle ! Il soutenait sans broncher ce regard de type sans âme, sans cœur : le regard d'un homme qui ne pensait qu'à lui !

« En taule !... » Ortiz martelait la table du bout de

son index. « On nous a mis en taule ! » Il n'en était toujours pas revenu !

Barreto s'était présenté au Rancho Alegre en début de matinée. Un bain à poil dans le rio, une friction au sable avaient dissipé le ressac de la gueule de bois qui battait son front, sa tête tout entière. Il avait dénombré une trentaine de boîtes de bière écrasées et jetées sur la plage, sans compter celles qu'il avait dû balancer à la flotte !...

Il n'avait dormi ni longtemps ni profond, pourtant il se sentait d'aplomb. C'était la proximité du fric qui le revigorait, l'odeur de l'argent qu'il humait, mélangée au fumet des viandes qu'on grillait quelque part à l'arrière des bâtiments.

« On m'a envoyé en résidence surveillée dans le Misiones !... Tu connais le Misiones !... »

Non, Barreto n'avait jamais mis les pieds dans ce coin-là qu'il situait, très vaguement, du côté d'Iguaçu !

« C'est la Lune !... », ricana Ortiz. « La Lune, ou Mars... si tu préfères. En tout cas, c'est pas sur cette Terre !... »

Il avait vécu là-bas un exil de trois ans !

Ortiz s'abandonna dans son fauteuil, probablement bricolé par un type du coin avec un fil de plastique rouge tendu sur une armature de tubes soudés, peinte en noir.

C'était pas les travaux forcés, c'était pas non plus le camp avec les barbelés, les gardiens, les miradors ; encore moins la prison : il logeait dans un ancien couvent de jésuites restauré, transformé en *pousada*, puis réquisitionné par l'armée qui, du temps où elle tenait le pouvoir, en avait fait une base de chasse réservée aux officiers.

Barreto se foutait pas mal des déboires du coronel Ortiz. La seule chose qui lui importait, c'était d'échanger son or contre un sac de billets et puis de fiche le camp ! S'en aller — loin —, retrouver ses rêves de filles, de piscines, de palaces !

Il avait pas l'air pressé, ce con de coronel !

Barreto avait insisté pour que ça se fasse vite et l'autre lui avait répondu qu'il n'avait pas à se biler : dans une heure au plus tard, ça serait réglé ! Il avait donné les ordres qu'il fallait : tout était sous contrôle...

Il était midi passé et Barreto attendait toujours...

La table était dressée pour trois couverts. C'était peut-être cette troisième et mystérieuse assiette qui apporterait les billets ?... Ils feraient ça après le déjeuner, en début d'après-midi... Non, fallait pas se biler !

« Trois années à siroter du maté de l'aube à la nuit », soupira Ortiz. Trois années de sieste, d'ennui, trois ans à se saouler la gueule pour oublier une carrière brisée...

« *Menina...* », il appela.

Une adolescente à la bouche rouge, aux seins pointant sous un chemisier bleu lavande, les hanches et les fesses moulées dans une jupe de coton noir qui lui cisaillait le haut des cuisses, apparut sur le seuil de la cuisine.

« Apporte-nous des bières ! » commanda Ortiz.

La fille disparut aussitôt et Barreto garda les yeux fixés sur l'ouverture de la porte, attendant que la petite revienne avec sa bouche pourpre, ses nichons de quinze ans durs comme des oranges limas, ses jambes épaisses, musclées, qui se rejoignaient à la fourche d'une croupe ferme, superbement bombée.

Tandis qu'elle apportait les bières d'une démarche onduleuse, qu'elle les posait, avec les verres, sur la grande table, à l'ombre du kiosque planté au milieu de la cour, elle sentait les regards des deux hommes courant sur son corps de paysanne, son corps robuste, résistant à la fatigue, aux charges pesantes qu'on coltine longtemps, et cette caresse impudique, insinuante, cet inventaire boucher de mâles achevés, mûrs, de mâles exigeants et autoritaires, ne semblait pas la gêner.

Par là, les hommes reluquaient les filles droit dans la fente et personne ne s'en offusquait !

« Tu sors ? » demanda Ortiz. « Tu vas aller flirter au bord du rio ? »

La fille sourit, faussement timide.

« Dans six mois t'auras avalé un ballon de football », il gronda en riant, « t'auras un gosse à la fin de l'année et puis un autre, un an plus tard...

— Non », elle murmura, « non... »

Mais elle savait qu'Ortiz disait vrai. C'était la vie : par là, ça marchait comme ça... Six, huit, dix gosses ! Quinze parfois... Et puis les dents qui se déchaussent, les nichons qui piquent du nez, qui s'allongent, qui finissent par être deux vieux sacs flapis, deux oreilles de chien qui pendent sur la poitrine... Les protubérances du crâne qui affleurent au fil des ans, escamotant le gras aimable du visage pour ne laisser qu'un masque de parchemin tendu sur bois !...

Fallait en profiter tant qu'on pouvait... Une occasion perdue, c'était du plaisir qui foutait le camp à jamais ! Et du plaisir, y en avait pas tant que ça dans le coin : y en avait pas de trop !.....

« Va », railla Ortiz, « amuse-toi. »

Elle tourna le dos sans répondre.

« Ta sœur est là ? » cria Ortiz alors qu'elle s'éloignait, dansant des hanches dans la lumière trop dure.

Elle montra la bicoque à l'autre extrémité de la cour. À la maison, avec sa mère : elle préparait des empadas pour la chasse. Ortiz ordonna qu'elle la leur envoie.

La bière montait à la tête de Barreto. Il aurait pas dû boire : la bière c'était de l'essence jetée sur le feu qui le consumait à l'intérieur, allumé par le fric, par l'attente incertaine...

Ortiz n'avait pas abordé les modalités de l'échange, comme si elles allaient de soi, comme si ce n'était qu'une formalité anodine sur laquelle il n'était même pas nécessaire de s'entendre...

Anodine mon cul !...

Barreto avait son idée : il irait pas chercher l'or pour le ramener à la fazenda ! Il était pas fou au point de faire confiance à cette canaille ! Lorsque l'argent serait là, il exigerait qu'Ortiz l'accompagne *seul* au petit cimetière. Ils s'y rendraient tous deux dans la Bronco.

Ortiz quitta son fauteuil pour s'étendre dans l'un des hamacs suspendus entre les poteaux qui soutenaient le toit octogonal du kiosque, couvert de tuiles rondes.

Une seconde fille apporta des *empadas* toutes chaudes que sa mère venait de sortir du four. Elle ressemblait à l'aînée en plus fin, en plus gracieux.

Ortiz l'envoya chercher de la bière dans le congélateur.

Il voulut savoir si Barreto avait combattu la subversion. Au Brésil, c'étaient l'armée, le DOI-CODI, le CENIMAR de la Marine qui s'étaient occupés de ça. La police criminelle intervenait quelquefois, en qualité d'auxiliaire, pour une arrestation, mais elle ne décidait rien, ne menait pas d'enquête politique. Non, Barreto n'avait pas vraiment trempé dans la répression. D'ailleurs, à l'époque, ces histoires l'intéressaient pas ! Il s'occupait de trouver à bouffer pour Lene et le premier des gamins qui venait d'arriver !

Ortiz le regarda durement et Barreto se demanda pourquoi, avant de réaliser que le mot « répression » avait choqué l'Argentin. Les militaires ne l'utilisaient jamais, de même qu'ils n'employaient pas le mot « dictature ».

« Y nous faisaient pas confiance », marmonna Barreto, « y nous prenaient pour des incapables, des imbéciles... »

Ortiz répondit que ça leur avait sans doute épargné pas mal d'emmerdements ; encore, ajouta-t-il, que les militaires brésiliens n'avaient pas trop à se plaindre ! Avant de passer la main à la démocratie, ils avaient pris leurs précautions. La loi d'amnistie de 1978 qu'ils avaient fait voter par le Sénat leur garantissait une impunité totale que les civils, revenus au pouvoir, n'étaient jamais parvenus à remettre en cause. On leur avait fichu une paix royale et le pays avait feint d'oublier ! Alors que chez lui, on continuait de touiller la merde, d'invoquer les mânes de criminels dont ils avaient nettoyé la patrie !

Barreto approuva : on leur avait foutu une paix royale, oui, personne pouvait prétendre le contraire !...

Le vieux flic qu'il était devinait chez Ortiz quelque chose de cinglé, quelque chose qui ne se voyait pas : une ferveur, une exaltation malsaine comme un ressort secret bandé dans la profondeur de son être, prêt à se détendre, à mordre les chairs, à les entailler, à les dilacérer... La douleur devait le faire jouir, il avait dû se délecter au spectacle des types, des femmes qu'on déchirait sous la torture, qui partaient, corps et âme, en lambeaux ! « Trois ans ! » répéta Ortiz, la voix chargée de rancœur, « trois ans de placard pour une guerre gagnée !... Tu serais resté, toi, dans un pays qui fout ses vainqueurs en taule ?... Non ! » il dit, « t'aurais fait comme moi : t'aurais pas supporté !... Pays de merde ! » il maugréa, « gouvernement de merde ! »

La petite apportait des bières : des Schincariol sucrées qui donnaient la bouche pâteuse. Elle se lova dans le hamac voisin de celui d'Ortiz et, la tête posée sur le bord de la toile comme un jeune animal curieux, elle se mit à observer Barreto avec une gravité étrange, trouble, qui fouilla le ventre du delegado.

Elle était plus jeune que sa sœur d'une année environ. Ses nichons n'avaient pas encore poussé, son corps portait encore les maigreurs ingrates de l'enfance mais elle avait appris de son aînée cette timidité coquette qui agace l'imagination primitive des hommes.

Le type arriva sans même un claquement de sandales sur les carreaux de terre cuite. Il voguait sur les plis de l'air chaud : mince, édenté, des yeux sombres où le noir de la prunelle se noyait dans le brun très foncé de l'iris ; des yeux mobiles sous des paupières étroites comme des meurtrières...

C'était un de ces spectres, en casquette de base-ball rouge, en bermuda vert olive taillé dans un treillis de l'armée qui, la chemise grande ouverte sur un torse aux muscles plats comme un dessin, hantent le sertão du Nordeste.

Des types comme celui-là, Barreto en avait côtoyé des dizaines ! Plus rusés qu'intelligents, plus cruels que méchants : un de ces types que les *fazendeiros* recrutent pour leur garde privée parce que rien ne les arrête ! Un jagunço : une fleur de jagunço qu'Ortiz présenta comme le capataz du Rancho Alegre !

Il n'apportait pas le sac de billets qu'attendait Barreto mais un fusil neuf, entièrement noir, qu'il posa sur la table avec un demi-sourire de fierté comme si c'était la dépouille d'une proie longuement convoitée. Ortiz glissa à bas de son hamac et s'empara de l'arme, la caressa d'une main amoureuse, la soupesa.

« Maverick ! » il s'exclama, exultant d'une joie gamine. « Maverick calibre 12 ! »

Il fit jouer la glissière d'armement, épaula, suivit dans le guidon le vol courbe d'un urubu puis, sans prévenir, de ses deux bras en piston il lança le fusil comme on fait à l'armée. Barreto le reçut pareillement.

Il n'avait vu ce type d'arme que dans les séries américaines à la télévision. Il l'examina avec curiosité, éprouva à l'épaule la souplesse confortable du sabot de caoutchouc qui gainait la crosse pour amortir le recul, fit coulisser à plusieurs reprises le mécanisme d'approvisionnement...

« Huit coups ! » claironna Ortiz.

De l'ongle, Barreto éprouva le corps du fusil et s'étonna à haute voix qu'il fût en plastique. Ortiz lui reprit l'arme avec humeur comme si Barreto l'avait dénigrée ; il précisa que c'était pas du plastique mais du polycarbonate : une nouvelle matière, dure et solide comme l'acier, légère comme du papier.

Barreto complimenta l'Argentin avec une pointe d'obséquiosité, s'enquit de savoir où on pouvait se procurer une arme aussi exceptionnelle en mettant dans sa voix l'envie qu'il éprouvait, gamin, pour les jouets que son père ne pouvait lui offrir.

Ortiz caressa le pontet, flatta la crosse comme si c'était la croupe d'un animal familier. Il l'avait achetée au Paraguay : on la lui rapportait de Ponta Porã, un bled sur la frontière. Il demanda au capataz s'il avait des munitions. L'homme à la casquette rouge plongea la main dans la poche à soufflet de son bermuda et en tira une poignée de cartouches noires, à culot de laiton luisant, qu'il jeta sur la table.

Ortiz chargea le fusil en comptant à haute voix jusqu'à huit. Il l'arma et invita les deux autres à le suivre. Ils s'engagèrent sous les arbres qui ombrageaient la cour. Le visage levé, Ortiz déchiffrait la frondaison confuse des cajazinhos, le toupet des babaçus, l'éventail des palmiers macabas. Il épaula vivement et tira aussitôt. Un énorme lézard à crête déchiquetée de dragon chuta sur le sol dans un bruit de viande morte. Ortiz poussa du pied le cadavre, d'un vert intense, dont la queue mince fouetta la terre dans un spasme ultime. La chevrotine l'avait presque coupé en deux par le milieu du corps.

Ortiz rechargea en manœuvrant la culasse avec une brutalité de théâtre, épaula et braqua la gueule du fusil sur le visage de Barreto. « Ton or ! » il aboya.

Barreto n'eut pas le temps de sentir la peur, froide, le saisir à la gorge, couler en nappes vitreuses sur son cœur cognant à vide. Déjà Ortiz éclatait de rire. « T'as eu peur ! » il se moqua. Barreto fit signe que non. « Si, t'as eu peur ! » accusa Ortiz.

« T'as mis ton or en sûreté ?... », il plaisanta, tandis qu'ils regagnaient le kiosque. « Il est pas dans ta bagnole, au moins ?... Les peões pourraient te le voler, tu sais... »

Barreto répondit que son chargement ne risquait rien : il était caché dans un endroit que lui seul connaissait. Personne ne le trouverait s'il lui arrivait malheur !

Ortiz le félicita de sa prudence. Il appuya le canon du Maverick au bord de la table et s'assit. L'homme à la casquette rouge prit place à son côté, Barreto s'attabla en face d'eux.

La petite apporta de la viande grillée, du riz fumant, du feijão, des tomates coupées en rondelles, des quartiers de mamões nettoyés de leurs graines, des mangues épluchées baignant dans un jus épais, visqueux et jaune, de la bière glacée...

Penchés sur leur assiette, Barreto et le capataz mangeaient avec gloutonnerie, enfournant à la hâte des fourchettes surchargées dont le surplus tombait sur leurs cuisses, sur la table, restait accroché à leur menton épineux d'une barbe de plusieurs jours. Ils engloutissaient de gros morceaux de viande qu'ils mâchaient avec des bruits épais de mandibules, qu'ils déglutissaient en s'aidant de grandes lampées de bière...

Un passé de privations, de disette, de faim que toute une vie d'abondance ne suffirait pas à effacer transparaissait dans leur voracité.

Ortiz prenait son temps : il mastiquait longuement, bouche fermée, en silence. On lui avait enseigné à se tenir à table, à ne pas se goinfrer comme un plouc, comme un type du peuple... Depuis sa plus tendre enfance, il savait que quoi qu'il arrivât il mangerait le lendemain.

Lorsqu'ils furent rassasiés, qu'il ne resta plus sur la table que des assiettes récurées, des bouteilles vides, des plats au fond desquels étaient échoués quelques reliefs froids qui faisaient frétiller les chiens, alors que la panse gonflée, repus de trop de chair, de trop de bière, Barreto et le capataz se curaient les dents avec des *palitos* de bois blanc, Ortiz annonça que l'affaire était repoussée au lendemain.

Il était difficile de réunir autant de liquide en si peu de temps, expliqua-t-il. Le « messager » irait se fournir à Asunción ; si tout se passait bien, son avion atterrirait à la fazenda en fin d'après-midi ou le surlendemain au plus tard.

Barreto protesta qu'il n'avait pas le temps de poireauter : puisque Ortiz se foutait de sa gueule, il irait vendre son or ailleurs ! La bière, le déjeuner de goinfre qui lui restait sur l'estomac amollissaient sa conviction et, en dépit de ses récriminations, il était visible qu'il ne bougerait pas son cul du hamac où il vautrait sa carcasse de bœuf avant un bon moment !

Ortiz ne prit la peine ni de s'excuser ni même de lui répondre.

Après la sieste, ils iraient chasser l'once qui tuait les bouvillons. En un mois, elle avait dévoré une quinzaine de têtes et, bien que ce fût interdit, Ortiz avait décidé de l'abattre. Le capataz assura que c'était une once pintada mais Barreto savait que les peões prétendaient toujours que les onces étaient pintadas, parce que celles-là étaient réputées plus dangereuses que l'once commune, leur destruction était plus glorieuse, avait davantage de prix !...

Il faisait une chaleur lourde, étouffante : une chaleur de jungle qui suintait l'humidité, la fièvre ! Une escadrille de periquitos, perchée dans le feuillage d'un cajazinho, jacassait férocement. Une radio lointaine nasillait une musique caipira.

Le capataz disparut. La petite emporta les plats vides, la vaisselle souillée. Barreto suivit un moment son derrière qui dansait dans la lumière trop crue, puis ses paupières s'abaissèrent malgré lui.

Il se sentait épuisé, lourd d'un sommeil qui l'écrasait dans le fond du hamac. Il pensa que sa saoulerie de la veille l'avait crevé, qu'il avait trop mangé, avant de s'endormir, bouche ouverte, vibrant comme un moteur d'avion.

17

La tête de Barreto heurtait violemment une paroi dure. Tout vibrait autour de lui, son corps tremblait comme de la gelée : il était à bord d'un véhicule, d'un vaisseau qui l'emportait dans un espace chaotique. Il savait qu'il devait ouvrir les yeux mais ne parvenait pas à soulever ses paupières : elles étaient scellées par une glu puissante, par cette humeur épaisse, jaune, purulente qui suintait parfois lorsqu'il était gosse, et qui coagulait durant la nuit en lui emprisonnant les cils.

Est-ce qu'il était encore gosse ? Non... Il l'était plus... Beaucoup de choses étaient arrivées depuis...

Quoi ? Qu'est-ce qui s'était passé ?

Il savait pas : c'était le brouillard dans sa cervelle mais il n'était plus gosse...

Il sentait dans sa bouche l'acidité répugnante, brûlante de la vomissure. Est-ce qu'il avait dégueulé ?... Probablement...

T'es plus gosse, t'es sûr ?

Sûr ! *Puta merda !* Sûr et certain !

Où allait-il ainsi ?... Qu'est-ce qui l'emportait, *Senhor Deus* ?

Sa tête cognait, cognait, ça l'empêchait de penser. Il devait mettre sa main entre son crâne et cette chose dure qui le tapait au front. Lorsqu'il sollicita son bras, il ne répondit pas. Ça marchait pas !... La volonté passait plus : c'était comme s'il était en plusieurs morceaux pas connectés entre eux.

Il roula sur le dos. Cette fois c'était sa nuque qui cognait. Il fallait qu'il se redresse, qu'il s'assoie... Ça sautait dans tous les sens, *puta merda* ! Tout son corps décollait et puis retombait durement sur quelque chose qui était en mouvement, qui l'emportait, l'emportait...

Il donna un coup de reins mais l'effort le fit vomir et, de nouveau, il ne fut plus qu'un paquet de viande inerte à l'arrière de la Saveiro poussiéreuse qui suivait la Bronco dans sa course erratique à travers le campo.

La Ford s'arrêta au pied d'un piquizeiro gigantesque et la Saveiro se gara contre son flanc.

Le capataz abaissa le hayon, tira Barreto par les pieds jusqu'à ce qu'il choie sur la terre rouge. Ortiz contempla son visage entaillé à l'arcade sourcilière, maculé de sang séché, souillé de vomissures. Il se pencha sur le gisant, ouvrit, du pouce, l'une de ses paupières. Le blanc de l'œil révulsé de Barreto lui tira une grimace. Ce con n'était pas frais ! Il lui faudrait du temps pour se réveiller, mais d'expérience, il savait qu'on ne pouvait hâter le processus ! Pas avec la dose qu'il lui avait administrée !

La terre et le ciel avaient perdu leurs pôles ! Qu'est-ce que c'était que ce bordel ? Au-dessous de lui, il y avait du feuillage, le feuillage d'un arbre, et au-dessus, à quelques centimètres de ses cheveux, la terre, la terre rouge du campo. Le capim y poussait à l'envers. Un soleil pourpre descendait l'horizon !

Ce rouge, c'était le sang qui battait à son front ! Le sang qui lui gonflait le cerveau à le faire éclater, qui emplissait son crâne à déborder par les oreilles, par le nez, par la bouche ! Le sang qui cognait, cognait, le rendait fou !

Son regard troublé devina la Bronco, les quatre roues en l'air, il vit la corde qui le suspendait à une branche, celle qui lui liait les pieds, il aperçut ses mollets blancs couverts de poils noirs, son pantalon tombé sur ses genoux, et puis il aperçut deux corps allongés et reconnut Ortiz et le capataz. Ils dormaient, les ordures, au milieu de boîtes de bière écrasées qui luisaient au soleil levant...

Depuis combien de temps l'avaient-ils mis à pendre ? Combien d'heures pouvait-on rester, tête en bas, sans crever, sans que le sang fasse péter les vaisseaux de la tête ? C'était délicat là-dedans : on pouvait pas jouer avec cette mécanique !

Ses mains étaient attachées dans son dos, il ne les sentait plus : coupées au poignet ! Il gigota sans résultat. Il n'y avait rien à faire. Rien ! Il était pris !

Ces salauds l'avaient pendu comme une bête, comme un porc, un lapin à écorcher.

La sueur l'inonda, il se sentit défaillir. S'ils ne le dépendaient pas rapidement, il allait s'évanouir. Il se réveillerait avec les intérieurs cassés, les veines, les boyaux à jamais éventrés, il claquerait peu après ou bien serait un mort-vivant le restant de ses jours comme *vôvô* Tales, le père de sa mère, qui, sur la fin de sa vie, n'avait plus qu'une moitié de visage...

« Ortiz !... », il gueula. « Ortiz... »

Une silhouette s'assit, l'autre remua.

« Ortiz !... »

Ils n'avaient pas l'air pressé, ces fumiers, ça ne les émouvait guère qu'il soit en train de crever !

L'Argentin se leva, s'étira, se massa le dos ; il vint à Barreto en prenant son temps.

« Alors », il ricana, « t'as passé une bonne nuit ?
— Détache-moi ! grogna Barreto.
— Où est ton or ? » rétorqua Ortiz.

Il le lui dirait une fois détaché !

Ortiz rit franchement. Barreto le prenait pour un idiot. Il oubliait que soutirer des renseignements à des terroristes avait été son métier des années durant, à l'École de mécanique de la marine, boulevard Libertadores à Buenos Aires.

« Des fois », il rigola, « on se trompait : on nous amenait des jeunes gens parfaitement honorables ! "J'ai rien fait", ils braillaient, "je suis pas communiste !" Même ceux-là on les faisait avouer ! Par principe ! C'était une question d'honneur ! Quand on les relâchait, ils avaient la gueule tellement cassée qu'on pouvait plus rien en faire... On leur faisait boire un somnifère, on les chargeait, avec les autres, dans les hélicoptères et on allait les balancer au large, une gueuse de fer aux pieds !... Où t'as caché ton or ?... »

Renoncer aux filles, aux palaces, aux piscines, à la vie qu'il s'était construite depuis qu'il avait volé les lingots de Pedreiro ? Barreto pouvait pas : qu'il lui prenne sa vie... il retournerait pas dans sa vieille peau ! Quoi qu'il arrive, le delegado Barreto était mort !

« Je te dirai rien », il grogna.

Ortiz lui botta les côtes sans réelle conviction. « Dis pas des conneries », il bâilla, « tu tiendras pas le coup !

— Si je te le dis, tu me tueras ! » grommela Barreto.

Ortiz en convint : pourquoi le laisserait-il en vie ? Au nom de quoi ? De la miséricorde ?... « La miséricorde ?... », il répéta. Ça le faisait rigoler ! Il le tuerait, c'était une affaire entendue, mais si Barreto parlait maintenant il s'épargnerait une souffrance atroce.

« Tu sais ce qu'on va te faire ?... »

Non, Barreto ne le savait pas.

« On va te passer la chemise !... T'as entendu parler de la chemise ?... »

Barreto eut un hoquet. Il vomit de la bile qui lui pénétra dans le nez et le brûla.

Il avait découvert la dépouille agonisante d'un type à qui on avait passé la chemise, du côté de Brazlândia : un petit trafiquant de drogue du genre de Tonino. On l'avait suspendu à un arbre, comme il l'était lui-même en ce moment, on lui avait découpé la peau, bien proprement, tout autour de la ceinture et puis on avait tiré dessus ! On l'avait retournée comme une chaussette, comme une poche, jusqu'à hauteur des épaules ! On l'avait abandonné, toujours vivant, la viande à vif avec cette peau retroussée qui pendait comme une défroque traînant dans la poussière.

Il était mort après des heures et des heures de souffrance : asphyxié, suffoquant de l'angoisse, intolérable, de se sentir dépouillé, exposé comme il ne l'avait jamais été, offert à la fringale inextinguible de milliers et de milliers d'insectes qui se jetaient sur lui, taillant dans sa viande avec leurs mandibules crantées, lui pompant le sang, la lymphe, de leurs trompes à ventouses...

Pas ça ! Non, pas ça, *Senhor Deus* !

« Va me chercher le coutelas... », commanda Ortiz. Le capataz tourna le dos et Ortiz confia, avec une terrible douceur : « Tu vas voir les mouches, comme elles vont rappliquer... Tu les sentiras pas mais elles seront là, les mouches, toutes les saloperies qui volent. Les urubus s'amèneront aussi... »

Le capataz revenait vers eux ; il avait déplié la lame longue et mince, cintrée comme un sourcil, d'une *navalha* à manche de corne dont il éprouvait le tranchant du pouce.

« T'auras le temps de les sentir te becqueter », disait Ortiz. « À moins que tu nous dises où t'as caché ton or... Tu nous emmènes, on vérifie et si t'as pas menti on te fait ça rapidement. » Il lui tapota la tempe du bout de sa botte gauche. « On t'en collera une ici », il dit, « c'est indolore !... En tout cas », il rigola, prenant le couteau des mains du capataz, « personne ne s'en est jamais plaint ! »

Le cri perçant d'un bem-te-vi retentit.

Bem-te-viiii...

Il avait tué Pedreiro, Tonino, il avait tué Zé mais il méritait pas cette mort ignoble !... Quelque chose allait arriver qui allait le sauver : ça pouvait pas se terminer ainsi !...

Le capataz arracha sa chemise, Ortiz appliqua la pointe du couteau sur son nombril et dit : « On va commencer là ! »

Barreto sentit l'acier qui entrait dans sa peau, il sentit le sang ruisseler sur sa poitrine, sur son cou, le long de sa mâchoire, contourner le pavillon de son oreille.

Rien ne retiendrait Ortiz : rien !

« Arrête ! » cria Barreto ! « Détache-moi ! Descends-moi de là ! »

Ortiz s'accroupit pour être à sa hauteur.

« Tu nous conduis ? » il demanda. Barreto dit que oui. Ça le faisait chier de céder à une saloperie comme lui mais il préférait qu'on le tue d'une balle dans la tête. Que les fourmis le bouffent quand il serait mort, ça lui était égal, mais pas vivant ! Non : il voulait pas nourrir les insectes du campo de sa viande vivante !

Le capataz coupa la corde et Barreto chuta durement sur la tête. Ils le tirèrent comme un sac, comme une vache morte, sur la terre rouge puis ils lui donnèrent des coups de pied dans les côtes pour qu'il se relève, qu'il grimpe de lui-même sur le siège du passager de sa propre bagnole désormais aux mains d'Ortiz.

Maintenant qu'il avait cédé, qu'il avait avoué sa peur, sa vulnérabilité à la souffrance, ils ne le respectaient plus ! Il n'était plus qu'un vaincu : ils allaient le bazarder comme un objet sans la moindre valeur, le bousiller avec cette allégresse sacrilège dont exultent les gosses lorsqu'ils écrabouillent un appareil qui fut jadis précieux, auquel on leur avait longtemps interdit de toucher de peur qu'ils ne le cassent et qu'ils peuvent désormais réduire en pièces.

Tandis qu'Ortiz cahotait vers le rio Naitaca, Barreto se souvenait de la jouissance folle qu'il avait éprouvée lorsqu'il avait fracassé la vieille télévision, définitivement fusillée, que son père leur avait abandonnée. Il avait écarté ses frères et sœurs, il était resté un long moment devant l'écran, une pierre à la main, savourant par avance l'éclatement du verre, avant d'en foutre un coup, de toutes ses forces.

Il jeta un coup d'œil à Ortiz. Est-ce que ce *filho da mãe* se réjouissait de le tuer bientôt ?

Ortiz sentit le regard de Barreto, il se détourna une seconde et sourit.

« C'est la vie !... », il s'exclama, insouciant, « on gagne, on perd... Aujourd'hui c'est toi, demain ce sera peut-être moi... Qui peut savoir ? »

Il tapa amicalement sur la cuisse de Barreto, lui dit de ne pas s'en faire, que ça se passerait bien !

Il le méprisait... Il le flattait comme on flatte un chien qui ne comprend rien à ce qu'on lui raconte mais qui écoute, l'oreille dressée, l'œil attentif, et qui remue la queue lorsque le maître se lève parce qu'il croit qu'il va l'emmener battre le campo !... Battre le campo !... Tu parles...

« Qu'est-ce que tu souhaiterais avant de partir ?.... »

Barreto ne répondit pas. Il fixait le pare-brise où il ne voyait pourtant rien d'autre qu'un paysage sans surprise.

« Te taper un *brotinho* ?... Hein ?... Tu veux que j'envoie le capataz te chercher une des petites qu'on a au rancho pour tirer un dernier coup ?... »

Barreto avait vu juste. Ortiz était cinglé ! Il ne tuait pas par nécessité comme il l'avait fait lui-même : il tuait par plaisir ! La souffrance le faisait jouir !

« Non ?... », insistait Ortiz. « Tu veux pas ?... T'as peur que ça te fasse regretter toutes celles que t'enfileras pas ?... Peut-être que t'iras au ciel », il rigola, « regarde !... » Il donna un coup de menton vers les nuages rosés par le soleil montant. « Dans une heure tu seras là-haut et nous on sera toujours ici-bas, à se démener comme des cons !... »

Ils traversèrent Campo dos Índios. Ortiz salua une voiture de flics arrêtée devant une boutique. Il avait l'air de se moquer qu'on le voie au volant d'une bagnole qui ne lui appartenait pas, un type esquinté à la place du mort !

Barreto s'obligeait à remuer les doigts pour tâcher de ramener le sang, leur redonner un peu de sensibilité.

Ils rejoignirent le fleuve. Ortiz engagea la Bronco sur la droite, retrouva les traces de pneus qu'elle avait laissées la veille ; il les suivit en félicitant Barreto de ne pas lui avoir menti.

Ils étaient presque au terme du voyage ! Sa mort était au bout du chemin ! Barreto bredouilla qu'il acceptait la proposition d'Ortiz. L'Argentin se retourna vers lui, faisant mine de ne pas comprendre. Oui, il avait envie de tirer un dernier coup ! Qu'il envoie le capataz chercher la fille comme il le lui avait offert !

Ortiz éclata d'un rire tonitruant, frappant le volant de ses mains. « Tu y as cru !... », il s'étranglait. « Tu croyais que j'étais sérieux ? »

Il rit et se moqua de lui jusqu'à ce qu'ils arrivent à la figueira qui bornait le cimetière. Lorsqu'il descendit de voiture, Ortiz héla le capataz. « Tu sais ce qu'il veut ? » il cria. « Tu sais ce qu'il m'a demandé ? »

Le capataz fit non : il n'en avait pas la moindre idée !

« Il veut se taper Odília ! » s'étouffa Ortiz. « Il voudrait que ta fille lui taille une dernière pipe ! »

Le capataz ramassa une branche morte, se rua sur Barreto. La branche se rompit au second coup, l'homme continua à frapper aveuglément avec le morceau de bois qui lui restait dans la main.

Entravé par ses cordes, Barreto se protégeait mal, il tomba sur le sol et le capataz s'acharna sur lui à coups de pied jusqu'à ce qu'Ortiz lui ordonne de cesser.

« Pour qui tu te prends ? » pouffa Ortiz, entre deux hoquets. « Pour Superman ?... T'aurais pas pu bander ! »

Il se réjouit à la vue du tumulus de terre : une fois l'or exhumé, la fosse serait une tombe à la mesure de Barreto.

La Saveiro ne contenait aucun outil pour creuser. Barreto ne révéla pas qu'il avait une pelle dans le compartiment de la roue arrière de la Bronco. Ortiz décréta qu'il se taperait le boulot avec un bout de bois en guise de pioche. Il ajouta qu'il avait de la chance : ce labeur lui accordait un répit d'une heure au moins !

Le capataz détacha les mains de Barreto, lui laissant les chevilles liées. Barreto se coucha sur le ventre et se mit à creuser tandis que les deux autres s'asseyaient à l'ombre de la figueira pour boire la bière restant dans la glacière qu'ils avaient sortie de la Bronco.

Les mains et les doigts de Barreto mirent du temps à répondre puis, sous l'effort, la circulation se rétablit peu à peu et la sensibilité lui revint.

Le capataz se levait périodiquement et venait le cogner à coups de pied dans les flancs ou lui assener des coups de poing sur la tête pour le faire aller plus vite. Barreto encaissait les coups sans gémir. La sueur lui piquait les yeux ; lorsqu'il passait sa langue sur ses lèvres desséchées, il lapait de la terre qui crissait sous ses dents.

Ortiz avait posé le Maverick sur ses genoux, il annonça avec une satisfaction sincère qu'il l'étrennerait avec lui, sur lui ! La chevrotine lui ferait exploser la tête comme une citrouille !... Il demanda s'il avait soif.

Barreto se retourna vers les deux hommes et le capataz lui lança une boîte de bière vide au visage. Barreto se remit à creuser.

Ortiz se saisit lui-même du premier sac de jute que le capataz éventra au couteau. Il mira le lingot à la lumière du soleil déjà haut, l'embrassa avec une ferveur de guignol...

Barreto avait trouvé le Rossi de Tonino, il l'avait démailloté du chiffon qui l'enveloppait, il avait armé le chien, et lorsque l'Argentin pivota dans sa direction, sourire aux lèvres, il découvrit l'arme braquée sur sa poitrine. Son sourire s'évanouit.

Barreto tira, le capataz s'effondra sous l'impact. Barreto fit feu une seconde fois pour qu'il soit irrémédiablement cadavre, qu'il s'avise pas de venir troubler de manière impromptue son tête-à-tête avec Ortiz. Un spasme agita les jambes de l'homme puis il resta inerte.

Ortiz regardait tour à tour le cadavre et Barreto qui le tenait en joue, comme s'il avait du mal à établir un lien entre les deux, comme si la mort du capataz résultait d'un maléfice lancé par un démon surgi de la fosse d'où Barreto avait exhumé l'or et non pas d'une balle qu'il lui avait envoyée dans le corps...

Barreto trancha ses liens avec le couteau du capataz, mais lorsqu'il voulut marcher, ses chevilles ankylosées se dérobèrent sous lui et il tomba pesamment, le derrière sur la terre rouge.

Ortiz restait parfaitement immobile. Son visage poupin était d'un gris terne comme si, avant même que Barreto ne lui sectionne le souffle, la mort était déjà à l'œuvre, le gangrenait déjà.

Barreto rampa sur le flanc jusqu'au pied de la figueira, s'adossa au tronc. Il voulait humilier Ortiz avant de le tuer, il désirait le rendre abjecte, qu'il sache son abjection, sa veulerie, qu'elle lui fasse horreur, qu'il crève dans les déjections et le vomi. Des images fulgurantes lui traversaient la tête et cependant il restait silencieux, immobile, incapable de dire ou faire quoi que ce soit.

Il croyait qu'il haranguait Ortiz, qu'il l'insultait, qu'il le flagellait de mots ignobles, qu'il le fouillait jusqu'aux tripes mais il ne disait rien et il avait conscience de son silence.

Il ne voulait pas lui faire le cadeau d'une mort propre : il voulait d'abord lui imposer une souffrance terrible, lui imprimer une marque qui, dans l'au-delà, pèserait sur son âme ; il voulait lui infliger un tourment, *son* tourment, un tourment plus fort que toutes les tortures de l'enfer, mais son imagination était à sec. Rien ne lui venait à l'esprit : il se sentait vide ! Il en aurait pleuré !

Il tira dans la tête du capataz, elle tressauta à peine ! Ces deux salauds l'avaient récuré : ils lui avaient tout pris ! Ils lui avaient même volé la puissance des balles, comme dans ce cauchemar qui l'avait longtemps poursuivi et dans lequel il tirait sur des ennemis innombrables avec une arme qui faisait long feu, lâchant de misérables pets : des flatulences grotesques que les autres accueillaient par des rires.

Il déchira la dernière boîte de bière qui baignait dans une eau tiède et sale, au fond de la glacière.

À contre-jour, Ortiz avait l'air d'une de ces silhouettes en carton qui accueillent le client à l'entrée des boutiques louant des vidéos.

Barreto leva la boîte à la santé d'Ortiz.

« Plus de bière ! » il dit.

C'était con, mais c'était vrai !

« Plus jamais de bière !... Plus d'arbre non plus ! » il gueula. « Plus de soleil, plus de capim, plus de bagnoles et plus de filles ! Plus rien !... Du noir... Du noir et du noir !... » Et encore : « toujours du noir... Du silence... Silence total ! Même pas tes gargouillis... Rien !... Regarde ta main ! » il ordonna.

Ortiz n'obéissait pas, Barreto empoigna le Maverick et tira au ras des bottes d'Ortiz, soulevant un nuage de poussière rouge.

« Regarde ta main ! »

Ortiz s'exécuta. « Sens-là ! » hurla Barreto.

Ortiz porta le dos de sa main à ses narines.

« Demain », cria Barreto, « elle sentira la pourriture, elle puera la charogne !... »

Ortiz frissonna.

« C'est ça la mort !... »

Barreto termina sa bière. Il parvint à se mettre debout, fit quelques pas avec difficulté. Ses jambes, cependant, le portaient.

Il aurait pu lui coller une balle dans le ventre et puis le regarder crever, lui arracher les couilles avec les mains, il aurait pu... Il avait toute la journée à lui, toute la nuit, il avait toute la vie...

Il méritait pas ça !

Barreto tira. La chevrotine plia Ortiz en deux. L'Argentin tomba lourdement comme un vieillard qui glisse sur des immondices et perd l'équilibre.

Barreto s'approcha en boitillant et enfourna la tête du mourant dans la glacière. C'était un geste absurde mais rien d'autre ne lui vint à l'esprit.

Il rangea l'or à l'arrière de la Bronco et retourna sur la plage où il s'était saoulé. Il se dévêtit et s'immergea jusqu'au cou dans l'eau limoneuse. Il voulait se frictionner pour enlever le sang coagulé qui adhérait à sa peau, les vomissures qui le souillaient, mais il ne pouvait pas bouger : il tremblait de la tête aux pieds, grelottait comme un gosse transi.

Une pirogue descendait la rivière avec, à son bord, un homme hirsute vêtu de hardes sales, d'un brun gris. Barreto reconnut un Indien Carajá.

La pirogue glissa à deux mètres à peine de Barreto ; l'Indien ne lui jeta pas un regard, indifférent aux corps étendus sur le campo.

Enfin, Barreto parvint à laver son visage. Il sortit de l'eau, se sécha, revêtit ses habits maculés de sang. Il fouilla Ortiz, négligeant le capataz ; il récupéra une liasse épaisse de billets de cinquante réais qu'il fourra dans la poche de son pantalon, constatant au passage, avec surprise, qu'ils n'avaient pas pris la peine de le dépouiller ni des billets fauchés à Pedreiro, ni du lingot qu'il avait apporté en guise d'échantillon, tant ils étaient certains qu'ils auraient tout le temps de le dépouiller jusqu'à l'os une fois qu'ils l'auraient tué.

Il grimpa dans la Bronco, pensa un instant à incendier la Saveiro mais se dit que ça ne servirait à rien sinon à attirer l'attention... Il leva la tête : une dizaine d'urubus tournaient déjà dans le ciel gris.

Il lança le moteur et partit sans se soucier de savoir si Ortiz était mort.

18

Depuis combien de temps était-elle assise sur cette chaise de bois, le dos droit, les mains jointes, doigts croisés, posées sur les cuisses ? Elle n'en savait rien. Il y avait eu le jour et on était la nuit mais il se pouvait que deux jours et deux nuits se fussent écoulés depuis la mort de Zé ou, plus exactement, depuis le moment où ils avaient découvert Zé étendu sur le plancher de la fazenda Pedreiro...

L'homme qui gardait la chapelle lui avait proposé une chaise capitonnée plus confortable, mais elle l'avait refusée. Maintenant que Zé était mort, son corps ne lui servait plus à rien ! D'ailleurs, elle ne le sentait pas. Elle ne sentait plus ni ses fesses, ni son dos, ni ses mains. Sa nuque, de temps en temps, lui faisait mal mais ça ne durait guère : elle oubliait la douleur.

Lorsqu'elle s'était mise debout pour aller aux toilettes, elle avait failli tomber parce que ses jambes étaient ankylosées mais surtout parce que le fait qu'elle avait des jambes lui était sorti de la tête.

Elle avait le sentiment d'être loin, d'être en dehors de son corps, d'être un point dans l'espace.

Elle s'était installée à la gauche du cercueil parce qu'elle croyait se souvenir qu'à l'église la mariée se plaçait à la gauche de l'époux. Elle ne regardait pas le cercueil, elle ne pouvait pas le regarder, cependant elle voyait Zé aussi clairement que si elle se tenait penchée sur lui. L'arête de son nez s'était affinée, ses lèvres étaient exsangues mais il avait l'air calme, apaisé.

Elle n'aurait pas voulu qu'il ressemble à Wander Luiz. C'était un voisin, d'une vingtaine d'années, qui faisait son service militaire lorsqu'une voiture l'avait fauché, de nuit, sur l'Axe sud. Elle était venue se recueillir devant sa dépouille pour témoigner sa solidarité à la famille ou, plus exactement, à la mère et aux frères et sœurs de Wander Luiz car le père s'était débiné depuis longtemps. On avait entouré le visage du mort d'une bande de gaze blanche, ce qui lui donnait un air malade, souffreteux. Ainsi emmailloté, il lui avait paru minuscule.

Zé avait l'air endormi. Il restait beau, même dans la mort. Elle sentit une présence mais ne bougea pas d'un millimètre pour voir qui entrait dans la chapelle ; cependant elle le vit.

C'était un gosse, d'une demi-douzaine d'années, un garçon mal coiffé et sale. Le gardien du cimetière qui l'avait rassurée, la nuit où elle avait été attaquée par un fantôme, tira l'enfant en arrière et lui ordonna de déguerpir.

Il lui avait peut-être dit, cette nuit-là, qu'il avait un fils mais elle ne s'en souvenait pas, d'ailleurs ça n'avait aucune importance. Le gardien était un brave homme. Les morts le connaissaient, ils savaient qu'il ne leur voulait pas de mal. En été, quand il faisait trop chaud pour rester dans les boîtes de béton, il devinait leurs spectres, assis sur les tombes qui bavardaient, taillaient le bout de gras sur leur vie d'avant. Il les saluait et leur fichait la paix.

Zé disait que les morts s'emmerdaient terriblement dans leur solitude...

Ceux qui s'ennuyaient une fois morts étaient ceux qui s'étaient ennuyés de leur vivant, ceux qui avaient vécu seuls, par exemple, parce qu'ils avaient un caractère si désagréable que même leurs proches les avaient laissé tomber, ceux qui n'avaient jamais eu de famille, les survivants de grandes catastrophes dans lesquelles tout le monde avait péri.

Mais ceux à qui on pensait avec affection, avec amour, avec tendresse, ceux-là ne s'ennuyaient pas. De jour, on leur parlait ; la nuit, ils partageaient les rêves des dormeurs.

Zé saurait tout de ce qu'elle faisait. Là, il était trop tôt pour qu'elle converse avec lui, il était encore en zone de transit ; mais dès qu'il serait revenu, elle le cajolerait ; le soir, avant de s'endormir, elle lui chanterait *Boi, boi, boi da cara preta*... Elle le bercerait contre sa poitrine.

« Tout va bien, Dona Carmelita, vous avez besoin de rien ? »

Le gardien savait qu'elle ne rentrerait pas chez elle, qu'elle resterait avec Zé jusqu'au bout, jusqu'à ce qu'on transfère sa dépouille dans la tombe qui n'était qu'une station éphémère en attendant le Jugement dernier et la résurrection des justes.

« Si vous avez besoin de quelque chose, n'hésitez pas. »

Elle n'avait besoin de rien.

« Vous avez pas soif, vous voulez pas manger un morceau ?... »

Elle ne répondit pas. Le gardien se retira.

Il lui semblait qu'elle flottait dans l'air près de Zé endormi. De temps à autre, elle avait le sentiment qu'il se réveillerait bientôt, qu'il la prendrait dans ses bras et qu'il l'embrasserait comme il l'avait embrassée au matin de la nuit où il avait dormi chez elle.

Elle avait beaucoup regretté qu'ils n'aient pas fait l'amour, son corps s'en était plaint, mais maintenant que Zé était mort, elle était heureuse que leur amour soit resté... comment dire... immatériel !

Elle le désirait toujours, elle le désirerait aussi longtemps qu'elle vivrait. De ce point de vue, la mort de Zé n'avait rien changé. Il était toujours là qui rôdait, inaccessible. Elle ne se coucherait plus jamais sous un homme, elle le savait ; désormais, elle attendrait Zé jusqu'au bout, jusqu'à ce qu'elle le rejoigne enfin et qu'ils bavardent ensemble, durant les chaudes nuits d'été, assis sur leur coffre de béton.

Un coq chanta, puis un autre. On allait venir, on allait refermer le cercueil, on allait le lui arracher. C'était comme ça... C'était ce que Zé voulait, sans aucun doute !... À un moment, il faut bien qu'on se retire. On ne peut pas rester tout le temps exposé aux regards des autres, on a besoin d'intimité pour faire les choses qui ne regardent que soi.

N'est-ce pas, Zé ?... N'est-ce pas ?...

Lorsqu'on referma le cercueil, elle eut le sentiment que c'était elle qu'on refermait, que c'était une bonne part de son âme qu'on emportait sur un brancard à roulettes jusqu'à la chapelle.

Un prêtre, petit et chauve, affairé, grave, un prêtre qui avait l'air d'un type très bien, d'un homme qui fait son travail sérieusement, dit avec application une messe funèbre devant des rangées de bancs rigoureusement vides.

C'était bien que personne ne fût venu, c'était bien qu'on l'eût laissée seule. Le prêtre, Zé et elle, unis dans une cérémonie secrète.

Le gardien du cimetière lui avait proposé de rouler le cercueil sur sa charrette à bras jusqu'à la tombe, pour que ça lui fasse moins cher, mais elle avait décliné son offre. Elle avait voulu une limousine.

Tandis qu'elle marchait derrière la voiture, un homme la rejoignit. Elle reconnut l'enquêteur qui les avait conduits dans sa voiture à la fazenda Pedreiro. Il présenta des excuses d'une voix hachée par l'essoufflement. Il avait dû remplir des papiers, il avait dû... Elle lui fit signe de se taire. Après... après... plus tard... Itamar se tut et marcha à son côté, en silence.

Avec ses travées enroulées sur elles-mêmes, le cimetière ressemblait à une gigantesque coquille de nautile. Le hasard, mais peut-être n'était-ce pas le hasard, voulut que la tombe de Zé soit presque au centre géographique du cimetière. C'était une bonne place ! Une place d'honneur. C'était l'endroit vers lequel convergeaient toutes les forces de ceux qui attendaient là que le monde recommence.

Le prêtre dit une courte prière, prononça un hommage rapide, puis il retira son étole, la fourra dans sa poche et prit congé de Carmelita.

Le ciel était exceptionnellement bleu.

19

Barreto arriva à Miranda peu avant midi. Il revenait de son expédition au Rancho Alegre comme on se réveille d'un cauchemar. La terreur l'engluait encore, les images, les sensations, les douleurs qui l'avaient crucifié lui traversaient la cervelle, le corps, lui arrachant des sursauts.

Il ne savait que faire et resta en arrêt devant la BR 262 jusqu'à ce qu'un lourd camion chargé de bétail lui réclame le passage. Revenir en arrière : retourner sur Campo Grande lui donnait la nausée. Lorsque la trompe du camion mugit son impatience, il avança, tourna machinalement sur sa gauche dans la direction de Corumbá, s'arrêta à la *lanchonete* Zéro Hora, à la sortie de la ville. À cette heure la salle était déserte.

Il n'avait pas faim mais il avait besoin de manger pour se prouver qu'il n'était pas passé de l'autre côté du monde, qu'il ne rôdait pas dans un purgatoire où tout avait perdu son goût.

Il choisit un morceau de pacu frit dans l'huile et le curry, une assiette de mandioca bouillie, un pão de queijo et réclama une Brahma. Il s'installa à la table la plus éloignée de l'entrée à laquelle il tourna le dos.

Le pacu était cartonneux et plein d'arêtes qu'avec ses lèvres écrasées, sa langue enflée, il avait de la difficulté à cracher. Il le laissa de côté.

La serveuse qui lui apporta sa bière le dévisagea avec une grimace où se mêlaient la surprise et la consternation, elle lui demanda ce qui lui était arrivé, avançant, pour lui tirer des confidences, qu'il avait eu un accident de voiture.

Il bougonna que des bœufs affolés l'avaient chahuté dans une bétaillère où il était coincé.

Elle dit, sur un ton de gronderie maternelle, qu'il fallait jamais pénétrer dans un camion chargé de bétail : jamais ! Les bêtes, on les contrôlait pas ! Et un bœuf c'était gros ! Ça vous écrasait comme une bouse rien qu'en tournant la tête ! Ça s'en apercevait même pas !

Elle était en blouse de coton bleu pâle, plus épaisse que grosse, son visage charnu affichait toutes ses émotions avec une désinvolture naïve. « *Tadinho…* », elle s'apitoyait, « *tadinho…* » Les traces du supplice de Barreto, qu'elle inventoriait sans vergogne, exerçaient sur elle une fascination morbide.

Elle revenait vers lui chaque fois qu'elle avait une minute de libre, racontant une histoire d'oncle piétiné par les bêtes, de bêtes devenues folles à cause des taons, de taons qui tuaient les bœufs, de bœufs qu'avaient plus de sang, tout pompé par des serpents qui gonflaient comme des outres, et ces malheureux bœufs qui crevaient, le cœur à sec !…

En temps ordinaire, Barreto aurait chassé cette pie intarissable depuis longtemps mais, ce jour-là, son bavardage forcené le rassurait : il était bien de retour chez les vivants !...

Un bus se gara devant la *lanchonete* et des paquets de passagers envahirent la salle. La serveuse l'abandonna à regret pour se consacrer aux nouveaux arrivants. Barreto se sentait mieux. Il dégusta sa Brahma avec une délectation intense : ça avait été moins une qu'il perde à tout jamais le plaisir de se taper une bière...

Il éprouvait le sentiment diffus que la mort rôdait toujours autour de lui, en lui, qu'il pouvait crever à retardement, comme si Ortiz lui avait instillé un venin à effet différé dont il ne pouvait s'empêcher de guetter les premiers symptômes... Des gens s'installèrent aux tables voisines, le dévisageant avec une obscène impudence...

Barreto se leva, paya trois réais cinquante au guichet qui contrôlait la sortie.

Il n'avait pas décidé de sa destination. Il contempla les poissons qui tournaient dans un bassin de béton. Des pintados à la gueule cruelle, au corps de section triangulaire, zébré de taches blanches et noires semblables à celles des tenues camouflées qui arrivaient de Russie, des mandis, des dorados...

Droit devant lui s'ouvraient l'immense marais du Pantanal et puis la Bolivie, sur l'autre rive du fleuve Paraguay. Il avait besoin d'oublier, de se reposer, cependant il décida de prendre la route de Corumbá parce qu'il sentait obscurément que s'il voulait vivre encore, il lui fallait braver cette peur qui s'attardait en lui avant qu'elle ne l'englue.

Passé Guaicurus, la terre devint d'une noirceur opulente. La végétation différait de celle du campo : elle était plus touffue, moins raide, moins acérée, moins griffue. On sentait la présence émolliente et souterraine de l'eau dans l'arrondi des feuilles, dans l'exubérance d'une verdure qui se déployait en festons, en guirlandes, dont les tiges jaillissaient du sol non pas comme les lances dardées des herbes du campo mais avec des souplesses, des arrondis aimables qui les courbaient gracieusement, langoureusement, qui en gommaient les pointes.

Passé Morro do Azeite, les marais léchaient les bords de route. Des flaques d'une eau noire, couverte de lentilles d'eau, de jacinthes, stagnaient sous un soleil grondant. Des palmiers macabas dressaient à perte de vue leurs toupets en rayon comme les doigts d'une main ouverte et la vue se perdait, oui : elle filait sur la plaine spongieuse du marais, plongeait dans le bleu uniforme du ciel.

Pas une voiture ne passait sur la route déserte qui s'allongeait comme une rayure poudreuse dans le vert luxuriant.

Des jaburus-moleques à tête et à cou noirs emmanchés sur un corps plumeux, ellipsoïde, d'une blancheur extrême, ruminaient au bord de l'eau une méditation accablée, transie, ou bien marchaient à pas comptés, précautionneusement, comme s'ils redoutaient quelque piège : la morsure de serpents embusqués dans la vase, les piqûres d'insectes venimeux ou les décharges de poissons électriques.

Les garças immaculées, le cou en siphon, la tête dans leurs épaules absentes, les socózinhos gris, les socós-bois immobiles, le bec levé vers le ciel comme un paratonnerre tendu vers une foudre évaporée, les cabeças-secas dont la peau rouge et plissée suggérait la cicatrice d'une brûlure atroce qui leur aurait flambé la tête : aucun de ces échassiers ne prenait son envol, aucun ne prêtait la moindre attention au passage de la bagnole.

Deux flics somnolaient à l'ombre du poste de la police militaire forestière « Buraco da piranha » : le trou du piranha. Ils espéraient de la pluie, ils attendaient la paye, la relève qui tardait. Ils se foutaient de la Bronco, du type amoché qui tenait le volant. La voiture passait, elle était passée... elle n'était plus qu'un nuage poudreux qui se dissipait... dont la poussière retombait lentement ; elle n'était plus qu'un peu d'air remué, un souvenir flou qui se dissolvait dans la chaleur...

Un troupeau d'émeus s'abritait dans l'ombre d'un grand arbre ; des cerfs, d'un roux incandescent et doux, broutaient les feuilles tendres.

Barreto se sentait seul avec son or terreux, ses rêves crevés, avec son corps meurtri, la peur qui lui collait aux fesses.

Il passa le Paraguay par le bac à Porto Morrinho, en compagnie d'un camion chargé ras les hayons de cartons d'électronique en provenance de la zone franche de Manaus et d'un bus, presque vide, qui tous deux se rendaient à Corumbá.

Le courant était puissant, le remorqueur poussif, la traversée dura longtemps, escortée par les vols tournoyants d'oiseaux beiges aux ailes frappées de cocardes blanchâtres.

À l'entrée de la ville, une série de collines dressaient des crêtes de dragons de part et d'autre de la route. Barreto circula sans but dans des rues assoupies bordées de flamboyants. Les candélabres de leurs fleurs incendiaires se fanaient, semant l'ombre, sur le trottoir, de confettis flétris dont le pourpre noircissait.

Des soldats à vélo, en uniforme de jungle, rentraient à la caserne, pédalant mollement. Barreto descendit la rue en pente qui s'arrondissait jusqu'au port, gara la Bronco sous un gigantesque manguier, acheta une Schincariol à la baraque d'un vendeur ambulant et la but lentement, assis sur le muret qui domine le fleuve.

À qui vendre son or ? Comment renouer avec les rêves qui l'avaient poussé en avant, qui l'avaient fait se ronger d'impatience ?...

Il trimbalait quatre-vingt-douze kilos de lingots dans le coffre de sa bagnole et il se sentait triste, déprimé, las à crever...

Une barge minéralière, longue et large comme un immeuble couché sur le fleuve, s'amarrait avec des chocs sourds de citerne cognée, en aval de la prise d'eau alimentant la ville.

Il n'avait plus envie de recommencer cette quête éperdue qui l'avait conduit quasiment à la mort, pendu par les pieds à la branche d'un arbre, plus envie de se battre... Il y avait, au fond de lui, une poche de sanglot qui n'avait pas crevé, qu'il aurait voulu pisser pour se soulager, se libérer de ce poids mort, de cette eau qui menaçait à tout moment de se répandre comme une incontinence honteuse.

Des odeurs fortes de fruits pourrissants, d'urine séchée montaient dans la chaleur humide.

T'as pas digéré ta nuit, Barreto ! Cesse de pleurnicher... Demain ça ira mieux, tes idées seront claires.

Il n'était pas sûr que ça irait mieux, il redoutait que quelque chose ne se fût cassé en lui dans l'aventure : un nerf vital qui se serait coupé, une glande essentielle du cerveau qu'aurait cessé de fabriquer son jus...

Des gens lavaient leur bagnole vautrée dans l'eau jusqu'à la caisse, d'autres se baignaient avec des cris aigus, de grandes éclaboussures. Il aurait voulu être avec eux, partager leur gaieté chahuteuse qu'il croyait insouciante.

Un colporteur bolivien, au teint très sombre, lui tendit une poignée de montres, des colliers, des médailles en marmonnant : « *¡Oro... Oro!...* »

Barreto chassa l'homme d'une bourrade qui le fit trébucher.

Une barge-hôtel chargée de touristes rentrait d'excursion. Les passagers, accoudés à la rambarde, suivaient avec un intérêt saturé de bière les manœuvres d'accostage : les filins lancés à des hommes de peine qui patinaient dans la boue de la rive, les passerelles bordées d'une rampe de fer qu'on installait pour qu'ils puissent débarquer sans se casser la gueule, pleins comme ils étaient de viande, de soleil, de cachaça, de souvenirs.

Les haut-parleurs beuglaient à pleins cornets une musique vulgaire et colorée qui disait qu'ils avaient vu les jacarés, les capivaras qui se faufilent dans les joncs comme de gros rats parce que ce ne sont ni plus ni moins que de gros rats, *meu amigo*, des rats sans queue mais des rats tout de même, les flamengos réellement roses mais d'un rose fort, *querida* : un rose choc ! Les tortues, les cerfs et des tas de bestiaux dont le guide leur avait dit le nom qu'ils avaient oublié...

En amont, une troupe de paysans maigres embarquait sur un bateau qui, avec sa proue et sa poupe carrées, ressemblait à un empilement de boîtes dépareillées assemblées sans adresse. Sitôt à bord, les passagers se calaient dans les hamacs tendus d'un bord à l'autre, prêts à endurer cinquante heures d'un voyage rythmé par les stridulations des moustiques, les appels enroués des crapauds !....

Qu'est-ce que tu fous là, Barreto ?

Je sais pas...

Tu crois qu'y en aura un, par là, pour t'acheter ton or ?

Non, je crois pas... Je vois personne : non... personne !

Il abandonna la bouteille de bière vide sur le muret, remonta dans la Bronco. Il avait besoin de dormir.

Il descendit au Gold Fish : un hôtel pour pêcheurs qui surplombait le fleuve à la sortie de la ville sur la route de Ladário. Un jeune homme qui boitait le conduisit dans une chambre exiguë du premier étage. Il mit la climatisation en route, alluma le téléviseur, ouvrit le frigo-bar pour lui montrer qu'il était plein et s'en fut.

Barreto se déshabilla entièrement, prit une douche, examina dans le miroir son visage tuméfié, semé de croûtes noirâtres... La plaie qu'il portait au nombril suintait et devait être soignée.

Il s'assit sur le lit, regarda un moment les silhouettes pataugeant dans la neige qui brouillait l'écran du téléviseur puis il poussa la climatisation à fond, bascula sur le flanc et s'endormit, bercé par le ronflement du compresseur.

Il se réveilla vers minuit, pantelant de soif. Il but deux bières coup sur coup, passa un pantalon, enfila ses chaussures en babouches et sortit sur la galerie courant le long de la façade qui desservait les chambres.

La chaleur moite le suffoqua.

Des centaines d'insectes qui gisaient sur le sol, les ailes grillées aux globes des lampes illuminant le parking, en contrebas, éclataient sous ses pas. Il sentait leurs carapaces craquer sous ses semelles.

Sur la rive d'en face, un feu brûlait près d'une cahute. Les flammes jaunes montaient et puis montaient, montaient encore : pour personne, pour rien…

Dans le chantier naval de la Companhia Interamericana de Navegação e Comércio Cinco, qui bordait l'hôtel, on réparait les barges trafiquant sur le fleuve. Un gardien solitaire tournait une ronde mélancolique autour des bassins de radoub.

Barreto se sentait seul, comme lui, comme cet homme là-bas qui marchait d'un pas triste ; il se sentait loin de tout ce qu'il avait connu jusque-là.

Il descendit dans le jardin désert, grimpa jusqu'à la route en surplomb.

Une statue de ciment fendillé recouvert d'une peinture gris fer était plantée au milieu du terre-plein séparant les deux voies. C'était celle d'un homme en uniforme grandeur nature. D'une main il tenait une longue-vue et de l'autre un rouleau de parchemin. Il regardait la route comme un homme qui attend le passage de quelqu'un qu'il connaît, qui s'arrêtera à sa hauteur, ouvrira sa portière et l'embarquera, le ramènera chez lui dans les odeurs de soupe, dans les cris de ses gosses, le bavardage familier, inépuisable, de la télévision.

Barreto se pencha et lut sur la plaque de cuivre scellée au socle : *José Costa Azevedo, barão de Ladário. Hommage du peuple ladarense.*

Quelqu'un avait écrit dans le dos du baron, en lettres maladroites tracées à la peinture noire : *Grande Sardinha Militar.*

Ce lieu, la nuit : tout lui paraissait absurde. Il courut jusqu'à la Bronco, saisit le téléphone cellulaire qu'il avait pris à Tonino et composa le numéro de sa femme.

Lene décrocha à la seconde sonnerie. « Allô… », elle dit. « Allô ?… » Sa voix était lointaine, elle lui parut inquiète.

« C'est moi… », il murmura. « Lene, c'est moi !… Je sais plus où j'en suis… Je me sens perdu… » Il coupa la communication sans attendre sa réponse, sans être même certain qu'elle l'avait entendu.

20

Otelo était retourné à Brasília. Itamar n'était pas à la 2ᵉ DP. Il avait demandé Barreto au cas, très improbable, où il serait réapparu... Le flic soupçonneux qui l'avait reçu lui avait demandé ce qu'il voulait au delegado. Otelo avait répondu qu'il ne lui voulait rien de particulier : seulement le saluer, lui dire deux mots... Il avait rencontré Barreto à São Paulo, quelques années plus tôt, et comme il était de passage dans le District Fédéral, il avait eu envie de le revoir pour boire une bière, bavarder un moment...

Le flic l'avait dévisagé avec insistance, s'attardant sur ses yeux injectés de sang, sur la barbe épineuse qui lui mangeait le visage, sur son costume fripé par des heures et des heures de conduite.

Personne n'avait de nouvelles de Barreto : qu'il repasse, à tout hasard, avant de reprendre son avion, mais, avait-il ajouté, il y avait peu de chances que le delegado soit de retour avant un long moment. À ce qu'il savait, il était en voyage : un voyage lointain dont il ne reviendrait sans doute pas avant longtemps.

Otelo ne chercha pas à savoir où Zé avait été enterré... À l'heure qu'il était, le jeune homme était assis sur l'un de ces nuages d'une blancheur éclatante qui poussaient leurs volutes dans l'éther et il se moquait de lui qui, sans cesse, sans repos, lui avait seriné que seul existait le monde visible, que le ciel était une invention de faibles, angoissés par l'anéantissement que promettait la mort.

Là-haut, Zé ricanait de lui et il avait raison.

« Pardonne-moi Zé », il marmonna, marchant vers la Logus. De retour au volant, il avait apostrophé la photographie de Barreto posée sur le tableau de bord, il avait sommé le portrait d'Aníbal Barreto d'avouer où se cachait le delegado mais la photo était restée muette.

Il était allé boire un café dans une *lanchonete*, près du Conjunto Nacional. En payant, il avait demandé au garçon où il devait se rendre. Le type l'avait regardé sans comprendre. Otelo avait répété sa question : « Dites-moi où je dois aller. » L'homme avait tourné le dos, le prenant pour un cinglé.

Un peu plus loin, Otelo avait apostrophé un type ivre qui divaguait sur le trottoir entre les étals des camelots. « Dis-moi où je dois me rendre. » L'ivrogne avait tendu le bras vers l'ouest.

Otelo était remonté en voiture et il était parti vers l'ouest, empruntant la BR 60 qui file sur Goiânia.

À la sortie de la ville, des familles, d'une douzaine de personnes, toutes très noires, s'entassaient dans des cahutes bricolées avec des caisses d'oranges.

Des combinaisons de pilotes automobiles à la taille de gosses de cinq ou six ans pendaient, suspendues à un fil, comme si les corps de gnomes qui les avaient habitées s'étaient évaporés dans la chaleur.

Plus loin, un homme traversait un vaste terrain rouge et plat sur lequel ne poussait pas une seule plante... C'était peut-être un mort qui, pour jeter un dernier coup d'œil à sa maison avant de rejoindre l'enfer, traversait le désert pourpre des limbes.

Station-service Ipiranga... station-service Exon... bar, *churrascaria*, bar, *lanchonete*, bar...

Une comptine de gosse, le refrain d'une chanson qui scie le crâne, qu'on ne peut arrêter et qui va rendre fou...

Stations-service Shell, Petrobras, Texaco, bar, bar, station-service Esso... Churrascaria do Campo, station-service Atlantic...

Otelo poursuivait sa quête avec une obstination de damné exécutant sa peine.

Pompiste grimaçant, pompiste obséquieux, pompiste curieux comme un vieux chat : « Pas vu ce type-là, non... Qu'est-ce que vous lui voulez ?... Qui vous êtes ?... Qu'est-ce que vous faites par là ?... »

Pompiste désolé, franchement, réellement désolé : « Moi, vous savez, je travaille le matin, alors, s'il est passé l'après-midi ou même de nuit... Demandez à mon collègue Roberto : il habite un peu plus loin, pas loin pour vous qui avez une voiture. »

Pompiste qui appelait un gosse : « *Oi menino*, conduis *o senhor* à la maison de Roberto.

— Roberto Carlos ? » rigolait le gamin. Le pompiste faisait mine de lui lancer quelque chose dessus. « Le fils de Seu Wagner, *idiota* ! Celui de la maison bleue. »

Otelo chargeait le gosse à bord de la Logus, la voiture cahotait sur des chemins troués. Roberto l'accueillait, les cheveux en épis, une bière à la main, à peine réveillé de la sieste qu'il faisait quand il était du soir.

« Une Bronco, vous dites ?.... Une Bronco bleu électrique... Il en passe des Bronco, des bleues, des pas bleues... Il passe des Chevrolet aussi, il passe des tas de voitures sur cette route ! »

Otelo reprenait le chemin en sens inverse.

Il n'y avait aucune raison pour que ça s'arrête, aucune raison pour que la mécanique infernale s'enraie, et cependant l'un des pompistes de la station Texaco d'Alexânia dit qu'il reconnaissait l'homme de la photo. Il l'avait servi deux ou trois jours plus tôt, à moins que ce ne soit la veille, il ne pouvait en jurer. Sa mémoire des dates était exécrable mais une fois qu'il avait vu un visage, il ne l'oubliait pas ! Et celui-là avait un visage qui se gravait dans la cervelle à cause de ses yeux. On voyait mal sur la photo mais les yeux de cet homme étaient d'un bleu très pâle, presque blanc. C'était comme deux morceaux de verre, comme des lucarnes ouvertes dans son crâne... On avait l'impression qu'à travers on voyait son cerveau...

Lui-même était allé boire une Brahma à côté : à la Churrascaria Displan et ce type, qui sortait probablement de déjeuner, l'avait bousculé sur le seuil.

Otelo glissa dans la main de l'homme un billet de cinquante réais que, de surprise, l'autre laissa s'envoler brièvement.

Otelo exultait. Quelqu'un : quelqu'un qui se trouvait là-haut, dans les nuages noircissant à vue d'œil, avait décidé de lui venir en aide.

Son euphorie se dissipa aux abords de Goiânia. Il se rendit à l'état-major régional de la police militaire.

Le lieutenant de permanence lui répondit ce qu'un professeur de droit sait depuis la faculté : la police militaire ne se préoccuperait de la Bronco bleue que si un juge lançait un mandat d'arrêt national contre son conducteur. À sa connaissance, un tel mandat n'existait pas.

Otelo visita quelques vendeurs de voitures d'occasion, divagua longuement au hasard des rues tirées au cordeau de cette plate-forme de béton ancrée sur le Planalto. Il avala une pizza, lourde comme un sac de plâtre, dans les parages de la place Doutor Pedro Ludovicio, traîna, à pied, dans le secteur central, puis dans le secteur sud.

La photo de Barreto était dans sa poche de veston mais il ne rencontra personne à qui il jugea utile de la présenter.

Vers minuit, il se sentait perdu, désorienté, et résolut de sortir de la ville. Il emprunta au hasard la BR 153, sans même savoir qu'elle conduisait à São José do Rio Preto.

Vers une heure du matin, une fatigue écrasante l'obligea à s'arrêter. Il gara la Logus sur le bord de la route, verrouilla les portes et s'endormit aussitôt, les mains sur le volant.

21

En contrebas de la route le fleuve miroitait au soleil. Sur la gauche, il longeait les collines abruptes de la rive bolivienne ; sur la droite, il se divisait en plusieurs bras qui s'enfonçaient dans les marécages du Pantanal s'étendant vers le nord, à perte de vue ; il se dissolvait dans une végétation basse, moussante, vert foncé.

Au passage du poste brésilien, Barreto acquitta le droit de soixante centavos exigé pour les véhicules particuliers, puis il engagea la Bronco dans un entremondes poussiéreux peuplé d'une foule en attente qui le regarda passer en lorgnant sur sa bagnole sans qu'il sache si c'était avec envie ou par curiosité.

Il avait acheté un pantalon de toile gris acier, deux chemisettes claires, des lunettes de soleil à large monture de plastique, imitation écaille, qui lui faisaient un masque impénétrable dissimulant les poches violacées de ses yeux au beurre noir, sa cornée injectée d'une laque de sang vermillon. Il portait un chapeau de paille tissée, à larges bords, rabattu vers l'avant pour cacher les croûtes gonflant les coupures et les griffures qui lui tatouaient le front.

Il avait fait panser la blessure de son ventre par un pharmacien volubile qui regrettait le temps où la ville n'avait pas de rivale sur la frontière, à cinq cents kilomètres à la ronde, le temps où elle était le centre d'un trafic fluvial intense jusqu'à Asunción, jusqu'au río de la Plata qui ouvre sa grande gueule liquide sur l'Atlantique, le temps où les commerçants arabes de la zone, Libanais de la Bekaa arrivés du temps de la domination turque, Syriens, Palestiniens, tenaient le commerce du blé.

L'époque était révolue, *senhor*! La prospérité s'en était allée! À cause du réal qui culminait au cours du dollar américain alors qu'il n'en avait pas les moyens, *tadinho*, parce que les Boliviens construisaient des shopping centers dans les zones franches, au ras de la frontière, qui drainaient toute la clientèle, parce que le monde allait différemment... « *É o fim! Senhor, o fim!* » Il secouait la tête avec une grimace de dégoût.

La ville s'abandonnait à la narcose d'une langueur moite, douceureuse, mortelle... Désormais, seules les vedettes rapides de la douane sillonnaient le fleuve. Les affaires se traitaient de l'autre côté : au pied des collines, là-bas!

Quelles affaires ?...

Le pharmacien lui avait lancé un regard incrédule comme s'il le suspectait de jouer l'imbécile : « Les affaires, *senhor*!... »

Il avait frotté ses doigts l'un contre l'autre dans un geste expressif qui disait : *grana! dinheiro! plata!*... On pouvait faire beaucoup d'argent de l'autre côté, on pouvait gagner là-bas des quantités de fric!

Et puis *chumbo*, il avait ajouté : du plomb, aussi, parfois !...

Lui, il avait choisi de végéter dans la pénombre de sa pharmacie ; il vendait des pilules, des teintures, des onguents, ne se rendait jamais de l'autre côté à part pour acheter des bricoles : une radio pour son neveu, une canne à pêche. Il adorait la pêche !

L'immeuble de verre et d'acier d'une agence bancaire bornait le coin de la rue principale de Puerto Quijarro, mais c'était bien l'unique signe de prospérité qu'on relevait dans un paysage de ruines.

Des rues défoncées allongeaient leurs ornières creusées de puits, de cratères à gober tout rond des bagnoles, entre des bâtiments minuscules, délabrés, aux portes dégondées, aux fenêtres béantes ; des porcs noirs, à l'échine couverte de longues soies luisantes, fouillaient des monceaux d'immondices ; d'innombrables pneus à la gomme usée traînaient dans les herbes folles ; des voitures crevées, renversées sur le toit, mortes, dévoilaient leurs entrailles, dressaient vers le ciel les moignons impuissants de leurs roues dégommées. Des boîtes de Coca, de bière, des papiers, des cartons pourrissaient et rouillaient dans les flaques de la dernière pluie.

Barreto se maudit d'avoir imaginé, même sans y croire vraiment, qu'il pourrait vendre quoi que ce soit dans ce bled désolé. Qui lui achèterait son or ?... Les Indiennes râblées au corps rectangulaire, coiffées d'un panama sali d'où coulaient deux nattes nouées ensemble au-dessous de la ceinture comme de lourdes chaînes qui leur ferraient la tête : des femmes épaisses qui tricotaient leur chemin de leurs jambes courtes, poussant, dans la chaleur mouillée, leurs jupes empilées comme des pelures d'oignon sur leur large fessier ? Les camelots qui vendaient des cartons de cigarettes sur trois bouts de bois abrités du soleil par une bâche de plastique ?...

T'es con, Barreto !... T'as rien dans la cervelle, *puta merda* !... Qu'est-ce que t'es venu faire dans ce bled pourri ?... Retourne !... Repasse cette putain de frontière ! Rentre chez toi !... Y a rien à faire ici, rien à espérer !... C'est plus pauvre que la lune !

Un panneau signalant la *zona franca* de Puerto Aguirre l'incita cependant à continuer sa route au moment même où il songeait à faire demi-tour.

La zone franche se résumait à une demi-douzaine de bâtiments neufs enclos par une ceinture de grillage renforcé.

L'intérieur ressemblait aux centres commerciaux du district fédéral où Lene le traînait, le samedi, pour habiller les gosses. On y vendait des fringues en provenance d'Italie, de Londres, de Paris, des montres, des bijoux de pacotille, des parfums de marque, de l'électronique premier prix : ordinateurs, hi-fi, télévisions, consoles de jeu, matériel de pêche, appareils photo...

Il déambula dans les galeries, les allées, les coursives, profitant de la climatisation, retardant le moment de sortir faute d'avoir résolu ce qu'il ferait ensuite, maintenant qu'il ne savait que faire. Il s'assit à une table du bar qui occupait le balcon jeté, comme un plongeoir, sur un atrium douché par la lumière tombant d'une verrière. Il but deux Schincariol en contemplant la maigre foule des visiteurs brésiliens butinant les vitrines, d'une boutique l'autre. La bière éclusée, il reprit son errance morne, désœuvrée...

La première fois qu'il vit le reflet du type dans le miroir d'une vitrine, il nota simplement qu'une présence étrangère était dans sa proximité et il fourra prudemment sa main dans la poche qui contenait son argent.

La seconde fois qu'il l'aperçut, cinquante mètres plus loin, il pensa que c'était un type qui baguenaudait du même pas que lui, suivant, naturellement, le même itinéraire dans ce dédale sonore et quasiment désert. La transparence sombre du verre bouffait le cuivre du visage si bien que l'homme n'était qu'une silhouette massive, bleu et blanc, qui se tenait en retrait.

La troisième fois, il sut que l'autre le suivait. Il l'entraîna dans un recoin et, lorsque le type l'eut rejoint, il se retourna brusquement. L'homme lui sourit d'un air engageant, découvrant un diamant, serti d'une fine couronne d'or, incrusté dans l'une de ses incisives...

Barreto l'examina attentivement. L'autre se laissait faire comme une fille qui s'offre à l'inventaire maussade d'un client rogue et chipoteur.

Chacun des vêtements qu'il portait sortait tout juste du carton d'emballage ! Casquette de base-ball immaculée, enfoncée jusqu'au ras des oreilles ; tee-shirt bleu aux armes d'une équipe de foot américaine dont les manches, trop courtes pour ses bras simiesques, découvraient haut ses poignets lestés d'une gourmette et de chaînettes en or enroulées plusieurs fois, d'une montre au diamètre d'une horloge murale ; short blanc qui couvrait à demi des mollets rebondis gainés de chaussettes doublement cerclées de jaune ; tennis couturées dans tous les sens, boursouflées de caoutchouc, de bandes de plastique coloré qui lui faisaient des pieds d'éléphanteau.

Barreto reconnaissait toujours un flic, quelle que soit sa nationalité, qu'il soit travesti en reine de carnaval ou en homme du monde ; celui-là n'en était pas un ! Ce n'était pas non plus un pédé qui draguait le client, c'était un primate habillé en Américain : un primate de la cambrousse bolivienne qui sentait la poudre, l'argent, le fric, la *grana* de la poudre !

Le cœur de Barreto s'accéléra. C'était peut-être son destin qui lui souriait avec cette tête d'imbécile céleste sur des jambes de basset !

Il sourit à son tour, attendant que l'autre prenne l'initiative.

La langue empâtée par le lourd accent de la campagne, l'homme lui demanda s'il était brésilien. Barreto acquiesça d'un signe de tête. Le type élargit encore son sourire, en répétant : *« Brasileiro, brasileiro !... No ?... »*

Ça avait l'air de lui faire tellement plaisir ! Barreto approuvait : *brasileiro*, bien sûr qu'il était *brasileiro* ! Ça se voyait, non ? Il précisa qu'il venait du Maranhão. L'homme répéta « Maranhão... » en remuant la tête comme si ça lui disait quelque chose alors que visiblement ça ne lui disait rien. « Maranhão... »

Il aurait répété Ceará, Piauí, Amapá, le nom de n'importe quel État avec la même ferveur respectueuse : du moment qu'il pouvait répéter, il était content...

Barreto avait le sentiment de jouer une pantomime idiote qui ne le mènerait nulle part avec ce demeuré, pourtant il approuva encore. *Sim senhor, perfeito !* Il arrivait du Maranhão ! Par la route !... Il fit mine de serrer un volant dans ses mains et de le tourner comme faisaient les gosses.

Le visage du type s'éclaira : du Maranhão par la route. Oui, bien sûr ! Il demanda combien de temps ça lui avait pris, pour prouver qu'il avait parfaitement compris le volant que mimait Barreto, le voyage et tout ça...

Barreto répondit qu'il lui avait fallu trois jours pleins. Le type fit « Ah... », sans conviction cette fois, comme si les trois jours de voyage s'étaient perdus dans son cerveau aride. Il demanda pourquoi Barreto avait choisi la voiture au lieu de prendre l'avion.

Après tout, c'était pas une question si conne ! Barreto répliqua que l'avion était rapide, certes, mais qu'il ne permettait pas de transporter grand-chose.

Le type sourit largement. La réponse lui plaisait : la voiture c'était plus long mais, en un sens, c'était beaucoup plus pratique ! On mettait ce qu'on voulait dans le coffre ; si on avait envie de boire une bière, on s'arrêtait dans un bar. Pas vrai, *compañero* ?... Ça c'était le voyage ! Avec l'avion, t'étais pas sitôt parti que t'étais arrivé ! Ça fatiguait la tête, ça usait *el corazón*...

La blancheur chimique de sa casquette soulignait son teint foncé, il tripotait sans cesse les chaînettes enroulées à son poignet, sa montre, sa gourmette.

Il voulait savoir ce que c'était que le business du *compañero*.

Barreto réfléchit un instant et finit par dire qu'il était dans la vente. L'achat et la vente…

La vente de quoi ?… L'achat de quoi ?…

De n'importe quoi !

Le type pinça les lèvres, lança un coup de menton : Barreto vendait et achetait n'importe quoi !… C'était bien ça ?

C'était parfaitement exact !

L'homme pencha la tête sur le côté. Il ressemblait à un de ces oiseaux parleurs qu'on tient en cage et qui examinent les visiteurs de leur œil rond, comme s'ils allaient leur adresser la parole.

El señor vendait quoi, par exemple, comme n'importe quoi ?…

Barreto en eut marre de ce type à la con, de cette conversation à la mords-moi les couilles qui ne menait nulle part ! Il râla qu'il en avait par-dessus les oreilles de se tenir debout, dans ce centre commercial de merde où on ne trouvait que de la merde !

L'homme rétorqua avec aigreur que les Brésiliens tenaient presque tous les commerces de Puerto Aguirre, sous-entendant que la merde invoquée par Barreto, c'était de la merde brésilienne et pas de la merde de chez lui… Il ajouta perfidement que les Japonais construisaient un autre centre, un peu plus loin, qui ouvrirait bientôt. Là, on trouverait de la marchandise intéressante !…

« Tu parles », grogna Barreto, « tu parles que ces cons de Japonais vont vendre des choses bonnes et pas chères ! Les Japonais y sont comme les Brésiliens ! Y sont comme toi ! » il assena. « Ce qu'y veulent c'est ça ! »

Il frotta ses doigts l'un contre l'autre, comme le pharmacien de Corumbá l'avait fait dans sa pharmacie assoupie.

L'homme lui tapa dans le dos en riant aux éclats : il avait tout compris ! Tout ce qu'ils voulaient, tous, c'était ça ! Et il frotta lui aussi ses doigts l'un contre l'autre.

Puisqu'ils étaient d'accord sur l'essentiel, pourquoi n'iraient-ils pas prendre un verre ensemble dans une boîte tenue par des amis, sur la route de Santa Cruz de la Sierra ? Ils pourraient bavarder tranquillement dans un endroit plein de filles sympathiques et jolies qui savaient ce qui plaît aux hommes.

Hein, *compadre* ? Pourquoi pas ?

Barreto ricana : le type était un rabatteur !

« Combien tu touches », il railla, « combien y te filent quand tu ramènes un client ? » L'homme rit encore plus fort, exhibant son diamant serti d'or enchâssé dans sa dent !

« Viens », il disait, « tu verras !... Elles sont moins bien que chez toi mais elles sont bien quand même !... Tu me diras ce que tu penses du *made in Bolivia* ! »

Barreto n'avait rien d'autre à faire qu'à retourner à Corumbá, qu'à se torturer la cervelle en se demandant à qui diable il pourrait vendre cet or qui commençait à lui donner du souci ! Il décida de suivre le type.

22

Il entendait des coups sourds, insistants, des coups qui l'appelaient : capitão Otelo... capitão Otelo...

Ça venait de la terre, de la nuit...

C'était Zé qui cognait dans son cercueil. On l'avait enterré vivant, Seigneur ! Vivant ! Il avait peur, il l'appelait : capitão !... capitão Otelo !... Aidez-moi !

Il lui avait dit cent fois, mille fois de le tutoyer. Pourquoi s'obstinait-il à user de cette forme cérémonieuse ?

Il ne veut pas de ton affection ! Tu l'as éduqué, tu lui as assuré un avenir mais il tient à marquer que tu n'es pas son père, que vous n'êtes pas du même sang !

D'ailleurs, quel avenir lui as-tu assuré ?... Tu l'as envoyé se faire tuer dans le District Fédéral ! Trois jours après son arrivée là-bas, il était mort !

Ça cognait toujours, avec une insistance croissante.

Ne t'énerve pas, Zé : j'arrive, je viens. Je vais te tirer de là !

Où était le cercueil ? Où était la tombe ? Les ténèbres alentour étaient si épaisses : c'était comme un mur de nuit, d'aveuglement.

Otelo ouvrit les yeux. Il aperçut un visage, à deux doigts du sien, de l'autre côté de la glace : un visage très pâle, nimbé d'un halo rouge. Il vit aussi une main qui frappait à la vitre, utilisant une lourde bague de métal pour faire claquer le verre. Il se redressa.

Ce spectre trempé n'était pas celui de Zé, c'était celui d'une femme, semblait-il : une femme jeune, étrange, une femme aux cheveux rouges collés en mèches luisantes, graissées de pluie. Dans le flou de la vitre embuée il aperçut une seconde silhouette : celle d'une autre fille qui se tenait en retrait.

Il abaissa la vitre. C'était bien une femme, d'une vingtaine d'années, qui s'irritait de l'apathie d'Otelo. « Laisse-nous entrer ! » elle criait. « Tu vois pas qu'y pleut ? Qu'est-ce que t'attends ? Qu'on fonde ? »

Otelo déverrouilla la serrure, bascula le siège du passager pour libérer l'accès à la banquette arrière. La fille qui avait frappé à la vitre fit signe à sa compagne de passer en premier. Lorsque celle-ci se baissa pour s'engouffrer dans la Logus, elle lui claqua le derrière pour la faire se hâter.

L'autre fille avait les cheveux verts. Elle se cala sur la banquette arrière tandis que celle aux cheveux rouges s'asseyait près d'Otelo. Elle ouvrit son lourd blouson de cuir noir et s'essuya le visage avec le bas de son tee-shirt.

« Ça faisait une heure que je t'appelais », elle s'indignait, « pourquoi tu répondais pas ? T'es saoul ? »

Une odeur de chien mouillé envahit la voiture. Otelo observait avec un mélange de curiosité et de stupéfaction la tige d'or, surmontée d'une minuscule tête de mort, qui transperçait la lèvre inférieure de la fille aux cheveux rouges assise à côté de lui, le diamant serti dans l'une de ses narines, l'anneau de fer-blanc, arraché à une boîte de bière, qui perforait le lobe de son oreille comme une parodie de bijou.

Il avait le sentiment d'avoir accueilli à son bord des êtres d'un autre monde : des barbares venues avec les ombres de la nuit.

La fille alluma une cigarette, souffla la fumée dans le pare-brise.

Otelo jeta un coup d'œil dans le rétroviseur pour observer sa compagne rencognée sur la banquette arrière. Les yeux de la fille rencontrèrent son regard.

« Tu veux ma photo ? » elle grogna. Otelo continua de l'examiner. Ses traits grossiers, son corps épais, ses vêtements bon marché, les bijoux de pacotille dont elle se déchirait les chairs en faisaient une mauvaise copie de l'autre. Elle avait conscience de n'être qu'un piètre décalque et le sentiment d'infériorité qui en découlait lui ôtait tout mordant !

Elle tira la langue à Otelo dans une grimace absurde et il ne put s'empêcher de sourire.

La fille haussa les épaules et fit mine de s'absorber à la contemplation du paysage.

Otelo abaissa sa vitre pour ventiler l'habitacle. La fille aux cheveux rouges lui demanda ce qu'il foutait, assoupi au volant de sa bagnole. Il répondit que la fatigue l'avait pris et qu'il avait préféré se reposer un moment plutôt que de s'envoyer dans le décor. Elle lui jeta un regard ironique. « T'as peur ? » elle se moqua. « La mort te fait peur ? »

Il répondit que la question n'était pas là : il devait faire un certain nombre de choses avant de risquer quoi que ce soit !

La fille voulait savoir quels étaient les devoirs si pressants auxquels il devait obéir. Il répondit qu'il avait rendez-vous avec quelqu'un.

Quelqu'un ?

Oui, quelqu'un !

Quelqu'une ou quelqu'un ?

Quelqu'un !

« T'es pédé ? » elle demanda avec un naturel qui ôtait toute agressivité à la question.

Il garda le silence : il n'avait aucune envie de confier quoi que ce soit à cette fille qui se trouait les lèvres avec des bouts de métal. Il lui en voulait obscurément de se torturer ainsi ! Il estimait que c'était moche, que c'était... Que c'était quelque chose qui ressemblait à un péché ! Bien qu'il fût, du moins c'était ainsi qu'il se voyait, totalement incroyant, ce fut le seul mot qui lui vint à l'esprit. En martyrisant ainsi sa chair, cette fille aux oripeaux bizarres commettait un péché.

« Qu'est-ce qu'on fait ? » elle demanda.

Otelo mit machinalement le moteur en marche. Il quitta l'accotement. « Où tu vas ? » elle s'inquiéta.

Il montra la route d'un geste évasif. « Là-bas », il dit.

« À Morrinhos ? » corrigea la fille. « À Itumbiara ?... »

Pourquoi pas Morrinhos, pourquoi pas Itumbiara ? Le vague de sa réponse déconcerta sa passagère. La fille écrasa sa cigarette dans le cendrier, appuya ses pieds chaussés de lourds souliers à tiges montantes, crottés de boue, à la planche de bord. « Tu sais pas où tu vas... », elle constata, sincèrement étonnée.

Non, Otelo ne le savait pas.

Elle le regarda avec insistance comme pour vérifier qu'il disait vrai, puis elle eut un rire un peu cassé et dit que, dans ce cas, elles iraient avec lui.

Le ciel plombé, la pluie qui tombait à verse jetaient une lumière grise. Otelo chaussa cependant les lunettes de Zé pour s'isoler, s'enfermer dans une bulle de verre fumé et ne plus voir les filles, ne plus avoir à répondre à leurs questions.

Après un moment, celle aux cheveux rouges se plaignit qu'elle crevait de soif et lui demanda s'il avait de la bière. Il répondit que non. Elle grommela avec mauvaise humeur qu'elle aurait dû s'en douter : il n'avait pas une tête à avoir de la bière à bord de sa bagnole. Elle se tourna vers la portière et s'endormit rapidement.

La pluie diminua de violence au fur et à mesure que le jour montait. Vers dix heures, elle cessa totalement.

À l'exception des camions et des bus, la route était pratiquement déserte.

Otelo s'était endormi peu après une agglomération de quelques maisons qui, croyait-il se souvenir, s'appelait Professor Jamil ou quelque chose comme ça. Il connaissait suffisamment le campo pour savoir que les deux filles ne venaient pas de ce village où l'on n'aurait pas toléré leur tenue. Une voiture ou un camion les avait prises en stop pour les abandonner, dans la nuit ou à l'aube, sous une pluie battante, dans le voisinage de la Logus.

Qu'est-ce qui leur avait valu pareil traitement ? De quelle étrange odyssée étaient-elles les tremblantes rescapées car, sous leurs oripeaux vindicatifs, elles tremblaient : elles grelottaient, il en était certain.

Sur le côté gauche de la route, des hommes, noirs de suie, s'affairaient autour de cônes de terre rouge percés d'un cratère d'où montait une fumée légère et bleue. Plus loin, des tuileries de campagne brandissaient vers le ciel des cheminées trapues comme des manches de pioche.

La fille aux cheveux rouges dormait, recroquevillée sur elle-même, les mains serrées entre les cuisses. À l'arrière, la tête renversée sur le dossier de l'étroite banquette, le corps inerte, l'autre semblait en catalepsie.

Au bout d'un moment, Otelo nota que la présence de ces deux filles endormies l'apaisait et il se prit à souhaiter qu'elles ne se réveillent pas avant un bon moment.

À hauteur de l'embranchement de la BR 213 qui allait sur Morrinhos, il arrêta la Logus en douceur devant le poste de la police militaire, descendit de la voiture sans faire de bruit pour ne pas réveiller ses passagères.

Aucun des flics n'avait remarqué de Bronco bleu électrique, aucun d'eux n'avait jamais entendu parler de Barreto ; d'ailleurs, qu'est-ce qu'un delegado du District Fédéral serait venu chercher dans ce coin de l'État de Goiás ? Y avait rien par là : rien que des charbonniers et des *boiadeiros* ! Les grands *fazendeiros* avaient réglé, une fois pour toutes, la question des sans-terre. Depuis, la région était en paix. On se tuait au sud, dans le couloir de la drogue qui longeait la frontière avec le Paraguay, mais à Morrinhos, dans tous les bleds alentour, il ne se passait rien. C'était plus calme que Mars et Dieu sait qu'il ne se passait pas grand-chose là-haut malgré ce que racontaient les allumés du voyage spatial !

Lorsque Otelo redémarra, la fille aux cheveux rouges geignit dans son sommeil.

Un cheval dont la robe blanche était teinte de rouge comme s'il était écorché regarda passer la voiture. Plus loin, un autre cheval, noir celui-là, se tenait immobile au milieu d'une flaque dont l'eau, pourpre comme du sang, lui montait aux genoux.

Un urubu royal décrivait une orbe lente dans un ciel nettoyé.

La fille aux cheveux rouges se tourna du côté d'Otelo. Il jugea qu'elle devait être un peu plus jeune qu'il ne l'avait cru tout d'abord. Maintenant qu'il s'était habitué à ses oripeaux, maintenant que ses bijoux étranges et dilacérants ne lui inspiraient plus cette répugnance instinctive qu'il avait éprouvée lorsqu'il avait vu cette face de cauchemar, surgie de la nuit, frapper à la vitre de la portière, maintenant qu'il voyait son visage et non plus un masque grimaçant, il lui donnait dix-huit ans. Oui, dix-sept à dix-huit ans.

Sa compagne, affalée sur la banquette arrière, paraissait un peu plus âgée, cependant Otelo n'aurait pas parié là-dessus. Elle dormait bouche ouverte. De temps à autre, un rictus douloureux passait sur ses lèvres épaisses.

Il aurait pu les laisser à la gare routière d'Itumbiara où elles auraient attendu le prochain bus pour Uberlândia, pour São Paulo, pour Rio, tant il était certain qu'elles se rendaient dans une grande ville ;

oui, il aurait pu, mais il passa devant l'embranchement indiquant Saramdi, Cachoeira Dourada, Itumbiara sans les réveiller. Après tout, elles ne lui avaient laissé aucune consigne avant de s'abandonner à un sommeil foudroyant, alors pourquoi en faire davantage qu'elles ne le réclamaient ?

Il passa le poste de police routière de Canápolis, interrogea les employés de la station-service Texaco, à la fourche du chemin pour Monte Alegre de Minas... Personne n'avait vu la Bronco bleue du delegado.

Lorsqu'il regagna la Logus, les filles dormaient toujours : elles dormaient comme des mortes !

Il oubliait la photo de Lene et Barreto pour contempler, de temps à autre, les deux silhouettes lourdement assoupies. Qui les lui avait envoyées ?

C'est toi, Zé ?....

Pourquoi aurait-il guidé jusqu'à lui ces deux caricatures de femmes ? Elles n'étaient pas le genre de Zé ! Elles sentaient trop la rue, l'errance de la rue, la drogue, car elles se droguaient, sans aucun doute, à en juger par leur teint grisâtre, le visage émacié de celle aux cheveux rouges. Un instant, Otelo eut la tentation de remonter la manche du blouson de sa voisine pour rechercher des cicatrices de piqûres, mais la conviction qu'on n'agit pas ainsi avec des gens qui vous accordent leur confiance l'en empêcha. D'ailleurs, si elles étaient toxicomanes il s'en apercevrait, à un moment ou à un autre... Il nota qu'il envisageait, inconsciemment, de passer du temps avec ces deux filles...

Il ne devait pas se laisser distraire, même si sa chasse était plus que hasardeuse, car il ne se faisait guère d'illusions : le coup de chance d'Alexânia ne se reproduirait pas ! Il appelait les morts à son secours, il invoquait le ciel parce qu'il se sentait perdu mais, en vérité, il savait à quoi s'en tenir : il n'y avait personne là-haut ! Pas âme qui vive ! Tous les morts, ses morts, pourrissaient dans la terre rouge comme il y pourrirait lui-même, beaucoup plus tôt, sans doute, qu'il ne l'avait imaginé. En attendant, son destin était d'errer comme un damné, de traîner le fardeau épuisant de sa peine car l'heure était venue de payer.

Il ne pouvait s'empêcher d'arrêter son regard sur les bouts de métal perçant les chairs des deux filles ! Ces blessures blanches qu'elles s'infligeaient, qu'elles exhibaient pour provoquer les gens le pétrifiaient, exaspéraient en lui d'atroces réminiscences !

Il détournait la tête, revenait à la route mais il n'y avait rien, ni sur le bitume ni dans les champs alentour, qui retenait son attention et il retournait, malgré lui, au visage de la fille endormie, s'attardait sur la barrette surmontée d'une tête de mort plantée dans sa chair, au ras de sa lèvre inférieure comme une épine maléfique, il examinait, avec un haut-le-cœur, l'anneau de fer-blanc qui déchirait le lobe de son oreille auquel perlait un filet de sang sec et noir.

Il s'arrêta au poste de police de Prata. Personne n'avait remarqué une Bronco ni aucun autre véhicule. La matinée était calme. Le sergent de permanence lui offrit une tasse de café tiède qu'il avala d'un trait.

Ses deux passagères s'étaient réveillées et l'observaient d'un regard anxieux. Il sourit. Elles se demandaient sans doute si cet arrêt chez les flics les concernait.

Il regagna la voiture, reprit la route. La fille aux cheveux rouges se frotta les yeux longuement, de ses deux poings fermés.

« Ça va ? » elle bâilla. Otelo répondit que ça allait.

L'autre attendit un moment avant de demander, d'une voix enrouée, pourquoi il s'était arrêté, pourquoi il était allé questionner les flics de la PM.

Il répondit laconiquement qu'il cherchait quelqu'un. La fille aux cheveux verts voulut savoir si c'était quelqu'un de sa famille. Sa femme... un enfant... Il répondit qu'il préférait garder ça pour lui. La fille aux cheveux verts n'insista pas : elle se rencogna dans son coin et s'assoupit aussitôt.

Celle aux cheveux rouges extirpa un paquet de Free de la poche de son blouson, alluma une cigarette. La flamme du briquet vacillait dans son poing tremblant. Elle aspira trop fort, une toux rauque lui déchira la gorge.

Ils roulèrent en silence un long moment. La fille aux cheveux rouges ne regardait pas Otelo : elle était dans une voiture qui filait sur la route et ça semblait lui suffire.

Il s'arrêta à la station Esso, à l'embranchement de Frutal. Tandis que le pompiste faisait le plein, les deux filles s'engouffrèrent dans la *lanchonete*. L'homme les regarda s'éloigner avec leurs cheveux teints, leurs vêtements froissés, leurs grosses chaussures, il jeta un coup d'œil furtif à Otelo, puis se hasarda à demander : « C'est vos filles ? »

Otelo fit non de la tête. Le type eut un sourire madré. « Vous les avez ramassées sur la route ? » Otelo approuva. L'homme fit une grimace et marmonna en lui décochant un clin d'œil qui se voulait complice : « Passez la *camiseta* ! Hein... Ces filles-là c'est pourri ! » il grogna, en rendant la monnaie. « Ils en ont là-bas », il dit, désignant le restaurant du pouce, « demandez à la fille de l'entrée. »

Otelo pénétra à son tour dans la salle. Les deux filles examinaient d'un air dégoûté les cassettes que la vendeuse du kiosque à journaux avait posées sur le comptoir.

« T'as que ça ? » s'indignait la fille aux cheveux verts.

La vendeuse haussa les épaules d'un air résigné.

« T'as pas les Ratos ? »

Non, elle n'avait pas les Ratos.

« C'est des ploucs ici ! » râla la fille aux cheveux verts ! « Et les Raimundo ? »

La vendeuse remua la tête : tout ce qu'elle avait était là !

Otelo s'installa au bar. La fille aux cheveux rouges abandonna sa compagne et le rejoignit.

« Paralama ! » s'esclaffait la fille aux cheveux verts ! « Hé, Toxi !... Le meilleur qu'elle a c'est Paralama ! »

La vendeuse opposait un masque lourd de fille qui ne comprend rien.

« Ça a dix ans ! » raillait la fille aux cheveux verts. « Qu'est-ce que t'écoutes ? » elle se moquait. « De la musique caipira !... Elle écoute les vaches ! » elle beugla, assez fort pour que tout le monde entende.

Otelo commanda un assortiment d'empadas et de la bière. Les deux filles se jetèrent dessus. Il pensa, une nouvelle fois, à leur demander où elles souhaitaient qu'il les dépose mais, une fois encore, il n'en fit rien. Maintenant qu'il avait goûté à leur présence, il craignait de se retrouver seul.

Avant de quitter la *lanchonete*, la fille aux cheveux verts lui demanda de l'argent pour acheter un peu de musique. Il lui passa un billet de cent réais. Elle regagna la voiture avec une demi-douzaine de cassettes. Manifestement, elle n'avait aucune envie de rendre la monnaie. Otelo la lui laissa.

À l'entrée de São José do Rio Preto, il guetta la réaction des filles. Celle qui se faisait appeler Toxi se contenta de regarder la ville d'un air morne : elle n'avait pas envie de quitter la bulle d'acier de la voiture, pas envie de s'immerger dans l'air brûlant du campo. Les pieds sur la planche de bord, elle se tenait à distance des maisons rectangulaires, des passants recroquevillés sous leurs chapeaux de paille qui allaient, d'un pas ralenti, par les rues poussiéreuses.

À la sortie de la ville, Otelo hésita : la BR 153 qui s'ouvrait devant lui l'emmènerait vers le sud, ce qui n'était pas précisément dans ses projets, mais continuer tout droit ne lui disait rien qui vaille. Il regarda les maisons basses et abîmées des faubourgs, les espaces vacants, de plus en plus nombreux, de plus en plus béants, qui ouvraient sur le campo, et il éprouva une espèce de nausée : sans qu'il sache pourquoi il n'aimait plus cette route, il ne lui faisait plus confiance. Il décida de solliciter le hasard comme il l'avait fait une fois déjà, à Brasília. Il demanda à la fille aux cheveux rouges où elle désirait aller. Elle ne parut pas surprise de sa demande et fit un geste vague en direction de l'ouest. Il engagea la Logus sur la SP 425.

23

Une demi-douzaine de kilomètres après la sortie de la ville, un cœur de néon rose, pâli par la lumière encore forte du jour, luisait faiblement sur la façade d'un long parallélépipède de béton qui ressemblait à un hangar ou à un atelier posé sur une aire de terre battue, ceinte d'une clôture de fils barbelés. Le passager de Barreto se fit reconnaître du garde, armé d'un M 16 américain, qui ouvrit le portail.

Deux voitures, une Del Rey rouge, hors d'âge, et une Honda Lexus bleu marine, rutilante, étaient parquées devant une porte d'acier. Le compagnon de Barreto pressa le bouton d'un interphone, un judas s'ouvrit sur des yeux aux iris d'un brun animal, des yeux mouillés à la cornée jaune qui les dévisagèrent brièvement avant qu'un type en costume sombre ne les fasse entrer.

L'homme les guida jusqu'à une table en bordure d'une piste circulaire déserte mais éclairée par une lumière de scène, colorée et violente, comme si un spectacle se déroulait : invisible, silencieux, joué par des spectres.

Barreto s'assit tandis que le type qui l'avait amené

là s'entretenait assez longuement avec l'homme en costume sombre qui écoutait, le visage impassible, se contentant d'approuver, de temps à autre, par de brefs hochements de tête.

La salle était plongée dans une pénombre trouée de quelques lumignons. L'air sentait le déodorant industriel.

L'homme à la casquette s'assit en face de Barreto tandis que l'autre s'éloignait. Il expliqua qu'il était encore tôt : les clients arrivaient généralement entre vingt heures et vingt et une heures, mais Barreto n'avait pas à s'en faire, on allait s'occuper de lui.

De lourdes tentures cramoisies ponctuaient les murs comme des alvéoles creusés régulièrement. L'homme assura que derrière chacune il y avait une chambre, petite, mais dans laquelle on trouvait tout ce qu'il fallait : un lavabo, un frigo-bar, la télévision avec des films porno américains, l'air conditionné et un lit. Il ajouta en riant : « Un lit et, bien sûr, de quoi garnir le lit ! » Dans une demi-heure, promit l'homme en montrant la salle, ça serait plein de filles !... On était allé en chercher quelques-unes pour son ami brésilien qui était arrivé en voiture. Après tout ce chemin, il avait besoin de se détendre ! Pas vrai, *compadre* ?

L'homme en costume sombre apporta une bouteille de Chivas d'un demi-gallon, pas encore entamée, qu'il posa sur la table ; il apportait également deux verres à whisky qu'il tenait en plongeant les doigts dedans ainsi qu'une coupe remplie d'énormes glaçons cubiques.

Barreto grommela qu'il préférait la bière. L'homme fit une grimace de dédain, repartit et revint avec trois bouteilles de Schincariol qu'il aligna devant lui sans un mot.

L'endroit, confia le type à la casquette, appartenait au groupe d'hommes les plus puissants de la région : des hommes d'affaires qui s'étaient réunis dans un genre de club d'investisseurs.

Barreto dressa l'oreille. Peut-être ne s'était-il pas trompé, peut-être, tout bien pesé, avait-il eu raison de suivre son flair, qui l'avait guidé jusque-là.

Quelles affaires pouvait-on traiter dans cette cambrousse ? se moqua-t-il, y avait rien à gagner !

Le type ne se démontait pas, assurant que les hommes en question possédaient des villas fabuleuses : dans les collines alentour mais aussi sur la côte, partout ! Son frère Rudi avait en Floride une immense propriété, cernée de marais qui ressemblaient à ceux d'ici. Y avait même des crocodiles plus gros que ceux du Pantanal ! Chaque fois que Barreto tentait d'en savoir davantage sur les affaires du fameux groupe d'investisseurs, l'homme à la casquette s'évadait dans la description complaisante de leurs richesses.

Las de tourner autour du pot, Barreto rétorqua que sa villa d'Amarante était tout bonnement monstrueuse ! Il prétendit qu'il en possédait une autre, plus petite mais plus luxueuse, à Cabo Frio, sur la côte des riches, une troisième à Buzios…

Le type ouvrit la bouche mais Barreto lui coupa aussitôt la parole, ajoutant que la Bronco n'était qu'une voiture pour le campo : en ville, il roulait en Mercedes ou en BMW série 7. Il avait eu une Porsche, un temps, mais on s'y cassait le cul alors il l'avait vendue. Le type se tut. Il observait un silence à la fois respectueux et boudeur lorsque les colonnes de haut-parleurs qui bordaient la scène se mirent à vociférer une espèce de salsa électrique assourdissante. La lumière s'éteignit et, peu après, un masque grotesque, hilare, dessiné à grands traits d'un blanc violet luminescent, apparut sur la scène, ondulant en cadence comme un balancier d'horloge.

Après un temps d'accoutumance, Barreto distingua la silhouette de la fille. Elle était de dos et semblait nue à l'exception de ces bandes de matière réfléchissante qu'elle portait collées sur la peau du derrière : deux yeux ovales sur les fossettes des reins, deux pastilles rondes, comme des boules de billard, figuraient les pommettes, en plein milieu des fesses, et puis une grande bouche épousait l'arrondi du bas de son cul...

La fille se contorsionnait, le masque décrivait des ronds, sautait, tressautait... De temps à autre, elle se cassait en avant, écartait ses fesses à pleines mains et la bouche s'ouvrait largement, semblant éclater d'un rire obscène.

Après un moment, la danseuse pivota et se retourna. Elle s'était fait des yeux sur les nichons et les faisait loucher en les pressant l'un contre l'autre. Une langue mince, longue, bifide, lui pendait au ventre ; elle la montrait et l'avalait tour à tour en ouvrant et en fermant les cuisses.

La lumière rallumée, elle salua en pinçant une petite trompette de plastique, collée sur son nombril, qui couina un son aigu.

L'homme à la casquette de base-ball applaudit bruyamment. Voilà : c'était ce qu'ils avaient de mieux ! Il se tourna vers Barreto. Ça lui avait plu, n'est-ce pas ? S'il le souhaitait, la fille pouvait recommencer ; si *el compadre* désirait faire sa connaissance, il pouvait l'inviter à leur table.

Barreto n'avait pas envie de connaître cette fille : il aimait les modèles comme ceux qu'on voyait dans les magazines, des actrices de novelas, enfin ce genre-là, pas des danseuses de beuglant...

L'homme à la casquette fit une grimace de déception ! À son tour, Barreto lui tapa dans le dos : lorsqu'il viendrait chez lui, là-bas, dans le Maranhão, il lui présenterait deux ou trois copines. Des filles formidables qui faisaient des trucs inouïs avec leurs fesses !

Le type lui jeta un regard incrédule.

« Tu verras... », insista Barreto, « tu me diras ce que t'en penses... En attendant », il dit, « on va faire des affaires tous les deux ! J'ai de l'or à vendre : de l'or en lingots de vingt-quatre carats tamponné, poinçonné, parfaitement propre ! »

L'homme l'observait avec une acuité prouvant qu'il n'était pas tout à fait l'imbécile qu'il feignait d'être.

« *Noventa e dois quilos !* »

Barreto en voulait douze dollars le gramme, soit un million cent quatre mille dollars : à prendre ou à laisser ! Qu'il aille proposer l'affaire aux fameux investisseurs qui possédaient le club ! Qu'il aille trouver son frère Rudi et qu'il lui dise : j'ai un type qui peut te vendre quatre-vingt-douze kilos d'or fin !

Le type ne bougea pas, il restait immobile, muet, à le fixer de ses yeux humides et sombres. Il fit tourner les restes de glaçons dans son verre de whisky.

Barreto avala une Schincariol presque d'un trait, s'essuya les lèvres d'un revers de main.

Le Bolivien sourit. Il allait retrouver son frère, il lui dirait : Rudi, j'ai une affaire pour toi ! Ça lui prendrait un petit moment ; si Barreto voulait tirer un coup avec la danseuse en attendant, qu'il appelle le type qui servait à boire...

L'homme à la casquette s'absenta environ une heure que Barreto passa à boire de la bière en ourdissant un plan de bataille. Lorsque l'autre revint, il avait l'air content de lui. Barreto devait l'accompagner à Santa Cruz de la Sierra pour rencontrer son frère : Rudi désirait le connaître.

24

La Logus venait de franchir le pont sur le rio Tietê, l'asphalte de la route, d'un beau noir mat, tranchait sur le vert du campo. D'un portefeuille de galuchat, la fille aux cheveux rouges tira un petit miroir rectangulaire qu'elle posa sur le tableau de bord. Elle enfouit la main dans la ceinture de son pantalon, farfouilla un instant avant de remonter du profond de son ventre une enveloppe blanche, pliée en quatre, dont elle extirpa un bout de papier de soie qu'elle déplia précautionneusement.

Sa compagne, avachie sur le siège arrière, réagit au bruit du papier froissé comme un chat devant lequel on déballe une tranche de viande tranchée de frais par le boucher.

« *Tóxi !* » elle miaula, « *da pra mim Tóxi !* »

La fille aux cheveux rouges roula un billet de dix réais dans ses doigts minces et demanda à Otelo de remonter sa vitre. Il s'exécuta sans mot dire. D'une main sûre, la fille traça sur le miroir un rail de poudre blanche dont elle rectifia les bords avec une lime à ongles.

La fille aux cheveux verts se trémoussait, on aurait

dit que les yeux lui sortaient de la tête. « *Tóxi...* », elle suppliait, « *da pra mim Tóxi... por favor !...* »

La fille aux cheveux rouges se fourra le billet dans le nez, se boucha une narine et aspira les trois quarts de la poudre. Elle se frotta le nez du dos de la main comme s'il la démangeait, puis tendit le miroir à Otelo. Il détourna la tête. La fille n'insista pas. Elle abandonna miroir et billet à sa compagne qui soupira, peu après, d'une voix chavirée : « *É bom ! Senhor Deus !... É bom...* »

La fille aux cheveux rouges enfourna une cassette dans le lecteur, poussa le volume à fond et s'abandonna sur le dossier de son siège. Otelo baissa le volume mais elle le remonta aussitôt. Otelo éteignit la radio, arracha le bouton et le balança par la fenêtre. La fille aux cheveux rouges se tourna vers lui et fit un sourire de connivence accompagné d'un geste folâtre de la main signifiant que la musique s'en était allée par la fenêtre, avec le bouton. La coïncidence lui paraissait marrante.

À l'embranchement de la SP 300, elle fit signe à Otelo de poursuivre vers l'ouest. Il suivit son conseil. Ils passèrent Birigüi, Araçatuba, Valparaíso.

À Andradina, Otelo chaussa les lunettes de Zé pour se protéger des rayons obliques du soleil déclinant. La fille aux cheveux rouges lui dit en riant que ça lui faisait une tête de flic : une tête de flic américain.

Il rétorqua qu'il était flic mais la fille, manifestement, prit sa réponse pour une provocation. Elle ne le crut pas.

La Logus traversa le rio Paraná par le pont de Jupia. Ils pénétrèrent dans Três Lagoas à la nuit tombante.

Otelo avait un goût de bile dans la bouche, il se sentait épuisé, découragé, non pas parce qu'il n'avait recueilli aucun indice depuis le matin mais parce que la voix intérieure avec laquelle il dialoguait sans cesse ne lui répondait plus.

En vérité, la voix lui parlait d'Íris, des deux filles qu'il trimbalait depuis l'aube ; de temps à autre elle évoquait le souvenir de Zé, mais lorsque Otelo la sollicitait à propos de Barreto, elle restait muette : il n'entendait en retour que le grésillement blanc renvoyé par le vide sidéral.

La piste de Barreto était froide.

Il arrêta la Logus devant l'hôtel Santa Catarina et retint deux chambres : une pour les filles, une pour lui, qu'il paya toutes les deux d'avance.

En arrivant dans la chambre, le garçon d'étage ouvrit le frigo-bar, mit la climatisation en route et alluma la télévision avant de s'éclipser.

Otelo jeta un coup d'œil distrait à l'écran tout en se déshabillant. Un type, brandissant dans son poing un micro gigantesque qui portait le logo d'une station régionale de la TV Globo, pérorait au pied d'un arbre. « C'est ici », disait-il d'une voix véhémente comme s'il commentait un match de football, « sur la berge du rio Naitaca, que les corps ont été retrouvés. » L'homme se déplaça de quelques pas. « Le cadavre du *fazendeiro* Ortiz était là ! », il montra un bout de terre rouge, « abattu d'un coup de fusil dans la poitrine. On lui avait enfoncé la tête dans une glacière ! » L'homme marqua une pause comme pour souligner de son silence ce détail insolite.

Otelo s'assit sur le lit pour suivre plus attentivement. Qu'on eût foutu la tête du mort dans une glacière lui paraissait suffisamment absurde pour que le fait divers méritât son attention.

« Le cadavre du capataz du Rancho Alegre gisait près de ce trou dont on n'a pas encore expliqué l'existence mais qui pourrait avoir servi de cache pour de la drogue », poursuivait le reporter. « Officiellement, on ne sait rien encore des motifs de cette *chacina*. Des témoins, et notamment les filles du capataz ainsi que le personnel de la fazenda Ortiz, sont entendus en ce moment même par la police criminelle de Miranda. C'était Orlando Pinheiro, de Campo dos Índios. »

Otelo acheva de se déshabiller et passa sous la douche où il s'attarda longuement. Il essaya de prévoir ce qu'il ferait le lendemain mais son esprit resta vide. Il prendrait la route comme les jours précédents, il roulerait jusqu'au soir.

Jusqu'à quand dériverait-il au long des rubans d'asphalte déroulés dans le campo ?

Il ne le savait pas. Tant que la Logus roulait, tant qu'il avait de l'argent, et il lui en restait pas mal, il n'avait aucune raison d'arrêter.

Très bien. Demain, il roulerait.

Il s'endormit sans même penser à éteindre la télé.

25

« Avant », disait l'homme, « on trafiquait pas mal par là !... On achetait à des types qui nous apportaient des p'tits lingots mal fondus, tout cabossés. Ils venaient de la Serra Pelada, des *garimpos* amazoniens, du Carajá ou d'ailleurs, on les envoyait au Panamá, dans les Caraïbes... Les Américains en voulaient beaucoup. Plus on leur en apportait, plus ils en réclamaient. Ils s'en servaient pour leurs guerres !

— Ils tiraient des balles en or ? plaisanta Barreto.

— Des balles en or ? » s'étonna le type. « Comment, des balles en or ? Ils tiraient pas des balles en or ! Ils tiraient des balles... comme des balles !... Pourquoi tu dis des balles en or ?... »

Barreto lui demanda d'oublier : il voulait rien dire, rien qui le concernait, en tout cas. C'était sa façon à lui de parler...

« Des fois », reprit l'homme à la casquette, « on l'envoyait en Europe, dans ces petits pays qu'ils ont là-bas... » Il ne se rappelait plus les noms des pays en question. Son visage cuivré disparaissait dans les ténèbres de la cabine et Barreto avait l'impression que c'était sa casquette, à la longue visière roide, qui parlait de cette voix lente, lourde d'un accent pas équarri.

« Les Paraguayens disaient qu'on chassait sur leurs terres... Y sont venus nous emmerder !... », bougonna le type. Des années avaient passé mais il n'en revenait toujours pas du culot monstre de ces Paraguayens !

« Y a eu pas mal de morts... On les jetait là-bas... »

Il fit un geste en direction du fleuve dont le cours sinueux miroitait sous la lune montante, des marais qui devaient se trouver à quelques kilomètres plus au nord, sur la droite de la Bronco.

« Des morts à eux, des morts à nous... Un de mes frères, Rolo, est là-bas... Ils l'ont balancé sans me le dire... Je l'ai cherché des jours et des jours... Ça rend rien », il grogna, « c'est plein de crocodiles... »

Le souvenir de son frère avalé par un alligator, long comme un vapeur, l'assombrit et il se tut.

« Ton frère est devenu de la merde de croco ! » ricana Barreto.

Dans la lumière des phares qui arrivaient en face, il devina le rictus de haine qui crispa le visage de l'homme.

« J'ai tué deux types hier », ajouta Barreto, « ils auront pas cette chance ! À l'heure qu'il est, ils sont de la merde d'urubu... ou de la merde d'asticot. Probablement un peu des deux... »

L'homme rappela que, trois heures plus tôt, il avait prétendu arriver du Maranhão en voiture.

Barreto était venu livrer quatre-vingt-douze kilos d'or dans la région de Miranda, à des types qui se croyaient malins ! Il s'était pas cogné deux mille kilomètres en bagnole pour se faire entuber par des bouseux alors il les avait tués, c'était aussi simple que ça ! Il avait pour habitude de tuer ceux qui le faisaient chier : dans le Maranhão il était connu pour ça ! Il pourrait vérifier quand il viendrait le voir, on lui dirait : « Barreto, si on le fait chier, poum poum ! »

L'homme indiqua une piste, assez large, qui ouvrait une brèche pâle sur le bord gauche de la route et fit signe à Barreto de l'emprunter : le siège du club était au bout.

Après le virage, Barreto éteignit les feux de la Bronco. Le Bolivien s'en étonna : pourquoi qu'y faisait ça ?... La piste était farcie de trous, un peu plus loin y avait des fondrières profondes d'un mètre ! On pouvait y perdre une mule dedans, avec son chargement.

Barreto arrêta la voiture et tira le Rossi de Tonino de la fente, dans la garniture du siège, où il l'avait glissé. Il appuya le canon sur la tempe du type à la casquette.

« Pourquoi tu fais ça ? » répéta l'homme, plus abasourdi que craintif. « Pourquoi tu me menaces ? »

Barreto ne voulait pas se rendre chez ses amis ! « C'est moi qui fixe les rendez-vous », il chuchota, « moi et personne d'autre ! »

Il tendit le téléphone cellulaire de Tonino et commanda au type d'avertir les membres de son fameux club que, s'ils voulaient le revoir vivant, ils devaient apporter un million de dollars en billets de cent.

L'homme objecta qu'ils ne disposaient pas d'une somme pareille. Barreto lui pinça l'oreille. « Tu mens ! » il le gronda. « C'est moche ! Qu'est-ce qu'on apprend aux gosses dans ton pays de bouseux ? »

L'homme prétendit qu'il ne mentait pas et Barreto tira plus fort.

« Qu'est-ce qu'y fait ton frère Rudi ? »

L'autre gémit que son frère faisait des affaires.

« Il vend de la drogue ! » hurla Barreto, à bout portant dans son oreille.

Sous la violence du cri, le type se tassa sur lui-même comme une feuille de papier froissé.

« Ton frère Rudi vend de la co-ca-ïne, tête de nœud ! » beugla encore Barreto.

L'homme tenta de se protéger de la main mais Barreto menaça, s'il allait jusqu'au bout de son geste, d'arracher le morceau de bidoche qu'il tordait dans sa poigne de brute. L'homme reposa sa main sur son genou en poussant une plainte aiguë.

Les trafiquants de drogue, soutint Barreto, avaient toujours sous la main de grosses quantités d'argent liquide. C'était la base du métier ! Qu'il téléphone, qu'il appelle ses partenaires et, s'il croyait en Dieu, qu'il prie pour qu'ils arrivent rapidement. Au lever du jour, lui, Barreto, serait de l'autre côté de la frontière et, selon la bonne volonté de ses amis, lui serait vivant ou mort. Si le sort lui était contraire, il nourrirait les crocodiles, comme son frangin Rolo. « Appelle-les et tâche de les persuader ! »

L'homme composa le numéro d'un doigt tremblant. « Mario ?... », il haleta. « Mario !... Appelle-moi Rudi, dépêche-toi... »

Il marmonna qu'une fois de plus son putain de frère serait pas là : il était jamais là quand il avait besoin de lui.

« Rudi ? » il s'écria. « C'est Gabriel !... Le Brésilien veut un million de dollars !... »

Il demanda à Barreto s'il avait l'or avec lui et Barreto répondit que ses amis n'avaient pas de souci à se faire : il était un type correct. Ils en auraient pour leur argent.

Le type répéta presque mot pour mot ce qu'il avait entendu. Son correspondant parla longuement, l'homme à la casquette écoutait sans l'interrompre, égrenant de-ci de-là des *si... si...* obséquieux.

Barreto était persuadé que celui qui parlait, là-bas, depuis le fond de la nuit, donnait des instructions pour qu'on lui tende un piège. Il voulait le prendre, voler son or et le jeter dans le fleuve. Il sourit dans sa barbe : ils étaient pas assez futés !

Rudi était d'accord, se réjouit l'homme à la casquette. Il avait pas le fric sous la main mais il lui suffirait d'une heure ou deux pour rassembler la somme.

Barreto lui tapota amicalement la nuque en le félicitant : il était un brave garçon. S'il continuait à faire preuve de bonne volonté, au matin ils iraient boire un coup ensemble dans sa boîte à la con, il se taperait même la danseuse qu'avait un clown sur le derrière si ça lui faisait plaisir !

Le type à la casquette recommença à parlementer : Rudi les retrouverait à une petite hacienda que possédait la famille, à quelques kilomètres plus à l'ouest.

Barreto promena son doigt épais en balancier devant les yeux de l'homme. Non non non, pas question qu'ils se rendent où que ce soit : ni dans cette hacienda ni dans une autre ! C'était Rudi qui devait venir à leur rencontre !

Le type à la casquette transmit. Rudi, répondit-il, n'avait pas pour habitude d'opérer de cette manière. Il voulait savoir pourquoi Barreto refusait le rendez-vous.

Barreto serra de nouveau l'oreille de son prisonnier. « Explique-lui pourquoi ! » il plaisanta.

L'homme reprit le téléphone. Son correspondant l'interrompait sans arrêt : il ne l'écoutait pas, ne voulait pas l'écouter, n'écoutait probablement jamais ce qu'il avait à dire ! Barreto appuya plus fort le canon du Rossi contre la tempe de l'homme.

« Je te dis qu'je peux pas l'emmener », s'énerva le type à la casquette, « y m'tient !… J'ai un flingue sur la tête !… »

Barreto lui arracha le combiné des mains et gueula dans le micro : « Je lui tire les oreilles, *filho da mãe* !… Je vais les arracher et les bouffer si tu fais pas ce qu'on te dit ! »

Il rendit le téléphone et tira si fort sur l'oreille de l'homme que des larmes ruisselèrent de ses yeux. « Couine ! » commanda Barreto, « montre-lui que je plaisante pas ! »

Le type poussa une espèce de miaulement déchirant et demanda d'une voix chevrotante où son frère devait les rejoindre.

« Qu'il vienne ! » dit Barreto, « qu'il s'amène jusqu'ici et je lui dirai ce qu'il doit faire. »

Il remit la Bronco en marche, fit demi-tour pour orienter la voiture en direction de la route et pénétra en force dans un fourré touffu jusqu'à ce qu'elle disparaisse.

Il sortit par l'arrière, avec son prisonnier, pour éviter les épines et les branches.

Il vérifia que le Bolivien n'était pas armé puis il l'obligea à s'étendre sur le sol, détacha la ceinture de son pantalon et lui ficela les poignets en serrant comme un bœuf. L'homme gémit sous la douleur. Barreto ricana en l'assurant que, très bientôt, ça lui ferait plus mal : il sentirait plus rien et surtout pas ses doigts !

Il arracha la casquette du type et le coiffa d'un sac en plastique du supermarché Jumbo : le préféré de Lene, qu'il déchira à la hauteur du nez pour permettre à l'homme de respirer. Il noua les poignées du sac sur le cou du type, empoigna le Maverick et, poussant l'autre devant lui, il s'éloigna de la Bronco d'une centaine de mètres. Il s'aplatit derrière la colonne tronquée d'une termitière et ordonna à son prisonnier de se coucher près de lui, face contre le sol.

Ils attendirent longtemps.

Le ciel s'était bouché, une chaleur lourde pesait sur le campo. La sueur collait le plastique au visage du Bolivien. Barreto l'entendait pomper l'air avec difficulté. Il ne fit rien pour le soulager : la souffrance et l'angoisse que le type endurait l'empêchaient de songer à se libérer ou à lui nuire. Plus ce connard en baverait, plus il lui foutrait la paix !

Vers quatre heures du matin, un pinceau de phares troua la nuit et s'immobilisa à l'entrée de la piste.

Une voix cria : « Bigote !... »

Barreto donna un coup de pied au type allongé près de lui et demanda si c'était lui Bigote.

L'autre bourdonna sous le plastique que c'était bien lui !

« Bigote... », s'impatientait la voix, « tu réponds, bordel de merde ?... »

Barreto demanda qui était cette voix.

L'homme marmonna que c'était celle de son frère : Rudi, l'aîné, qui commandait toute la famille à l'exception de son père qui était encore le chef mais sans doute plus pour très longtemps.

Barreto lui ordonna de répondre qu'il était là.

L'homme obéit mais sa voix, étouffée par la cagoule qui collait à sa bouche, ne portait guère. Barreto dut crier lui-même qu'il tenait Bigote près de lui, le canon d'un fusil appuyé sous le menton.

Il y eut un silence assez long puis la voix demanda si Bigote était blessé.

Barreto ricana : les types d'en face cherchaient à le localiser.

Une coruja ulula un appel suave, un appel de femelle plumeuse qui attend, sereine, la réponse d'un mâle...

Barreto entendit un froissement de broussailles, le craquement d'un bois sec, mais c'était encore loin. Ils en avaient pour un moment avant d'être à portée !

Qu'ils l'encerclent, qu'ils viennent ! Il avait tué Ortiz et son connard de capataz, il était revenu de l'enfer : rien ni personne ne lui faisait peur ! Il avait gagné son brevet d'immortel.

Il demanda au type allongé près de lui pourquoi on l'appelait Bigote alors qu'il était glabre.

L'homme marmonna qu'il avait porté une moustache autrefois, lorsqu'il était adolescent. Ça lui était resté ! Ses frères ne l'appelaient que Bigote ! Tous ceux qui le connaissaient l'appelaient Bigote...

La sueur piquait les yeux de Barreto. Est-ce qu'il faisait toujours aussi chaud dans ce pays de merde ?

L'homme ne répondit pas, trop occupé à pomper le peu d'air qu'il pouvait par les trous trop étroits.

Il suffoquait, muet comme un poisson sorti de l'eau. Il allait crever, ce con ! Il allait y passer sans protester, sans rien tenter pour sauver sa vie minable de dernier de la tribu, sa vie de pauvre type qu'une tripotée de frères persécutait.

Barreto arracha le sac. L'homme continua à respirer bruyamment puis son souffle s'apaisa.

La coruja ulula une nouvelle fois.

Barreto entendit un frôlement : cette fois, quelqu'un était tout proche. Il pivota sur lui-même, lentement, sans bruit. Il lui semblait sentir la présence du type, sa chaleur, son haleine. Il tira au jugé. La détonation du Maverick fit un bruit énorme qui lui écorcha les oreilles.

Il se tint à l'affût un long moment mais ne sentit plus rien, comme si le type, dont il avait cru déceler la présence, avait détalé pendant la grosse dépression qu'avait creusée le coup de feu.

Le voile de nuages se déchira et la lune apparut.

Barreto reconnut les cônes biscornus des termitières, le crayonné gras, confus, des herbes et des buissons mêlés, et puis une ombre qui ne collait pas avec le paysage et dont il mit un moment à comprendre que c'était celle d'un homme allongé sur le sol, à une trentaine de mètres de là.

Le type ne bougeait pas mais son immobilité ne prouvait nullement qu'il était mort ! Le nez sur la terre rouge, il attendait peut-être que la lune se fasse avaler de nouveau par les nuages pour reprendre la progression rampante qui l'avait amené jusque-là.

S'il était pas mort, il aurait pas l'occasion de lui sauter dessus ! Barreto l'ajusta et tira la dernière cartouche du Rossi. Le type ne réagit pas, pourtant Barreto était certain de l'avoir touché !

Il se mit à rire. Il les tuait les yeux fermés maintenant ! Il avait même plus besoin de les voir pour les descendre !

Il cria : « Je l'ai eu !
— Mario... », cria la voix, « Mario !...
— Il est mort ! » gueula Barreto.

« Mario... », appelait la voix. « Mario... » Barreto pensa que c'était la voiture qui appelait, qui gueulait dans la nuit parce qu'elle se sentait seule.

« Mario », il se moqua, « réponds-moi, Maaaario !... » Il se dressa sur ses pieds, miaulant : « Mario... *queriiiidooo* !... Je l'ai tué ton Mario, grosse couille ! » Il ordonna à son prisonnier de se lever à son tour, l'incitant à se presser d'un vigoureux coup de pied dans le cul.

Le type avait reçu la balle Breneke du Maverick en pleine poitrine, ce qui laissait supposer qu'il était probablement accroupi, prêt à s'élancer au moment où Barreto avait tiré.

« Dis-lui ce que tu penses de son Mario ! » railla Barreto.

« Rudi... », chevrota le Bolivien, « il l'a tué... Tu m'entends, Rudi ? Mario est mort ! »

Les phares de la voiture arrêtée sur la route s'allumèrent, quelqu'un mit le moteur en marche et la voiture manœuvra pour faire demi-tour.

« Où tu vas ? » gueula Barreto, « tu veux pas revoir ton frère ?

— Bigote est un débile ! » cria la voix. « Il a jamais rien fait de bon ! Garde-le, tue-le, je m'en fous ! »

Il s'en allait ce con, il les laissait tous les deux !

« Je dirai au vieux que tu l'as descendu !

— Tu veux pas acheter mon or ?

— Tu peux te fourrer tes lingots dans le cul !... D'où tu sors ?... Plus personne veut de l'or aujourd'hui ! Ce qu'on veut c'est de la coke, Ducon, des dollars, des armes ! L'or c'est fini ! »

Le pick-up s'éloignait.

Barreto épaula et tira jusqu'à ce que le chien tape à vide. Le Bolivien était resté près de lui, il regardait, lui aussi, les phares qui s'éloignaient dans la nuit.

Barreto cracha par terre. « Il te laisse tomber ! » il dit.

Le Bolivien haussa les épaules : Rudi l'avait toujours laissé tomber ! Il l'aimait pas !

Barreto fouilla son prisonnier et découvrit mille cinq cents dollars dans une pochette de tissu qu'il portait attachée sur le ventre, à même la peau. Il poussa l'homme, le forçant à reculer jusqu'à ce qu'il bute sur le cadavre de feu le dénommé Mario et s'affale lourdement. Barreto regagna la Bronco et mit du temps à l'extraire du fourré. Lorsqu'il parvint à la route, le Bolivien se tenait en travers de la chaussée.

« Me laisse pas », il suppliait, « je t'ai rien fait, emmène-moi avec toi ! »

Il avait peur des fantômes qui rôdent sur le campo, il avait peur que Mario le mort l'attrape par les chevilles et l'entraîne sous la terre.

Le type à la casquette se mit à genoux. Barreto l'évita d'un coup de volant puis ralentit pour crier : « Rentre chez toi et flingue ton frère. »

L'autre courait derrière la Bronco, gêné par ses mains liées dans le dos.

« Dis au vieux qu'il a voulu ta peau ! »

Il faisait à peine jour lorsque Barreto arriva à Porto Esperança, mais déjà les bem-te-vi poussaient des cris perçants qu'il dut supporter tout le temps qu'il attendit le bac. Ils étaient une bonne douzaine à se foutre de lui : *Bem-te-viiii... Bem-te-viiii...*

Personne les comprenait, personne ne savait à quel point il s'était montré ridicule ! Sauf les Boliviens, il pensa, mais c'était que des Boliviens, *puta merda* !

Bem-te-viiii.

Personne savait, personne saurait... Sauf lui ! C'était dans sa mémoire que les cris des oiseaux s'enfonçaient.

Bem-te-viiii...

Putains d'oiseaux...

26

Otelo vécut une nuit agitée de cauchemars. Il croyait entendre des coups insistants frappés à sa porte, se levait précipitamment, allait ouvrir. Le couloir de l'hôtel était vide, les appliques éclairaient un désert cubique tapissé d'une moquette bleu canard. Il allait jusqu'au coude du couloir, vérifiait que personne ne s'en retournait, déçu de son silence après avoir cogné en vain... Les mêmes appliques brûlaient en silence sur le palier de l'ascenseur et il regagnait sa chambre en se souvenant qu'il était à l'hôtel, sur la piste refroidie d'un homme qui lui avait échappé.

Une fois, il entendit qu'on le hélait depuis la rue. Il ouvrit la fenêtre. Un air chaud et saturé d'humidité comme une haleine de bête lui enveloppa le torse. À part les nuées d'insectes qui tournaient leur valse énigmatique et nerveuse dans la lumière d'un réverbère, rien ne bougeait, pas même la ramure des flamboyants, aux troncs blanchis à la chaux, plantés en bordure de l'asphalte.

Lorsqu'il se réveilla pour de bon vers sept heures du matin, il se sentait plus fourbu encore que la veille. Il passa sous la douche, se frictionna vigoureusement, se rasa avec soin. La coupure de ses lèvres commençait à cicatriser. Il regretta cependant de n'avoir pas pensé à emporter le flacon de *metiolato*.

Lorsqu'il revint dans la chambre, il se sentait mieux, non pas que la fatigue eût diminué, mais il se sentait propre.

La télé dévidait toujours son inépuisable ruban d'images.

Il changea de linge et s'aperçut alors qu'il n'avait pris qu'une seule paire de chaussettes. Il jeta les sales dans la poubelle et décida de porter ses mocassins à cru.

Il descendit prendre son petit déjeuner. La salle de restaurant, vide, sentait le parfum en conserve qui fait *chuiiiii*, comme disait Anísia, *chuiiii, chuiiiiii*… Il se servit une grande tasse de café, une assiette d'abacaxi et de mamão, une épaisse tranche de melancia.

Il se rappela les deux filles qui, la veille, avaient pris sa voiture d'assaut. Elles n'étaient pas du genre à se lever à l'aube et devaient être encore engluées dans le sommeil. Elles n'avaient pas de bagages. Il pensa qu'on les leur avait sans doute volés au cours de la nuit précédente… Dieu seul savait dans quel traquenard elles étaient allées se fourrer ! Il pensa également qu'elles devaient dormir à poil.

Il décida de ne pas les attendre : il avait fait ce qu'elles lui avaient demandé et c'était assez. Après tout, elles étaient en âge de choisir et de gouverner leur destin !

Lorsqu'il prononçait de pareilles sentences, Zé se moquait de lui, il disait qu'il était un prêcheur sans Église, un philosophe de coin de rue... Zé...

Il savait que la situation des filles était probablement plus compliquée que ce qu'il voulait bien en penser mais il n'avait pas de temps à leur accorder.

Lorsqu'il remonta dans la chambre pour se brosser les dents, la télévision rediffusait le reportage de la veille sur le double meurtre de Campo dos Índios. À la fin de la séquence, une présentatrice prit le relais. Otelo poussa le son. Selon les premiers témoignages, annonça-t-elle, un inconnu s'était rendu au Rancho Alegre la veille du meurtre. Il avait déjeuné avec le *fazendeiro* puis les deux hommes avaient disparu en compagnie du capataz. La police criminelle de Miranda recherchait activement ce mystérieux visiteur dont on savait seulement qu'il circulait à bord d'une Ford Bronco bleue immatriculée dans l'État de Goiás.

Otelo remplaça les cartouches manquantes dans le magasin du Berreta et quitta rapidement la chambre.

Répandue sur l'asphalte au bas de la Logus, une constellation d'éclats de verre miroitait au soleil montant. Une vitre avait été brisée. Otelo aperçut une masse aux contours vagues sur la banquette arrière : une masse aux cheveux rouges.

Il secoua la fille.

Qu'est-ce qu'elle fichait là ? Pourquoi ne dormait-elle pas dans la chambre avec sa grosse compagne aux cheveux verts ?

Elle ne la supportait plus : elle voulait continuer ce voyage dont elle goûtait l'incertitude.

Otelo se moquait de ses envies. « Descends ! » il ordonna. « Va-t'en ! Je ne veux pas de toi ! »

En quoi le gênait-elle puisqu'il ne savait même pas où il allait ?

Maintenant il savait !

Elle scruta son visage avec acuité, tâchant de deviner s'il mentait ou s'il disait vrai. Où allait-il ?

« Là-bas ! » il dit, désignant la route qui s'allongeait vers l'ouest.

« Où là-bas ? »

Un bled qu'elle ne connaissait pas.

Elle insista encore.

Il se rendait à Campo dos Índios !

Elle secoua la tête avec une grimace : elle n'avait jamais entendu parler d'un coin qui portât ce nom-là ! Il existait vraiment ?

« Vraiment ! »

Elle lui demanda de l'emmener.

Il ne voulait pas s'encombrer d'une fille qu'il ne connaissait pas, d'une fille qui se perçait les lèvres d'une barre métallique surmontée d'une tête de mort, qui se déchirait les oreilles d'un anneau de fer-blanc arraché à une boîte de bière.

« Tu sais pas tout ! » elle ricana.

La seule chose qu'il savait, c'était qu'elle allait déguerpir : il n'avait pas de temps à perdre !

Il l'empoigna par le bras, elle se dégagea d'un coup d'épaule et arracha brutalement les anneaux fichés dans ses lobes d'oreilles qui se mirent à saigner. Elle dévissa la tête de mort surmontant la barrette d'or avant de la retirer. Elle posa sur lui son regard acéré et répéta : « Emmène-moi ! »

Il s'aperçut que ses yeux étaient bleus : d'un bleu un peu vert, si intense qu'il s'étonna de ne pas l'avoir remarqué plus tôt. Il considéra la bouche saignante de la fille et passa machinalement les doigts sur la blessure de ses propres lèvres dont il suivit la crevasse boursouflée du bout de son index.

Après tout, il pourrait la larguer dans une station-service ou dans un bar...

Il jeta son sac de voyage sur les genoux de la fille, s'installa au volant et démarra sèchement. La fille se contorsionna pour gagner le siège du passager et, lorsqu'elle fut assise près de lui, il éprouva une nouvelle fois un sentiment qui l'étonna car il ressemblait à de l'apaisement.

Il fit le plein à la sortie de la ville et lança la voiture sur la route qui filait droit à travers le campo.

Il roulait à fond. Pas encore débourrée, la Logus répondait mollement à ses coups d'accélérateur mais on devinait cependant que c'était une bonne bagnole !

Il se faufilait entre les bus et les camions qui faisaient le trafic entre Campo Grande et les États du Sud : Paraná, São Paulo, Santa Catarina, Rio Grande do Sul.

Il lançait la voiture sur la gauche et doublait de pesants Mercedes aux plateaux bâchés de toile plastifiée verte ou orange, des bétaillères qui remontaient à vide et qui, délivrées de leur chargement, semblaient prêtes à s'envoler dans un cahot plus fort que les autres, des Volvo rugissants aux cuves étincelantes saturées de carburant ou de produits chimiques.

Lorsque la Logus se déportait soudainement pour bouffer voracement le bitume sur le flanc d'un bahut ou d'un bus, les camions qui arrivaient en sens inverse hurlaient de tous leurs klaxons révulsés. Otelo apercevait les visages horrifiés des chauffeurs cramponnés à leur volant et qui, la frayeur passée, gueulaient probablement des imprécations le vouant aux gémonies !

Água Clara, Mutum, Ribas do Rio Pardo ! Otelo prenait de plus en plus de risques. Un charme semblait les protéger. Il se disait que, s'ils arrivaient vivants à Campo Grande, le sort lui serait favorable : il retrouverait Barreto !

Et après ?

Il le tuerait, bien sûr !

Et après l'avoir tué ?

Il haussa les épaules : il ne savait pas ce qu'il ferait après, d'ailleurs ça n'avait aucune importance ! Son futur s'arrêtait à la balle qu'il logerait dans la peau d'assassin du delegado !

La fille se taisait : calme, pâle, indifférente, semblait-il, à la course folle de la voiture. À deux ou trois reprises, cependant, Otelo la vit agripper la poignée de la portière dans un geste inconscient.

À dix heures quarante, ils entraient dans les faubourgs de Campo Grande.

Otelo ralentit. Le sort venait de lui envoyer un signe favorable. Il rit silencieusement : lui qui se disait libre penseur, lui qui n'avait foi qu'en la raison, qui se targuait volontiers de placer la logique au-dessus du cœur, quêtait maintenant les signes dans le ciel ! Quelle dérision, Seigneur !...

Il soupira : « Quelle déchéance ! » C'était le destin ! C'était ainsi, désormais, qu'allait le monde dans lequel il vivait !

Il surprit le regard étonné de la fille. « Les machines se dérèglent », il marmonna, « les gens aussi... » Il eut un ricanement amer. « Tu en sais quelque chose, n'est-ce pas... »

Elle se détourna et regarda ostensiblement par la fenêtre. Oui, elle en savait quelque chose !

Il traversa la ville sans s'arrêter, prit la route de Miranda. Il roulait moins vite. Il passa le poste de police *rodoviária* de Terenos. Il n'avait plus besoin d'eux, de leur somnolence vide : à nouveau la voie qu'il suivait était chaude, elle était odorante !

Il tira le portrait de sa poche et le posa sur la planche de bord. Barreto était passé sur cette route quelques heures avant lui ! Il devinait le visage épais du delegado dans les creux, entre les collines lointaines, il le devinait dans les cumulus blancs qui dérivaient dans l'azur tendu sur le campo !

La fille aux cheveux rouges demanda qui était le couple sur la photographie et il répondit en ricanant que l'homme était un ami à lui !

La fille alluma une cigarette, souffla la fumée. Elle ne le croyait pas : ce type-là n'était pas son ami !

« Si ! » il insista. « Mais si !... C'est un ami très cher ! C'est pour lui que nous roulons en ce moment ! Nous allons lui rendre visite. »

Elle fit non de la tête : non ! Otelo haïssait ce type ! Il lui voulait du mal !

Il la regarda longuement, détaillant son teint livide, ses cheveux hérissés collés en mèches aiguës, ses traits tirés à l'extrême par la fatigue. Il lui découvrit une beauté dure, une beauté abîmée par la drogue, les saloperies qu'elle s'enfonçait dans la chair pour se blesser, pour se défigurer.

« Comment t'appelles-tu ? » il murmura.

Elle répondit : « Tóxi ! »

Ça c'était son nom de guerre, son nom de sauvage. Son vrai nom, son nom de baptême ? Elle fit une grimace : son nom de baptême... Elle garda le silence un long moment comme si elle réfléchissait à ce que signifiait le baptême. « Clarissa », elle dit, d'une voix qu'il ne lui connaissait pas encore : une voix troublée, incertaine, qui remontait de l'enfance.

Elle souffla un nuage de fumée dans le visage d'Otelo. « T'avise pas de m'appeler Clara ! » elle le défia. « Si Tóxi te plaît pas, appelle-moi comme tu veux mais pas Clara. »

Il n'avait pas de préférence.

Ils traversèrent Anastácio vers midi. L'air chaud et sec leur fouettait le visage. Otelo prit de l'essence un peu plus loin. Miranda n'était plus qu'à une cinquantaine de kilomètres.

La fille aux cheveux rouges se rendit aux toilettes. Durant son absence, il aurait eu dix fois le temps de s'en aller...

Lorsqu'elle revint il attendait, assis derrière le volant. Il nota qu'elle s'était baigné le visage et avait tenté d'assagir sa chevelure ébouriffée. Elle lui sourit et se glissa à côté de lui. Le naturel du geste de la fille lui donna l'illusion qu'il retrouvait un familier.

Après une dizaine de kilomètres, elle se saisit de la photo placée sur le tableau de bord, l'examina attentivement avant de la remettre là où elle l'avait prise. « C'est des ploucs », elle ricana. « Deux gros ploucs à la con ! »

Il n'avait pas envie qu'elle se mêle de son affaire et ne répondit rien, mais elle revint à la charge. « Pourquoi tu leur en veux ?.... »

Il se moquait de la femme, c'était l'homme qu'il recherchait : Aníbal Barreto !

Elle pouffa bruyamment avant d'ajouter qu'Aníbal était le nom d'un personnage de l'histoire ! Pour autant que sa mémoire lui restait fidèle, avec toute la coke qu'elle s'enfilait dans le nez, cet Aníbal était un homme qui avait fait quelque chose avec des éléphants... « Celui-là », elle dit, appuyant irrévérencieusement son doigt sur le nez de Barreto, « c'est pas Aníbal qu'il s'appelle, c'est Animal ! » Et elle pouffa de nouveau.

Son rire était fabriqué, ses yeux brillaient : elle avait pris de la coke dans les toilettes et Otelo en éprouva du dépit car il eut le sentiment qu'elle se trouvait désormais loin de lui : de l'autre côté de la drogue.

Elle voulut savoir ce que Barreto lui avait fait.

Il répondit qu'il avait assassiné quelqu'un qui lui était cher !

Une femme ?

Non, pas une femme !

Un homme ?.... Il avait assassiné son père ?

Non, pas son père, pas quelqu'un de sa famille : un jeune homme qui s'appelait Zé et qui lui était cher !

« Zé », elle répéta, « il s'appelait Zé ! »

Elle eut un rire qu'Otelo trouva idiot. Il lui demanda hargneusement ce qui la faisait rire et elle s'esclaffa qu'elle avait eu un chien qui s'appelait Zé ! Un colley qui ressemblait à Lassie, le clébard de la télé !

Un peu plus tard, elle lui demanda de pardonner son imbécillité. Il lui arrivait de dire n'importe quoi. Elle savait parfaitement qu'il ne fallait pas mais c'était plus fort qu'elle : il fallait que ça sorte ! Elle avait remarqué, ajouta-t-elle, qu'elle agissait ainsi de préférence avec les gens qu'elle aimait bien, puis elle ajouta, après un silence suspendu, qu'elle restait avec lui parce qu'il était le seul vivant qu'elle eût rencontré depuis longtemps dans ce monde peuplé de morts !

Il fit une grimace amère.

Le planton qui reçut Otelo à la DP de Miranda lui annonça que le delegado Carlinho, chargé de l'enquête sur la *chacina* de Campo dos Índios, était allé déjeuner. D'ordinaire, il se rendait à la Lanchonete Zero Hora, en bordure de la route.

Le delegado Carlinho était attablé devant un morceau de pacu frit, il buvait une Brahma glacée à même le goulot lorsque Otelo lui demanda la permission de s'asseoir à sa table.

Carlinho jeta un coup d'œil à la fille aux cheveux rouges qui se tenait en retrait, s'attardant ostensiblement sur sa chevelure écarlate, sur son blouson de cuir, son pantalon de treillis, ses souliers de l'armée. Il tendit le bras vers une table libre et rétorqua qu'il y avait de la place un peu plus loin.

Otelo insista : il avait quelque chose à lui dire. Le delegado était de mauvaise humeur. Il objecta qu'il déjeunait : dans une demi-heure il serait au bureau, Otelo pourrait alors lui raconter tout ce qu'il souhaitait !

Otelo sortit sa plaque de police et la posa sur la table encombrée, ajoutant qu'il était professeur de droit à l'École fédérale de police de São Paulo. Son titre n'eut pas l'air d'impressionner le delegado qui, néanmoins, grogna qu'il pouvait prendre place.

Otelo commanda trois bières à la serveuse et fit signe à Clarissa de s'asseoir également.

Décidément, le delegado était d'une humeur de chien. « C'est à vous ? » il grogna, en désignant la fille d'un coup de menton agressif. Otelo prétendit qu'elle était sa jeune sœur. Le type ne le crut pas mais il ne fit pas de commentaire. Quand on est flic dans une petite ville en lisière du Pantanal, on sait, d'expérience, que mieux vaut ne pas se risquer à défier un professeur de l'École fédérale de police de São Paulo.

Otelo raconta qu'aux informations régionales, il avait entendu parler d'un meurtre sur le bord d'une rivière. Le delegado hocha la tête : oui, on avait tué deux types près du rio Naitaca, à une centaine de kilomètres plus au sud. Et alors ?...

Otelo voulait savoir où en était l'enquête, si la délégation avait recueilli des indices quant à l'identité du type circulant à bord d'une Bronco bleue qui, la veille, s'était rendu à la fazenda du mort. Il voulait surtout savoir s'ils étaient sur la trace de ce mystérieux visiteur, comme ils avaient dit à la télévision.

Le delegado appela la serveuse. Il lui montra son assiette encore à demi pleine du morceau de poisson déchiqueté, hérissé d'arêtes. « Enlève-moi ça », il ordonna, « dis au patron que son pacu c'est de la saloperie ! »

La femme soupira qu'elle n'y pouvait rien : ce n'était pas elle qui faisait la cuisine ! Elle, elle s'occupait de la salle, et c'était tout ! « Si vous continuez comme ça », menaça le delegado tandis qu'elle s'éloignait, chargée des reliefs du repas, « je foutrai plus les pieds ici !... Ni moi ni personne de la DP. »

Il râla à l'adresse d'Otelo : « Ils prennent les clients pour des cons !... Vous avez vu ce qu'ils servent. Ils prennent de plus en plus les clients pour des cons ! »

Il secoua le flacon de verre qui contenait les *palitos*, fit tomber une bûchette et commença à se curer les dents avec vigueur. Le mince bout de bois se brisa et Carlinho le jeta sur la table avec colère : « Même leurs *palitos* c'est de la saloperie ! »

Il gagnait du temps lui aussi. Le delegado Carlinho se demandait qui était ce flic-professeur ou ce professeur-flic, trop bien vêtu pour être honnête, qui lui posait des questions sur son enquête.

Qu'est-ce qu'il foutait en compagnie d'une cinglée déguisée en paillasse américaine ! Qui lui envoyait ce type dans les pattes et pourquoi le lui envoyait-on ?

Otelo prétendit qu'une Bronco bleu électrique avait manqué percuter sa voiture la veille, sur la route de Campo Grande. Sans qu'il sache expliquer pourquoi, il avait trouvé ça bizarre...

Carlinho avala ce qui restait de sa bière, prit une serviette en papier dans le présentoir d'inox et se tamponna la bouche avec affectation.

Otelo n'avait pas eu le temps de voir la plaque du véhicule, mais il se pouvait fort bien que ce fût cette voiture du Goiás...

Il avait conscience de mentir mal, de s'enliser dans des détails dont l'autre n'était pas dupe.

Où avait eu lieu cette rencontre, vers quelle heure ?

En fin d'après-midi, du côté d'Água Clara. Le delegado fit non. Il avait l'air content de démentir Otelo. « Non, non », il répéta, « c'était pas notre homme ! »

D'après le légiste, le meurtre avait eu lieu le matin ! Pour être là-bas à l'heure qu'indiquait Otelo, il aurait fallu que le type ait un hélicoptère !

Otelo sourit. Il ne croyait pas vraiment que le conducteur qui avait manqué lui rentrer dedans puisse être le meurtrier. D'un mouvement de tête il désigna Clarissa. « C'est elle », il dit, « c'est elle, surtout, que ça intéresse !... Cette histoire de type à qui on a fourré la tête dans une glacière l'a beaucoup amusée ! » Est-ce qu'on avait réellement fourré la tête du mort dans une glacière ?

Le delegado hocha la tête. Ça se passait comme ça dans le coin !... On pendait les types aux arbres, on leur fourrait la tête dans une glacière...

Plus haut, dans le Pantanal, on les donnait à bouffer aux jacarés, mais les sauriens du rio Naitaca avaient eux-mêmes été bouffés depuis belle lurette ! Il rit. Il en restait, bien sûr, mais pas suffisamment pour boulotter les cadavres, alors les types qui tuaient quelqu'un devaient se débrouiller autrement !

Otelo commanda trois autres bières.

On se tuait beaucoup dans les parages ?

« Moins que chez vous ! » se moqua le delegado. « Vous êtes les champions à São Paulo ! Vous et les cariocas, vous battez tous les records ! » Il but une longue rasade de bière. « Chez nous », il dit, « c'est la drogue ! »

Il désigna la fenêtre à travers laquelle on apercevait un manguier couvert de la poussière soulevée par les bus et les camions qui se parquaient chaque jour devant la *lanchonete*, puis la porte ouverte sur un soleil si violent qu'on l'aurait dite obstruée par un rideau de chaleur. Là, c'était la Bolivie, ici le Paraguay !...

Ils avaient du travail, dans le coin, avec la drogue !

Selon lui, le double meurtre de Campo dos Índios était typiquement une histoire de ce genre. Après avoir descendu Ortiz et son capataz, l'homme à la Bronco était retourné en Bolivie d'où il était venu. Les plaques du Goiás ne signifiaient rien. Sans aucun doute, la Ford avait été volée.

27

L'homme avait donné un tour de clé à la serrure, il avait enlevé le bec-de-cane et s'en allait vers le fond de la boutique, sa journée terminée, lorsque Barreto frappa à la vitre.

L'homme se retourna et, gêné par le soleil, encore haut, illuminant la rue, il porta la main en visière devant ses yeux.

« Ouvre !... », cria Barreto.

L'homme, dont le teint très pâle disait qu'il ne devait pas souvent mettre le nez dehors durant les heures chaudes du jour, fit non de la main : non, non ! c'est fini ! Je vous connais pas, j'ouvre pas !

Il n'avait pas de cou, portait une chemisette bleue, un pantalon beige, son estomac rejoignait son ventre, qu'une ceinture noire, comme un cercle de barrique, coupait en son milieu.

« Ouvre... », insistait Barreto.

Et l'autre faisait non de la tête : non, non, c'est fini ! La lumière baissera bientôt, les voleurs sans vergogne, les assassins sournois envahiront les rues... Il fit un geste de la main : va-t'en, reviens demain !...

« Demain c'est dimanche », cria Barreto, « demain tu seras fermé… »

Le vieux ne voulait rien savoir mais il ne parvenait pas à s'arracher à cette ombre plaquée, en contre-jour, à la vitre de sa porte. Il lui faisait signe de s'en aller, de déguerpir, mais c'était une ombre grosse : une ombre épaisse, entêtée, qui collait au verre, qui pouvait le briser, Seigneur, et puis entrer, tout bouffer, tout dévorer chez lui, l'avaler d'un coup de gueule, lui infligeant une grande douleur…

Barreto tira sa plaque de police, la brandit en criant : « Regarde ! Je suis delegado !… Tu vois ?… »

Delegado ? L'ombre était celle d'un delegado…

« Viens là ! » appelait Barreto, s'efforçant de modérer sa voix. « N'aie pas peur ! »

L'homme finit par approcher avec une grimace contrainte. Plissant le nez, la bouche entrouverte sur un rictus jauni, il examina la plaque qu'on lui tendait à travers la vitre, dévisagea Barreto, revint à la plaque et, lorsqu'il fut à peu près convaincu qu'il existait réellement un lien entre les deux, il consentit à ouvrir.

Barreto voulait des sacoches de cuir ou de toile renforcée, solides comme on faisait dans le temps : des sacoches pour un homme qui avait devant lui un long voyage, un voyage dont il ne connaissait ni le terme ni la destination finale.

Le vieux farfouilla parmi les selles, les harnachements, les lassos, qui pendaient à des crochets suspendus au plafond. Il remua des caisses, déplaça des ballots, repoussa des bottes neuves qui semblaient vieilles de cent dix ans…

Il soulevait des nuages d'une poussière terreuse qui retombait sitôt levée.

Il finit par poser une demi-douzaine de sacoches sur le comptoir. Barreto en choisit deux grandes dont chacune, estima-t-il, contiendrait à peu près trente kilos, et deux petites, suffisantes pour ce qui resterait. Il acheta également diverses babioles sans idée précise sur l'usage qu'il pourrait en faire : de la corde solide, une couverture, un couteau à manche de corne qu'il fourra dans sa poche, une machette à lame épaisse qui tenait bien en main, une petite lampe électrique américaine qui faisait une lumière très puissante et très blanche. Il demanda quel était le meilleur hôtel de la ville et le vieux lui indiqua l'Afonso Pena, sur l'Avenida Noroeste.

Barreto divagua longtemps avant de trouver son chemin, roulant dans des rues larges qui se coupaient à angle droit. *Votez André Pucinelli !* invitaient des affiches adornées de cœurs cramoisis comme des traces de baisers dessinés au rouge à lèvres.

La Bronco cahota sur les rails rouillés d'une voie de chemin de fer envahie d'herbes folles. Une adolescente noire de quatorze ou quinze ans, les pieds nus, souleva son tee-shirt crasseux au passage de la voiture, découvrant deux seins paumés comme des pamplemousses. Elle accompagna son exhibition d'un geste suggestif vers son ventre : tu veux pas me la planter là, dans ma fourche crépue ?

Barreto rigola : non, il fit, non ! Tu dérailles, ma p'tite ! Il lui planterait rien du tout ! Le temps où il fourrait son machin dans la fente des pauvresses était révolu ! La prochaine qu'il baiserait sentirait pas la misère : elle serait pas non plus obèse comme la grosse Zulma, ce serait une fille superbe, ce serait un modèle, comme dans les magazines !

Il se souvint de la photo de cette fille qui se rasait la chatte : une fille connue, la *namorada* de quelqu'un de célèbre dont il avait oublié le nom comme il avait oublié celui de la fille. C'était cet animal d'Itamar qui la lui avait montrée.

André Pucinelli ! Ils étaient des dizaines, des centaines d'André Pucinelli qui souriaient au long des rues mornes, désertes, où le vent roulait des papiers sales !

Une blonde qui se rasait la chatte comme ça, en plein dans une revue ! Il aurait pas cru qu'un jour il verrait ça ! Les cuisses écartées sans vergogne, en train de se tirer les poils !

Où on était, *puta merda* ? Où on vivait ?

N'empêche que la prochaine qu'il se taperait ressemblerait à cette blonde : Adriana ! Ça lui revenait : Adriana !

André Pucinelli ! Y avait que lui dans cette putain de ville fermée, cadenassée !

Barreto avait le sentiment d'être seul : seul avec ce type, André Pucinelli et ses yeux de cocker, sa tête d'imbécile heureux, ses cœurs de midinette tartinés plein les affiches !

Sacré Itamar ! Où il avait déniché cette revue ? De toute manière, dès que quelque chose de graveleux ou de morbide traînait quelque part, ça arrivait tôt ou tard dans les pattes des flics !

Itamar était un crétin mais c'était le seul qu'il supportait à la 2e DP, le seul auquel il accordait un peu de sa confiance. Que faisait-il à cette heure ?... Il était de service ?

Comment ça se passe à la délégation, Itamar ? Qu'est-ce que tu fous, mon grand ? Est-ce qu'on m'a remplacé ? Qui joue les chefs, maintenant que je suis plus là ?

Des vagabonds, étendus sur le gazon mité du terre-plein central planté de flamboyants, somnolaient, une bouteille à portée de main.

Il était plus flic, *puta merda*, il était Seu Barreto ! Seu Aníbal Barreto ! Il allait se taper des *gatas* qui faisaient des trucs incroyables, des trucs qu'il pouvait pas demander à Lene ni à la grosse Zulma parce qu'elles étaient pas ce genre-là, sinon elles auraient été putes depuis longtemps !

Lene le faisait chier mais c'était pas une pute ! Il avait pas épousé une pute ! Il était même persuadé qu'elle l'avait jamais trompé, que le seul *caralho* qui l'avait jamais fourrée, le seul qu'elle avait jamais sucé c'était le sien ! Le sien, *puta merda*, celui qui lui durcissait le ventre comme un manche de trique !

L'Afonso Pena occupait un immeuble orgueilleux et récent dont la silhouette blanche dominait les alentours. Barreto gara la Bronco sur le parking ombragé par de gigantesques mangueiras. Il passa à l'arrière, fourra les lingots dans les sacoches, attacha les deux petites ensemble avec un bout de ficelle qu'il passa autour de son cou et il pénétra dans l'hôtel.

Le marbre qui pavait le sol et les murs du hall immense, les cuivres astiqués et luisants qui reflétaient leurs ors dans les miroirs fumés, le portier en uniforme noir, la réception monumentale présidée par une blonde à la chevelure en cascade réjouirent le cœur de Barreto.

C'était comme à la télévision, comme dans les films américains, comme dans les magazines que lisait Lene et qu'elle laissait traîner aux chiottes... Il y aurait sûrement des filles en maillot de bain échancré jusqu'aux aisselles autour de la piscine...

La blonde de la réception lui sourit comme si ses vêtements n'étaient pas salis par une nuit dans le campo, à ramper entre les termitières, comme s'il était rasé, comme si des croûtes noirâtres ne zébraient pas son front, comme si des cernes violacés ne lui cerclaient pas les yeux. Elle lui demanda aimablement, comme s'il était un client ordinaire, un client honorable, s'il désirait une chambre luxe, une superluxe ou une suite.

Il choisit une suite et marmonna qu'il avait été bousculé dans une bétaillère par des bœufs qui s'étaient affolés. La blonde répondit que, s'il payait cash plutôt qu'avec une carte de crédit, elle lui consentirait une réduction de trente pour cent !

Barreto refusa de confier ses sacoches au bagagiste : sa gueule chafouine ne lui revenait pas ! Si l'homme empoignait les sacoches, leur poids excessif l'alerterait ! L'animal se douterait qu'il transportait un bagage peu ordinaire et reviendrait vérifier dès qu'il descendrait au bar ou au restaurant...

L'employé l'accompagna tout de même, restant près de lui, bras ballants dans l'ascenseur, à le dévisager avec perplexité.

La suite faisait angle, au dernier étage de la partie haute de l'immeuble. Avant de se retirer, le bagagiste dit à Barreto de sonner la réception s'il désirait le coiffeur ou pour tout autre motif... Il ajouta, avec un sourire impudent, que le coiffeur était une femme qui faisait aussi la manucure...

Moquette épaisse, meubles lourds taillés dans un bois rougeâtre, sanguin... Barreto s'assit dans l'un des fauteuils bas du salon, flatta le capiton de velours doré, palpa les tentures ivoire, au drapé ample, examina sa gueule brutale dans le miroir fumé surmontant la commode...

Le coiffeur était une femme, elle faisait aussi la manucure... À la place de son propre visage, il voyait les joues rebondies de deux gros et beaux nichons encastrés dans l'échancrure d'une blouse rose, des bras nus, des mains qui astiquaient d'autres mains, qui polissaient les ongles... Il voyait des doigts fins, des doigts de femme qui lui baguaient le gland, qui l'astiquaient, *puta merda*, en haut, en bas, en haut en bas !

Salle de bains de marbre gris, poli, robinetterie dorée, panneaux de verre épais d'une propreté si parfaite qu'on les voyait à peine... La douche envoyait un jet puissant que Barreto éprouva du dos de la main.

Combien de femmes s'étaient promenées à poil sous cette eau mince, multiple et verticale ?

Il voyait un visage de fille aux traits indistincts : une fille jeune, une fille de vingt ans qui ramenait ses cheveux mouillés en arrière pour que l'eau gicle sur son front, sur son nez, sur sa bouche...

Cette fille, ces filles jeunes, pommées comme des *mamões*, qui portaient, en blanc sur le hâle de leur dos, l'empreinte d'un soutien-gorge fin comme une pelure de mangue, il les avait vues dix fois, cent fois !...

Il les avait jamais touchées. Non, jamais !... Il ne les avait même pas approchées...

Ça allait changer, *puta merda* ! Il allait se gaver de cette chair savoureuse, gorgée de sève, il allait s'en goinfrer !

Il s'étendit sur le lit, souple, vaste, dont, les deux bras étendus, il n'atteignait pas les bords, un lit pour faire l'amour, un lit pour jouir de la pointe des cheveux aux bouts des doigts de pied !

Il alluma la télévision grand écran qui distribuait une cinquantaine de chaînes... zappa d'un canal l'autre...

Y avait des blondes !... Des blondes et des blondes... Des dizaines de blondes et des types qui brandissaient des flingues... Des bagnoles qui brûlaient... Des blondes qui se faisaient embrasser !... Jusqu'au nombril, *puta merda* !... À qui on avalait la langue !...

Il se dévêtit, arracha le pansement maculé qu'il portait au ventre, examina la blessure. L'infection semblait jugulée. Il irait se faire recoudre quand il aurait le temps...

Les baies vitrées ouvraient un panorama sur la ville allongée, soleil couchant : un échiquier blanc quadrillé de lignes vertes avec la même régularité, la même géométrie planifiée que celui de Goiânia. En moins grand, en plus plat, avec moins d'immeubles plantés dans le tissu lâche de la ville comme des tours, des rois, des reines, des chevaux et des fous...

Il eut le sentiment d'être sinon rentré chez lui, du moins de retour dans un monde connu : un monde épuré de ces oiseaux étranges qui hantaient les marais, épuré de ces insectes monstrueux qui grouillaient sitôt le jour tombé, épuré du danger de ces inconnus, aux mœurs déconcertantes, qu'on rencontrait là-bas, au bord de la frontière...

Ici la chaleur n'était que la chaleur du campo, la chaleur de l'été, la chaleur quand il fait chaud, quoi : la chaleur...

Les lumières de l'éclairage public s'allumaient par sursauts : les lampes ouvraient un œil violet, comme une goutte vitreuse et terne, et puis elles éclataient d'un coup et leur floraison soudaine se propageait tout au long de l'avenue, allongeant un pointillé d'une blancheur phosphorescente.

Combien y avait-il de femmes jeunes, désirables, dans cette ville ? Combien, en ce moment même, gémissaient, le ventre, les reins labourés par un bout de bidoche émoussé comme l'épine qui lui pointait au ventre ?

Comment les faire sortir de leurs terriers, comment les attirer, en amener deux ou trois ici, avec lui, dans la chambre ?

Il prit une douche rapide, passa une chemisette et un pantalon propres, enfila des socquettes jaune vif, une paire de mocassins noirs à glands, quitta sa chambre et resta un moment à la porte de l'hôtel, répugnant à quitter le confort de la climatisation pour se jeter dans la fournaise qui montait du goudron noir, qu'exsudaient les murs blancs, timbrés par d'innombrables portraits d'André Pucinelli.

Le portier en uniforme noir chamarré d'or s'approcha de lui. « Si tu veux de la compagnie », il dit, « j'ai forcément ce qu'y te faut : des blondes, des brunes, des grandes, des petites... »

Le sang tapa dans la poitrine de Barreto, dans sa tête, dans son cou.

« Si tu aimes les gros seins », continuait le type, « je te trouve des gros seins ! Pareil pour le cul !... On a tout ici ! » il rigola, les mains derrière le dos, humant l'ombre qui descendait, « t'as qu'à demander ! Nous on fournit... »

Un *trio elétrico*, beuglant de la musique country américaine, roulait lentement dans la voie d'en face. « Cette nuit », beuglait le haut-parleur, « soirée caipira à la *boate* Imperador do Campo. »

« Comment elles sont ? » demanda Barreto, d'une voix qui lui parut curieusement enrouée.

« De première ! » s'exclama le portier. « Des filles de première !... »

— Je veux pas des pouffiasses ! » grogna Barreto.

C'étaient pas des pouffiasses, non, c'étaient des filles bien éduquées qui allaient au collège, à l'université... Des filles de familles honorables qui faisaient quelques passes pour l'argent de poche...

Le sang de Barreto tapa plus fort ! Il se souvenait de ce reportage du *Fantástico* qui l'avait mis sens dessus dessous pendant trois jours et qui racontait comment, dans certains bars de Rio ou de São Paulo, on pouvait se taper un jeune modèle ou une actrice débutante pour mille ou quinze cents dollars !

Ils les avaient montrées ! Des filles superbes, longues, avec des sourires à faire crever les hommes, vêtues de petites fringues à la mode qui les cachaient à peine !

« T'as des modèles ?... », il bafouilla.

« Des modèles ?... », répéta l'autre.

« De jeunes actrices ?... »

« Elles sont toutes des modèles, *meu amigo* ! » rigola le portier.

« Toutes !... De première... Des filles de première, je te le garantis ! »

Barreto demanda combien c'était et le type répondit que ça lui ferait cinq cents réais : à ce prix-là c'était donné parce qu'à Rio ou à São Paulo, des filles de cette qualité coûtaient deux ou trois fois plus ! Mais ici c'était le campo, ça faisait tomber les prix ! Qu'il aille s'asseoir au bar, une femme l'appellerait avec laquelle il réglerait tous les détails...

Barreto attendit en buvant une Tauber. Il essaya de lire le journal sans réussir à déchiffrer quoi que ce soit. La sonnerie du téléphone lui arracha un sursaut. Une femme à la voix chaude lui demanda s'il était le monsieur qui désirait une jeune femme pour passer un moment. Il répondit qu'il était bien ce monsieur-là. La femme lui annonça qu'une belle fille, agréable, bien éduquée, une belle *gata* bien douce, à la superbe chevelure, longue, ondulée, lui coûterait sept cent cinquante réais.

Barreto répondit sèchement que c'était pas le prix qu'on lui avait annoncé. Il ne tolérait pas qu'on se moque de lui. La femme refusa d'en démordre : c'était sept cent cinquante ou rien ! Barreto raccrocha, furieux.

Une demi-heure plus tard il avertissait le portier qu'il était O.K. Ça lui faisait mal au cul de cracher un prix pareil mais il avait besoin de baiser. Le portier lui assura qu'il ne le regretterait pas et fila téléphoner que le client était d'accord.

28

On frappait à la porte.
Elle se tenait assise sur le canapé au skaï écorché. La porte lui paraissait loin, si loin... Et puis elle n'avait pas envie d'ouvrir. Le soleil qui se couchait derrière Guará, de l'autre côté du lac, jetait dans la pièce une lumière ambrée. Des gosses se chamaillaient dans la cour commune aux baraques du bloc — si, toutefois, on pouvait appeler ce rectangle de terre cailouteuse salopé de détritus une cour et les masures branlantes un bloc. Les cris des enfants lui traversaient la tête comme autant d'éclats de verre.

Elle reconnut la voix éraillée de la petite Mariana, la fille de cette grande conne de Gilda...

Avant, en disant cela elle aurait réellement pensé que Gilda était conne ! Maintenant que Zé était mort, la voix qui parlait dans sa cervelle disait ça machinalement, parce qu'elle l'avait toujours dit. Elle se moquait, désormais, que Gilda fût une conne, ça ne lui faisait plus ni chaud ni froid. Les jours avaient perdu leur sens, le monde était sans goût, sans aucune saveur !

Gilda était une conne épaisse, elle s'occupait mal de ses gosses, elle colportait des saloperies sur tout le voisinage. Et alors ?...

Des ombres sans corps se débattaient convulsivement dans la neige du téléviseur déréglé dont elle avait coupé le son.

« Carmelita, criait quelqu'un, ouvre ! Je sais que tu es là ! »

Les posters de Garrincha et de Pelé, en maillot de l'équipe nationale, lui souriaient sur le mur. Le monde était devenu comme ça ! Il était plat, sans vie. La profondeur avait fichu le camp.

C'était Laís qui frappait à la porte, bien sûr c'était Laís. Elle aimait bien Laís mais elle n'avait pas le courage de se lever, d'aller lui ouvrir et surtout de bavarder avec elle, de soutenir une conversation.

Va-t'en, Laís, laisse-moi ! J'ai pas envie de bouger. Je crois que quelque chose s'est cassé. Quelque chose d'important. Je pense que je vais en mourir et ce sera bien ainsi.

Elle voulait que le monde crève comme une bulle.

Cette conne de Gilda gueulait, maintenant ! Cette conne gueulait tout le temps. Le samedi soir, quand ce gros lard d'Izalco la sautait en vitesse, entre deux bières, debout dans la cuisine, elle faisait un raffut de truie en rut !

Elle allait gifler la petite Mariana ou lui donner un coup de pied dans le derrière et la gamine se mettrait à pousser des cris d'égorgée !

Il n'y avait pas moyen de cuver son chagrin en paix ! Ils étaient là, tout autour, qui se querellaient, qui rigolaient, qui se battaient dans les hurlements de la télé poussée à bloc... On ne pouvait pas les oublier. Ils ne se laissaient pas oublier, jamais !

Il aurait fallu que tout flambe !

« Carmelita !... Ouvre, *querida* !... Je peux taper longtemps, tu sais ! »

Oui, Laís pouvait frapper très longtemps à la porte. C'était quelqu'un qui ne se décourageait jamais.

Elle l'aimait aussi pour sa ténacité, pour son courage. Peu de femmes seraient restées près de Morris après son accident : cette conne de Gilda, par exemple, n'aurait pas tenu le coup une semaine. Pendant cinq ans, Laís lui avait donné la becquée, l'avait changé, l'avait lavé. Heureusement, il avait fini par mourir, ce qui l'avait soulagé lui le premier !

Il était là-haut maintenant. Dommage qu'il soit mort avant de connaître Zé : ils se seraient bien entendus tous les deux.

Du temps qu'il était en pleine forme, Morris était un type formidable. Ils avaient baisé ensemble une fois, mais ils avaient fait ça par jeu, amicalement. Jamais elle n'avait pensé voler Morris à Laís et Laís le savait bien ; d'ailleurs, elle ne lui en avait jamais voulu. Avant que Morris ne tombe de son toit, il leur arrivait de rire ensemble de cette histoire. Enfin, elles avaient plaisanté une fois et c'était Laís qui avait pris l'initiative parce que, elle, elle ne se serait jamais permis.

« Carmelita, tu vas bien ?... Tu veux que j'aille chercher de l'aide ?... »

Si elle ne répondait pas, Laís finirait par se faire vraiment du mouron. Elle irait chercher O Rique, le type avec lequel elle vivait maintenant, lorsqu'il rentrerait du travail, et elle lui demanderait d'enfoncer sa porte. Le résultat serait le même !

Carmelita se leva et la tête lui tourna car elle n'avait pas mangé depuis plus de trois jours. Elle se cramponna à la table, le temps que l'étourdissement passe, puis elle alla ouvrir.

29

Ils arrivèrent à Corumbá en toute fin d'après-midi. La fille aux cheveux rouges, assoupie depuis leur départ de Miranda, s'éveilla péniblement. Elle regarda autour d'elle d'un air égaré et demanda où ils étaient.

Otelo croisait dans la ville au ralenti, scrutant chaque silhouette lui paraissant suffisamment épaisse pour être celle de Barreto, déchiffrant les plaques de toutes les voitures bleues, fouillant l'ombre sous les flamboyants.

La fille aux cheveux rouges se plaignait d'avoir mal aux fesses, d'avoir le dos brisé... Il ne l'écoutait pas : il avait tiré le Beretta de sa poche et l'avait glissé, à portée de main, dans le vide-poches de la portière. De temps à autre il regardait la photo posée sur la planche de bord. Barreto et sa femme y souriaient toujours, indifférents à la chaleur humide, suffocante, qui engluait la ville.

« Où on va ?... Tu vas tourner longtemps comme ça ? » grinçait la fille, d'une voix acide.

Otelo ne répondait pas. Les ombres longues annonçaient l'imminence d'une nuit lourde : une nuit pleine de sueur, chargée de myriades d'insectes qui, bientôt, tournoieraient dans les cônes de lumière des lampadaires.

« J'en ai marre ! » elle protestait. « Je crève de soif ! J'ai la bouche en carton ! On a assez roulé pour aujourd'hui ! Arrête-toi ! »

Vers le bout de la rue, un type descendait d'une grosse bagnole bleue qui pouvait être une Bronco. Otelo mit au point mort, fit passer le Beretta dans sa main droite, saisit la poignée de la porte.

Ce type en chemise blanche, qui s'arrêtait sur le trottoir pour bavarder un peu avec un vieux assis sur le pas de sa porte, n'était pas Barreto : ce n'était qu'un homme court et épais qui rentrait chez lui, sa journée terminée.

Otelo entendit claquer une portière : la fille aux cheveux rouges quittait la Logus. Sa tête ébouriffée apparut dans l'ouverture de la vitre baissée. Elle tira sur son tee-shirt avec une grimace de dégoût, prétendant qu'elle puait et ne supportait plus ses loques sales. Par l'échancrure du vêtement, Otelo aperçut brièvement les renflements jumeaux de sa poitrine.

Elle avait besoin d'acheter du linge, des objets de toilette. Elle le retrouverait plus tard, ses emplettes faites, à la terrasse du bar qu'on voyait là-bas, de l'autre côté du carrefour.

Il hocha la tête en signe d'approbation, bien qu'il n'eût pas compris tout ce qu'elle avait dit. Il devait fouiller la ville. S'il rencontrait Barreto, il lui faudrait sans doute attendre l'occasion de le tuer ! Ça l'amènerait loin dans la nuit. Après… Il ne savait pas ce qui se passerait après : c'était au-delà de ce qu'il était capable d'envisager.

Il passa une vitesse, embraya, reprit sa traque patiente, attentive. Lorsqu'il marqua un arrêt, au premier croisement, un visage surmonté d'une crête rouge s'inscrivit à nouveau dans l'encadrement de la vitre baissée.

« Tu me retrouveras ? » elle dit, d'une voix essoufflée comme si elle avait dû courir pour rejoindre la voiture. « Le bar, là-bas... T'oublieras pas ? »

Il hocha la tête une nouvelle fois : plus tard, plus tard... Il n'avait pas le temps de penser à ça : pour le moment, il n'y avait pas de place dans son esprit pour cette fille énervée.

Il glissa jusqu'au bord du fleuve qui miroitait intensément sous le soleil dont le disque orangé frôlait déjà les marais. Une Bronco noire stationnait au bas du mur de soutènement de l'esplanade qui dominait l'embarcadère. Otelo arrêta la Logus dans l'ombre d'un flamboyant au tronc chaulé à mi-hauteur et attendit que le propriétaire de la Bronco se manifeste.

Peut-être, après le massacre de Campo dos Índios, le delegado avait-il jugé prudent de faire repeindre le véhicule ?

Dans l'eau jusqu'à mi-cuisses, les mariniers des agences de location désarmaient les longues barques d'aluminium dans lesquelles ils promenaient les quelques touristes osant s'aventurer dans ces confins extrêmes.

À bien y regarder, la peinture de la Bronco était d'origine : elle n'était pas l'œuvre d'un de ces artisans malhabiles officiant dans les ateliers baptisés pompeusement garages qui fleurissent le long des routes. Si tel avait été le cas, le chrome des pare-chocs aurait été souillé de coulures, le filet doré qui courait sur les flancs aurait été tremblé, d'une épaisseur inégale...

Non, cette Bronco noire n'était pas la voiture de Barreto, cependant il restait à l'affût, une main sur le volant et l'autre sur la crosse du Beretta, attendant que se produise un impossible miracle.

Au bout du quai, deux types tournaient autour d'une antique voiture américaine au capot béant. Ils se penchaient sur le compartiment moteur, se montraient les organes exposés comme des entrailles suintantes d'une graisse noire, croûtée de terre. Ils se relevaient, faisaient encore un tour et plongeaient à nouveau jusqu'à la taille : côte à côte ou l'un en face de l'autre. La voiture les avait attrapés et, maintenant qu'elle les tenait sous sa fascination mécanique, leur indigence et leur naïveté la faisaient bâiller d'ennui.

La lumière du jour baissa rapidement. L'amont du fleuve, qui reflétait la frange indigo du couchant, brilla encore un moment puis le crépuscule s'éteignit tout à fait et la nuit fut là : épaisse, moite, pleine d'insectes, saturée d'odeurs de friture mêlées aux parfums des fleurs, aux puanteurs enivrantes des fruits pourrissants.

Les lampadaires du belvédère, dont Otelo n'apercevait que les globes en bordure de l'esplanade, s'allumèrent comme une rampe de théâtre. Une musique tonitruante éclata dans un restaurant au bord de l'eau. Un pêcheur roula le filet de chanvre marron qu'il ravaudait. Deux filles d'une vingtaine d'années, vêtues court et moulant, perchées sur des chaussures aux semelles d'une épaisseur extravagante, apparurent sur le quai et s'installèrent sur un des bancs de pierre de la promenade.

La Bronco noire était toujours à la même place ; un chien pissa un jet bref contre une des roues avant. Otelo s'arracha à regret à son affût torpide et quitta le fleuve par une ruelle pavée, en pente raide, bordée de taudis d'où étaient probablement sorties les deux filles assises sur le banc.

Il se rendit à l'hôtel Nacional, rue América, et demanda Seu Barreto qui devait être arrivé la veille ou l'avant-veille. La réceptionniste, en veste et lavallière noires, consulta le registre et répondit avec un sourire désolé qu'elle n'avait personne de ce nom-là. Elle proposa obligeamment à Otelo de laisser un numéro de téléphone où elle pourrait l'appeler si ce client venait à descendre au Nacional.

Il obtint la même réponse au Caranda, rue Aquino Corrêa ; à l'Internacional Palace, un peu plus loin dans la même rue ; au Santa Mônica, rue Antônio Maria Coelho ; au Paraíso do Pantanal, rue Cunha Couto Magalhães ; au Pantanal Village...

Peut-être Barreto avait-il donné un autre nom ? Peut-être s'était-il procuré de faux papiers bien que, de toute évidence, il n'eût pas préparé sa fuite ?...

Il entreprit ensuite de visiter les hôtels de pêcheurs installés sur la rive du fleuve Paraguay : le Taruma, la Pousada do Cachimbo...

Barreto était descendu l'avant-veille au Gold Fish, à la sortie est de la ville, sur la route de Ladário. Le garçon qui veillait à la réception se souvenait très bien de l'homme dont Otelo lui montra la photo : il avait des yeux si pâles, si... Il regarda Otelo avec une espèce de crainte comme s'il redoutait, soudain, de lui découvrir les mêmes yeux décolorés que dans le feuilleton américain *Os das estrelas* qu'il avait vu à la télévision quand il était petit. « Des yeux pareils ! » il souffla. « Des yeux d'homme de l'espace ! »

D'après le registre, le delegado n'avait passé qu'une seule nuit au Gold Fish.

Otelo prétendit que Barreto avait oublié quelque part un cahier à couverture verte et divers papiers qui lui faisaient défaut. Le jeune homme ne se souvenait pas qu'on lui eût rapporté quoi que ce soit. Il s'accroupit et farfouilla dans les rayonnages du comptoir. Otelo ne voyait plus que sa main posée sur le bois verni comme un étrange animal.

Le garçon se releva : pas de cahier, pas de papiers, juste les vieux trucs oubliés par les clients et qu'il avait toujours vus là, à ramasser la poussière : une trousse de toilette vidée de son contenu depuis belle lurette, une chaussure marron au cuir éraflé, une image de Nossa Senhora de Fátima... La femme de chambre du premier étage prenait son service le lendemain vers huit heures, il lui laisserait un mot car lui-même n'arrivait que vers vingt heures. Si elle avait trouvé ce fameux cahier, eh bien il le préviendrait...

Otelo suggéra que les documents étaient peut-être tombés derrière le lit, peut-être Barreto les avait-il oubliés dans le tiroir d'un meuble ? Lui était-il possible de jeter un coup d'œil ?

La chambre était inoccupée. Le jeune homme prit la clé attachée à un gros bouchon de liège qui pendait au tableau et précéda Otelo en boitant dans l'escalier de pierre grimpant à la galerie qui desservait le premier étage.

Otelo savait que la visite ne lui apporterait aucun renseignement concret susceptible de le guider dans sa poursuite, cependant il éprouvait un besoin presque physique de se trouver dans le lieu qui avait servi de tanière, ne fût-ce que quelques heures, à Barreto.

Il demanda au garçon si la chambre avait été occupée depuis le passage de son ami. Le jeune homme n'en savait rien, mais à cette période de l'année la pêche était fermée et l'hôtel ne recevait pas sa clientèle habituelle : seulement quelques voyageurs qui descendaient au Gold Fish par hasard.

Il resta sur le seuil tandis qu'Otelo pénétrait dans la chambre exiguë où régnait une chaleur de four.

Il inspecta la salle de bains, un réduit éclairé par une lumière jaune, tira le rideau en plastique de la douche dont le bas portait des taches d'une moisissure rougeâtre, ouvrit le robinet d'eau froide...

L'ombre, ou plutôt le spectre de Barreto était encore là, sous le jet maigrichon, pâli, certes, presque passé, mais là quand même ; il le devina également assis sur la cuvette des toilettes ; son reflet indistinct s'attardait encore dans le miroir au-dessus du lavabo.

Fasciné, le garçon observait le manège d'Otelo. Il avait compris qu'il lui avait raconté une fable. Contrairement à ce qu'il avait prétendu, cet homme n'était pas là pour rapporter des documents qui n'avaient jamais existé mais pour renifler la trace de ce client épais dont le regard décoloré lui avait inspiré du malaise.

Otelo caressa de la main le bureau de bois rouge,

ouvrit les tiroirs un à un. Barreto n'avait pas posé ses pattes sur le meuble ; par contre, il sentit distinctement l'empreinte de ses doigts sur les boutons de la télévision qui n'avait pas de télécommande.

Il se laissa tomber sur le lit, regarda le plafond comme l'autre l'avait fait.

« Il s'était battu », dit timidement le garçon. « Il portait des marques sur le visage. »

Quel genre de marques ?

Des croûtes : de grosses croûtes toutes noires !

L'expédition de Campo dos Índios n'avait pas été une partie de plaisir : Barreto avait sans doute dû se défendre, peut-être avait-il été blessé…

Le garçon n'avait pas remarqué d'autres traces que les meurtrissures du visage. Barreto ne boitait pas, il se servait normalement de ses bras.

Est-ce qu'il avait dit où il allait ?

Le garçon fit une moue d'ignorance : ce n'était pas lui qui avait fait la note ; cette semaine il était du soir et les clients s'en allaient au matin, pendant le service de Roberto.

Otelo quitta la chambre et se rendit au bout de la galerie. Par-delà le fleuve miroitant sous la lumière des lampes du chantier naval, en contrebas de l'hôtel, commençaient les marais dont l'immensité, résonnant de la clameur rauque des crapauds, s'allongeait vers le nord sur des centaines de kilomètres.

Barreto ne s'était pas engagé dans ce labyrinthe d'eau, d'herbes et de boue pratiquement inhabité. S'il s'était rendu dans le cul-de-sac de Corumbá c'était, sans aucun doute, parce que quelqu'un lui avait donné rendez-vous.

Personne, à la connaissance du garçon, n'avait rendu visite à cet étrange client, mais comme on accédait à l'étage par l'escalier extérieur qu'ils avaient gravi ensemble, il ne pouvait jurer de rien.

Barreto comptait peut-être se rendre en Bolivie ? Otelo rejeta cette idée car, si tel était le cas, la trace du delegado serait beaucoup plus difficile, sinon impossible à suivre.

En partant, il glissa un billet de cent réais dans la main du garçon qui le regarda comme s'il était réellement un personnage de la série *Os das estrelas*, qui l'avait si fort impressionné quand il était enfant.

De retour en ville, Otelo inspecta la terrasse du bar où Clarissa lui avait fixé rendez-vous. Toutes les tables étaient occupées mais nulle part il ne vit de toison écarlate. Il but une bière au comptoir, avala goulûment une *picanha* accompagnée d'une *farofa* un peu desséchée à cause de l'heure tardive. Il patienta une bonne heure.

Incapable d'attendre plus longtemps, il décida d'aller faire un tour jusqu'à la frontière distante d'une dizaine de kilomètres.

Le passage était libre : ni d'un côté ni de l'autre on ne réclamait le moindre document d'identité. Un planton somnolent gardait seul le poste brésilien.

Otelo lui montra la photo de Barreto. L'homme fit une moue lasse : la tête de ce type ne lui disait pas grand-chose ! Il conduisit Otelo dans une pièce où étaient affichés les portraits des personnes recherchées. Celui de Barreto n'y était pas !

Otelo se rendit à pied au poste bolivien. Le sous-officier de permanence, assis derrière un bureau métallique vraisemblablement antérieur à la conquête espagnole, écouta sa requête avec une attention soutenue comme si elle éveillait en lui un intérêt qui donna un vague espoir à Otelo. L'homme répondit que l'officier responsable du secteur serait là demain matin : il pourrait le rencontrer à partir de sept heures.

Otelo insista, il tira de sa poche la photo de Barreto et la posa sur le bureau. L'autre restait inflexible : demain matin, à partir de sept heures !

Otelo regagna la Logus. Il se sentait vide, abattu. Barreto était passé. Il était loin, désormais ! Il se cachait dans la nuit épaisse d'un pays qui lui était inconnu. L'intérêt qu'il avait cru déceler chez le garde-frontière bolivien était un leurre. Le type avait seulement cherché à lui en imposer parce que les Boliviens éprouvaient depuis toujours, vis-à-vis de leurs puissants voisins brésiliens, un complexe d'infériorité qui les rendait ombrageux. L'homme ne savait rien ! Si Otelo se présentait au poste, le lendemain matin, le responsable de secteur le renverrait à un autre fonctionnaire et ainsi de suite, jusqu'à ce qu'il abandonne, humilié, au terme d'une longue attente semée de démarches inutiles dont ces imbéciles se seraient délectés.

Il appuya son visage au volant : le découragement, aiguisé par la fatigue, lui donnait envie de pleurer. Maintenant que sa proie lui échappait, le désir de vengeance se dissipait, laissant place à un chagrin sans fond. Il se sentait tragiquement inutile.

« *Senhor...* », l'appelait une voix douce, « *senhor...* »

Il sentit qu'on le tirait par l'épaule. Lorsqu'il se redressa, un gosse d'une douzaine d'années qui se tenait près de la voiture recula d'un pas comme s'il redoutait qu'il ne lui balance une gifle. Un panier volumineux était accroché à son bras.

« *Senhor...* », demanda le garçon, « vous allez à Corumbá ? »

Otelo haussa les épaules. Il n'avait aucune envie d'aller nulle part : il pouvait rester là, à attendre que le ciel s'ouvre et qu'une grande main, une main gigantesque, le saisisse par le col et l'aspire dans les airs pour le jeter dans les oubliettes du ciel...

« Y a plus de bus, *senhor*, c'est loin... Vous pouvez m'amener ? »

Otelo se souvint du rendez-vous que lui avait fixé la fille aux cheveux rouges : elle l'attendait, sans doute, se demandait pourquoi il n'était pas là.

Cette fille ne lui était rien : elle pouvait aller au diable avec ses cheveux rouges, ses lèvres et ses oreilles percées !...

Peut-être imaginait-elle qu'il l'avait abandonnée...

Il fit signe au gosse de grimper à côté de lui.

30

La terrasse du bar était maintenant presque déserte. Un *faxineiro* nettoyait les tables, un autre les entassait dans un coin pour laver commodément le dallage à grande eau.

Otelo interrogea le caissier, les garçons. Ils étaient à leur poste depuis le début de la soirée et aucun d'entre eux n'avait remarqué de fille aux cheveux rouges. Cette absence lui parut étrange : elle avait couru après la voiture, elle avait insisté…

Le patron le prévint que le bar allait fermer, Otelo devait s'en aller. Il aurait pu s'installer dans la voiture et dormir, le temps qu'elle le rejoigne, ou en attendant le jour car il croyait maintenant qu'il ne la reverrait jamais…

Il était incapable de dormir ! Bien qu'il se sentît éreinté, il n'avait pas sommeil. Il laissa la Logus le long du trottoir comme une balise-témoin de son passage et partit à pied par les rues désertes.

Il traversa la place centrale. Trois militaires statufiés grandeur nature, alignés côté à côte — un marin, un aviateur et un fantassin —, montaient une garde imperturbable face aux marécages du nord. Il aurait eu sa place auprès d'eux : minéral, recouvert lui aussi d'une peinture argentée, ses yeux vides tournés, comme les leurs, vers l'immensité spongieuse où grouillait la vermine aquatique.

Les commerces avaient tiré leurs rideaux de fer depuis longtemps, les vitrines semblaient de grands aquariums pleins d'une eau noire où flottaient des pantalons et des blouses, des bidons d'huile de cuisine, des savons, des lunettes, des soutiens-gorge, des culottes de nylon...

Peut-être s'était-elle lassée de lui, de sa compagnie d'homme pour qui comptait uniquement la traque d'une proie toujours fuyante ?... Elle avait prétendu, pourtant, qu'elle restait à son bord parce qu'il lui paraissait le seul vivant dans un monde de spectres...

Elle mentait... Elle lui avait menti pour qu'il l'embarque, parce qu'elle se sentait seule... Aucune ville n'est étrangère pour une fille aux cheveux rouges. Elle avait rencontré un garçon de son âge : un type qui s'empiffrait de cocaïne, qui traversait la vie un walkman fourré dans les oreilles, et ils passaient la nuit ensemble...

Ou bien elle dormait quelque part, assommée de bière et de cocaïne... Lorsqu'elle avait pris son rail du matin, il avait remarqué qu'il ne restait presque plus rien dans le papier de soie. Quand l'effet s'était dissipé, elle avait dormi pour éviter le manque et s'était réveillée d'une humeur massacrante. Peut-être s'était-elle lancée à la recherche de la drogue nécessaire pour apaiser son tourment ?

Trouver de la cocaïne ne devait pas être très difficile dans une ville comme Corumbá ! La région était connue dans tout le Brésil pour être le couloir de la drogue. Arrivant du Pérou et de Bolivie, la poudre gagnait la côte atlantique par la BR 262, dans les camions qui filaient vers Campo Grande et São Paulo, à bord des barges descendant le rio Paraguay qui baignait Asunción, Corrientes, Rosario, Buenos Aires et Montevideo, dans les soutes à bagages des avions, spécialement affrétés pour le trafic, qui se ravitaillaient en carburant sur les pistes clandestines taillées dans le campo tout le long de la frontière du Paraguay. On installerait bientôt un pipeline ! Otelo descendit vers le fleuve.

Assises sur le même banc de pierre, deux filles bavardaient. D'autres, désœuvrées, arpentaient la promenade. L'une d'elles l'accosta. Elle lui proposa aimablement de l'emmener dans l'ombre, là où le quai se jetait dans les roseaux. Contre un petit billet elle se montrerait gentille...

Otelo déclina son offre : il avait moins besoin de caresses que d'un peu de coke car il lui restait encore pas mal de route à faire et il se sentait las. La fille assura qu'elle ne touchait pas à la drogue. Otelo tira de sa poche un billet de cent réais et le lui glissa entre les seins. Elle rit, prétendant que le papier la chatouillait, et s'offrit immédiatement à le conduire dans le quartier bolivien. Elle connaissait un type, là-bas, qui pourrait peut-être le dépanner.

Ils durent marcher une vingtaine de minutes pour atteindre la lisière sud de la ville : là où le cube de béton de la gare routière formait le dernier rempart contre les bêtes qui rôdent dans les collines, contre les ombres inquiétantes qui hantent les broussailles dès la nuit tombée. La gare passée, commençait le royaume de l'once, celui des êtres innommables...

La fille ne se rendait presque jamais dans le haut de la ville. Cadette d'un pêcheur d'Albuquerque, elle ne se sentait bien qu'au bord du fleuve. Lorsqu'elle était enfant, elle accompagnait souvent son père dans les marais. À onze ans, elle gouvernait la barque tandis qu'il posait les nasses.

Il s'était noyé un jour qu'il était saoul. Jamais on n'avait retrouvé son cadavre. Son cœur de fille cadette lui disait que son père était toujours dans la rivière. Iemanjá l'avait attrapé par les cheveux alors qu'il se penchait sur l'eau. Peut-être qu'elle le gardait quelque part, dans une grotte sous-marine comme dans *La Petite Sirène* de Walt Disney, peut-être qu'elle l'avait changé en peixe-boi, en boto, en jacaré...

Depuis qu'il était parti, elle faisait la pute pour élever ses frères et sœurs.

Elle sourit à Otelo. Dans la lumière anémique des réverbères, le rouge de sa bouche paraissait noir.

Les putains, et celle-là comme les autres, s'inventaient presque toujours de nobles motifs pour justifier le fait qu'elles gagnaient leur pain à la sueur de leur ventre. Elles répugnaient à avouer qu'à seize ans, à vingt ans ou à trente, elles avaient envie de s'offrir les choses qui les faisaient rêver : du parfum français passé en contrebande, des minijupes qui dessinaient leurs fesses, un sac, des sandales à semelles compensées et peut-être une voiture...

Celle-là bavardait sans relâche ! Sa mère, ses frères, ses sœurs... Elle passait la famille tout entière en revue !

Vers le haut de la rue, ils tournèrent à angle droit

en direction de l'ouest et s'engagèrent sous une voûte de feuillage qui faisait un couvert épais à travers lequel la lumière des rares lampadaires filtrait difficilement.

« Ma mère », confiait la fille, « c'est une brave femme mais elle s'est mise à boire, elle aussi, depuis que mon père a disparu. En se levant, elle attaque à la pinga ! »

Deux ombres se détachèrent un instant dans un rai de clarté distant. On aurait dit qu'elles dansaient enlacées. Otelo entendit un cri d'homme, une voix de femme résonna en écho.

La mère de la petite pute s'était mise à la colle avec un certain Laurentino, O Tino, un ami de son père qui construisait des barques en bois. Ça marchait pas entre la fille et ce Tino. Il se comportait comme si c'était lui le patron. Un jour qu'elle lui avait répondu d'aller se faire foutre, il l'avait giflée !

Des éclats de voix arrivaient sporadiquement de l'endroit où l'ombre bouillonnait d'une agitation confuse. Le couple ne dansait pas... L'homme et la femme étaient enlacés, certes, mais ils ne dansaient pas ! Ils se disputaient... C'était une de ces querelles entre amants qui éclatent lorsque la nuit avance.

La fille du pêcheur avait fichu le camp : elle avait quitté Albuquerque. Ici elle tapinait, ce qui n'était pas marrant tous les jours, mais au moins elle était libre !

Otelo lui enjoignit de se taire.

Là-bas, les deux silhouettes se secouaient ensemble avec violence. Elles disparurent soudainement. Au moment où la vision s'éteignit, Otelo crut apercevoir un reflet rouge : un halo nimbant la tête d'une des deux ombres comme si elle était coiffée d'un béret rouge.

Otelo donna un autre billet à la petite putain qui le guidait et lui dit de s'en aller. La fille parut soulagée de s'arrêter là, d'ailleurs ils étaient presque arrivés. La maison où elle conduisait Otelo était celle qu'on devinait là-bas : là où il y avait des gens qu'on voyait plus maintenant !

Le couple qui se querellait avait disparu par une porte, assez étroite, ouvrant sur un passage, à ciel ouvert, encastré dans un mur au crépi éclaté par les plantes grimpantes.

Otelo s'y engagea. Des arbustes poussaient entre les dalles de faïence disjointes à motifs bleus. Une vingtaine de mètres plus loin, l'allée débouchait dans le jardin en friche d'une grande et vieille demeure de style colonial à l'aspect délabré.

De la lumière brillait au rez-de-chaussée. Assis dans un fauteuil de rotin bancal adossé à un bouquet de bananiers, un type sirotait une bière. Otelo lui demanda s'il avait vu passer un couple. L'homme rota bruyamment et roucoula un rire à la fois doux et veule. Ses yeux brillaient trop fort, sa bouche se débraillait sur des dents abîmées. Il tendit sa bière, proposant de la partager.

Otelo pénétra dans une grande pièce vidée de tous ses meubles à l'exception d'un miroir, au tain rongé par la moisissure, qui occupait un mur entier. Le sol, pavé de motifs géométriques bleu outremer et blanc, était jonché de bouteilles vides, de boîtes de bière, de cartons ramollis par l'humidité, de vieux journaux et de chiffons. D'élégantes guirlandes de stuc festonnaient les murs et le plafond zébrés de nombreuses lézardes. La lanière jaune d'un serpent crevé pendait au loquet de cristal d'une porte.

Une musique vaguement caipira filtrait à travers les murs sans qu'Otelo puisse localiser avec précision l'endroit d'où elle venait. Il traversa la pièce, actionna le loquet malgré la répugnance que lui inspirait la dépouille du serpent et déboucha dans un vaste hall.

Des débris de verre crissèrent sous ses semelles. Ils avaient dégringolé d'une verrière en rosace défoncée par une branche brisée. Les feuilles en lame de couteau, desséchées, racornies, faisaient comme du poil roux sur un bras décharné qui plongeait dans la maison pour attraper quelque chose.

La musique résonnait un peu plus fort. Otelo gravit l'escalier aux larges degrés de pierre qui conduisait, d'une seule volée, à la galerie suspendue desservant le premier étage.

Il ouvrit une porte. Une de ces veilleuses de cire qu'on brûle dans les églises poussait une flamme fumeuse. Un homme jeune, à la peau très foncée, vêtu seulement d'un bermuda effrangé gisait sur un grabat jeté à même le sol. Sa respiration très lente et régulière suggérait un sommeil profond.

La chambre suivante était éclairée par une ampoule faiblarde qu'on avait suspendue par un fil de plastique aux moignons d'un lustre auquel ne restait plus qu'une seule pendeloque de verre, comme une larme ternie. Un couple, jeune lui aussi, dormait sur une paillasse malgré la lumière électrique, de ce sommeil lourd, hypnotique, que procure la narcose.

Alors qu'Otelo était sur la galerie, la musique résonna nettement plus fort avant de revenir à son volume originel, comme si on avait ouvert puis refermé une porte au rez-de-chaussée de la maison. Il redescendit l'escalier.

Une voix d'homme aboya quelque chose dont le sens se noya dans la musique. Otelo crut entendre une plainte brève.

Il inspecta rapidement les pièces du bas encombrées d'un capharnaüm répugnant.

Il y eut encore des cris, quelques gémissements. Les voix résonnaient étrangement. On aurait dit qu'elles venaient de la terre, comme si deux morts s'engueulaient dans leur tombe. Otelo aperçut une porte de bois plein dans le renfoncement sous l'escalier, et il comprit alors que la ruine disposait d'une cave comme certaines maisons de São Paulo qui dataient du siècle dernier.

Il ouvrit la porte et la musique lui gueula aux oreilles. Il avança de quelques pas. Une odeur suffocante de pourriture lui tira une grimace. Il descendit les marches étroites dans une semi-obscurité et manqua buter sur l'énorme poste de radio qui vociférait, posé sur le dernier degré.

Un homme lui tournait le dos. Ses épaules puissantes aux deltoïdes bourgeonnants luisaient sous la lumière de la lampe électrique, accrochée à la voûte, qui lui tombait dessus comme une douche. Dans le fond de la cave, Otelo aperçut brièvement l'étoupe rouge des cheveux de Clarissa qui se baissait dans un mouvement dont il perdit la fin.

« Dépêche-toi ! » s'impatientait le type. Il leva le bras pour frapper. Otelo balança un coup de pied dans la radio en hurlant au type de cesser.

L'homme se retourna, regarda la radio qui avait roulé jusqu'à ses pieds et continuait de beugler comme un animal qui braille sa douleur et sa rogne, puis son regard dilaté se posa sur Otelo. Une stupeur, qui en d'autres circonstances aurait été risible, lui figea le visage. L'homme s'était déplacé de quelques centimètres et Otelo aperçut alors Clarissa qui tirait pour remonter sa culotte baissée jusqu'aux genoux. Il nota machinalement que la toison marquant le ventre de la jeune femme formait un triangle châtain clair peu fourni.

Otelo plongea la main dans la poche de sa veste pour en extirper le Beretta. L'homme fit volte-face d'un coup de reins et se jeta sur lui, l'épaule en avant.

Otelo appuya sur la détente mais l'arme resta muette et il accusa, en pleine poitrine, un impact qui lui coupa le souffle. Il sentit qu'il partait en arrière, ses bras battirent l'espace, ses pieds cherchèrent le sol mais il ne parvint pas à récupérer son équilibre. Il s'affala lourdement, sa nuque cogna le bas du mur. Le type s'abattit sur Otelo, lui écrasant le thorax avec ses genoux. D'une main il cherchait à l'aveugler tandis que l'autre fouillait sa poche à la recherche d'un couteau.

Otelo bascula le levier de sûreté. Le Beretta mordit le type à bout portant. La balle pénétra dans la gorge, à hauteur de la pomme d'Adam. Otelo doubla, pratiquement au même endroit. Le type eut un rictus de gêne et se massa le cou comme quelqu'un qui a du mal à avaler. Otelo tordit son corps sur le côté, le type glissa et Otelo se libéra de son emprise.

Il se redressa, s'assit, revint sur le type et enfonça le canon du Beretta dans son oreille. L'homme ne lui prêta aucune attention. Il examinait avec perplexité le sang qu'il crachait dans ses mains réunies en coupe. Il en venait encore et encore, c'était comme une fontaine qui coulait sans devoir s'arrêter. L'homme regarda Otelo comme s'il le prenait à témoin : tu vois, disaient ses yeux, tu vois ce qui m'arrive... Ça pisse, hein ?... Ça pisse tellement !... D'où ça vient, tout ce rouge ?

Clarissa était pétrifiée. Elle avait remonté sa culotte mais son pantalon était toujours tire-bouchonné sur ses chevilles. Otelo l'aida à rajuster le vêtement puis il la poussa devant lui. Avant de quitter la cave, il jeta un ultime coup d'œil au blessé.

Le type se traînait à quatre pattes ; son crâne heurta la pierre mais l'homme continua à vouloir avancer comme s'il croyait qu'il parviendrait à repousser le mur pour se faire un passage dans la terre.

Le bruit des coups de feu avait attiré le type qui buvait de la bière. Il se tenait au milieu du hall, hébété, sa bouteille à la main ; il les regarda passer sans réagir, comme si, au lieu de bière, il avait bu de la colle qui avait eu le temps de se figer.

Une silhouette apparut sur la galerie. Otelo tira au jugé ; la silhouette s'escamota aussitôt.

La rue était déserte, cependant Otelo était certain que les coups de feu avaient réveillé le quartier : des gens épiaient derrière les fenêtres. Il jeta le blouson de la fille sur sa tête pour cacher ses cheveux rouges et tous deux sortirent de la maison en courant.

Ils coururent longtemps. Lorsqu'ils débouchèrent sur la place où les trois soldats de fer continuaient leur garde impassible, les poumons d'Otelo étaient en feu ; la fille traînait derrière lui, haletant comme une bête épuisée.

31

La fille se tenait immobile, debout, au milieu du salon. Les narines, la bouche pincées, plein d'une fureur blanche, Barreto la regardait intensément. La fille ne savait que faire. Elle avait voulu dégrafer sa robe mais Barreto l'avait interrompue d'une espèce d'aboiement qui l'avait fait tressaillir.

« Tu veux que je la garde », elle avait murmuré, « tu veux que je reste habillée ? »

Il lui avait fait signe de se taire et elle s'était tue, se pliant, sans comprendre, au manège étrange de cet homme qui l'intimidait, dont la carrure de bœuf, le masque labouré qui lui faisait un visage d'une brutalité inouïe lui inspiraient une crainte irraisonnée, primitive.

Barreto lui ordonna de se tourner. Elle obéit docilement, tordant le cou pour le tenir à l'œil par-dessus son épaule, redoutant qu'il ne fasse dans son dos quelque chose de malveillant, de mauvais. Elle se répétait qu'elle ne risquait rien, qu'il lui suffirait de crier pour que du monde rapplique ! N'empêche : elle avait peur de cet homme épais qui sentait la viande, le sang !

Le portier l'avait introduite dans la chambre cinq minutes plus tôt en faisant signer à Barreto, *filho da mãe*, une facture qui doublait le prix de la nuit.

Elle était pas un modèle, *puta merda* !... Elle était pas une jeune actrice débutante ! Elle était qu'une fille épaisse, une fille de la campagne au visage rond, au bassin large, aux membres lourds... Sept cent cinquante réais pour ça !... Sept cent cinquante réais pour cette vachère !...

Le seul point sur lequel la femme du téléphone avait dit vrai, c'était sa chevelure ! De longs cheveux luisants, d'un noir bleuté, ondulés, qui lui faisaient une cape ondoyante descendant jusqu'à sa ceinture.

Il allait pas payer pour baiser une perruque, *puta merda* !

« Je voudrais prendre une douche », murmura la fille, « je peux aller à la salle de bains ?... »

Barreto ne répondit pas. Sa robe, sa minable robe orange, avait été cousue à la maison ! Même Lene, qui pourtant n'était pas une experte en couture, aurait fait un meilleur boulot. Elle gondolait du bas, *puta merda* ! Sa putain de robe tombait pas droit !

« Ça va pas ! » il grogna. « Non, ça va pas ! »

Ils se foutaient de sa gueule et ça lui était intolérable ! Ils savaient pas qui il était, *puta merda* ; ils savaient pas mais ils allaient pas tarder à savoir !

« Ça va pas ? » bredouilla la fille. « Non ?... Qu'est-ce qui va pas ?...

— Viens », ordonna Barreto, « on va aller la voir ! »

La fille objecta qu'elle ne pouvait donner l'adresse de la femme qui la faisait travailler. Barreto la gifla à toute volée sur l'oreille.

La fille tomba lourdement, les fesses sur la moquette.

Barreto lui brandit sa plaque de delegado sous le nez. « Lève-toi ! » il commanda. La fille se mit sur les genoux, se releva en vacillant, sonnée par la gifle qu'il lui avait assenée.

Barreto empoigna les sacoches et poussa la fille devant lui. Lorsqu'il les aperçut, le portier comprit sur-le-champ que Barreto était en rogne ; il s'en alla au bar, prêt, si besoin était, à décamper par les cuisines.

Lorsqu'ils passèrent devant la réception, la blonde à la perruque en cascade demanda si Barreto quittait la chambre. Il ne prit pas la peine de lui répondre.

La maison de la maquerelle se trouvait près de l'aéroport. Barreto conduisait violemment, grillant les feux tricolores au rouge, faisant hurler ses pneus en prenant les virages trop vite. La fille se tenait rencognée contre la portière, les yeux fixés sur la route, une main berçant son oreille meurtrie, se cramponnant, de l'autre, à la poignée fixée au toit. Elle suppliait Dieu que Barreto ne lui fasse pas de mal, qu'il ne la cogne pas, qu'il ne passe pas sur elle cette colère démente qui le tenait, elle ne savait pourquoi.

La Bronco s'engagea enfin dans la rue de terre battue tout au bout de laquelle on apercevait la lumière solitaire de la maison de Dona Esperança. Barreto arrêta la voiture sur le côté sombre de la rue, défit sa braguette, sortit son sexe et ordonna à la fille de se mettre à genoux et de le sucer.

Elle fit ce qu'il voulait. Il déploya la lame du couteau à manche de corne qu'il venait d'acheter et menaça de l'égorger si elle le blessait avec ses dents. Il empoigna sa longue, son opulente chevelure en une mèche unique qu'il tordit pour l'enrouler autour de son poignet. Il obligea la fille à l'avaler profond, poussant sur sa nuque pour que ça s'enfonce loin dans la gorge.

Elle avait peur, résistait de toutes ses forces à la nausée qui lui soulevait l'estomac, priait le Seigneur que Barreto éjacule avant qu'elle ne lui vomisse sur le ventre.

Il était trop à cran, il avait beau écraser le visage de la fille contre son pantalon, ça ne venait toujours pas : la jouissance restait coincée au fond de ses couilles, bloquée par la colère, par le dépit, la déception amère qui lui disait que rien de ce qu'il avait espéré n'arrivait.

Il avait l'or, *puta merda* ! Quatre-vingt-douze kilos dans ces saletés de sacoches. Ils lui servaient à quoi ?...

La fille suffoquait, elle étouffait, à bout de souffle, lorsqu'il relâcha sa prise, sans avoir joui ; elle se retira si vivement, pour happer l'air qui lui manquait, que sa nuque heurta le volant avec force.

La violence du choc, qui résonna sourdement dans la cabine, fit ricaner Barreto. « C'est ta faute », il grogna, tout en se rajustant, « tu tètes comme un veau ! »

Il glissa le couteau dans sa ceinture et sauta à bas de la Bronco.

La maison était, certes, un peu plus opulente que celle qu'il habitait avec Lene, à Guará, mais c'était pas une maison de riche, loin de là ! C'était pas la villa d'une maquerelle dirigeant une escadrille de modèles et d'actrices, putain non ! C'était la baraque d'une salope qui escroquait les gens de passage, qui les prenait pour des cons, leur fourguant du poulet en guise de dinde !

Il pressa le bouton de l'interphone apposé sur la haute grille qui ceinturait la maison et ordonna à la fille de répondre.

Bien qu'elle fût ternie par un mauvais écho, Barreto reconnut immédiatement la voix chaude de la femme du téléphone. La fille bredouilla que c'était elle : « Lucíola... »

La porte s'ouvrit aussitôt dans un grésillement électrique.

« Pourquoi tu rentres déjà ? » s'inquiétait la voix. « Ça n'a pas marché ?... Il s'est passé quelque chose ?... »

Barreto poussait la fille sur le dallage grossier contournant la maison. Un chien se mit à aboyer furieusement et il entendit crier : « Tais-toi !... Rex !... *Cala a boca cachorro !* C'est Lucíola ! »

La femme était une brune, d'une quarantaine d'années, pulpeuse, pleine de sucre, qui avait fait le métier, elle aussi, avant de passer du bon côté du tiroir-caisse.

En voyant Barreto, elle comprit tout de suite que quelque chose clochait. Des années de pratique intime des hommes l'avaient blindée, lui avaient appris à garder calme et lucidité. Quoi qu'il arrive, elle conservait un sourire enjôleur sur sa bouche peinte, elle avançait le ventre comme si elle en offrait la tiédeur humide en prime ou en compensation !

« *Oi !* » elle s'exclama. « *Como vai ?...*

— Mal ! » grogna Barreto. « Si tu me trouves pas mieux que cette pouffiasse, ça va aller très mal ! »

— Lucíola te plaît pas ? » s'étonnait la femme. « T'aimes pas ses longs cheveux ? »

Barreto saisit le visage de la fille à pleine main, imprimant les traces livides de ses doigts dans la chair hâlée de ses joues. « Et sa gueule ?... », il s'énervait, « c'est une gueule de modèle ?... »

Sous sa poigne, le visage de la fille se déformait comme du caoutchouc. Elle roulait des yeux affolés qui criaient au secours, qui criaient : de grâce, délivrez-moi !

« Elle a fait des photos ! » protesta la femme. « N'est-ce pas, Lucíola ?... »

Barreto empoigna la fille par l'épaule, lui imposa un violent demi-tour. « Avec un cul pareil ? » il railla, claquant les fesses de la fille avec rage.

« Elle a un très joli derrière », s'offusquait Dona Esperança.

Barreto envoya la fille dinguer à l'autre bout de la pièce. Il marcha sur la femme, grondant : « Te fous pas de ma gueule ! »

La femme recula précipitamment. Elle ne se moquait pas de lui : oh non ! Loin d'elle cette idée ! Chez Dona Esperança, le client était roi ! Lucíola ne lui plaisait pas, c'était une affaire entendue et, après tout, y avait pas de mal à ça ! Elle lui sourit. Chez elle, y avait toujours moyen de s'arranger !

« Bela !... », elle appela. « Bela, viens ici ! »

Une fille d'une vingtaine d'années, à la peau très foncée, apparut dans l'embrasure d'une porte, en soutien-gorge et culotte, des papillotes dans les cheveux.

« Voici Bela ! » annonça pompeusement la femme. « Bela est un authentique modèle. Pour qui tu as posé, chérie ? » elle demanda, avec des inflexions d'une affectation risible. « Carlinho, non ?... Joaquim ?... Aide-moi, je me rappelle plus... »

La fille fit une grimace d'incompréhension.

Barreto avança sur la femme, il la gifla à toute volée. « Je veux pas de cette négresse !... », il hurlait. « Tu t'es foutue de ma gueule ! »

La fille en culotte et soutien-gorge disparut avec une agilité d'animal poursuivi.

La femme cria que, s'il voulait, Barreto pouvait la baiser elle !

Barreto la frappa encore, lui éclatant la bouche. Il baiserait personne de cette saleté de baraque ! Il allait la démolir, foutre le feu !

« Pourquoi ? » criait la femme. « T'as pas payé !... Qu'est-ce que tu me reproches ?... »

Barreto fracassa une chaise contre le mur.

Il sentit une présence rapide dans son dos, se retourna au moment où un berger allemand se jetait sur lui.

« Rex ! » criait la femme. « Attaque-le, Rex, tue-le ! »

Barreto haussa instinctivement son bras devant son cou, le chien y mordit à pleine gueule !

Barreto se jeta au sol, écrasant la bête de tout son poids, il enfonça son pouce dans l'un de ses yeux et le chien, hurlant sa douleur, lâcha prise. Avant qu'il ne se reprenne pour le mordre à nouveau, Barreto avait tiré le couteau à manche de corne passé dans sa ceinture et le poignardait jusqu'à la garde.

Il se relevait lorsqu'il aperçut, dans un miroir accroché au mur, la femme qui empoignait un revolver caché dans une plante verte, en équilibre sur un tronc d'arbre coupé qui faisait office de colonne. Barreto attrapa le chien agonisant par le collier et le lança à travers la pièce.

La femme le reçut en pleine poitrine et s'effondra sous le choc, entraînant avec elle le tronc coupé, les plantes vertes, le fauteuil qui se trouvait derrière.

Barreto fut sur elle aussitôt, lui arrachant son arme : un vieux Rossi chromé, de calibre 38, comme celui qu'il avait pris à Tonino. Il pressa sur la queue de détente mais la cartouche fit long feu.

La femme hurlait de toutes ses forces, elle lui offrait tout l'argent qu'elle avait, les filles, son ventre à elle : tout ! Qu'il prenne ce qu'il voulait mais qu'il la laisse en vie.

« Où ? » il cria. « Où tu caches ton fric ? »

Espérant sans doute gagner du temps, elle montra un coffre campagnard dont la sécheresse avait fendu l'un des panneaux, et avoua que l'argent était là-dedans.

Barreto la fusilla en pleine tête.

La fille de l'hôtel s'enfuit dans le jardin, Barreto la coinça contre la grille, il lui tira dans le ventre, à bout touchant, rentra, défonça la porte par laquelle avait disparu celle qui s'appelait Bela. Il la trouva sous le lit, vautrée dans une mare d'urine. Il lui tira une balle dans l'oreille.

Il visita méthodiquement toute la maison mais ne découvrit personne qui fût vivant.

Dona Esperança avait dit vrai. Il trouva cinq mille réais enveloppés dans un bout de papier journal collé sous le coffre par une bande d'Albuplast.

Il salua ironiquement le corps de la femme, écartelé sur le dallage, et fourra l'argent dans sa poche.

Alors qu'il revenait vers la Bronco, il devina une silhouette accroupie dans l'ombre de la voiture. Il se coucha par terre et, dans l'espace entre la caisse et le sol, il aperçut les masses sombres de deux pieds.

Sa balle fracassa la cheville du type. Barreto courut vers l'arrière de la Bronco et, avant que l'homme n'eût le temps de riposter, il lui perforait le crâne à bout portant.

En le fouillant, il constata que c'était un flic en civil. Probablement le protecteur de Dona Esperança que quelqu'un, alarmé par le vacarme, avait prévenu et qui était accouru. Barreto balança le Rossi vide dans le terrain vague et grimpa dans la voiture.

« Dona Esperança... » il ricana, en lançant le moteur, « tu parles ! Esperança mon cul ! »

32

« Qu'est-ce que tu as fait ? » il souffla d'une voix sourde. Un halo bleu, encore plombé d'obscurité, soulignait les crêtes des collines de l'est, là où la lune émergerait bientôt.

« Qu'est-ce que tu as fait ?... »

Les coups de feu de la cave avaient vidé le cerveau de Clarissa. Elle avait dans la tête l'écho d'un vacarme qu'elle ne parvenait pas à apaiser et qui enflait, enflait, lui donnait le vertige...

« Qu'est-ce que t'as fait ! » il cria.

« J'ai », elle balbutia, « j'ai... »

Elle ne put poursuivre. Elle revoyait le type ployé vers le sol comme une bête qui fléchit les genoux avant de s'abattre, les quatre fers en l'air, pour s'avachir sur le flanc.

« Tu voulais acheter de la drogue ? »

Cent fois elle avait acheté de la coke, *Senhor Deus*, mille fois ! Il lui était arrivé de se trouver dans des situations délicates mais jamais ça n'avait tourné aussi mal ! L'homme l'avait battue mais elle ne souffrait pas des coups reçus : elle souffrait de la mort ! Elle souffrait parce que ce type allait mourir !

Lorsqu'ils avaient quitté la cave, sa tête ne tenait déjà presque plus sur son corps ! À l'heure qu'il était, elle avait roulé sur la terre battue, sur cette terre humide où poussaient des champignons, des saloperies gluantes puant la décomposition ! L'homme pourrissait déjà.

Elle frissonna, éclata en sanglots.

Otelo lui caressa la nuque. « Ne pleure pas », il gronda doucement. « C'est le destin... C'est comme ça... »

Elle se laissa aller contre son épaule.

Il ne la pensait pas capable de sangloter si violemment : de tout son être, avec une générosité insoupçonnable si l'on s'en tenait aux pseudo-bijoux dont elle se déchirait les chairs, à sa chevelure écarlate, à son accoutrement de sauvage.

Il caressa la joue de la jeune femme, ses cheveux rouges, avec une tendresse qui le surprit.

... Il se souvint d'Íris sur la plage de la baie de Sepetiba, un soir qu'ils avaient décidé, pour une fois, d'envoyer la politique, la guérilla, les camarades dans la marge de leur vie...

Une rognure de lune apparut comme un ongle lumineux sur le doigt dressé d'une colline. Sa clarté se prenait dans l'eau des marais, en contrebas de la digue sur laquelle on avait déroulé le bitume de la route.

Avec Íris, ils avaient acheté de la bière, des pasteis tout chauds que la vendeuse de la *padaria* avait enveloppés dans des sacs en papier blanc, ils avaient embarqué dans la Fusca verte de Gonzaga dont tout le monde savait, bien que cet animal prétendît l'avoir payée lui-même avec l'argent récolté au fil de petits boulots de vacances, qu'en vérité elle appartenait à son père, et ils s'étaient rendus à la pointe de Muriqui.

Ils s'étaient assis sur le sable qui irradiait encore la chaleur du soleil et ils avaient contemplé la lune montante en mangeant les pasteis et en buvant la bière, le cœur battant, se demandant si le moment était enfin venu d'enlacer l'autre, de découvrir ce corps voisin, ce corps familier que la Révolution, la Lutte Armée, les camarades leur avaient commandé jusque-là d'ignorer.

C'était une lune énorme, d'une blancheur bleutée, dont le disque brillait comme du métal chromé. Elle émergeait de la mer derrière la Restinga da Marambaia qui traçait une barre noire entre la baie et l'océan.

Íris avait dit en riant, d'un rire un peu forcé, que, lorsque la lune se serait entièrement arrachée à la cime des cocotiers, il serait temps qu'ils fassent l'amour.

Il ne l'avait crue qu'à moitié car la Révolution, camarade, la Lutte Armée, la Conscientisation des Masses Prolétariennes enfermaient Íris très serrée dans cette gangue où il s'était enfermé lui-même avec fougue tant il était vrai qu'il en faisait toujours trop, qu'il en avait toujours trop fait : à l'armée comme dans la guérilla !

Il ne croyait pas, et pour cause, au grand soir que tous attendaient et dont ils juraient qu'il commencerait bientôt dans les campagnes où la formation des cadres était largement avancée, camarade, où les maquis, déjà, s'organisaient ! Le sort des masses, prolétariennes ou pas, le laissait indifférent, quant à la Lutte Armée...

S'il fréquentait assidûment leurs réunions, s'il était un militant exemplaire comptant à son palmarès une bonne douzaine d'attaques de banques, de nombreux vols de voitures, des distributions clandestines de tracts, le bombage des murs de la faculté de droit avec des slogans du MR-8, c'était pour des raisons qu'aucun de ses compagnons de lutte — ni Gonzaga qui possédait la Fusca et qui avait honte de la richesse de son père, ni cet illuminé d'Evandro au visage cireux de Christ des faubourgs, pas plus que cette grande bringue de Julieta qui commençait toutes ses harangues par : « Camarades ! Il convient de réfléchir... », ou même Nico, le brillant Nico à la rhétorique inoxydable, ni aucun des anonymes qu'il avait approchés brièvement durant ses deux années de clandestinité — n'avait heureusement découvertes car ils l'auraient exécuté comme ils avaient exécuté Túlio, le petit Túlio qui louchait si fort qu'il en avait, paraît-il, perdu de vue la ligne du mouvement !

Ceux qui, par la suite, avaient appris les vraies raisons de son militantisme étaient morts !

Toutes et tous !

Lívia avait survécu jusqu'à ce que l'éclat de grenade, que les chirurgiens n'avaient pu extraire parce qu'il touchait son cœur, finisse par la tuer ! Gerson s'était tiré une balle dans la tête, un soir de déprime, à Francfort ; quant à Thomaz, il avait eu un accident de la route en Suède où il s'était réfugié ! On chuchotait que les services secrets de l'armée y étaient pour quelque chose mais, en vérité, les services secrets de l'armée se foutaient éperdument de Thomaz comme ils se foutaient de tous les exilés !

Ça n'était pas la mort du type de la cave que pleurait Clarissa : cet imbécile ne lui était rien ! Elle était d'ailleurs certaine que, si Otelo n'était pas intervenu, il l'aurait tourmentée jusqu'à un point qu'elle n'osait, qu'elle ne voulait imaginer... Il y avait une menace terrifiante dans ses yeux, ses mains, sa voix, dans sa façon de bouger !

Ce qu'elle pleurait c'était la mort : la mort tout court !

« La mort... la mort !... » elle répéta, bredouillant dans ses larmes qu'Otelo ne pouvait pas savoir ce que cela signifiait pour elle.

Il jeta un coup d'œil à ses cheveux rouges, à son visage juvénile sur lequel se lisait la fatigue d'une vie agitée et violente.

Non, il ne le pouvait pas.

Qu'y avait-il dans ces flaques d'eau noire et stagnante bordant la route dont le miroitement glacé s'amplifiait à mesure que la lune montait ? Des poissons, des larves de moustiques, des batraciens tout en bosses dont certains coassaient aussi fort que des camions en rut, des amibes aux corps minuscules et crépusculaires...

Le jour ce n'était que des marais, mais la nuit... ça devenait sans fond, oui : sans fond et sans limites. C'était comme son âme à tiroirs dont il était dit qu'il n'en terminerait jamais l'inventaire.

La lune s'était arrachée des cocotiers, Íris l'avait regardée monter un moment encore puis elle l'avait enlacé bravement, en militante courageuse ! Elle l'avait pris dans ses bras, l'avait serré contre elle tout en fourrant la langue dans sa bouche comme si elle était l'homme ! Elle s'était déshabillée avec une détermination qui n'admettait pas la moindre hésitation, qui n'aurait pas toléré non plus, de sa part à lui, le plus petit fléchissement.

Elle avait dû décider de coucher avec lui bien avant qu'ils ne se retrouvent sur la plage de la baie… À la nouvelle lune, avait-elle décrété, je coucherai avec Otelo : c'est un militant méritant ! Elle avait planifié l'emprunt de la Fusca de Gonzaga, les pasteis, la bière comme elle planifiait les *asaltos* que, dans leur jargon, ils appelaient des actions de récupération !…

Senhor Deus, que la peau d'Íris était douce ! Quand il s'était couché sur elle, il avait fondu, oui, quelque chose en lui s'était libéré, avait commencé à vivre et c'était bon !… Bon à défaillir !

C'était la première fois qu'il acceptait de se rappeler cet épisode : jusque-là, lorsque le souvenir se présentait à sa conscience, il le refoulait de toutes ses forces ! Il ne voulait pas des fesses d'Íris dans ses mains, de sa bouche entrouverte sur un baiser sans fin, de ses cuisses qu'elle montait à hauteur de ceinture, écartées comme si elle lui offrait tout ce qu'elle avait : tout, sans aucune retenue, avec une générosité qui donnait le vertige ! Il ne voulait pas de la saveur du sexe d'Íris sur ses lèvres.

Cette nuit-là, elle avait râlé un plaisir long, tendre, une volupté qui n'avait rien de militant.

Les derniers râles d'Íris avaient été des râles de mort ! *Senhor Deus* !… il ne s'en était jamais remis !

Clarissa eut plusieurs hoquets, renifla, se moucha dans le bas de son tee-shirt.

Pourquoi ce type l'avait-il battue ?

Elle dit, d'une voix plus ferme, comme quelqu'un qui revient de ses larmes : « Parce que je l'ai volé ! »

Otelo crut avoir mal entendu et lui demanda de répéter. Oui, elle avait volé cet homme. Elle fouilla dans son pantalon et en extirpa un sachet de plastique rempli de cocaïne qu'elle lui mit sous le nez en le pinçant entre pouce et index. Elle éclata d'un rire nerveux : voilà ce qu'elle lui avait fauché ! Il y en avait pour plus de mille réais !

Elle déchira le sachet avec les dents, plongea son index dans la poudre et s'en frotta longuement les gencives et l'intérieur des lèvres. Elle ferma les yeux, soupira : ça faisait du bien, *puta merda* ! Elle lui tendit le paquet. Il n'en voulait toujours pas ? Non, il n'en voulait pas.

Pourquoi ?

Il haussa les épaules : parce qu'il était ainsi, il était un type qui ne prenait pas de cocaïne !

L'explication parut la satisfaire. Elle rangea le sachet sans insister davantage.

La route était parfaitement droite, la fatigue commençait à saouler Otelo et, lorsqu'il roulait sur une portion bien plane, il avait l'impression que l'asphalte s'engouffrait à toute vitesse sous la voiture immobile. Il secouait la tête en espérant que ça remettrait sa cervelle en éveil, mais, trente secondes plus tard, ses paupières s'abaissaient à nouveau : lentement, inexorablement.

Un corps surgit brusquement dans les phares : un corps étrange, un énorme œuf de plume surmonté d'une espèce de tuyau qui ressemblait à une canne. Otelo se dressa sur la pédale de frein. La Logus fit une embardée mais ne perdit pas son cap.

Il arrêta la voiture et descendit, les jambes faibles, pour tâcher de comprendre ce qu'était cette chose stupéfiante qui lui était apparue comme un cauchemar brutal et bref. Lorsque ses yeux se furent habitués à l'obscurité, il devina une troupe d'émeus qui fuyait en contrebas, pataugeant dans les marais.

Il demanda à Clarissa si elle se sentait en état de prendre le volant. Elle prétendit ne pas savoir conduire et lui conseilla de ranger la voiture sur le bas-côté pour dormir un moment. Elle veillerait sur son sommeil.

Otelo relança le moteur. Il était hors de question de perdre du temps : il leur fallait rouler, rouler aussi fort qu'il pouvait !

Il ne faisait aucun doute que les flics de Corumbá avaient été prévenus qu'on tuait dans la maison de la drogue ! Si le blessé était en état de parler, ils rechercheraient un homme d'une quarantaine d'années accompagné d'une fille aux cheveux rouges. Si, à leur arrivée, le type était déjà mort, ils ne connaîtraient leur signalement que le lendemain, à l'ouverture des bars, car elle avait établi son contact dans un bar, n'est-ce pas ?

Elle hocha piteusement la tête.

L'ivrogne qui buvait de la bière, les gens qui dormaient à l'étage avaient dû mettre les voiles. Les flics ne connaissaient pas leurs noms : peut-être, avec de la chance, pourraient-ils se perdre dans

Campo Grande et effacer leurs traces. Ils seraient fixés au poste *rodoviário* qu'ils avaient passé à l'aller, entre Miranda et le bac de Porto Morrinho.

La frayeur qu'Otelo avait éprouvée lors de la collision, évitée de justesse, avec l'émeu le tint éveillé un moment mais, une demi-heure après, des ombres surgissaient à nouveau des marécages pour danser des gigues extravagantes au milieu de la route.

Il chanta pour les chasser.

Il chantait rarement, son répertoire était mince et troué. La seule chanson qu'il connaissait en entier c'était *Genie e o Zepelim*, de l'*Ópera do Malandro*, et les chansons de gosses qui surnageaient, tant bien que mal, de son enfance. Il les chanta toutes : *Cai, cai balão, na rua do Sabão*. Il entonna *O meu gato* à pleine voix : « Maria Chiquinha, ton chat a donné trente-sept coups de queue dans le cul du mien ! *Se ele deu, fez muito bem ! Pirocadas de gato não matam ninguém !* »

Clarissa ne connaissait aucune de ces chansons anciennes : pas même *Boi da Cara Preta*, de Cartola, qu'elle renvoyait aux temps quasi néolithiques du cinéma muet. Elle avait eu une autre enfance. Elle avait grandi avec les succès de Xuxa scandés par la pulsation mécanique des boîtes à rythme, soutenus par les feulements gras des guitares basses :

> *Que feras-tu quand tu seras grande ?*
> *Je serai mannequin,*
> *je serai hôtesse de l'air,*
> *je serai conducteur de train...*

Elle écoutait aussi Priscila, la rivale de Xuxa, qui chantait à peu près la même chose !

Otelo se souvenait de bribes de vieux morceaux de Tom Jobim :

Dans le jardin des roses, de rêve et de peur,
par les sentiers d'épines et de fleurs,
   là j'ai voulu te voir...

La suite lui échappait : *Olere, Olara...*
Il se souvenait encore de quelques couplets :

Par l'aube froide de rêves étranges,
s'est réveillé João, chien bâtard.
João ouvrit la porte, le rêve existait !
Que João fugisse,
que João partisse,
que João sumisse...

Et puis ça se perdait à nouveau dans sa mémoire comme une rivière s'enfonce dans une roche poreuse.

Il savait encore des fragments de chansons d'Elis Regina, quelques-uns de Vinícius.

Clarissa ne connaissait que du rock. *A cappella*, les paroles exsangues ne rendaient rien, elle préférait se taire.

Au passage du rio Paraguay, Otelo installa la Logus sur le bac qui ne partait qu'à cinq heures trente et s'endormit aussitôt. Ni les cris des mariniers ni les à-coups du pousseur pendant la traversée ne le réveillèrent.

En mâchonnant un petit pain arrosé de café dans

la *lanchonete* de l'embarcadère, sur l'autre rive du fleuve, il mit un long moment à comprendre ce qui le gênait dans le visage de Clarissa : ses cheveux n'étaient plus rouges, elle avait lavé sa crinière dans le fleuve. Sa flamboyance éteinte, elle paraissait presque quelconque. Il s'en réjouit car ils avaient désormais davantage de chances de passer inaperçus. Un peu plus tard, il éprouva de cette disparition comme un regret qui le surprit.

La Logus passa le poste de police *rodoviária* entre Guaicurus et Miranda vers dix heures, celui de Pedro Celestino vers midi, sous l'œil indifférent des factionnaires.

Ils entrèrent dans Campo Grande vers le milieu de l'après-midi et cherchèrent aussitôt un hôtel où reposer leurs carcasses exténuées. Vers dix-sept heures, Otelo prenait une chambre pour deux personnes à l'Afonso Pena, à l'entrée ouest de la ville.

33

Barreto dormit quelques heures sur la banquette arrière de la Bronco. La douleur de son bras déchiré par la morsure du chien le réveilla peu avant l'aube. Déjà, les bem-te-vi poussaient leurs cris aigus.

J' t'ai vuuuu... J' t'ai bien vuuuu...

Barreto n'avait aucune idée de l'endroit où il se trouvait. Après la tuerie chez Dona Esperança, il avait roulé au hasard, cherchant en vain l'adolescente miséreuse qui lui avait proposé son cul, en fin d'après-midi, près de la voie ferrée.

Il s'était perdu, s'enfonçant dans les quartiers périphériques aux maisons abîmées, aux rues dévastées par les pluies, souillées d'immondices.

Il était sorti de la ville sans se demander où il allait, jubilant d'une excitation nerveuse, pleine de fulgurances qui le faisaient éclater en ricanements sombres, se répétant, comme une litanie, qu'on ne prenait pas impunément Barreto pour un con. Elles avaient voulu se payer sa tête mais c'était lui qui s'était offert la leur ! Il s'était vengé, *puta merda* : il leur avait tout pris ! Tout ! Jusqu'à l'os, jusqu'aux os !... Elles se foutraient plus de la gueule des hommes, elles pomperaient plus leur âme par la paille de leur queue !...

Il avait même crevé le chien et ce connard de flic qui avait imaginé qu'il pourrait le surprendre en se planquant derrière la Bronco... Un type de cinquante ans passés ! Jouer à cache-cache comme un gosse !

Barreto cracha une salive épaisse, très blanche, qu'il eut du mal à rassembler, en se raclant la gorge, sur sa langue pâteuse.

Bem-te-viiii... Barreto, bem-te-viiii.

Ils le voyaient, ils l'avaient vu... Lui, il était pas un gosse : il était Barreto, *puta merda* !

Bem-te-viiii...

Ouais, c'est ça : ils le verraient encore ! Ils avaient pas fini de le voir !

Personne aurait sa tête ! Personne était de taille ! Même des durs comme Ortiz et sa saleté de capataz : des soldats, des tueurs de métier qu'avaient bousillé des wagons de guérilleros, pour qui un flic brésilien, même un delegado du District Fédéral, n'était qu'un petit poisson de rien, s'étaient imaginé, pauvres défuntes crapules, qu'ils le croqueraient d'un seul coup de mâchoire ! Ils pourrissaient maintenant dans le campo ! Les vers, les mouches, les larves, toutes ces saloperies qui grouillaient dans le capim, faisaient la fiesta avec leur bidoche avariée. Les urubus leur tiraient les entrailles !

Il lança le moteur, prit la route qui s'allongeait, droite et noire, dans le jour gris. Il monta les vitesses.

Les urubus leur détricotaient le ventre à ces deux cons et lui, il était toujours là ! Toujours vivant, toujours vaillant !...

Une soif épouvantable le martyrisait. Sa bouche de carton, sa bouche de fer le cuisait comme si quelqu'un avait profité de son sommeil pour lui fourrer dans le bec un cactus barbelé d'épines qu'il avait mâchonné en dormant.

Il s'arrêta à Nova Alvorada do Sul, dans une station-service Ipiranga, vaste comme un terrain d'aviation. Il avala trois bières, presque coup sur coup, sans parvenir à dissiper la sécheresse douloureuse de sa bouche, dévora une demi-douzaine de pasteis.

Le type en combinaison jaune à parements bleus qui le servit en carburant fit d'abord semblant de ne pas entendre lorsque Barreto lui demanda sur quelle route se trouvait le poste d'essence. L'homme croyait faire l'objet d'une plaisanterie méchante dont la question, qu'il jugeait absurde, n'était que le prélude. Barreto répéta. Le pompiste lui apprit qu'il se trouvait sur la BR 163, près de l'embranchement avec la BR 463 qui conduisait à Dourados, à cent kilomètres de là.

Comment c'était, Dourados ?...

L'homme haussa les épaules : plus grand que Nova Alvorada, plus petit que Campo Grande...

Qu'est-ce qu'on y trouvait ?...

Le parc Arnulfo Fioravante, par exemple, qu'était pas loin de la gare routière et qu'avait une pièce d'eau... On pouvait s'asseoir au bord, regarder les cygnes qui barbotaient... Y avait aussi le parc Antenor Martins, près de la route d'Itaúm, mais il était moins bien... Nettement moins bien ! Y avait pas de cygnes, l'eau était pourrie !

Barreto ne s'intéressait pas aux parcs : il voulait savoir ce qu'on faisait à Dourados, de quoi vivaient les gens...

Le type dodelina de la tête, visiblement dépassé par l'effort qu'on lui réclamait : ça, c'était une question pour un professeur, pour un savant... Il regarda alentour, cherchant une aide qui ne vint pas...

Dourados était loin, il s'y rendait de temps en temps... De là à savoir tout ce qui s'y passait... C'était une ville de vaches... une ville pour les vaches...

Et après ?...

L'homme haussa les sourcils, plissa le front. Comment ça et après ?...

Après Dourados ?...

L'homme s'essuya les mains à sa combinaison. Ça c'était une bonne question : une question dont il connaissait la réponse.

Cent kilomètres après Dourados il y avait Ponta Porã ! De la pointe de sa chaussure, il traça une ligne sur la terre battue. « Là », il expliqua, « c'est la frontière. » Il traça une croix. « Ici c'est le Brésil, là le Paraguay. Ponta Porã est comme ça ! » Il se mit à cheval sur la ligne. « On passe comme on veut, y a personne pour empêcher, personne pour s'occuper de ce qu'on fait. » Et pour la première fois, il sourit à Barreto.

Le shopping qu'ils préféraient, son cousin Izalco et lui, c'était la Casa Chinêsa ! On y trouvait tout ce qu'on voulait, à deux fois moins cher que n'importe où dans le pays ! Des lunettes de soleil, des téléviseurs, des cannes à pêche... Il rapportait des culottes, des soutiens-gorge à sa copine Angélica... On pouvait acheter des bijoux, des montres... Des fois, il faisait le voyage exprès pour quelqu'un de l'intérieur : il rentrait avec un fusil ou un ordinateur... Ponta Porã, c'était pour ainsi dire le paradis...

C'était là-bas que Barreto devait se rendre : il y trouverait sans doute quelqu'un d'assez riche pour lui acheter son or ! Quelqu'un qui vivait avec un pied de chaque côté de la frontière et qui se faisait des couilles en or !

Barreto exhiba la blessure de son bras et demanda s'il y avait un médecin dans le coin.

À la vue de la chair fiévreuse et enflée, lacérée de plaies d'où suintait une humeur verdâtre, le type fit une grimace horrifiée. Il voulut savoir quel genre de chien avait ainsi mâché la viande de ce bras mutilé.

Barreto prétendit que ça n'était pas un chien mais une once : une once pintada qui l'avait attaqué là-bas, en lisière de forêt.

Le type arrondit une bouche effarée. « Une once ?... », il bredouilla.

« Pintada !... », souligna Barreto.

L'homme le considéra comme s'il était un fantôme, persuadé qu'il était mort, en vérité, sous les griffes du fauve, qu'il était revenu chez les vivants régler une dernière affaire qui lui tenait à cœur, après quoi il regagnerait les limbes ou le purgatoire, enfin l'endroit qu'il y avait, là-haut, où les morts patientaient le temps que saint Pierre décide de leur sort...

Il indiqua un docteur dans le centre de Nova Alvorada : un vieux qui n'y voyait plus grand-chose, à ce qu'on disait, mais qui soignait très bien !

L'homme suivit la Bronco des yeux jusqu'à ce qu'elle disparaisse dans un pli de la route, vaguement déçu de ne pas la voir grimper jusqu'aux nuages : les p'tits nuages blancs, floconneux, qu'étaient, à c'que disait sa *tia* Tiêta, autant de portes qui ouvraient sur le dedans du ciel.

Barreto n'eut aucun mal à dénicher la maison de deux étages, de style colonial, que le pompiste lui avait indiquée, mais il dut frapper cinq bonnes minutes à la porte de bois massif, surmontée d'une grille de fer forgé festonnée en demi-cercle, pour qu'une femme passe son visage lourd, au teint d'un jaune maladif, dans l'entrebâillement et croasse que le docteur Aldemir était mort depuis deux semaines ! Aucun autre médecin, apparemment, ne s'était encore décidé à venir s'enterrer dans ce trou, si bien que Barreto dut se rabattre sur un pharmacien guère plus vaillant que le défunt toubib.

Le vieil homme ressemblait à un tronc desséché par les ans, tordu par les tempêtes, couvert de champignons qui criblaient sa peau flapie d'une multitude d'ocelles bruns.

Le pharmacien enduisit les blessures de Barreto d'une pommade jaune, à demi tournée par un excès de chaleur, puis il passa de l'autre côté du comptoir et posa devant lui trois tablettes de pilules, d'un rouge incandescent. Avant de les fourrer dans sa poche, Barreto les examina avec une grimace de défiance : la couleur lui évoquait le poison violent que la Reine de la Nuit administrait à ses victimes, dans les illustrés de son enfance. Il réclama de quoi calmer les élancements qui lui traversaient le bras.

Le vieil homme répondit que la douleur cesserait d'ici quelques heures, quand les pilules rouges feraient effet. Barreto ne pouvait attendre : il avait de la route à faire, *puta merda* ! Il ne pouvait pas conduire avec ce bras gonflé, avec ces lames de couteau qui fourrageaient sa viande !

Appuyé au comptoir de ses deux mains tavelées d'éphélides, prenant des poses de défenseur de l'ordre cosmique des pharmaciens, le vieux se faisait tirer l'oreille. Barreto dut insister un bon moment avant qu'il ne disparaisse dans l'arrière-boutique d'où il rapporta un paquet emballé dans un sac de papier brun pour lequel il exigea deux cents réais.

Barreto arracha le papier pour voir ce qui valait une somme pareille.

Le sachet contenait une seringue et une boîte de plastique ivoire dans laquelle douze ampoules de verre, pleines aux trois quarts d'un liquide incolore, étaient rangées comme des cartouches sur une bande de carton. Barreto connaissait la morphine mais jamais il n'avait entendu parler de ce produit-là : Palfium, dont il épela avec difficulté le nom peint sur chaque ampoule en lettres rouges. *Pal... fium...*

Le vieux lui assura que c'était bon, que la douleur cesserait de le tourmenter sitôt la piqûre faite : il se sentirait léger, il flotterait ! Quels que soient les tourments qui torturaient son âme, la vie lui semblerait frivole... Et si le ciel lui accordait la grâce d'avoir à sa portée une femme qui connaissait les hommes, alors il découvrirait enfin ce qu'était le plaisir.

Le vieil homme avait abandonné sa pose de sphinx : il souriait, avec une gourmandise sénile, à des souvenirs empreints d'une félicité sans nom.

Un instant, Barreto pensa à coller sa plaque de police sous le nez de ce vieil imbécile et à partir sans lui donner un sou, mais il se contint : deux cents réais ne valaient pas qu'il coure le moindre risque !

À la sortie de la ville, il défit son pantalon et se fit une injection dans le gras de la cuisse comme le vieux avait dit. Cinquante kilomètres plus loin, le monde avait ralenti. Barreto se sentait en paix.

À Dourados, il mangea voracement à la Churrascaria Guarujá, près de la gare routière.

Il reprit la route, roula un moment puis gara la Bronco sur le bas-côté, dormit trois heures dans une chaleur suffocante, se réveilla trempé, hagard, encore plein de ce rêve aux couleurs violentes et pourtant bourbeuses dans lequel on avait remplacé ses lingots par de la chair morte. Il ouvrait les sacoches et des grenouilles crevées, qui pourtant sautaient encore, lui jetaient au visage leur viande corrompue.

Il fila à l'arrière de la Bronco : les quatre sacoches étaient bien là, panses gonflées comme si elles allaient mettre bas. Il les ouvrit, vérifia que l'or y était toujours...

La douleur revint. Les élancements montaient jusqu'à son épaule, lui taraudaient la cervelle d'une oreille l'autre. Il but plusieurs Tauber dans une station Atlantic, acheta une bouteille de Chora Rita. Il en avala quelques goulées à la régalade, jugea qu'elle sentait l'alcool à brûler et la balança par la fenêtre. Il s'injecta une seconde ampoule et, à nouveau, il se sentit bien : le monde tournait dans le bon sens !

Les fazendas, peintes d'un blanc lumineux, respiraient la prospérité, la propreté ; le capim, d'un vert très tendre, se mariait magnifiquement à la terre d'un sombre cramoisi ; des cohortes de bœufs aux larges et puissantes encornures se rendaient en processions lentes, solennelles, aux points d'eau creusés en bordure de route.

La Bronco filait à travers un éden agreste. Barreto y voyait une promesse de repos. Sa course hallucinée se terminerait à Ponta Porã, il vendrait son trésor, on lui donnerait le prix qu'il méritait : le prix de ses souffrances, des cinquante-trois années de damnation qu'il avait tirées jusque-là !

Il achèterait une propriété comme la fazenda Itaoca do Jacaré dont le fronton était décoré d'un énorme alligator esquissé à la peinture verte, il ferait venir Lene, les gosses ; dans une dépendance il installerait la grosse Zulma qui l'avait fait jouir tant et si fort !

Une bouffée de désir le prit au souvenir du con de Zulma caché au creux de sa touffe noire dont l'exubérance frisée lui remontait sur l'intérieur des cuisses !

La vie reprendrait, enfin apaisée, tous les fantômes morts...

Mais les filles, Barreto, les piscines, les limousines, l'avion privé ?... Oui : les filles, les avions, les piscines... Bien sûr... plus tard !... Il se sauverait à Rio, à Búzios, quand le désir lui serrerait le ventre, il s'y gaverait de tous les plaisirs qu'il s'était promis, auxquels il avait droit, mais dans le jour à jour il avait besoin de cette sérénité qu'il n'avait jamais eue, faute de quoi il tournerait demi-fou comme son père, son cœur finirait par claquer comme une baudruche recuite par un soleil trop dur !...

Le paysage courait jusqu'à l'horizon en ondulations amples couvertes d'un maïs soigné, ordonné, des bois se nichaient dans les creux d'entre-collines, suggérant une intimité touffue et moite.

De grands placards publicitaires, lavés par les pluies, bornaient la route de réclames gueulardes.

Barreto rêvait !

La ville, c'était une pieuvre cachée là-bas, au fond de l'horizon : une pieuvre de terre à tête de planches et de béton, aux yeux multiples et électriques, qui lançait ses bras de bitume pour attirer les gens et les panneaux ; ces placards cloués sur des pieux enfoncés dans la terre rouge des bas-côtés, c'étaient des ventouses qui se collaient à leur cervelle, les captureraient avec leurs promesses d'une abondance bon marché, les attiraient dans le ventre de la bête !

Casa Chinêsa : as melhores compras há cinquenta anos !

Je viens, j'accours, j'arrive ! Il allait s'en mettre plein la lampe des délices chinois !

Supermercado KIBOM ! toda a mercadoria que você precisa !...

Il allait s'acheter des dizaines de ces trucs en plastique qui comptent, qui font de la musique, de ces petites télés marrantes, ouais : des cartons, de pleines caisses qu'il offrirait aux gosses ! Lene aussi, elle aimait ces saloperies de Chine, hein Lene ?... Ça l'amusait comme une gamine !

Il en rapporterait une à cet imbécile d'Itamar ! Il y joindrait quelques films porno américains dans lesquels des blondes ondulées aux nichons de plastique s'enfilent jusqu'à la glotte des *caralhos* monstrueux ! Qu'est-ce que t'en dis, Itamar ? Tu vas bander, mon grand ! Elles vont te foutre le feu au cul, ces blondes américaines !

On aurait pu garer deux ou trois camions dans le hall de l'hôtel Barcelona, ou bien une locomotive. Deux employées, en tailleur gris et chemisier blanc, divaguaient d'un papier l'autre, dans l'arène de bois d'une réception trop grande, butinant au passage une demi-douzaine de téléphones.

La chambre de Barreto était perchée tout en haut de l'immeuble, au quatorzième étage. Sa fenêtre donnait sur l'avenue qui traçait la frontière. Il fit glisser le volet de fer, s'assit, en équilibre sur l'encadrement, le temps de liquider les trois bouteilles de Kaiser au frais dans le frigo-bar.

De l'autre côté, la ville s'appelait autrement : Pedro quelque chose, à ce qu'avait dit le type de la station-service, Pedro... Il ne se souvenait plus.

Un alignement de parallélépipèdes de béton, assez volumineux, dressait un rempart inégal derrière lequel se pressaient des maisons sans grâce, comme des blocs de pierre dégringolés d'une muraille, comme si les habitants de la ville avaient éprouvé le besoin de se serrer les uns contre les autres pour conjurer le vide du campo qui les cernait, poussant ses herbes, ses broussailles dans le moindre espace ouvert entre les constructions.

En lisière de ce caillot villageois, des carrioles tirées par des chevaux fourbus attendaient, pour continuer leur chemin, que le mirage central, à peine long d'un kilomètre, s'évanouisse ; qu'il monte dans l'air chaud, se dissolve dans le bleu du ciel, qu'une pluie d'orage le noie, qu'il délave la peinture, pas bien vive, pas bien épaisse, qui recouvrait la terre rouge du socle originel.

34

Étendu sur le ventre, Otelo inventoriait la géographie lourde de son corps engourdi de fatigue qu'une nuit de sommeil n'avait pas suffi à dissiper. Il s'écouta vivre au ralenti un long moment avant de se décider à entrouvrir les paupières. À en juger par le clair-obscur de la chambre, une lumière de grand jour filtrait au travers des tentures qui masquaient les fenêtres.

Jeté sur la moquette au pied du lit, le blouson de Clarissa exhibait sa doublure dorée. Le cuir gardait l'empreinte de son corps : les manches conservaient l'arrondi de ses bras, le col avait encore le galbe de son cou. Un peu plus loin, une chaussure dont la tige bâillait était couchée sur le flanc, vautrée dans ses lacets.

Le regard d'Otelo roula jusqu'au lit jumeau où reposait Clarissa. Elle avait repoussé le drap jusqu'à ses hanches et, allongée sur le flanc, elle offrait dans la pénombre le grand trapèze de son dos nu. Sa peau très blanche était celle de quelqu'un qui ne s'est pas exposé au soleil depuis longtemps. Ses vertèbres cervicales, étrangement semées de grains de beauté, noirs et ronds comme des lentilles ou comme du plomb de chasse, saillaient sur sa nuque. Ses cheveux, lavés sommairement dans le fleuve, portaient encore de nombreuses traces de teinture rouge.

Il eut le sentiment qu'il profitait du sommeil de Clarissa pour la caresser en douce. Il en éprouva de la gêne et détourna les yeux, reprenant l'inventaire de cette chambre dont il se souvenait à peine.

La veille, il s'était douché en vitesse avant de s'abattre sur le lit côté fenêtre et s'était endormi sur-le-champ. La serviette de bain dont il s'était drapé pour quitter la cabine de douche était encore entortillée autour de sa taille.

Un plateau jonché de reliefs de nourriture et une bouteille de bière encore à demi pleine étaient posés sur la table supportant la télévision. Clarissa avait pris le temps de dîner.

Quelle heure était-il ? Il s'était défait de sa montre et l'avait posée sur le sol comme il faisait toujours ; pour la consulter il lui aurait fallu se dresser sur un coude et se tordre le cou. Le sommeil adhérait encore à lui comme une glu qui tardait à se dissoudre et il resta sans mouvement, renvoyant à plus tard la question de l'heure.

Maintenant qu'il avait perdu la trace de Barreto, il n'était plus pressé ! Le fil de la poursuite rompu, le temps s'ouvrait devant lui : vacant, sans perspective, sans autre projet que de rester allongé comme il était maintenant, dans la pénombre de cette chambre d'hôtel, à contempler le dos nu d'une fille assoupie dans le lit voisin du sien.

Le remue-ménage et les bavardages bruyants des femmes de ménage lui parvenaient à travers la porte. Elles commençaient par l'autre bout du couloir, il bénéficierait encore d'un bon moment de répit avant qu'elles ne se présentent chez eux.

Qu'allait-il faire, maintenant ?... Retourner à l'école de police ? Dispenser des cours de droit comme si de rien n'était, comme si Zé n'était pas mort, comme si sa vie n'avait pas connu cette formidable accélération qui l'avait tiré de la torpeur morbide qui l'anesthésiait depuis des années... Depuis l'assassinat d'Íris...

Il revenait toujours à Íris ! Bien que dix-huit ans se fussent écoulés, elle était toujours le pivot de sa vie ! Il vivait avec une morte !

Clarissa était d'une immobilité de pierre et il dut l'observer attentivement pour déceler la respiration ténue qui soulevait à peine ses côtes.

Il ne reprendrait pas l'enseignement. Il allait quitter la police ! Il ne savait pas ce qu'il ferait mais cela n'avait pas grande importance. Peut-être le mieux serait-il qu'il s'occupe de cette fille ?

Le curé qui dormait en lui et dont Zé s'était souvent moqué, ce damné *padre* assoiffé de faire le bien pour se faire pardonner une faute inexpiable, voulait reprendre du service !

Si elle avait besoin d'argent, il lui donnerait ce qu'il lui restait des cinquante mille réais de Carlota ; pour le reste, mieux valait qu'elle se débrouille seule ! En voulant sauver Zé, il l'avait envoyé à la mort... D'ailleurs, à y regarder de plus près, c'était de son propre rachat qu'il avait eu le souci.

Sa songerie prenait mauvaise tournure, il jugea le moment venu de se lever.

Il se rendit à la salle de bains sur la pointe des pieds pour ne pas déranger le sommeil de Clarissa. Il passa sous la douche, laissa l'eau ruisseler longuement sur son corps. Il se sentait apaisé, soulagé de ne plus devoir courir après une ombre mauvaise, de ne plus devoir se torturer la cervelle à se demander dans quel interstice du futur s'était faufilé le diable Barreto.

Zé était là-haut, en paix... Il le rejoindrait un de ces jours, en attendant il devait s'accommoder de la compagnie des vivants. Il devait vivre, oui : vivre au lieu de végéter comme il l'avait fait jusque-là !

Il se sentait presque heureux en retournant dans la chambre.

Clarissa n'avait pas bougé : elle reposait toujours dans la même position, respirant à peine. Il eut le sentiment que son visage était pâle, mais la lumière était trop mauvaise pour qu'il puisse réellement en juger.

Elle avait des seins petits, accrochés haut sur la poitrine : des seins aux bouts rosés d'adolescente. Un reflet l'intrigua. Il s'approcha, tendit le cou. Elle s'était percé les tétons pour y fixer un anneau d'or !

Ainsi, elle ne s'était pas défaite de tous ses oripeaux, elle avait gardé les plus secrets pour elle-même, pour ne pas céder totalement, pour ne pas abdiquer complètement sa révolte adolescente !

Otelo avait faim. Il ramassa sa montre posée sur la moquette et constata qu'il était seulement neuf heures.

Tous ses vêtements étaient sales. Il passa avec répugnance son pantalon de costume, enfila sa chemise froissée et bourra le reste de ses effets dans le sac à linge qu'il déposa en passant dans la corbeille des femmes de ménage. Il avait envie de s'habiller autrement, de changer de peau.

Il traversa le hall, passa à l'extérieur et s'installa à une table dans l'ombre d'un cajazinho, près de la piscine. Il chaussa les lunettes de soleil glissées dans la poche de poitrine de sa chemisette sans penser qu'elles avaient appartenu à Zé.

Deux filles, vêtues de peignoirs de bain en toile blanche, arrivèrent peu après. Elles ôtèrent leurs peignoirs avec une lenteur un peu théâtrale et s'allongèrent face à lui sur deux transats jumeaux.

Leurs maillots de bain étaient beaucoup plus sages que ceux qu'on voyait à Praia Grande ou sur les plages de Rio. Elles appartenaient visiblement à la classe moyenne aisée de l'intérieur des terres ; elles étaient probablement imbues de leurs vingt ans, de leurs fesses bien rondes...

Elles avaient trop de morgue pour lui plaire, il sentait en elles trop de futilité, trop de caprice aussi, cependant elles lui apparurent désirables parce que le café était bon, l'ananas juteux et mûr à point, le jus d'orange bien frais. Il étendit les jambes aussi loin qu'il le put, ferma les yeux.

La ville était loin, la rumeur des voitures lui parvenait à peine.

Il y avait tant d'oiseaux dans les arbres ! Il dénombra une demi-douzaine de chants différents. Il identifia le siriri et la viuvinha bec-d'argent, les autres lui étaient inconnus. Depuis le temps qu'il vivait à São Paulo, il avait oublié les oiseaux du campo.

Il se laissa bercer durant près d'une heure, attendant que Clarissa le rejoigne. Elle ne vint pas et il pensa qu'elle avait sans doute l'habitude de se lever tard.

Le soleil se fit dur, l'ombre tourna et bientôt il eut trop chaud. Il avait envie d'une chemise propre, d'un pantalon de toile. Il décida de remonter à la chambre pour y prendre l'argent nécessaire à l'achat de vêtements qu'il trouverait en ville.

En traversant le hall, il remarqua deux hommes qui bavardaient avec le portier. Il reconnut deux flics en civil de la police criminelle et eut le sentiment de replonger brutalement dans la nuit, de descendre dans la cave où il avait tiré sur le type qui menaçait Clarissa.

Il se détourna et observa le trio dans le reflet que renvoyaient les vitres fumées donnant sur la rue. La conversation dura un bon quart d'heure.

Le portier tenait les mains dans son dos, il approuvait en ployant la tête : *sim, sim*... Il ne disait rien d'autre que *sim... sim...* Les flics lui donnaient des instructions et il était d'accord : il ferait tout ce qu'on lui demandait ! Bien sûr... Naturellement !

Les deux flics s'en allèrent, le portier les regarda partir ; il échangea quelques mots avec la réceptionniste blonde puis il regagna son poste sur le seuil de l'hôtel.

Otelo le rejoignit peu après. Il lui demanda ce que voulaient les deux types. L'homme lui jeta un regard soupçonneux.

Otelo dit qu'il avait reconnu des flics.

Le portier se détourna comme s'il n'avait pas entendu. Otelo sortit la plaque de Zé, la fit miroiter brièvement au soleil et répéta sa question.

« Vous êtes pas d'ici ! » grommela le portier.

Non, il était de São Paulo.

L'homme haussa les sourcils. « Ils vous ont fait venir de São Paulo ? »

Otelo fit un geste d'impatience.

« La fille s'est réveillée », marmonna l'homme, « ils pensent qu'elle pourra bientôt parler. »

Quelle fille ?

Silvana, la fille qui travaillait pour Dona Esperança.

Otelo fit une moue d'ignorance.

« Lucíola », précisa le portier, « elle se faisait appeler Lucíola… Vous saviez pas ? »

Otelo lui fit signe de poursuivre.

« Moi je disais jamais Lucíola », marmonna le portier, « je disais toujours Silvana. »

Il garda le silence un moment comme s'il se rappelait quelque chose.

La rue était déserte, les cigales faisaient grésiller l'air chaud avec fureur.

« Ils le trouveront pas », il soupira, « il a foutu le camp de l'autre côté. » Il pointa son pouce dans son dos. « Il a passé la frontière ! Et une fois là-bas, y pourront plus aller le chercher. »

Le cœur d'Otelo s'accéléra. Qui avait passé la frontière ?

Celui qui les avait tous flingués !

« Le type… Celui qui avait embarqué Silvana dans sa bagnole !…. »

Quel type, quelle bagnole ?

« J'y suis pour rien ! » se défendit le portier. « Pour moi, c'était un client comme un autre ! »

Il bredouillait une peur servile, la peur de quelqu'un qui était prêt à balancer tout le monde sans même être certain que ça servirait à quelque chose.

En récompense, Dona Esperança lui rétrocédait une petite commission. L'hôtel s'y retrouvait, tout le monde s'y retrouvait...

Otelo se rapprocha de l'homme à le toucher.

Quel type, quelle bagnole ?

« Une grosse bagnole... Une Ford... Une grosse Ford ! Lui... il était costaud, il était... il avait des yeux pâles ! Des yeux... »

La fille — Lucíola ou Silvana — était à l'hôpital de Sidrolândia.

« Ils vous ont envoyé de São Paulo ! » Le portier n'en revenait pas

La seule fois où Otelo avait mis les pieds dans un hôpital public, c'était le jour où il s'était fracturé un poignet. Il devait avoir huit ans. Il se souvenait du masque de caoutchouc qu'on lui avait plaqué sur le visage ; quelqu'un, dans une blouse blanche, lui avait demandé de compter les moutons. Il avait objecté qu'il ne voyait pas de mouton, nulle part, mais il avait compté quand même en s'étonnant de la lampe étrange qui le fixait depuis le plafond de ses dix ou douze yeux d'une blancheur glacée. Il avait senti une mauvaise odeur, la lampe aux yeux multiples lui avait fait *bye, bye* et il s'était réveillé le bras pris dans un grand plâtre d'où dépassaient des ferrailles chromées.

Plus tard, il avait souscrit un contrat privé et s'était fait retirer l'appendice dans une clinique de la Golden Cross.

À la réception, il demanda Silvana. Personne ne connaissait cette Silvana : ni la grosse *mulata* qui tenait le registre des admissions ni sa copine qui s'éventait avec un bout de journal sur une chaise dont il ne restait plus guère que l'armature.

Otelo croyait savoir qu'on l'avait admise la veille...

La grosse femme consulta les feuilles froissées, suivant d'un doigt laborieux des colonnes de noms.

Pas de Silvana !

Qu'il cherche... Qu'il fasse un tour ici et là, peut-être finirait-il par la trouver ? Les blessés de la fin de semaine qui commençaient à arriver allaient lui compliquer la tâche !

La petite salle d'attente était bondée. Une trentaine de personnes se serraient sur les bancs de bois. Toutes portaient les marques d'une violence sale et pauvre. Une femme, dont on avait martelé le visage à coups de poing, gémissait, les mains sur le ventre ; une gamine d'une dizaine d'années l'accompagnait : grave, déjà figée dans une posture brisée.

Otelo sortit en vitesse. Deux hommes portant un brancard de toile sur lequel un homme, tailladé de la tête aux pieds, gisait dans son sang lui coupèrent le chemin. Les brancardiers s'engueulaient : celui de derrière poussait en protestant qu'il en avait marre de trimbaler depuis une heure ce demi-macchabée.

« Pose-le ! » il râlait. « On le laisse contre un mur et on se tire ! »

L'autre espérait encore qu'il y aurait de la place quelque part, qu'ils ne seraient pas contraints de se débarrasser du blessé comme d'un colis encombrant dont on avait perdu le destinataire.

Un peu plus loin, un type hurlait qu'il allait les tuer tous ! Son tee-shirt roulé jusque sous les aisselles découvrait un torse maigre tatoué d'un visage de Christ couronné d'épines et suant des gouttes pourpres. Apercevant Otelo, il tira de la poche de son bermuda qui tombait sur ses hanches un couteau que personne n'avait songé à lui ôter. Il se précipita sur lui. « Toi ! » il rugit, les yeux exorbités. « Toi, je vais te tuer le premier ! » Il puait l'alcool. Otelo évita facilement le coup de lame que le type tenta de lui porter, il le déséquilibra d'une poussée et l'homme tomba à la renverse sur le dallage saupoudré de la poussière rouge du campo.

Otelo désarma le forcené et l'immobilisa en lui écrasant le thorax du genou, il cria pour que quelqu'un prenne sa relève. Une porte s'entrouvrit, un homme en blouse passa une tête échevelée. « Y a plus d'anesthésique », il cria, « j'ai plus de Penthotal, j'ai plus rien ! Tenez-le !... Donizete ! » il gueula, « oh... Donizão !... Où il est ce con ? »

La porte se referma.

L'homme se tordait comme un serpent sans tête, écumait en râlant ; il ne ressemblait plus à un homme : il ressemblait à une bête mise à cuire vivante dans de l'huile bouillante et qui crève dans une brûlure atroce. Otelo avait mal pour lui, il le maintint au sol tant bien que mal jusqu'à ce qu'arrive un colosse qui l'écarta, retourna le malade d'une poigne experte et le frappa sur la nuque d'un coup sec. L'homme cessa de gigoter.

Partout des blessés, partout des gens en crise, des gens frappés, des gens fracassés dans de la tôle fumante. Partout la mort, les âmes sans racines, les chairs martyrisées.

Otelo avait le sentiment d'errer dans le premier cercle de l'enfer. Chaque fois qu'il rencontrait un membre du personnel soignant, il demandait Silvana.

On l'avait repoussée dans le local prévu pour la radiographie. Faute de crédits, l'appareil n'avait jamais été livré et la salle abritait désormais les cas désespérés.

Une veilleuse brûlait, dispensant une lumière verte qui se prenait dans le flacon du goutte-à-goutte suspendu à une potence chromée pour donner l'illusion qu'on soignait la forme allongée dans le lit de fer, sous un drap propre, qu'on cherchait à combattre le poison qui lui gagnait le ventre par les trous qu'avaient creusés dans sa chair deux ou trois morceaux de plomb chemisé de laiton.

En approchant, Otelo constata que la fille avait les yeux ouverts. Elle le regardait venir. Il se pencha sur elle, lui sourit et lui montra la plaque de police de Zé.

Il lui demanda si elle pouvait parler. Elle ne répondit pas, cependant il fut convaincu qu'elle avait entendu et compris, mais il lui restait si peu de forces qu'elle devait résumer sa vie à l'essentiel. Elle espérait encore voir une autre lumière que celle de cette veilleuse crevée diffusant une lueur de caveau.

Otelo murmura. Il ne fallait pas déplacer trop d'air autour de la gisante, de peur que le vent ne souffle ce qu'il lui restait de vie. Il tira de sa poche le portrait de Barreto et le montra à la mourante.

Un tremblement bref, comme une moue avant les pleurs, crispa les lèvres de la fille. Elle le reconnaissait... C'était lui... Oui.

Son regard chercha le visage d'Otelo. Elle avait peur qu'il ne revienne, peur qu'il ne l'assaille à nouveau d'une violence sans frein.

Est-ce qu'elle savait où il était, maintenant ?

Non, elle ne savait rien !

Elle ne savait pas non plus pourquoi l'homme de la photo l'avait envoyée sur ce lit, au bord du gouffre de la mort ! Et après tout, ça n'avait guère d'importance. Un autre que celui-là aurait pu faire la même chose, sans plus de raison...

C'était comme ça !... Une vie de merde qui vous oblige à faire la pute pouvait se terminer ainsi ! Tout le monde le savait. Elle tout autant que les autres...

Il ne lui restait plus désormais qu'à chercher à s'en sortir, encore qu'à deux ou trois reprises, malgré sa jeunesse, elle s'était demandé si ça valait le coup.

Otelo rangea la photo dans sa poche et dit qu'il la vengerait, qu'il vengerait tous ceux que ce type avait tués et blessés.

Il lui serra le poignet pour lui dire qu'il était avec elle, pour tâcher de lui transmettre un peu de force et il la laissa à son combat contre la lumière verte qui évoquait la terre, les insectes grouillants, l'humidité qui ronge.

35

La bière excitait la soif infernale qui dévorait Barreto : chaque gorgée qu'il avalait, c'était de l'essence qu'il jetait sur un brasier. Il descendit ses sacoches, demanda à l'employée de la réception de les enfermer dans le coffre de l'hôtel. Lorsque ce fut fait, il s'envoya une Tauber en vitesse au bar, puis sortit dans la fournaise crépusculaire.

Il dériva sur le fleuve de la frontière : un fleuve poussiéreux, crevé de flaques boueuses.

Rideaux de fer descendus, façades muettes, lumières éteintes, portes et fenêtres lourdement cadenassées : le centre-ville était désert si on exceptait le peuple menu, invisible dans ses vêtements rapiécés, des *faxineiros*, des *empregadas*, des *garis* récupérant les cartons et les caisses vidés dans la journée, nettoyant les glaces des vitrines sous l'œil impavide des gardes armés qui prenaient leur veille en sirotant du maté.

Barreto remonta vers le nord, du côté brésilien de la ville, chaloupant d'une boutique l'autre, inventoriant d'un regard vide les selles, les lassos, les seaux de zinc, les grils à churrasco : tout un attirail pour la fazenda, la *chacara*, accroché aux murs, suspendu au plafond.

La fièvre et le Palfium lui embrumaient la tête, il se sentait léger, aérien, comme le jeune homme adroit et leste qu'il avait été, jadis, dans son village d'Amarante.

Il tourna à gauche sur l'Avenida Brasil étonnamment encombrée de bagnoles, il la suivit sur quelques dizaines de mètres. La soif le tourmenta de nouveau et il se laissa tomber sur une chaise de fer, à la terrasse du bar « Femme Jolie ». Il commanda une Kaiser qu'il but en regardant le flot de voitures dégoulinant sans relâche sur l'une et l'autre voies, séparées par un terre-plein de terre rouge qu'un gazon galeux recouvrait par endroits.

Les mêmes véhicules passaient et repassaient sans cesse. Des pick-up Ford et Chevrolet briqués du jour, dont les chromes brillaient comme des bijoux fantaisie passés aux poignets, aux cous vastes, puissants, de fermières robustes, comme des boucles d'oreilles accrochées à leurs oreilles éléphantesques !

Le garçon déposa sur sa table une coupelle débordante de cacahuètes salées. Barreto lui fit signe de doubler la Tauber. D'un bref coup de menton, le jeune type signifia qu'il avait compris ; il s'attarda, le temps de regarder passer une BMW série 7 montée par un équipage de filles qu'il salua d'un pouce levé.

Bagnole de première, filles de première ! Tout pour une formidable soirée !

La fille qui était au volant répondit de même. Le signe de connivence du garçon la flattait : elle penserait à lui pour la bière, pour la cachaça ! Elle ferait le plein de boissons au prochain tour : qu'il lui prépare un plateau à enfourner au vol !

C'était une fille brune, aux longs cheveux qui descendaient sur ses épaules, au teint mat, aux yeux noirs luisants des promesses de la nuit qui s'annonçait vibrante : une nuit qui lui chargeait déjà les chairs, qui lui dilatait les narines, le ventre, qui lui chauffait les cuisses !

Une Paraguayenne, à ce que disaient les plaques de la bagnole : une Paraguayenne friquée dont le père, sans doute, croulait sous les dollars !

Le garçon marmonna, assez haut pour que Barreto entende, qu'il lui enfournerait volontiers autre chose que des bouteilles de bière, même en vitesse, même au vol, puis il fit demi-tour et s'en alla vers le fond du bar préparer la commande.

Quelques Volkswagen Saveiro s'insinuaient dans cette cohorte de bagnoles aux parures tapageuses. Barreto se mit à rire pour lui-même.

Ces voitures de ploucs rougies de la poussière du campo ressemblaient à des filles de ferme, à des *empregadas* immiscées dans un défilé de bourgeoises opulentes qui les toléraient, ce soir-là, parce qu'elles étaient en fête, parce que l'alcool amollissait leur arrogance ordinaire.

Il leva son verre à leur santé, il leur fit signe d'aller, de profiter de cette permission exceptionnelle pour mêler leurs silhouettes rustiques, leurs carrosseries éraflées de bonnes travailleuses à cette parade absurde !

Il avala d'un trait la moitié de la Tauber que le garçon venait d'apporter et qui attendait maintenant, debout près de lui, son plateau à la main, lesté de trois bouteilles d'Ouro Fino, le prochain passage de la BMW.

De nouvelles voitures entraient sans cesse dans ce carrousel obsédant, coffre béant sur des batteries de haut-parleurs qui vociféraient une salsa grasse aux cuivres gueulards. Mercedes 600, Honda Lexus, Pontiac, Cadillac, ça en faisait du fric qui défilait sous les yeux de Barreto !

Le pompiste de la station-service de Nova Alvorada avait dit vrai. C'était un type simple : un type qui fréquentait personne à part les bœufs, dont l'horizon était borné par les fils barbelés clôturant les pâturages, mais il connaissait la vie, *puta merda* ! Il savait la valeur des choses ! Il avait envoyé Barreto là où il fallait ! Il y aurait sûrement quelqu'un, parmi ces possesseurs de berlines de luxe, qui lui achèterait son or ! Quelqu'un qui le lui paierait un bon prix parce que, dans le genre d'affaires qui se tramaient de part et d'autre de la frontière, il était important d'avoir de l'or qu'on pouvait, par exemple, déposer quelque part en garantie, dont on pouvait user pour payer sans laisser de traces !

Barreto leva son verre à la santé du pompiste. « *Saúde !* » il grommela, la langue empâtée par un mélange de salive épaisse et de bière. « *Saúde, meu amigo !* »

Croyant que le toast lui était adressé, le garçon lui sourit. Barreto lui sourit en retour. « *Saúde !* » il répéta. « *Saúde, meu amigo !* » L'homme assis à la table voisine se retourna, lançant un regard à la fois interrogatif et agacé. Barreto se douta qu'il avait gueulé, emporté par l'ivresse.

Il porta un toast à ce voisin irritable pour se faire pardonner sa voix trop forte, la griserie qui lui tournait la tête. Il regretta aussitôt son geste. À voir le téléphone portable posé sur la table de l'homme comme un gros asticot de plastique noir, à voir le sourire de cheval constipé qui étira sa bouche lorsque Barreto leva son verre en son honneur, ce type était un abruti !

Une fille se tenait contre lui, accrochée à son bras, serrée contre son flanc : une fille pas mal, après tout, bien qu'elle fût une grande bringue et que Barreto n'aimât pas les grandes bringues ! N'empêche que le type était un *viado* : il avait une gueule de *viado* !

Barreto fronça les sourcils, il eut envie de lui balancer ce qu'il lui restait de bière à la figure juste pour voir ce qu'il ferait, pour voir s'il appellerait sa mère avec son téléphone noir, s'il appellerait l'armée pour qu'un tank vienne à son secours !

Le garçon s'avançait vers la BMW arrêtée le long du trottoir. La passagère de l'avant, une jeune fille de seize ou dix-sept ans, attrapa les bouteilles et jeta un billet de dix dollars sur le plateau que le garçon fit prestement disparaître dans sa poche. La conductrice se pencha vers la portière ouverte, demanda si quelqu'un avait vu Armando.

Le garçon fit non de la tête : pas d'Armando ce soir !

La fille insista : la Logus d'Armando était au garage, il avait peut-être pris la vieille Ford de son père ?...

Non, rien : ni Ford ni Armando !

La fille se mordit les lèvres. Elle embraya, la passagère claqua la portière et la voiture s'arracha brutalement au trottoir.

Barreto commanda une Ouro Fino. Il imagina la bouche de la fille brune baisant le goulot de la bouteille et ça le fit bander. Il se souvint de la pute qui l'avait sucé dans sa voiture et qu'il avait tuée, un peu plus tard, avec cette connasse, comment s'appelait-elle ?... Dona Confiança ?... Il rit pour lui-même : Confiança, tu parles ! C'était pas Confiança mais c'était un nom dans ce genre-là !

Il avait pas pu jouir, *puta merda* ! Son foutre était resté coincé !...

Il massa son bras douloureux. Sous la couche de pommade huileuse, la peau était d'un rouge sombre, un pus verdâtre remplissait les trous de la morsure.

Il commanda une cachaça qu'il versa sur les plaies sans éprouver la moindre brûlure.

La narcose du Palfium commençait à se dissiper, des élancements lui traversaient les os, remontaient jusqu'à l'épaule ! Il fallait attendre que la pommade fasse son effet... Une nuit de sommeil effacerait le mal. Il était solide, *puta merda* ! À la 2e DP tout le monde disait, avec un respect craintif dans la voix : « *O delegado é forte como um boi ! Como um caminhão !* »

Le téléphone du *viado* gloussa en grelottant comme un dindon ! L'homme porta le ver de plastique noir à son oreille. « Allô, il dit, allô ? » En grimaçant parce qu'il entendait mal à cause des tonnes de salsa que les bagnoles déversaient dans la rue, à cause des moteurs rugissants, des Klaxon qui trompetaient *Le Pont de la rivière Kwaï*.

« Je t'entends pas ! » criait le type. « Qu'est-ce que tu veux ? »

« Glou glou glou », brailla Barreto, imitant grossièrement la sonnerie du téléphone. « Glou glou glou ! »

La compagne du type lui lança un regard furieux. Barreto la fixa avec insolence : lui, il était pas un *viado* comme son imbécile de téléphoniste ! Lui, il était un homme qui en avait là où il fallait ! Il se demanda si celle-là saurait lui décoincer les couilles. Des fois, les grandes bringues ça gigote mieux que les petites ! Il pointa sa langue entre ses dents et la fille se détourna, plus confuse que s'il avait dégrafé son pantalon.

L'homme se bouchait l'oreille de la main, faisant mine d'ignorer les mimiques obscènes de Barreto.

La BMW s'arrêta à nouveau, le garçon tendit trois autres Ouro Fino tout en remuant la tête en signe de dénégation avant même que la conductrice n'ait eu le temps de formuler sa demande. Toujours pas d'Armando !

Et Nélia ?

Le garçon haussa les sourcils : Nélia ?... Pas de Nélia non plus !

La fille engagea une vitesse avec nervosité, démarra avant même que sa passagère n'eût claqué la portière.

Le garçon revint vers le bar, souriant dans sa barbe.

« Il la plaque ! » grogna Barreto. « Hein ?... Il s'en tape une autre ! »

Le garçon sourit d'un air entendu.

Les Ouro Fino ne valaient rien, jugea Barreto. Elles avaient pas de corps, elles laissaient pas de souvenir dans la bouche : on les buvait sans se rendre compte et, *puta merda*, c'était pas ce que lui attendait d'une bière ! Il dit au garçon d'apporter une Budweiser et ajouta, tandis que l'autre s'éloignait, que cet Armando était un con de délaisser cette fille brune. Avec une bagnole pareille, elle était sûrement pleine de fric ! Son père était plein de fric, ce qui revenait au même ! Il rêvait ou quoi, cet Armando de ses fesses ! Peut-être que l'autre, la Nélia, était encore plus riche... Peut-être qu'elle promenait l'Armando en avion à l'heure qu'il était... Qu'ils fourgonnaient là-haut, dans le soleil couchant...

Lorsqu'il se tourna vers la table voisine, Barreto constata que le couple avait disparu et il regretta le départ de gens qui se laissaient si docilement outrager.

Les bagnoles glissaient sur l'asphalte écaillé comme les grains d'un chapelet indéfiniment égrené, elles descendaient une voie, viraient, trois cents mètres plus loin, autour d'un rond-point planté d'un lampadaire qui penchait vers le sol comme une fleur privée d'eau et qui crève tellement de soif qu'elle n'a plus la force de se tenir droite. Elles revenaient vers Barreto, vitres baissées, sono à fond, gagnaient l'autre bout de l'Avenida Brasil, tournaient autour d'un rond-point identique au premier, au lampadaire près, qui, là-bas, se résumait à un chicot de tôle au bord déchiqueté, piqué dans la terre rouge comme un membre brisé.

Ouais, les bagnoles rebondissant d'un rond-point l'autre comme des mouches prises dans une bouteille : des mouches collées qui glissaient sur un rail.

Barreto balança son verre de droite à gauche : aller, retour, aller, retour... Encore et encore : toute la nuit, toute la vie ! Dans un tonnerre de salsa ! Carburant à la bière !

Un couple se trémoussait sur le trottoir devant le bar : le garçon aux cheveux gominés et crantés, plaqués sur son crâne comme un casque huileux, était pris dans un tee-shirt aux manches coupées très haut d'où saillaient des épaules musclées et rondes, il était ficelé dans un jean serré qui faisait saillir son derrière de matou, il était fiché dans des bottes pointues. Une fille, dans une robe de soie fleurie, légère, qui, par transparence, laissait deviner le mince triangle de son slip entaillant ses fesses d'une cicatrice blanche, chaussée d'escarpins pourpres, se dandinait à son côté, une main enfoncée dans l'une des poches arrière du jean de son cavalier.

Un groupe de gamines, d'une douzaine d'années, aux bouches peintes à gros traits, les entoura bientôt, ondulant, elles aussi, avec une ostentation un peu pataude, une application gauche de filles qui n'ont pas encore pris la vraie mesure de leurs nichons bourgeonnants ! Des bouteilles de bière jetées des voitures s'écrasaient à leurs pieds !

La BMW s'arrêta encore. Pas d'Armando, pas de Nélia ! *Não querida ! Nada !*

Trois Ouro Fino pour la brune dont le regard devenait flou, pour sa passagère de quinze ans dont le rouge à lèvres foutait le camp, pour la forme tassée sur la banquette arrière dont Barreto ne distinguait qu'une masse aux contours arrondis !

Elles s'étaient sans doute arrêtées aux terrasses d'autres bars, s'y étaient inquiétées d'Armando, y avaient bu d'autres Ouro Fino.

Barreto se leva avec peine, trébucha en gagnant les toilettes. Il pissa longuement, soupirant d'aise à mesure que sa vessie se dégonflait, savourant la caresse du liquide tiède courant dans le conduit de sa bite : il avait le sentiment d'uriner le pus de ses blessures, d'uriner la fièvre, la mauvaise chance qui l'avait accablé jusque-là !

Il s'égoutta longuement, en écartant les jambes, pour ne pas mouiller son pantalon.

Enfin il était à bon port, *puta merda* ! Demain il partirait en quête d'un acheteur. Il saurait dénicher le type correct et riche après lequel il courait depuis des jours ; il lui vendrait son trésor que l'autre paierait cash et il serait libéré de ces saloperies de sacoches qu'il traînait comme un boulet.

Tu crois que ces types-là existent, Aníbal ?

Oui, ils existaient, bien sûr ! Y avait pas que des urubus sur cette terre de misère. Il le prouverait : demain !

À la sortie des toilettes, il tomba nez à nez avec une ombre qui attendait son tour : une ombre de femme qui sentait le parfum français, la sueur et la bière. Il reconnut la fille brune. Il ne s'écarta pas pour lui livrer le passage, il resta planté face à elle, reboutonnant sa braguette au milieu du couloir.

« Tu cherches toujours ton Armando ? » il ricana. « Regarde au fond du chiotte ! »

La fille le poussa de toutes ses forces pour l'obliger à dégager la porte mais il ne broncha pas. Elle était ivre, tenait à peine sur ses jambes et ce fut elle que sa poussée fit reculer.

Barreto éclata d'un rire sonore, triomphant. Il en aurait fallu dix comme elle, cinquante ! pour le faire bouger d'un pouce... Il fixa la bouche de la fille, ses yeux luisant d'un éclat fiévreux... Il promena son regard sur sa robe froissée, sur sa poitrine, glissa sur son ventre, se plaquant à sa fourche. Il ne tenait qu'à elle qu'il la laisse passer.

Il frotta ses index l'un contre l'autre. « Ton Armando et cette Nélia, ils sont comme ça ! »

La fille ne réagit pas. Elle ne le regardait pas non plus : elle se tenait face à lui, bras ballants, comme si pousser l'avait exténuée.

« Tu t'en fous ? » grogna Barreto, indigné, irrité de l'indifférence de la fille. « Tu devrais pas t'en foutre ! Il se moque de toi ! »

La fille fit un geste agacé de la main.

Barreto s'écarta juste assez pour qu'elle puisse se faufiler. Lorsqu'elle fut engagée entre le mur et son torse épais, il la bloqua, la tint sous son souffle quelques instants, avant de la relâcher.

Elle s'enferma dans le chiotte et, peu après, Barreto entendit le bruit chuintant de son jet qui s'écrasait sur la faïence.

Il se souvint de Lene qui pissait ainsi, le soir, avant d'aller au lit. Elle s'essuyait toujours avec un bout de papier avant de rabattre le couvercle. Sacrée Lene ! Elle aimait pas les portes entrebâillées, les vêtements débordant des tiroirs...

« Pourquoi tu t'accroches à ce con d'Armando ? » il chuchota à travers le battant. « Moi je cherche une femme !... »

Une des chaussures de la fille racla le dallage, il y eut une rumeur de tissu froissé.

« J'ai de l'argent », il dit, « j'ai de l'or... Tu seras bien avec moi ! »

Il l'entendit renifler puis se moucher, comprit qu'elle pleurait.

« Sors », il dit, « reste pas là-dedans, ça pue ! »

Elle ne voulait pas sortir. Il l'entendait hoqueter. Elle devait sangloter, assise sur le siège de faïence, le front appuyé contre le mur. Ça allait probablement durer des heures.

Il allait pas rester une éternité, comme un idiot, devant cette porte de chiotte !

« Tu me trouveras dehors ! » il lança avant de sortir.

Tout lui parut noir, chargé de ténèbres : les lumières jaunes des lampadaires accusaient l'obscurité, jetaient des lueurs mouillées sur les carrosseries luisantes des bagnoles. Son bras le faisait de plus en plus souffrir. Il crut qu'il pleuvait et il eut froid, oublia la fille qui pleurait.

Le garçon réclama une somme qui lui parut excessive, mais il grelottait et n'avait pas le courage de discuter.

Il regagna l'hôtel Barcelona avec une facilité qui lui parut miraculeuse.

Alors qu'il ôtait sa chemise, il entendit une détonation sèche qui ressemblait à un coup de feu. Il se rendit à la fenêtre, scruta la nuit.

Il crut apercevoir une forme longue et claire étendue dans une rue perpendiculaire à la frontière, du côté brésilien. Il fit un effort pour préciser sa vision, mais quoi qu'il fît sa vue se brouillait. Il arracha son pantalon plus qu'il ne le défit et s'abattit sur le lit.

36

Il ne pouvait détacher son regard des cheveux de Clarissa ; la lumière se prenait dedans, allumant des reflets glacés. Masquée de lunettes fumées à monture de plastique noir qui s'envolaient vers les tempes en ailes de papillon, la jeune femme mangeait avec application, faisant mine d'ignorer ce regard étonné qui courait sur sa tête, mais il était perceptible qu'elle se délectait de la surprise d'Otelo : elle la savourait en silence.

Lorsqu'il était rentré à l'hôtel, il avait trouvé la chambre vide. Il s'était assis sur le lit, le temps du journal local de TV Globo, espérant qu'on donnerait des nouvelles de Dona Esperança, de Silvana, des nouvelles de Barreto... L'affaire n'avait pas été évoquée et il était descendu dans le hall.

Un autre portier accueillait les clients sur le seuil de l'hôtel...

Il était allé boire une bière au bord de la piscine pour tenter de retrouver, dans le soleil couchant, le sentiment d'apaisement, de bonheur qui, au matin, l'avait rendu heureux.

Le souvenir de Silvana, allongée sur son lit d'hôpital dans la lueur verte de la veilleuse, le possédait : partout où il posait les yeux, le spectre de la jeune femme finissait par surgir de la lumière brouillée du *lusco-fusco* ! Il aurait eu besoin de parler à quelqu'un pour échapper à l'emprise du souvenir obsédant de la mourante, pour se libérer de l'angoisse qui l'accablait, parfois, lorsque le jour chavire dans un ciel barbouillé de couleurs rougeoyantes. Si Clarissa avait été près de lui, ils se seraient défendus ensemble contre les ombres menaçantes qui montent d'un passé salopé, contre les regrets, les remords qui n'en finissent pas de distiller leur acide ; à deux ils auraient échappé au vertige de la chute, à cette peur de tomber, tomber, tomber interminablement, vers le néant, dans la gueule ouverte de l'enfer...

Le lourd blouson de cuir de la jeune femme était toujours dans la chambre, il n'avait pu s'empêcher de vérifier que l'enveloppe de billets donnée par Carlota était toujours à sa place, dans la poche secrète de son sac de voyage. Elle y était, intacte !

Clarissa ne l'avait pas abandonné, elle ne s'était pas enfuie vers une autre vie, mais pourquoi n'était-elle pas assise, de l'autre côté du guéridon de plastique blanc, sirotant un cocktail, hochant la tête distraitement, disant oui... non... soupirant qu'il faisait chaud... regrettant la brise tiède qui souffle sur la plage ?...

Vers vingt heures, le téléphone du bar de la piscine avait sonné, longtemps ! Il avait pensé que c'était elle et comme personne n'allait répondre, il l'avait fait lui-même.

C'était elle !

Clarissa lui avait fixé rendez-vous au restaurant Radio Clube, rue Presidente João Crippa.

Ses cheveux étaient si ras, désormais, qu'ils ressemblaient à du tissu collé à même la peau : du velours, d'un jaune très pâle, presque blanc. Elle portait une chemisette de soie sauvage d'un bleu-vert assez sombre, très légère, un jean de toile noire et des chaussures à talons qui se résumaient à quelques minces lanières, d'un vert soutenu, entrecroisées sur le pied. Elle avait fait laquer ses ongles de vernis incolore, sa bouche était un trait écarlate tiré dans son visage au teint pâle.

Elle dit que le linge qu'il avait donné à nettoyer serait prêt le lendemain. Elle dit ça entre deux bouchées, vaguement absente, comme si ça n'était qu'une précision sans importance dans une vie commune réglée depuis longtemps.

Elle ne lui avait pas demandé ce qu'il avait fait de sa journée et il avait pensé que le mieux était de n'en rien dire, le mieux était de retrouver cette sensation de bonheur qui l'avait bercé fugacement, au soleil du matin. En allongeant ses jambes, il avait heurté le pied de Clarissa ; elle lui avait souri en pinçant un peu les lèvres comme si elle était complice de sa maladresse, l'enjoignant ainsi de ne pas s'excuser. Il était resté muet, se contentant de lui sourire en retour comme si, tout bien réfléchi, son geste n'était pas si maladroit.

Il avait commandé une bouteille d'Almadem seco. Le garçon l'avait servie dans un seau à champagne débordant de glaçons et l'avait débouchée avec autant de cérémonie que s'il s'était agi d'un champagne français millésimé.

L'irruption de musiciens jouant des chansons caipiras leur avait épargné un silence gênant ou l'absurdité d'une conversation que ni l'un ni l'autre ne souhaitaient.

Ils étaient restés un long moment l'un en face de l'autre tandis que la musique, la vaisselle choquée, les applaudissements faisaient crépiter le silence d'une rumeur insignifiante.

Leurs regards glissaient sur le corps de l'autre, effleurant un triangle de peau, caressant un poignet, une main. Leurs yeux s'étaient rencontrés, s'étaient trouvés et d'un commun accord ils avaient accepté la trêve d'une nuit sans tourment : une nuit durant laquelle ils cesseraient de fuir, cesseraient de se cogner furieusement aux questions du passé.

La nuit qui s'ouvrait était à eux, ils donnaient congé aux fantômes transis, aux spectres haineux ! Ils s'offraient une nuit neuve : une nuit à zéro et, *Senhor Deus*, ils l'avaient méritée !

Otelo avait réglé et ils étaient allés à la voiture, marchant l'un près de l'autre, épaule contre épaule, devinant le corps de l'autre à travers les vêtements. Otelo avait glissé un billet de cinquante réais dans la main du gardien, adossé au tronc d'une immense figueira, qui se berçait à un filet de voix s'échappant de la boîte cabossée d'une vieille radio.

Il avait ouvert la portière à Clarissa et ils s'étaient assis l'un près de l'autre, dans la lumière ambrée du plafonnier, avec l'impression qu'ils partaient pour une de ces fêtes qu'on attend, des jours et des jours, quand on est adolescent et que le temps s'étire jusqu'aux limites du supportable.

Il fit un long détour pour prolonger cette intimité tendue qui les unissait, retarder le moment où il leur faudrait abandonner la bulle ombreuse de la voiture pour se jeter dans le hall saturé de miroirs où rôdait le portier, où la blonde de la réception siégeait avec la grâce cisaillée d'une femme coupée en deux.

Puisqu'ils étaient d'accord, tout aurait dû être simple, facile, tout aurait dû aller de soi : les baisers, les vêtements effeuillés, les caresses, le plaisir...

Dans l'ascenseur, le cœur d'Otelo battait beaucoup plus violemment qu'il ne l'aurait voulu. À cause de la jeunesse de Clarissa, de ses vingt ans à peine écornés, il avait le sentiment de renouer le fil de sa vie là où il avait été brisé et ces retrouvailles lui faisaient peur. Peut-être s'était-il trompé, peut-être cet Otelo jeune dont il avait la nostalgie n'était-il qu'un pantin défraîchi ?

Il manquait de salive.

Clarissa contemplait son reflet dans le miroir, aplatissant à petits coups une mèche qui lui semblait rebelle et qui n'existait pas.

En pénétrant dans la chambre, elle dit qu'avec une chaleur pareille, elle avait besoin d'une douche. Elle passa dans la salle de bains, laissant la porte grande ouverte. Otelo alla éteindre la lumière avant de s'allonger sur le lit où il guetta le bruit soyeux des vêtements qui glissaient sur le sol.

L'eau coula longtemps ; il attendait, les mains sous la nuque, les yeux au plafond, en s'efforçant de ne pas penser à elle, en s'efforçant de ne pas bander trop fort de peur que le plaisir ne s'use par avance, qu'il ne gicle trop tôt !

Il s'efforçait de chasser le souvenir d'Íris, le fantôme de Zé.

Tu nous oublies, capitão ? À la première fille qui te tourne la tête tu nous abandonnes ?

Tais-toi ! Ferme-la un moment !

Ça n'était pas Íris qui l'appelait d'un hypothétique au-delà : c'était sa voix à lui qui résonnait dans sa cervelle !

Oublie-toi un moment, pense à elle qui est là !

Elle sortit de la salle de bains coiffée d'une serviette blanche nouée en turban sur la tête et traversa toute la chambre pour aller fouiller les poches de son blouson qui se morfondait sur un dossier de chaise. Elle savait très bien qu'Otelo la regardait, que son regard qui flambait lui caressait avidement les hanches, les aisselles, les fesses. Oui, elle le savait et elle en éprouvait du plaisir car elle s'attarda plus que nécessaire à inventorier une poche après l'autre jusqu'à ce qu'elle trouve enfin le paquet de Free, qu'elle déniche la boîte d'allumettes, toutes choses qui, pourtant, se devinaient au premier geste.

Elle déplia son long corps blanc, ficha une cigarette dans le coin de sa bouche, craqua une allumette puis ouvrit la vitre coulissante pour souffler la fumée au-dehors, dans la nuit chaude. Otelo sourit dans son dos : la désinvolture qu'elle affichait soulignait sa jeunesse et il éprouva pour elle une bouffée de tendresse plus fraternelle qu'amoureuse.

Elle entendit grincer le sommier qu'Otelo libéra de son poids mais elle ne se retourna pas. Il s'approcha et, quand il fut tout près d'elle, il huma sa peau à la base du cou, s'en pénétra : c'était une odeur de femme, une fragrance de jeune femelle qui lui faisait bouillir le sang. Il effleura le saillant de ses vertèbres d'un baiser si léger qu'elle parut ne pas le sentir.

Il oublia tout ce qu'il souhaitait oublier, il ne fut plus qu'un homme qui tremblait de désir.

D'une pichenette, elle balança sa cigarette dans le noir et tous deux suivirent la parabole rouge de sa course incandescente.

Ils contemplèrent un moment encore la nuit piquée d'une multitude de lumières.

Combien de couples s'enlaçaient, combien d'amants étaient-ils réunis par le ventre en ce moment même, à portée de leur regard ? Et plus loin : dans le campo, au bord de la mer, par-delà l'océan ?... Partout où il y avait des gens, des couples baisaient pour que le monde tourne, continue de tourner...

Pourquoi en faire toute une histoire ?...

Il entoura de son bras la taille de Clarissa ; elle se tourna vers lui, le dos cambré, comme si elle se tenait prête à fuir. Otelo dénoua le linge noué en turban sur sa tête, caressa ses cheveux ras. Le goût du tabac blond s'attardait sur les lèvres de la jeune femme.

37

Barreto s'assit à la terrasse d'une *churrasquinha* en plein air, sur la rive brésilienne de la ville. Il avait plu toute la nuit et de larges flaques boueuses ponctuaient la rue que suivait la frontière.

Après s'être douché, il avait examiné son bras. Le pus qui stagnait dans les trous lui avait paru plus jaune, plus épais que la veille. La peau avait pris une teinte violacée. Lorsqu'il l'avait effleurée, du bout des doigts, il l'avait sentie brûlante. Elle était toujours insensible et il avait eu, fugitivement, le sentiment que son bras était celui d'un mort qui s'accrochait à lui.

Il avait pensé qu'il lui fallait consulter un médecin, mais la perspective de se mettre en quête d'un toubib dans cette ville inconnue puis d'attendre, parmi des gens à la gueule malade, qu'un type qu'il ne connaissait pas veuille bien s'occuper de lui l'avait découragé et il avait remis la corvée à plus tard. Il avait dormi d'un sommeil lourd, secoué de cauchemars ; il se sentait las, gonflé d'une fatigue cotonneuse qui dressait un écran de gaze entre le monde et lui. Il s'était fait une injection de Palfium dans la cuisse et s'était contenté d'enduire son bras de la mauvaise pommade huileuse refilée par le pharmacien de Nova Alvorada qui ressemblait à un arbre sec.

Il commanda une Schincariol, qu'il liquida en trois gorgées, et un verre de cachaça dont il arrosa sa blessure.

Le garçon le regardait faire d'un air intéressé. Il lui demanda ce qui lui était arrivé. Barreto répondit qu'il s'était battu avec une once pintada, mais l'autre ne le crut pas. Il diagnostiqua une morsure de chien, un chien de grande taille, et se mit aussitôt à débiter des histoires que Barreto écouta distraitement, grignotant des copeaux d'une picanha juteuse assaisonnée d'oignons et de piment Bode dont le délicieux incendie lui fit, une fois encore, ruisseler le visage.

« Si le chien du voisin t'emmerde, s'il menace tes gosses, tu sais comment t'en débarrasser ? »

Barreto n'avait pas envie de parler, pas envie de se fatiguer à lui expliquer qu'au cours des trente années qu'il avait passées à la 2e DP il avait eu le temps et l'occasion d'inventorier toutes les saloperies qu'on pouvait infliger à un clébard !

« T'achètes une éponge ! Une éponge naturelle, hein ! Si tu mets du synthétique dans la poêle, adieu la poêle ! »

Barreto contemplait, d'un regard hébété par la fièvre, le flot ininterrompu de passants qui glissait sur la rive d'en face. Les gens rebondissaient d'un shopping-center l'autre, se faufilant entre les éventaires recouverts de bâches de plastique noir qui bordaient le trottoir.

« Tu coupes ton éponge en dés. Tu les fais frire dans de l'huile qui a cuit de la viande ! Tu les fricasses un bon moment. Quand ils sont racornis, tu les donnes à bouffer au clébard !... »

Il pouvait pas se taire, le laisser seul en tête à tête avec la rue, les klaxons des bagnoles, les cris du type qui vendait des aulx en tresse un peu plus loin ?... Le laisser réfléchir à ce qu'il devait faire ?

« Il aimera ça ! Tu verras, il se jettera dessus en remuant la queue ! »

D'un geste excédé, Barreto l'envoya chercher une cinquième ou peut-être une sixième Schincariol.

Le Palfium commençait à faire effet, dissipant la lassitude qui l'accablait au lever et dont il savait parfaitement, bien qu'il ne voulût à aucun prix le formuler clairement dans son esprit, qu'elle n'était pas qu'une simple fatigue physique.

Il se sentait maintenant un peu plus de courage pour se mettre en quête de ce fameux acheteur après lequel il cavalait depuis près d'une semaine et que, jusque-là, il n'avait pas su reconnaître si jamais il l'avait croisé. Il lui fallait agir avec discernement pour ne pas rééditer les erreurs qu'il avait accumulées à Campo dos Índios...

Lui, le flic le plus expérimenté, le plus coriace de tout le District Fédéral, avait perdu les pédales, il était obligé d'en convenir. Il s'était laissé emporter par l'impatience comme un jeune type qui va à la chatte pour la première fois !

Il devait se reprendre, *puta merda* ! Il devait se contrôler ! Prends ton temps, *meu filho* !... Les filles s'envoleront pas !... Le reste non plus s'envolera pas !...

La fièvre qui lui battait les tempes le crevait et calmait son impatience ! C'était bien, c'était bon au fond, ce coton qui emballait sa cervelle.

Le garçon revint, tenant délicatement une bouteille par le bord extrême du goulot pour éviter le choc thermique qui glacerait la bière d'un coup, la tuant irrémédiablement.

« Après », il dit, emplissant le verre de Barreto, « il te reste plus qu'à attendre. »

Barreto commanda une seconde assiette de picanha. Le garçon voulait terminer son histoire avant de le servir mais Barreto l'en empêcha.

Oui, il allait se mettre en chasse et cette fois, *puta merda*, il trouverait le type qu'il lui fallait ou bien il était plus Barreto !

Il lui fallait d'abord reconstituer sa puissance de feu ! Le Maverick n'avait plus de munitions, ce salopard d'Ortiz lui avait fauché son Taurus et, après la tuerie de Campo Grande, il avait balancé dans la nature le vieux Rossi pris à Tonino.

Il demanda où il pourrait acheter des armes.

Le garçon montra du pouce la rive d'en face : « Là ! Qu'est-ce que tu veux ? Un canon, une mitrailleuse ?... Tu cherches un bazooka ?... »

Les besoins de Barreto étaient plus modestes : deux ou trois flingues, quelques poignées de cartouches. Est-ce que le garçon avait quelqu'un à lui recommander ?

Le type haussa les épaules : il s'était déjà débarrassé de tous ceux qui l'emmerdaient ! Il n'avait plus besoin d'escopette ni de tromblon. Juste d'un chasseur à réaction pour échapper à sa belle-mère le jour où il déciderait de se mettre avec une petite qu'il reluquait depuis quelque temps et qui n'avait pas l'air fâchée de l'intérêt qu'il lui portait...

« Les femmes !.... », il s'exclama, « les femmes ! » levant les yeux au ciel. « Si tu savais combien je m'en suis tapé, t'en tomberais à la renverse ! »

Il lui demanda d'avancer un chiffre, pour voir !

Barreto jeta un billet de dix réais sur la table.

« Deux cent trente-six ! » criait le garçon tandis que Barreto, d'une seule enjambée, traversait la frontière !.... « Deux cent trente-six ! Et j'ai pas terminé ma carrière ! »

Un mannequin vêtu d'un treillis camouflé occupait la vitrine du Saïda Fire Arms. Son visage était masqué par un détecteur infrarouge pour la vision de nuit ; des bandes de mitrailleuse lourde, croisées sur son torse, lui faisaient des bretelles dorées ; des grappes de grenades quadrillées, suspendues par la cuiller, pendaient à ses poches de poitrine ; il portait à la ceinture un poignard à éventrer les dinosaures et toute une quincaillerie mortifère accrochée çà et là !

Le garçon n'avait pas menti : on pouvait bel et bien acheter un tank, une batterie de missiles sol-air ou un canon longue portée au Saïda Fire Arms ou dans n'importe quelle autre officine du même genre et Dieu sait qu'il n'en manquait pas ! Pour peu qu'on y mette le prix, on pouvait sans doute négocier un croiseur, un bombardier furtif...

Barreto pénétra dans la boutique. Dans une espèce de cage à barreaux métalliques octogonaux, un homme mince, très poilu et très brun, portant des lunettes rondes cerclées d'acier qui lui faisaient une tête de professeur, était penché sur un registre. Il ne regardait pas Barreto, mais il savait qu'il était là. Il savait qu'un homme à la carrure de bœuf, au visage marqué de traces de coups déjà anciennes, au bras déchiré par des mâchoires de chien examinait les armes qu'il présentait sous des vitres blindées.

Barreto repéra la caméra vidéo planquée dans le contre-jour de la porte d'entrée, à l'angle du plafond, il lui adressa un petit signe de la main et l'homme aux lunettes d'acier leva la tête de son registre, quitta sa cage et vint à lui, circonspect comme un chat dans les hautes herbes. Un lourd crucifix d'or brillait dans la toison jaillissant par l'encolure de sa chemise.

« Il y en a un autre, pas vrai ? » goguenarda Barreto. L'homme fronça les sourcils, arqua les lèvres et détourna un peu la tête comme s'il tendait l'oreille à quelque chose qu'il n'avait pas saisi.

« Un autre écran ! » précisa Barreto. « Et derrière cet écran, il y a un type qui veille ! »

L'homme resta silencieux et impassible. Barreto jugea que c'était un étranger : un type qui n'était ni brésilien ni paraguayen, un homme qui n'était même pas du continent, qui venait de l'un de ces étranges pays où les gens naissent avec une vache assise sur la langue.

Il fit le geste de laisser tomber.

Il acheta trois boîtes de cartouches calibre 12 à balles Breneke pour le Maverick, puis il se fit montrer les revolvers et les pistolets.

Le Beretta 9 mm à neuf cent cinquante réais lui faisait envie mais il lui rappelait trop celui que possédait Zé et avec lequel il avait abattu le jeune homme. Il acheta un Taurus 357 Magnum, modèle 66 blue, avec un canon de deux pouces et demi que ses petites dimensions permettaient de loger facilement dans une poche ou même de cacher dans une manche. Il choisit ensuite un revolver Rossi chromé, de calibre 38, modèle 718, en hommage au revolver de Tonino qui, tout vieux qu'il était, lui avait porté chance. Il acheta un Ruger 9 mm et un Glock autrichien dont la rugosité brutale lui plaisait.

L'homme aux lunettes approuva ses choix avec mesure. Tandis qu'il s'occupait, avec un soin maniaque, d'empaqueter les armes dans leurs boîtes d'origine, Barreto lui demanda abruptement si, parmi ses relations, il connaissait quelqu'un qui serait disposé à acheter de l'or.

L'homme garda le silence, le temps de lisser un pli, puis il dit, sans lever les yeux de son ouvrage, que l'or n'intéressait plus grand monde.

N'intéressait plus grand monde ?...

Barreto avait mal entendu !... Il s'était fait mal comprendre et cet imbécile répondait à côté !

N'intéressait plus grand monde ?...

Il débloquait... Il déconnait tout cru !

Aujourd'hui, poursuivait l'autre d'une voix posée, lente, tout en cisaillant avec précision un bout de scotch sur le bord de la vitrine blindée, ce qui marche c'est la poudre.

Barreto voulut lui faire signe qu'il était inutile de continuer à emballer ses achats, mais il ne se sentait même pas la force de remuer une main.

Le type aux lunettes mentait, naturellement, mais le calme de sa voix, son détachement comme s'il se moquait que Barreto le crût ou non, comme s'il se bornait à dresser un constat sans enjeu, glaçait le sang. Au lieu de protester, de gueuler que c'était pas vrai, au lieu de lui prouver qu'il mentait, Barreto restait les bras ballants avec un vide au milieu de la poitrine, les veines gorgées d'un sang glacé, le cœur à blanc !

Cocaïne, *maconha*, et puis de l'héroïne, aussi, depuis quelques mois, énumérait le type d'une voix trop sûre, enfournant méticuleusement les paquets dans un grand carton vide qu'il fermait d'une ficelle nouée !

Il mentait, *puta merda* ! Il avait une idée derrière la tête et il cherchait à l'abuser !

Pourquoi se sentait-il si faible ?.... Pourquoi éprouvait-il cette peur ? Cette peur, oui, cette trouille qui l'étreignait lorsque, en classe, il ne savait pas sa leçon et qu'il pressentait, avec une acuité bouleversante, que le professeur allait l'interroger.

Parce que le type avait une gueule de prof, des lunettes de prof ?

Parce qu'il parlait avec une lenteur, une componction de prof ?

L'homme tendit le paquet à Barreto mais celui-ci fut incapable de le prendre et le type le reposa sur la vitrine.

« Les armes », il sourit, « marchent pas mal également... Mais l'or... » Il fit une moue désolée comme s'il était contraint d'opposer à Barreto un refus qui ne lui plaisait guère. « L'or c'est plus d'aujourd'hui !... C'est lourd, c'est encombrant... il y a dix ans, lorsque je suis arrivé, avec l'inflation folle, tu aurais trouvé dix clients dans la journée mais depuis... le monde a changé ! » Il soupira.

Oui, ce putain de monde avait changé !

Barreto sortit de sa poche un rouleau de billets, compta ce qu'il devait. Ses doigts tremblaient. Il était faible : si faible !

Il allait pas défaillir, il allait pas tomber, s'étaler sur le sol comme une femme !

Il était Barreto, *puta merda* !

Barreto mes couilles !

Il était le p'tit Barreto !... le p'tit Aníbal !... Aníbal animal, comme les autres gosses d'Amarante l'avaient surnommé... Comme son père, même, le surnommait !

Aníbal animal !...

Il se sentit partir.

Tout ce qui était solide foutait le camp, devenait lointain, devenait froid et lui, faute de pouvoir s'appuyer quelque part, il se mettait à vaciller, à tournoyer. Il y voyait plus rien !

38

Il était assis sur une chaise, l'homme aux lunettes rondes lui parlait, penché sur lui, le tenant par l'épaule comme s'il redoutait qu'il dégringole. Barreto n'entendait pas ce que l'homme disait. Un autre type se tenait un peu en retrait.

Barreto tendit son bras blessé. « C'est ça !... », il gémit. « Ça fout malade ! »

L'homme aux lunettes examina la blessure, demanda depuis combien de temps il souffrait. Sa voix parvenait à Barreto à travers une espèce de brouillard sidéral, elle partait puis revenait dans un fading écœurant comme si elle provenait d'une radio réglée sur un émetteur planté sur l'autre face de la terre : là où c'était nuit, grand nuit...

« C'est une once ! » balbutiait Barreto. « Je me suis battu avec une once... du côté de Corumbá... »

Il voulut se lever mais l'homme aux lunettes l'en dissuada, lui conseillant avec fermeté de rester assis un moment encore.

Barreto dit qu'il avait soif et l'homme aux lunettes demanda à l'autre type, dont Barreto s'aperçut qu'il portait un gilet pare-balles, d'aller chercher de l'eau.

Barreto fit non, non, avec une grimace de dégoût. Il ne voulait pas de la flotte : il voulait de la cachaça ! De la bonne pinga brésilienne qui lui remettrait l'âme à l'endroit, chasserait ce froid qui le tenait encore, lui bloquant les mâchoires, lui gelant les doigts, paralysant ses mains jusqu'aux poignets. Le type au gilet pare-balles partit acheter de la gnôle, de l'autre côté de la rue.

Devant l'insistance bienveillante de l'homme aux lunettes, Barreto assura qu'il consulterait un docteur. Il rentrerait à l'hôtel, se reposerait un moment et puis il irait consulter le toubib : oui ! « Parole de Barreto ! » Il grelotta un rire transi. « Parole de delegado ! » Le garde revenait avec une bouteille blanche, sans étiquette, un petit verre qu'il remplit à ras bord.

Barreto avala deux verres à la suite. L'alcool lui traça une coulée chaude le long de la colonne vertébrale, restaurant l'axe de son corps devenu ignoblement mou durant son évanouissement. Le monde se remettait à l'endroit.

« Ça va ? » demandait l'homme aux lunettes.

Barreto sourit largement, heureux de revenir au Saïda Fire Arms, de rentrer dans sa peau de tous les jours, de récupérer son envergure de bœuf. Il se leva, fit quelques pas dans la boutique pour vérifier son équilibre. Oui, ça allait !

Il tâta ses poches, vérifia qu'on ne lui avait pas fourgué du papier à la place du rouleau de billets de cinquante réais ! Son fric était bien là, apparemment en entier. Il paya, se saisit du carton qui contenait ses armes, remercia l'homme aux lunettes. Avant de sortir, il avisa le type en gilet pare-balles, immobile, prêt à retourner devant son écran de surveillance vidéo quelque part dans les profondeurs de la boutique.

« J'avais raison », il grogna, « y en avait bien un autre… »

L'homme aux lunettes ne répondit pas davantage que la première fois et Barreto se maudit de n'avoir pas su fermer sa gueule. Il aurait dû savoir se taire comme cet homme étrange. C'était plus sûr et puis ça en imposait davantage !

Il faudrait qu'il réfléchisse à ça ! Lorsqu'il serait Seu Barreto, il se contraindrait à une parole parcimonieuse, mais pour devenir Seu Barreto, il lui fallait vendre son or. Un bref vertige lui fit tourner la tête.

Il était sur le seuil, prêt à plonger dans la rue, lorsque l'homme aux lunettes lui demanda quelle quantité d'or il souhaitait vendre.

Barreto se retourna pour lui faire face, le scruta de son regard pâle que l'autre soutint sans broncher, sans trahir ce frisson qu'il lisait, d'ordinaire, chez tous ceux qu'il soumettait à l'épreuve de ses yeux presque blancs. Il en conclut que ce type-là n'avait rien à cacher, qu'il ne préparait rien, ne se reprochait rien.

Barreto répondit qu'il possédait quatre-vingt-douze kilos d'or, en sûreté dans un coffre de banque. De l'or estampillé ! De l'or, il plaisanta, à l'épreuve des balles !

L'homme aux lunettes lui en offrait la moitié du cours du jour !

Barreto ricana.

L'autre pouvait monter à trois cinquièmes, pas au-dessus, car les prévisions n'étaient pas bonnes à cause du dollar, de la pression des Américains sur le marché de la drogue, du cours des astres qui marchaient pas comme il fallait...

Barreto haussa les épaules. Il se moquait du dollar, de l'inflation, des taux d'intérêt ! C'étaient des combines de banquier pour baiser le monde ! Lui il avait de l'or : du bon or ! De l'or de riche, *puta merda*, à dix-huit carats ! Il en voulait douze réais le gramme : à prendre ou à laisser !

L'homme aux lunettes comprenait le point de vue de Barreto. Il réfléchit un moment, tapota quelques chiffres sur une calculette avant de formuler ce qu'il présenta comme une ultime proposition. Il acceptait le prix mais il échangeait l'or contre des armes. C'était un bon négoce, ajouta-t-il, les armes trouvaient preneur facilement, n'importe où !

Les gangs de la cocaïne qui régnaient sur les favelas en cherchaient constamment, les trafiquants du corridor de la drogue, qui tenaient les terrains d'aviation égrenés le long de la frontière, également ! Les *fazendeiros* qui employaient des *jagunços* contre les hordes de paysans sans terre aussi : tout le monde voulait des armes !

Barreto haussa les épaules. À chacun son business ! Ça c'était pas le sien ! Il voulait des dollars ! Pas de fusil, pas de lance-grenades, pas de poudre de perlimpinpin ! Une valise de dollars, comme dans les films américains !

L'homme aux lunettes lui fit un sourire navré ! Dans ce cas, ils ne feraient pas affaire ensemble ! Qu'il tente le coup à Ciudad del Este ! L'ancien

Puerto Presidente Stroessner, en face de Foz d'Iguaçu, de l'autre côté du pont sur le rio Paraná qui faisait triple frontière ! C'était plein de Chinois, là-bas : ils arrivaient de Hong Kong, de Macao ! « Ici, tu trouveras pas ! Perds pas ton temps, crois-moi ! Va voir Ko, au shopping Nova Esperança ! Tu veux que je le note ? »

C'était inutile !

Barreto tourna le dos, son carton à la main. Il s'engagea dans le tunnel dépenaillé que faisaient les éventaires accolés l'un à l'autre, tout le long du trottoir. Des camelots au teint cuivré vendaient des jouets en plastique : des copies de Colt, de Smith & Wesson, des robots inspirés de dessins animés japonais qui avançaient avec un bruit de crécelle, et dont les armes, barbelées d'épines, crépitaient comme des meules ; d'autres vendaient des piles, des parapluies, des radios à deux sous ; des centaines, des milliers de lunettes de soleil : mauvaises copies de Ray Ban, d'Armani, de Vuarnet, rangées dans leurs boîtes de carton comme des œufs noirs et brillants pondus par des serpents, des sauriens mystérieux...

Barreto rit bruyamment et un vendeur se détourna de la radio dont il fouillait la tripaille pour regarder avec perplexité cet homme qui s'attardait devant son éventaire en rigolant.

« Des œufs ! » marmonnait Barreto. « Des œufs qu'on se fout sur la figure ! »

Le camelot hocha la tête, grimaça un sourire : il ne comprenait rien à ce que racontait ce type à envergure de bœuf, le visage ruisselant d'une sueur d'ivresse, mais ça aurait servi à quoi qu'il comprenne ?

Barreto chaussa une paire de Ray Ban à l'ancienne, aux verres bombés sertis dans une monture de métal fin, soi-disant plaqué or. Le camelot lui tendit un petit miroir rectangulaire qui ne reflétait guère plus que la moitié du visage.

« J'ai une gueule de mouche », rigola Barreto, « une gueule de grosse mouche... »

Il se tourna vers la fille épaisse, aux membres courts, surveillant l'éventaire voisin qui proposait des ribambelles de culottes. « T'aimes les mouches ? » lança Barreto.

La fille pouffa de rire.

Barreto jeta un billet au camelot, fit un sourire à la fille, palpa une des culottes qui pendaient, tendues sur des cintres. Une culotte noire, triangulaire, dont la bande de nylon festonné pénétrait dans la raie des fesses comme une sangle.

« C'est ça que tu portes ? » il demanda.

La fille porta la main à sa bouche dans un geste enfantin puis elle se détourna, conjurant la présence lourde de Barreto en regardant à l'opposé de cette masse de chair, de ce pilier de viande qui la perçait de ses yeux pâles jusqu'au tréfonds du ventre.

Barreto ricana : les filles se croyaient malignes, elles se croyaient fines, mais elles faisaient toujours les mêmes grimaces, les mêmes simagrées. Celle-là, par exemple, qui regardait ailleurs comme s'il était pas là, elle était prête à se faire cueillir, à se faire déshabiller comme une rose pressée de perdre ses pétales !

Elle était trop courte pour lui, trop épaisse, trop vulgaire ! Il prenait cependant plaisir à la taquiner, à lui faire croire qu'il l'inviterait à boire un verre, sa journée terminée, qu'il chercherait à la fourrer quelque part dans le campo, à l'arrière d'une bagnole : saouls tous les deux de bière et de cachaça, comme quand il était adolescent, à Amarante, sauf qu'alors il avait pas de bagnole, qu'ils faisaient ça par terre, sur le sable, au bord du rio Pindaré, ou bien debout, la fille cramponnée à un arbre, à un mur, à un piquet de clôture.

Il élargit les jambes d'une grande culotte rouge. « Et ça », il dit, « qu'est-ce que c'est ?.... Une manche à air ? »

La fille lui jeta un regard hébété.

« Une manche à air ! » il répéta, « ce qu'on met sur les pistes d'aviation pour connaître le vent. »

Elle ignorait ce qu'était une manche à air, elle n'avait jamais mis les pieds sur un terrain d'aviation !

Elle valait pas la peine : il perdait son temps avec une conne !

Il reprit sa marche au hasard du trottoir, baissant la tête pour ne pas se faire caresser le visage par les culottes suspendues à des ficelles comme des fanions déployés pour célébrer la fête des culs qui finirait jamais !

Ouais, il avait pas pensé aux Chinois mais c'était probablement une bonne idée que de s'adresser aux Chinois.

Barreto ne peinait pas dans la foule : il était trop imposant, trop puissamment charpenté, trop étrange aussi, avec ces lunettes bombées qui lui faisaient une gueule d'insecte méchant, cette sueur hémorragique qui baignait son visage, pour qu'on résiste à son avance, pour qu'on ne s'écarte pas spontanément de sa route.

Il entra dans une galerie marchande poussiéreuse. Un Asiatique grassouillet vendait des montres ; en face, un autre Asiatique, mince comme un cure-dent, vendait des appareils électroniques ; un troisième, perché, rêveur, sur un tabouret de bar, trônait parmi les fleurs en plastique, les couteaux, les robots de cuisine.

Y avait que des Chinois dans cette galerie : des p'tits Chinois tout jaunes !

Barreto poussa la porte, passa la tête par l'entrebâillement, convaincu qu'il ne servirait à rien qu'il entre dans la boutique.

« T'as des armes ? » il jeta.

« Armes ?.... », répéta le Chinois.

« Des armes ! » insista Barreto. Il fit « Bang ! bang ! », crochetant du doigt une détente imaginaire.

Le visage du Chinois s'éclaira. Il invita Barreto à entrer, à s'approcher du comptoir derrière lequel il officiait et sur lequel il posa une boîte de carton.

« Bang ! bang ! » il fit, approuvant de la tête.

Barreto empoigna le pistolet dont la légèreté le surprit. Ce n'était qu'une réplique, presque parfaite, d'un Beretta 9 mm. Il appuya fortement le canon sur la joue du Chinois qui, bien qu'il sût que l'arme était en plastique, verdit littéralement.

« Bang ! bang ! » éructa Barreto, avant de reposer le jouet dans sa boîte.

Culottes, culottes : toutes les femmes du continent se rassemblaient sur la frontière pour exhiber leurs dessous ! Les maigres, les grosses, les danseuses de beuglant, les femmes à barbe, les épouses de scaphandriers... Toutes avaient accroché leurs foutues culottes aux fils tendus en travers du trottoir !

Radios, lunettes de soleil, culottes ! Plastique, nylon, plastique, cartons de bouteilles de whisky, cartouches de cigarettes, palettes de boîtes de bière...

Barreto avait soif. Il traversa la rue, insensible aux bagnoles qui cornaient leur indignation à grands coups de Klaxon : il les emmerdait, qu'elles aillent se faire défoncer le pot ! Il leur pissait dessus ! Il s'assit à une table de fer, but deux Antártica coup sur coup. Peut-être qu'à Ciudad del Este, ils avaient des Chinois différents de ceux d'ici ?...

39

Laís lui avait rendu visite, comme chaque jour, et, comme chaque jour, l'avait adjurée de sortir, de quitter sa baraque dans laquelle elle se bouclait comme dans une prison, subissant, comme dans une prison, les cris perçants des gosses, les hurlements de cette conne de Gilda, la radio poussée à fond, les gueuleries d'Izalco quand il avait un coup dans le nez.

Elle avait répondu non, non et non, laisse-moi, Laís, j'ai pas le cœur à sortir, j'ai pas le cœur à me promener.

Laís ne se laissait pas démonter facilement.

Tu crois que ça lui fait plaisir de te savoir enfermée depuis des jours ? Tu crois qu'il est heureux, là-haut, sur son nuage ?... Tu lui gâtes son paradis, ma p'tite, tu l'emmerdes, c'est tout ce que tu fais, à rester cloîtrée comme une nonne !

Je lui parle, Laís, j'arrête pas de lui parler...

Et qu'est-ce que tu lui racontes ?... Que tu l'aimes. Tu lui expliques que tu t'es embrouillée le jour où tu as coupé le cou de la poule noire pour le rendre *corpo fechado*. T'es pas *pai de Santo*, ma pauvre Carmelita, sinon, il serait toujours de ce monde et vous vous enverriez en l'air à faire fumer le matelas ! Tu lui répètes que t'avais jamais rencontré d'homme plus sensible, plus beau, plus intelligent que lui, que vous étiez faits pour vous aimer, pour vivre ensemble, que t'aurais su le rendre heureux comme aucune autre femme aurait su ! Je me trompe ?

Non, elle se trompait pas !

Comment savait-elle ?

C'était pas difficile de deviner ce qui trottait dans la cervelle d'une femme qui se prenait pour une veuve ! Elle oubliait que Laís avait perdu Morris !

Tu le saoules, ce pauvre Zé, à répéter la même chose ! Tu le barbes, ma vieille ! Sors, vois du monde, raconte-lui comment ça va dehors !

Carmelita n'avait envie de se rendre nulle part mais Laís avait toujours été de bon conseil ! C'était vrai, elle ne devait pas être très drôle à ruminer sa contrition, Zé devait se raser, là-haut, dans son ciel d'azur, à écouter ses regrets, ses jérémiades de *mulata* désespérée.

Carmelita s'était creusé la cervelle un long moment avant de proposer d'aller boire un verre au Ponton 41. C'était pas un endroit pour des femmes comme elles mais de la terrasse du Ponton, qui donnait sur le lac, on voyait la péninsule des Ministres toute proche. Elle apercevrait peut-être, à travers les arbres, la villa du sénateur Pedreiro où elle avait accompagné Zé, la nuit où cette garce de Dora s'était tiré une balle dans le carafon.

Elle n'avait pas voulu prendre un bus : ça secouait et elle ne se sentait pas suffisamment assurée pour affronter le regard des gens. Laís prétendait que son visage était gonflé comme celui d'un boxeur après un combat en douze rounds contre un camion de cailloux. Elle se moquait que son visage fût marqué mais si quelqu'un de connaissance lui lançait une de ces remarques acides qu'on entendait par là, ses nerfs lâcheraient et elle lui sauterait à la figure.

Elle avait fait à Zé des funérailles de sénateur. Elle lui avait offert un cercueil de bois précieux capitonné de satin pourpre, un transport funèbre dans une limousine de luxe… Elle avait claqué de quoi vivre pendant un an mais il lui restait tout de même suffisamment d'argent pour s'offrir un taxi. La vieille Chevy d'Alcides les chargea près du mur du barrage et les déposa au Ponton.

La terrasse était à moitié pleine et Carmelita redouta qu'on ne les chasse, Laís et elle, pour réserver leur table à la clientèle habituelle, mais le garçon qui vint prendre leur commande ne fit aucun commentaire. Laís prit une caipirinha. Avec un ventre vide depuis près de trois jours, boire de l'alcool aurait été suicidaire. Carmelita commanda une chope de bière.

Elle scruta à s'esquinter les yeux la masse de feuillage qui bouillonnait sur la péninsule. Elle se rappelait la nuit, les voitures rangées le long des murs comme des insectes assoupis, elle se rappelait Zé papillonnant d'une voiture à l'autre et puis cette blonde, en tailleur blanc, qui l'avait surpris, le corps à moitié avalé par une grosse bagnole ! Cette blonde de malheur avait collé un flingue sur la nuque de Zé et Carmelita avait cru qu'elle allait le lui tuer sur-le-champ !

C'était à cause d'elle qu'il était mort ! À cause de cette blonde ! Les blondes, ça valait rien !

Elle liquida la moitié de sa chope et la tête se mit à lui tourner !

Ces cochons de ministres étaient à l'abri, là-bas, dans leur parc à ministres ! On n'apercevait rien de rien, même pas un bout de mur, encore moins un bout de ministre ! C'était pas la peine qu'elle continue à s'abîmer les yeux.

Le lac était un miroir. Elle chercha dans les reflets. Des fois qu'elle y découvrirait le visage de Zé qui l'épiait depuis là-haut, planqué entre deux nuages.

De grosses lettres blanches barraient le bâtiment qui faisait face au Ponton, de l'autre côté du lac. Laís lisait un peu et Carmelita lui demanda ce qui était écrit. Laís déchiffra : *Cota 1000*. Elle ignorait ce que ça signifiait et appela le garçon pour le lui demander. L'homme répondit que Brasília était à mille mètres d'altitude. C'était aussi simple que ça.

Laís remercia et Carmelita fondit en larmes. Le garçon regardait, sans comprendre, ses épaules qui tressautaient dans les convulsions des sanglots.

Pourquoi cette *mulata* chialait comme ça ? Laís répondit que son *amiguinha* venait de perdre son homme, *tadinha* !

Le garçon fit une moue respectueuse : c'était un bon motif pour pleurer ! S'il venait à claquer soudainement, il aimerait que sa femme pleure avec cette ferveur, avec ce... comment dire... avec l'enthousiasme de cette *mulata*.

C'était pas tous les jours qu'on voyait ça ! Le mort devait être content, le pauvre ! Il devait jubiler là-haut, dans les nuages.

Il s'en alla chercher un paquet de serviettes en papier pour que Carmelita se mouche et éponge ses larmes.

40

Elle était enfant à la fin de la dictature : les souvenirs qu'il lui restait de cette époque étaient vagues, fragmentaires. Elle se rappelait par exemple un voyage en voiture. Toute la famille s'était entassée dans la vieille Rural Williams que son père avait achetée presque à l'état d'épave et qu'il avait remise en marche tant bien que mal. Son père n'était pas doué pour la mécanique. C'était ennuyeux pour un garagiste !

Elle eut un rire perlé.

Il n'était pas doué non plus pour avoir des enfants et pourtant il en avait fait cinq !

On l'avait casée à l'arrière, sur les valises, avec sa sœur Lígia. Elle revoyait le hayon qu'on abaissait sur elle. La poussière jaune déposée sur la vitre diffractait la lumière du soleil. Tout au long du parcours, qui lui avait paru très long, elle avait imaginé que ce rectangle de verre était un écran de cinéma sur lequel on projetait un film qui se déroulait en Afrique.

Où allaient-ils ?... Mille fois elle avait posé la question et personne n'avait su lui répondre.

Par la suite, lorsqu'elle avait été en âge de comprendre, n'avait-elle jamais entendu parler de ce qui s'était passé durant ces années-là ?

On avait sans doute abordé le sujet devant elle mais ça ne l'intéressait pas et, quand ça ne l'intéressait pas, ce qu'elle entendait entrait par une oreille et ressortait par l'autre !

Qu'est-ce qui l'intéressait ?

Elle haussa les épaules. Ce qui amusait les filles... Sa tante lui avait rapporté une douzaine de poupées Barbie des États-Unis : Barbie princesse, Barbie papillon bleu, Barbie des îles... Ses amies en avaient bavé de dépit et d'envie pendant des mois ! Un Noël, sa mère lui avait offert une très belle réédition de la collection complète des « Trésors de la jeunesse » dont la lecture avait bercé sa propre enfance. C'était ringard mais elle adorait les dessins d'illustration et il lui arrivait encore d'ouvrir le livre et de les contempler.

Pour quoi se passionnait-elle lorsqu'elle était adolescente ?

La musique ! Le rock punk... le rock destroy : Sex Pistols, Clash... Les garçons...

Elle fit un sourire en coin, trempa le bout de son doigt dans la petite flaque de liquide qui entourait son verre et tira un trait jusqu'au bord de la table. L'eau s'égoutta et elle dut écarter les jambes pour ne pas tremper son pantalon.

S'il le souhaitait, elle pouvait lui raconter la première fois qu'elle s'était fait baiser. Où ça s'était passé, comment, ce qu'elle avait ressenti...

Il eut un rire désabusé. S'il avait dit quelque chose laissant supposer ce genre de curiosité, c'était une erreur de sa part : une maladresse qu'il la priait de lui pardonner.

Elle n'aimait pas qu'on lui pose des questions intimes... Elle supportait mal qu'on fouille dans sa vie.

La femme qu'il avait aimée toute la nuit durant pâlissait doucement à la lumière trop forte du soleil, dévoilant une fille de vingt ans pas très sûre d'elle-même, qui ne savait que faire encore de sa féminité.

Le miroitement de l'eau accrochait des reflets ondulants sur les poutres qui soutenaient le toit de palme.

Plantée dans la boue rouge de l'autre rive, une garça poussait un cri aigu, plaintif : *Iiiiii... Iiiiii...*

Ses parents n'avaient jamais débattu de cette époque devant elle ?

Elle ne sourcilla pas. Ses parents étaient toujours si présents dans sa vie qu'il lui semblait naturel de parler d'eux. Il ne lui vint pas à l'esprit que les évoquer soulignait sa jeunesse, faisait peser sur elle un soupçon d'immaturité.

Du doigt, elle orientait les poches d'eau qui séchaient sur la table pour les rassembler en une flaque plus grande, plus facile à faire dégouliner. Non, ils ne lui avaient rien dit là-dessus !

Que faisaient-ils alors ?

Son père s'occupait du garage, sa mère tenait la maison... Ce qu'ils pensaient de la dictature ?... Pas grand-chose ! Durant cette période, son père avait dû batailler âprement pour obtenir la concession Autolatina de Goiânia sud, dont il était d'ailleurs toujours propriétaire. Depuis, il en avait monté une seconde, beaucoup plus grande, à Anápolis.

Otelo l'interrompit d'un geste agacé de la main : il se moquait des concessions automobiles, des voitures, de toute cette ferraille qui passionnait tant de gens !

Elle lui fit un sourire amical : elle s'en foutait aussi !

La complicité de Clarissa lui fit plaisir. Un instant il se sentit plus proche d'elle avant de penser qu'il se contentait de bien peu. Il se conduisait comme ces types qu'on rencontre dans les bars et qui cherchent à tout prix à trouver un terrain d'accord avec leurs compagnons de comptoir, peu importe le sujet, pour se sentir pareils à l'autre, pour se sentir moins seuls... Quelle misère...

Une barque effilée remontait le fleuve, traînant derrière elle le vrombissement aigre d'un moteur teigneux dont les arbres, hauts et serrés, renvoyaient l'écho. La barque pénétra dans le brillant de l'eau et, pour se protéger de l'aveuglement, Otelo chaussa les Ray Ban à monture dorée.

Des cris d'enfants lui firent tourner la tête : une troupe d'une dizaine de gamins s'ébattait sur la berge.

Pourquoi s'entêtait-il à vouloir conduire la conversation là où il l'avait prémédité ? Pourquoi ne s'abandonnait-il pas à la chaleur du soleil, à l'alcool, à la proximité prometteuse de Clarissa au lieu de parler, parler, parler ?

Ça ne servait à rien de vider son sac ! Il n'en serait pas soulagé pour autant !

Elle devait savoir avec qui elle couchait, il devait le lui apprendre ! Pourquoi ?... Parce que l'homme qu'il prétendait être se devait d'être loyal, spécialement avec une fille de vingt ans...

Ce sentiment chevaleresque était risible : il en était resté aux années cinquante ! Plus personne aujourd'hui, à part lui sans doute, n'aspirait au statut de gentleman !

N'importe ! Il fallait qu'il aille jusqu'au bout, qu'il crache le morceau ! Moins par égard pour Clarissa, en vérité, que pour lui-même ! Il fallait qu'il se délivre de ce secret qui pesait sur sa langue !

À vingt ans, lui non plus ne se préoccupait guère de politique ! En signant son engagement dans l'armée, il avait demandé une affectation dans les territoires du Nord : le Pico da Neblina, aux confins du Venezuela, le faisait rêver comme Clarissa rêvait sur les illustrations des « Trésors de la jeunesse ».

Elle chaussa à son tour ses lunettes aux verres obscurs, en ailes de papillon, dont la pointe remontait sur ses tempes et il la soupçonna aussitôt de vouloir dissimuler son ennui. Il se tut et elle l'encouragea à poursuivre.

On l'avait affecté aux services de renseignements de l'armée qui manquaient de monde face à une opposition de plus en plus vindicative. Ils lui avaient fait croire, sans trop de difficulté d'ailleurs, que le Brésil était en guerre contre les communistes manipulés par la Russie. Il devait gagner cette guerre pour sauver son pays, sauver le monde libre !

Il ricana.

C'était l'époque des premiers James Bond !

Il avait reçu pour mission d'infiltrer les groupes d'extrême gauche qui, l'un après l'autre, se prononçaient pour la lutte armée. Il avait cru que s'il contribuait à démanteler la guérilla, il finirait par ressembler à Connery qu'on voyait sur tous les murs de Rio, les bras croisés sur la poitrine, brandissant un flingue au canon prolongé d'un silencieux.

Il dessinait des ronds dans l'air avec sa main pour mimer à quel point on lui avait tourné la tête.

Croyant qu'il l'appelait, le garçon se rendit à leur table. Otelo commanda une autre bière.

Il s'était inscrit à la faculté de droit. Il avait si bien travaillé son personnage de jeune intellectuel épris de démocratie, il parlait si couramment la langue de bois révolutionnaire, qu'à la fin de l'année universitaire il était en situation de choisir le groupe qui le recruterait. Il avait penché pour le MR-8 à cause d'Íris… Pour les beaux yeux d'Íris.

Clarissa cessa son jeu avec l'eau répandue sur la table, elle se cala dans son fauteuil de rotin et demanda qu'il lui décrive Íris.

À en croire les journaux, la guérilla avait recruté des bataillons entiers de blondes incendiaires qui arpentaient les rues pistolet mitrailleur au poing !

Íris n'était pas blonde mais elle trimbalait toujours dans son sac un Scorpion tchèque, rapporté de Cuba, dont elle n'hésitait pas à faire usage. Ses camarades croyaient qu'elle n'avait peur de rien, mais un soir qu'ils étaient sur la plage, contemplant la lune qui montait sur la Restinga de Marambaia, elle lui avait confessé qu'elle crevait de trouille à chaque opération.

Il admirait éperdument Íris.

Il l'aimait ?

Oui. Il l'aimait ! Dix-huit ans après qu'on l'eut tuée, il était toujours certain de l'avoir aimée.

Des gosses grimpaient deux à deux sur un tronc écorcé par les crues qui avançait sur le fleuve un cou de serpent arthritique. Ils luttaient à mains plates pour se déséquilibrer et tombaient dans l'eau brune en hurlant.

Durant deux ans, il avait fait croire aux gens du MR-8 qu'il était un des leurs. Il était devenu un expert réputé pour les attaques de banques si bien qu'on l'avait sollicité pour participer à l'enlèvement d'un diplomate.

Les étrangers ne se méfiaient pas encore. Une fausse lettre d'accréditation à l'appui, Íris s'était fait passer pour une journaliste. Elle lui avait collé deux appareils photographiques autour du cou et ils s'étaient rendus au domicile de l'homme : une villa de la Barra da Tijuca.

Le reste de l'équipe attendait dans la rue. L'interview terminée, Íris avait demandé que toute la famille se rassemble pour une photo souvenir et, lorsque le groupe avait été au complet autour du père, elle l'avait mis en joue avec le Scorpion.

Le souvenir de leurs mines de gringos ébahis le faisait encore rire ! Ils avaient jeté un sac en plastique sur la tête du diplomate et ils l'avaient fourré dans la camionnette que conduisait Gonzaga !

Clarissa riait. Elle avait vu tant de dessins animés à la télévision, tant de films américains qu'elle n'avait aucun mal à imaginer la scène !

Ça s'était déroulé en plein jour ?

Un samedi, en fin d'après-midi.

Íris et lui s'étaient séparés immédiatement. L'unique fois où il l'avait revue, elle pendait, nue, sanglante, attachée au *pau-de-arara*.

Le mur de clôture, d'un blanc aride, leur renvoyait une lumière crue, une lumière à vif.

Un gros insecte à carapace de bronze tournoyait sur lui-même à la surface de la piscine. Combien de temps mettrait-il à se noyer ? Durant combien de temps encore se débattrait-il aveuglément ? Le bord n'était pas très loin mais il paraissait déréglé et tournait, tournait, comme cloué sur cette eau immobile par une épingle plantée dans le milieu de son corps rondouillard.

Ils avaient arrêté Íris, ils l'avaient torturée ?...

Ils les avaient tous arrêtés et torturés !

Otelo s'était rendu à Brasília pour négocier leur exil avec le général responsable de la lutte antisubversive : le général Gorila... le général...

Il lui fallait toujours fouiller sa mémoire un long moment avant de se rappeler son nom !

Il avait expliqué au général qu'ils n'étaient que des gosses qui jouaient à la guerre : le gros Gonzaga, honteux de la richesse de son père, la grande Julieta pour qui le monde était peuplé de camarades, Evandro qui se prenait pour un Christ des faubourgs ami des prolétaires, Nico qui se voulait l'égal de Lénine, de Marx, et Íris, la femme au Scorpion. Íris qui, si elle avait vécu, aurait ridiculisé toutes les actrices de cinéma, blondes ou pas blondes, qu'on avait vues sur les écrans, une arme à la main, durant les dix dernières années.

Le général Corrêa — c'était le général Corrêa — lui avait promis, lui avait juré sur le drapeau qu'ils auraient la vie sauve parce que c'était vrai, *meu filho*, ils jouaient : à des jeux dangereux certes, mais ils jouaient !

Otelo l'avait cru.

Il avait cru à la parole du général Corrêa. Il avait été persuadé qu'Íris, Julieta, Gonzaga, Nico, Evandro et les autres s'en tireraient avec une engueulade sévère, peut-être même quelques coups, avant qu'on ne les envoie cuver leur prurit révolutionnaire à l'étranger ! Chico Buarque vivait en Italie, Caetano Veloso en Grande-Bretagne, d'autres en Scandinavie, en France, en Allemagne...

Comme s'il ne savait pas qu'on tuait, que des suspects se faisaient descendre en pleine rue, qu'on retrouvait des corps mutilés sur les plages de la baie de Guanabara !

On tuait, oui, mais il était persuadé qu'on ne tuerait pas ses révolutionnaires à lui !

... Cet abruti d'insecte allait se noyer ! Déjà il vrombissait moins fort, tournoyait moins vite ! Sa carapace de bronze le tirait vers le fond ! Un gamin avait glissé sur le bois mouillé de l'arbre qui avançait sur la rivière, il pleurait, les deux mains en coquille serrées sur le bas de son ventre. Les autres se moquaient de lui, tiraient sur son slip de bain pour le lui arracher !

Ils les avaient torturés à mort !

Pour rien ! Des dizaines, des centaines d'informateurs comme lui étaient infiltrés dans les groupes de guérilla et les abreuvaient de comptes rendus, de rapports précis, circonstanciés. La seule réelle difficulté que rencontraient à l'époque les forces de la répression, c'était l'abondance des informations qu'elles devaient traiter ! Les ordinateurs étaient encore rudimentaires et l'armée manquait de personnel qualifié.

Ils les avaient torturés par vengeance : pour les punir d'avoir voulu être différents de ce qu'ils étaient eux-mêmes, pour avoir, en quelque sorte, trahi le père, ce qui, à leurs yeux, était le pire des péchés !

Ils les avaient torturés parce qu'ils avaient eu peur qu'on ne leur change leur monde, qu'on ne bouge les règles du jeu et qu'eux, petits joueurs, joueurs terriblement limités, ne paient les pots cassés du changement !

Ils les avaient torturés parce qu'ils aimaient ça ! Ça les faisait jouir d'enculer un type qui leur donnait un alibi, ça les faisait bander de baiser des filles qui, ailleurs et en d'autres temps, les auraient pris pour des minables et les auraient traités avec mépris !

… Rien ne bougeait : pas un souffle d'air n'allégeait la canicule. Les gosses avaient délaissé l'arbre qui poussait sur le fleuve son long cou de serpent. Il ressemblait désormais à un nerf coupé, à un tendon sectionné.

L'insecte à carapace de bronze interrompait de temps à autre son agitation désespérée et stérile. Otelo se leva, saisit l'épuisette à long manche, appuyée contre le mur, qui servait à nettoyer la piscine, il la glissa sous l'insecte à demi noyé qu'il déposa sur le dallage de terre cuite avant de regagner sa chaise.

« Tu ne l'as pas tuée », elle dit, « tu n'as tué personne. »

L'insecte gisait sur le dos : immobile.

Il ne les avait pas tués de sa main, certes, mais il avait fait pire : il les avait trahis !

« C'est vieux », elle dit, « c'était il y a longtemps ! »

Sa voix était douce, il avait envie de la croire.

Ça lui paraissait très ancien, oui ! Qui se souvenait aujourd'hui de cette époque ?

Des urubus tournaient dans le ciel d'en face. Ils avaient sans doute repéré une charogne ou bien ils attendaient qu'un animal blessé finisse de crever. Leurs ombres noires allaient tourner ainsi des heures durant, arrondissant le temps en courbes élégantes. L'orage qui, rapidement, montait sa crème noire aurait peut-être raison de leur manège ?

Ceux qu'il avait combattus sans le vouloir, tout comme ceux qui l'avaient jeté dans ce combat infâme et dont il avait compris, depuis longtemps maintenant, qu'ils étaient ses ennemis, n'étaient plus que de pâles figurants. Ils vivotaient dans l'ombre, hors jeu désormais, comme il l'était lui-même. Certains avaient acheté des fazendas avec l'argent détourné ou carrément volé durant la dictature, ils cultivaient leurs terres et se faisaient toujours appeler général ou « coronel », comme les potentats légendaires du Nordeste, mais ils ne commandaient plus que leurs fesses, et encore…

L'insecte gisait sur le dos : immobile, les pattes à demi repliées. Peut-être soufflait-il après sa grande peur, peut-être rassemblait-il ses forces avant de fuir lourdement à travers le gazon…

Un tonnerre roulant arriva par le fleuve.

Il ne retrouverait jamais le jeune homme foudroyé par l'assassinat d'Íris. Il l'avait cherché en vain. Il était mort, lui aussi, tout comme Zé était mort.

Les rêves, bons et mauvais, étaient morts. L'idéologie était morte. Ne restait que l'argent : la soif désespérée et folle de l'argent !

Un vent léger agita les feuilles. Le rideau d'une pluie lourde avançait vers eux. Clarissa se leva, lui tendit la main. « Viens », elle souffla, « viens... »

La sueur de l'amour séchait sur le corps d'Otelo, les éclairs déchiraient la pénombre de la chambre. Clarissa dormait. Il caressa tendrement la joue de la jeune femme. Il se sentait apaisé.

41

Barreto jeta un coup d'œil haineux à son avant-bras. Cette saloperie de clébard avait bouffé Dieu savait quoi ! Cette salope de Dona Confidência le nourrissait de charogne ! Ce putain de clebs avait de la pourriture dans les dents ; en le mordant, il la lui avait enfoncée dans le corps. Ce morceau de membre enflé, d'une sale couleur brun-rouge sous la pommade huileuse, ne lui appartenait pas : ça n'était pas lui !

À mesure que l'infection gagnait, Barreto considérait son bras blessé comme une excroissance dont la lancinante présence lui était de plus en plus insupportable. Il aurait voulu l'arracher comme une branche morte, le balancer par la fenêtre ouverte.

Les bâtiments d'une fazenda, peints d'un blanc lumineux, glissaient sur la droite de la Bronco. Devant s'étendait un petit lac aux eaux noires, semées des chicots gris, fibreux, de nombreux arbres desséchés. Des grues, d'un blanc éclatant, se tenaient immobiles sur ces colonnes tronquées, le bec tourné vers le soleil levant, fascinées par l'imminence d'un événement essentiel.

Barreto ralentit, fit demi-tour, revint vers le lac, les grues, la fazenda immaculée. Il arrêta la Bronco sur le bord opposé de la route pour ne pas effrayer les oiseaux, passa sur le siège du passager et s'absorba longtemps, son front plein de sueur appuyé au montant de la portière, dans la contemplation de cette vision miraculeuse à peine troublée par les passages spasmodiques de quelques camions, de rares autobus.

Les bâtiments bas, les barrières à l'anglaise qui rayaient le capim d'un vert intense, c'était son rêve qu'était tombé de sa tête ! Comment qu'il avait atterri là alors qu'il avait jamais foutu ses pieds de delegado dans ce coin du pays, qu'il avait même jamais pensé s'y rendre ? Il en savait foutre rien, *puta merda* ! Mais c'était bel et bien son rêve, là, sous ses yeux : il le reconnaissait !

Des fois, la tête ça joue des tours !... Hein, Aníbal...

Putain ! oui que ça joue des tours... On croit qu'on veut quelque chose, on s'accroche et puis, quand on l'a, on s'aperçoit qu'on le voulait pas tant que ça, ou bien c'est le contraire... On croit qu'on veut pas mais, en réalité, on veut tellement qu'on se ferait crever pour pas qu'ça vous passe sous l'nez...

La tête Aníbal, c'est le bordel !... La tête, c'est le merdier...

Ce qu'il ferait d'une belle fazenda comme celle-là ?... Elle avait l'air d'un gâteau : un grand et beau gâteau chargé de leite moça, posé sur une *grama* d'un vert profond, rase, taillée comme un bout de moquette. Cette belle fazenda, il la boufferait !

Il but une des Tauber qu'il avait achetées dans une station Chevron, à la sortie de Ponta Porã. Elles resteraient pas fraîches très longtemps ! Il avait intérêt à les téter rapidement s'il voulait pas se taper de l'urine de cheval dans quelques kilomètres.

Ouais, c'était son rêve, *puta merda* ! Peut-être que s'il marchait dessus il s'ouvrirait pour lui ? Peut-être que Lene l'attendait sur le seuil de la fazenda ? Peut-être que les gosses jouaient déjà, quelque part dans les profondeurs de la bâtisse centrale ?...

Peut-être que la grosse Zulma paressait à l'étage, vautrée, à poil, sur un grand lit, tous ses jambons à l'air ! Il sourit à la grosse Zulma, à son cou soyeux bordé de cheveux bouclés.

Il descendit lourdement de la Bronco, rota, traversa en titubant le ruban de bitume. Les grues s'envolèrent en un long pointillé réticent et il resta seul face à l'eau noire du lac dans laquelle il pissa abondamment, produisant un bruit de flotte qui lui résonnait dans tout le corps. Un semis d'écume blanche dérivait en serpentant.

Le départ contrarié et dédaigneux des grues lui prouvait qu'il n'était pas dans un rêve, *puta merda* ; en tout cas, si ça en était un, c'était pas le sien ! Ce paysage lui resterait dans un coin de la mémoire et lorsqu'il aurait enfin vendu son or, il se mettrait en quête d'un endroit qui ressemblerait à ça !

Il cogna son bras blessé en remontant dans la cabine. La douleur lui emporta la moitié du torse et il hurla de toutes ses forces pour expectorer la souffrance. Il cria longtemps, sauvagement : il cria l'angoisse qui le tenait, qui lui serrait le cœur, cria son bras blessé qui lui faisait dégoût, cria sa solitude…

Il soutira dans la seringue deux des cinq ampoules de Palfium qui lui restaient et se les injecta dans la cuisse. Il demeura immobile un moment, ruisselant, suffoquant, muscles bandés, mâchoires serrées pour combattre la douleur qui, enfin, s'apaisa, se retira loin dans ses chairs, dans la profondeur de ses os, le laissant pantelant.

Il remit la Bronco en route, partit droit devant lui à la rencontre des Chinois de Ciudad del Este, des p'tits Chinois de Chine qui lui achèteraient son or. Y en avait plein là-bas ! Ils l'attendaient de l'autre côté de la frontière. Vers l'est, *puta merda* : là où le soleil se lève !

Des pistes de terre d'un rouge violent, comprimées entre une double haie de piquets, s'enfonçaient dans le gras du paysage.

Où qu'elles allaient ?... Hein ?... Elles ressemblaient à des veines pleines de sang !

Il saluait des cohortes de bœufs superbes qui regardaient passer la Bronco d'un œil bienveillant.

Ils lui souriaient, se demandaient l'un l'autre : t'as vu qui c'est qui passe ?... C'est Aníbal !...

Aníbal, le delegado ?...

Le delegado ! Il va vendre son or aux Chinois de Chine qui débarquent au Paraguay !

Des bœufs aux robes claires, criblées de taches rousses, comme ceux qui pataugeaient dans la rivière sur la peinture de la fazenda Pedreiro, quand il avait flingué le vieux et Saulo !

Quand il avait flingué Zé...

Il ne voulait pas de ce souvenir-là et fit un effort pour chasser de sa mémoire l'image de Zé auréolé du pourpre de son blouson, soyeux comme le sang frais.

Va revenir plein de dollars ! Va revenir riche, *puta merda*, va se taper des filles bombes atomiques !

Parfois, le défilement des arbres, des clôtures, du bitume lui paraissait absurde, il se demandait ce qu'il foutait au volant de la Bronco lancée dans un paysage inconnu. Il regrettait de s'être injecté tant d'ampoules dans la cuisse, et puis il entendait l'appel des Chinois et se laissait de nouveau emporter.

La route cisaillait des champs de soja dont le vert sombre, un peu bleu, moussait à perte de vue.

La bière était chaude, dégueulasse : lorsqu'il décapsulait une bouteille, il en jaillissait des flots de mousse qui ruisselaient le long du goulot, trempaient ses mains qui collaient au volant.

Il fit le plein dans une station Texaco, acheta une glacière de voyage en plastique bleu presque identique à celle qu'il avait achetée à Miranda. Il la fit remplir de Brahma qu'il enfouit sous de la glace concassée, reprit la route, la glacière calée sur le siège du passager.

Peu avant la nuit, il passa une succession de silos à blé portant en grosses lettres rouge et bleu : TRIGO DALLAS. Un peu plus loin, un hôtel sans nom était échoué comme un radeau en bordure de la route. Un tas de fumier bornait l'entrée, les boxes des chambres saillaient des murs comme des stalles pour le bétail. Barreto éclata de rire : ce putain d'hôtel ressemblait à un élevage de cochons, c'était l'hôtel des porcs, l'hôtel de la volaille et des truies réunies !

Il traversa le rio Paraná par le bac de Guarra, contourna la ville et, lorsqu'il se fut suffisamment éloigné pour que le halo des lumières de l'agglomération eût disparu de son ciel, il gara la Bronco sous une mangueira et s'endormit d'un sommeil comateux.

42

Lorsque Otelo regagna la Logus, la radio marchait à fond. Clarissa avait fait remplacer le bouton de commande qu'il avait jeté par la fenêtre. Deux ou trois types éructaient *No future !* sur un fond de guitares écorchées. *No future !...*

Il s'assit derrière le volant, sourit à Clarissa pour masquer son irritation. Ils s'étaient réveillés vers dix heures, avaient pris un petit déjeuner sommaire puis ils s'étaient baignés une quinzaine de minutes dans la piscine dont l'eau trop chlorée les avait incommodés.

Otelo n'avait pas retrouvé l'insecte à la carapace de bronze qu'il avait sauvé de la noyade, mais son absence ne signifiait pas pour autant qu'il était toujours en vie : un *faxineiro* balayait chaque matin les abords de la piscine, peut-être avait-il jeté le cadavre de l'insecte dans le gazon ?

Ils avaient déjeuné légèrement puis ils avaient regagné leur chambre et ils avaient fait l'amour.

Ils faisaient l'amour comme on s'enivre. Après qu'ils avaient joui, ils somnolaient un moment puis, la lourdeur du plaisir dissipée, ils chargeaient leurs sacs de voyage dans la Logus, Otelo réglait la note et ils quittaient la ville.

Ils allaient au hasard, confiant leur choix au caprice de la route, aux aléas du trafic. Ils avaient fini par rejoindre la rive du rio Paraná, qu'ils suivaient paresseusement car les hôtels touristiques y étaient nombreux et confortables.

Andradina, Nova Independência, Panorama, Presidente Epitácio, Rosana, Diamante do Norte, Itauna do Sul...

Rues ombragées par la ramure des flamboyants, trottoirs pavés, jardins biens entretenus, kiosques à musique, bars, *churrascarias*, hôtels...

L'amour sur les draps chiffonnés, l'amour qui essore, qu'on termine essoufflé, vanné, ruisselant de sueur, les cheveux collés en mèches humides.

Ils parlaient peu : ils ne parlaient presque pas. Parfois ils avaient peur des mots et, d'autres fois, ils ne trouvaient rien à se dire, rien qui pût les réunir. Ils déjeunaient, ils dînaient en silence ; ils se baignaient en jouant avec des gestes équivoques de gosses qui en savent trop pour leur âge, se séchaient, rentraient dans la chambre, se dévêtaient pour filer sous la douche où il leur arrivait de baiser sous le jet.

Clarissa avait ôté les anneaux passés dans les bouts de ses seins et les avait jetés dans le fleuve en offrande à Iemanjá.

Elle voulait changer de vie : tout ce qui lui était arrivé avant la nuit de Corumbá, avant qu'Otelo ne tue ce type d'une balle dans la gorge n'existait plus, n'avait jamais existé.

Il ne s'était rien passé la veille de ce jour où elle avait frappé à la vitre de la Logus ! Elle ne se souvenait pas de la fille grasse et verte qu'elle tirait derrière elle comme un animal de compagnie, elle ne se souvenait même pas s'être teint la chevelure dans un rouge écarlate.

No future !…

Elle marquait le rythme de ses doigts longs qui bougeaient sur ses cuisses, chantonnait à l'unisson, d'une voix au timbre acide : *No future !*

Il la regardait, elle lui rendait son regard ; il lui souriait, elle souriait aussi. Il posait la main sur sa cuisse et elle ouvrait les jambes, l'invitant aussitôt à une caresse plus appuyée, plus profonde, plus longue. Le sang montait à la tête d'Otelo. Bander, ouvrir les cuisses était la seule réponse qui convenait à toutes les questions qui les embarrassaient. Parfois, l'un ou l'autre se disait qu'elle était un peu juste et ça le gênait un moment pour baiser ou pour jouir.

Porto Ricão, Porto Brasílio, Porto Carmargo, Guaíra. Villes endormies posées au bord d'une eau épaisse, ralentie par le barrage qu'on devinait là-bas : au nord-ouest des chutes de l'Iguaçu.

Parfois ils retournaient à l'amour tendre…

Le voyage pouvait durer des jours et des jours : l'enveloppe de Carlota était suffisamment épaisse, et quand ils n'auraient plus rien, Otelo pourrait appeler la vieille femme.

Plus le corps de Clarissa lui devenait familier, plus il cherchait à l'emmener loin dans la recherche du plaisir, plus ils se contorsionnaient tous les deux, plus ils s'écartelaient. Elle se prêtait au jeu comme elle s'était percé les chairs avec des bouts de métal.

Elle voulait qu'il la punisse pour quelque chose qu'elle avait fait et qu'il ignorait, qu'elle ignorait peut-être elle-même.

L'amour qui, parfois, laisse un goût de mauvais voyage, d'escale ratée, qui laisse du remords; l'amour qui fait pleurer quand on est allé trop loin, qu'on a voulu passer les bornes...

Cala a boca, cala a boca por favor ! Vai na frente vai !

43

Lorsqu'il ouvrit les yeux, il vit, à quelques dizaines de mètres, l'épave d'une voiture carbonisée retournée sur le toit. À en juger par les nombreux débris encore luisants, éparpillés sur la terre rouge, la bagnole avait flambé récemment mais, déjà, le brun de la rouille commençait à bouffer la suie de l'incendie.

Dans les champs alentour, des dizaines, des centaines de termitières hautes, fines, pointues, jaillissaient du capim et Barreto pensa que c'étaient les doigts que les morts adressaient aux vivants : des doigts qui les envoyaient se faire foutre avec leurs rêves à la con, leurs gesticulations d'asticots imbéciles, leurs discours vides de sens !

Il se sentait mal, *puta merda* : un troupeau d'éléphants avait sambé sur son dos toute la nuit durant ! Ça lui avait brisé les côtes, ça lui avait foutu la cervelle en bouillie !

Il but une bière qui était encore fraîche mais elle ne lui procura aucune satisfaction. Sa bouche était sèche. Il était tôt, cependant il suffoquait, haletant, bouche ouverte, pompant difficilement un air calciné, sans oxygène.

Il se rappela l'or, les Chinois qui l'attendaient là-bas, avec leurs valises de billets... C'était loin, *puta merda* ! *Senhor Deus*, que c'était loin !

Il se sentait vieux, engourdi par une lassitude immense. Il se pelotonna sur la banquette, les genoux à hauteur du menton, ferma les yeux, sombra derechef.

Les bem-te-vi l'appelaient, leurs cris perçants traversaient son sommeil.

Bem-te-viiii Aníbal ! Bem-te-viiii...

Qu'ils prennent son or, qu'ils le débarrassent de ce tourment...

Bem-te-viiii...

Il chercha la boîte de Palfium à tâtons. Il refusait de se réveiller, craignant d'exposer son cuir douloureux à l'abrasion de la grosse meule du jour !

Il ouvrit tout de même les yeux, rétrécissant la fente de ses paupières tout juste assez pour remplir la seringue avec l'une des ampoules qui restaient. Il se l'injecta dans la cuisse sans même ôter son pantalon.

Une heure plus tard il repartait.

Une vingtaine de kilomètres plus loin, la police routière contrôlait le trafic. Une femme, d'une trentaine d'années, en chemisette beige, jodhpurs et bottes de cheval, lui intima l'ordre de se garer le long du bâtiment ocre du poste.

Barreto obtempéra de bonne grâce. Il se sentait réconcilié avec le monde, en paix avec lui-même, avec cette blonde musclée à laquelle il sourit complaisamment bien qu'elle affichât une gueule de plomb sous ses Ray Ban à monture dorée.

La femme lui fit signe de descendre.

Un maître-chien tenant en laisse une espèce de bâtard rouquin attendait que Barreto veuille bien s'exécuter pour fouiller le véhicule.

Un sursaut réveilla Barreto. S'il les laissait faire, ces abrutis ouvriraient les sacoches, ils trouveraient l'or, *puta merda* !... Ils ne lui demanderaient rien : ils lui colleraient une balle dans la tête et partageraient les lingots...

La femme s'impatientait.

Un ceinturon, serré au dernier cran, soulignait sa taille mince ; elle portait, attaché à la cuisse par une double lanière de cuir, un flingue dont le canon de neuf pouces atteignait presque la longueur de son fémur.

« Vous cherchez la drogue ? » grommela Barreto. « J'en ai pas... »

Il ne pouvait lire le regard de la femme occulté par le miroir ténébreux des lunettes qui renvoyait à Barreto sa propre image comme si la femme n'en voulait pas. C'était une frimeuse : une sale frimeuse qui se croyait dans une série américaine...

Barreto montra son bras blessé par les crocs du chien, la purulence, l'enflure.

« C'est un clébard qui m'a fait ça », il geignit, « enlevez celui-là d'ici, si vous voulez que je descende. »

Elle ne fit pas un geste. Elle avait l'air mauvaise, elle avait l'air de chercher l'affrontement...

« J'ai pas de drogue ! » s'énerva Barreto. « Je suis delegado ! »

Il lui montra sa plaque.

Elle s'en foutait. Elle en voulait au mec qu'il était : elle désirait lui prouver qu'ici, sur cette route, c'était elle qui avait le canon le plus long, le calibre le plus gros.

Barreto secoua la tête avec dépit, grogna que c'était chiant les gens qui voulaient rien comprendre, il passa discrètement une vitesse puis démarra sèchement.

Ces minables n'avaient qu'une armada de vieilles bagnoles, quant à mettre un hélicoptère en l'air sans savoir exactement pourquoi, personne ne leur permettrait ce luxe. On n'était pas en Amérique, *puta merda* ! On était au sud du Mato Grosso do Sul, pas chez les gringos... Ces tocards le rattraperaient pas !

Une balle traversa la lunette arrière, étoila son pare-brise.

Il jeta un coup d'œil dans le rétroviseur et aperçut la femme. Plantée, jambes écartées, sur le bitume, elle brandissait son flingue de ses deux bras tendus comme on le lui avait appris à l'école de tir.

Qu'est-ce qu'elle foutait, cette pouffiasse, au milieu de la route ?...

Il donna un coup de volant au moment où elle ouvrait le feu pour la seconde fois.

Elle pouvait pas rester chez elle à s'occuper de ses gosses ?... Qu'est-ce qu'il foutait son homme ?...

Elle avait pas d'homme ! Elle était qu'un *sapatão* : une grosse bouffeuse de *buceta* !

« Va te faire mettre ! » il gueula, embarquant la Bronco sur la droite, jusqu'au ras des clôtures. « Va te faire enfiler ! »

La troisième balle perfora la carrosserie à quinze centimètres à peine de sa tempe.

La femme n'était plus qu'une silhouette minuscule lorsqu'une quatrième balle claqua dans le tableau de bord.

Elle aurait mérité qu'il retourne là-bas, qu'il lui en foute une giclée avec le Maverick...

Comme il l'avait prévu, aucune bagnole ne se lança à sa poursuite. Ils tâcheraient de le coincer au prochain poste si, d'ici là, ils l'avaient pas oublié... Il lui faudrait ouvrir l'œil.

Il conduisit trois ou quatre heures. Il n'avait pas mangé depuis la veille, cependant il ne ressentait pas la faim. Le sang de la fièvre battait lourdement à son front ; de temps à autre, sa vue se troublait et il devait ralentir jusqu'à ce que le défilement du paysage reprenne une vitesse supportable.

Il ne lui restait plus de bière, une soif infernale le torturait au point qu'il s'arrêta, enjamba les barbelés et but, à quatre pattes comme une bête, l'eau d'une marre où s'abreuvaient les bœufs.

Il fallait qu'il se repose. Il prit une piste étroite sur sa droite, s'enfonça en cahotant dans une campagne en friche et ils lui apparurent.

Il les connaissait depuis toujours : depuis toujours ils hantaient le campo, le cerrado, le sertão, cheminant ensemble depuis les origines.

D'abord venait un chien fauve efflanqué, l'échine creusée, qui trottait haut sur ses pattes maigres, flairant la piste tête baissée comme s'il redoutait qu'un piège — un épieu acéré, un ressort coupant, bref, quelque chose de dangereux, de méchant — ne soit dissimulé sous un pli de la piste ridée, crevée de trous, sur laquelle cahotait la Bronco.

Ce chien exsangue, méfiant, ce chien soucieux prolongé par une queue en hameçon, comme une exclamation d'inquiétude, précédait la femme. Elle serrait dans ses bras un enfant endormi accroché à la cocarde brun foncé qui couronnait la turgescence ronde de son sein gonflé de lait. Ses cheveux mi-longs, d'un noir bleuté, épais, tombaient en mèches folles sur ses épaules cuivrées, dénudées aux trois quarts par un mince caraco de toile mal fermé. On ne savait pas bien si elle était mère ou femme — sans doute parce que, dans le monde sans plaisir où flambait sa jeunesse éclatante, elle était capable de se faire prendre, d'ouvrir son ventre à une semence nouvelle tout en continuant d'allaiter son enfant !

Elle marchait pieds nus et ses jambes minces et musclées étaient rougies jusqu'aux mollets par des éclaboussures de boue.

Une quinzaine de mètres en arrière venait l'homme. Il entretenait une ressemblance vague, quoique indéniable, avec le chien inquiet. Il était vêtu d'une chemise de coton bleue, délavée, ouverte sur un torse maigre où chaque muscle, chaque tendon, chaque pièce de sa mince charpente était dessiné par le crayon d'une faim viscérale que distillait une nourriture parcimonieuse et pauvre arrosée d'une cachaça fabriquée dans les granges, dont la violence carbonisait les chairs.

Une casquette de toile, d'un gris de pluie, gardait un peu de l'obscurité de la nuit sous sa longue visière, jetant sur son regard une ombre qui le rendait insaisissable. La lame longue et massive d'une machette à poignée de bois lui battait le flanc droit. Avec ce bout de fer il décapitait les arbustes, tranchait dans les buissons, taillait des pieux... Il était né avec cet appendice de ferraille qui ajoutait à son corps un membre supplémentaire et le rendait à la fois pathétique et terrifiant.

Il suivait le chien, suivait la femme ; ils suivaient leur vie : rouge, chaotique, aride comme la piste.

La femme fixait la Bronco avec un intérêt profondément indifférent. Elle regardait cette voiture puissante, couverte de poussière, qui venait lentement à sa rencontre, secouée d'embardées, secouée de hoquets qui faisaient danser la caisse, elle scrutait le visage hirsute, battu par la fatigue et la fièvre, de l'homme épais qui tenait le volant et ni la voiture ni son conducteur ne suscitaient en elle la moindre interrogation.

Qui était l'homme, où allait la bagnole n'avait aucune importance. Ça venait d'ailleurs, ça se rendait ailleurs, c'était ainsi : c'était le monde ! Et eux ils étaient pas du monde : ils étaient trop petits pour le monde ! Le curé disait qu'ils étaient des créatures de Dieu et ils voulaient bien le croire, mais ils savaient que dans l'ordre terrestre ils occupaient une place mal définie entre le bétail et les gens !

Barreto eut un éblouissement. Il stoppa la Bronco, se renversa contre le dossier de son siège et attendit que la sueur cesse de couler sur son visage, que le froid se dissipe.

Lorsqu'il se sentit mieux, il les vit qui l'observaient : immobiles, à hauteur de la portière.

Ils restèrent un moment à le dévisager avec une curiosité impudique tant elle découvrait leur naïveté, puis Barreto leur demanda où ils se rendaient. L'homme fit un geste vague vers le lointain de la piste. Sans qu'il sût pourquoi il leur faisait cette offre, Barreto leur proposa de les emmener.

Ils grimpèrent à bord sans rien dire. La femme s'assit près de lui, l'homme resta rencogné contre la portière, le chien pelotonné à ses pieds.

Barreto avait le sentiment d'accomplir une mission que le Type assis dans le ciel lui avait confiée à lui, Aníbal Barreto. Il devait conduire ces gens, le chien et ce petit morpion endormi sur la poitrine de la femme, dans le coin du campo qui leur était réservé. S'il les menait à bon port, Il lui donnerait quelque chose, Il le récompenserait d'une manière ou d'une autre. Peut-être qu'Il lui achèterait son or ?

T'en fais pas, je m'en occupe, je prends soin d'eux : ils sont à bord de la bagnole de Barreto, *puta merda*, il leur arrivera rien !... Rien peut leur arriver !

Ils habitaient sur le bord de la piste, une cahute de palmes qui, en séchant, avaient pris une teinte morte de terre brune.

Barreto ne put s'empêcher de rire : ils habitaient une termitière !

Il les suivit à l'intérieur de la cahute. À la lumière qui filtrait à travers les palmes, il distingua deux planches, jetées sur des bouts de bois, qui faisaient office de table encadrée de deux bancs bricolés de la même manière.

Barreto s'assit pesamment.

La femme déposa le gosse dans la caisse d'oranges qui lui servait de berceau, l'homme alluma un feu dans le foyer de pierre. La femme éplucha des racines de manioc, les fit frire dans un bidon coupé en deux. Barreto les regardait faire, hébété, engourdi par une torpeur lourde, poisseuse comme le sirop de canne dont il se barbouillait le visage lorsqu'il était gamin.

Il mangea le manioc de bon appétit puis la farofa que la femme prépara dans l'huile de friture qui restait au fond du récipient. Elle cassa dans la farine trois œufs roux dont la coquille était semée de taches plus foncées : des œufs d'urubu que l'homme avait dénichés dans le voisinage.

Ils ne parlaient pas. Barreto se sentait apaisé. Il avait le sentiment d'avoir rejoint une famille que, jusque-là, on lui avait cachée.

À la nuit tombante, la femme alluma une veilleuse faite d'une mèche plongée dans de la graisse de bœuf, qui brûlait en grésillant. L'homme tira une bouteille de cachaça d'un sac de toile élimée. Barreto la but avec lui, dans les grondements de l'orage qui venait.

La femme s'occupait du bébé.

Ils attendaient qu'on leur donne de la terre ! Ils attendaient que le ciel s'occupe d'eux.

Barreto envia leur dénuement : si la providence ne pourvoyait pas à leur survie, ils mourraient comme ces milliards de créatures qui pullulent dans les herbes et qui crèvent, pour un oui pour un non.

Tout était simple.

La cachaça lui tournait la tête.

Tout était foutrement simple !

Il se rendit à la voiture, appela la 2e DP et ordonna qu'on lui passe Itamar. L'enquêteur était à son poste. Il ne parut pas surpris de son appel et demanda à Barreto comment allaient les affaires, comment il se portait.

Bien... Tout allait bien ! Il avait un peu mal au bras parce qu'une saloperie de chien l'avait mordu...

Il en fallait davantage pour abattre un type comme lui, pas vrai, delegado ?

Oui, il en fallait davantage que ce clebs à la con !

Au début, les collègues s'étaient fait de la bile mais lui, Itamar, qui connaissait son homme, il les avait prévenus : quand le delegado jugera le moment venu, il refera surface et tout reprendra comme avant ! Pas vrai, delegado ?

Barreto grogna, en guise de réponse, que ça lui faisait du bien d'entendre la voix d'un collègue, d'un ami.

Quand rentrait-il ?... La 2ᵉ DP sans son delegado c'était plus la 2ᵉ DP ! Ce grand imbécile de Ricardo assurait l'intérim mais tout le monde en avait marre de le voir poser ses pieds sur le bureau de Barreto, tout le monde attendait qu'il retourne à sa niche !

C'était comme si rien ne s'était passé. Tout était simple !

Bientôt, promit Barreto, je reviendrai bientôt. Est-ce qu'il avait des nouvelles de Lene, des nouvelles des gosses ?

Lene était passée, plusieurs fois ! Elle se rongeait les sangs mais Itamar avait su la rassurer... Enfin ce serait tout de même mieux qu'il l'appelle, qu'il lui dise de lui-même qu'il serait prochainement de retour.

Itamar avait raison, il appellerait Lene !...

Il allait faire un tour à Puerto Esperança, de l'autre côté de la frontière, pour traiter une affaire et puis il rappliquait. Dans deux ou trois jours il serait de retour.

Lorsque Barreto coupa la communication, Itamar disait en plaisantant qu'il avait déjà mis la bière au frais.

Barreto s'allongea sur une bâche de plastique jetée sur une brassée de feuilles et s'endormit en pensant à la tête que ferait Lene, lorsqu'il lancerait sur la table le collier d'or pur qu'il achèterait pour elle.

44

Otelo avait arrêté la voiture au milieu de l'asphalte. La route, obscure et vide, filait droit dans le campo. Elle ressemblait à une flèche dardée sur le néant, à une aiguille de boussole tombée sur le capim : une aiguille qui avait perdu son nord.

Clarissa ne demanda pas pourquoi il avait stoppé la Logus : elle contemplait les deux rives de la route qui rétrécissaient pour se rejoindre à l'horizon dans un cul-de-sac de bitume.

Ça faisait du bien de couper le moteur, de faire taire son ronronnement obsédant. On entendait les oiseaux, des beuglements distants et comme nostalgiques...

Otelo attira la jeune femme contre lui. Elle se laissa aller malgré l'inconfort des sièges étroits. Il caressa sa chair tiède à travers le tissu léger de la robe, caressa ses cheveux courts, débordant d'une tendresse fraternelle.

Le Beretta de Zé, glissé dans la poche de sa veste, lui meurtrissait les reins mais il n'avait pas envie de bouger, pas envie d'interrompre ce moment suspendu.

Bien sûr, ils pouvaient continuer à dériver, de ville en village, d'hôtel en *pousada*, mais l'un et l'autre savaient qu'un jour il leur faudrait bien rentrer quelque part, s'installer dans un quotidien qui, quoi qu'ils fassent, finirait par sentir la soupe et serait ennuyeux.

Ils ne s'étaient pas rencontrés, ne s'étaient pas unis pour effeuiller ensemble le calendrier.

La nuit de Corumbá, la route, les lèvres percées, les cheveux écarlates, la piste chaude de l'assassin de Zé les secouaient trop fort. Il fallait que le tumulte s'apaise, que le temps passe, que chacun termine de son côté ce qu'il avait commencé.

Il dit qu'il était disposé à l'emmener où elle le désirait. Il souhaitait secrètement qu'elle fixe une destination lointaine qui leur permettrait de passer ensemble encore un jour ou deux.

Ils se quittèrent à la gare routière de Cascavel.

La chope de bière qu'on leur servit au comptoir de la *lanchonete* n'était pas fraîche et elle était éventée. Il dit qu'ils trouveraient certainement un bar convenable au centre-ville... Maintenant qu'ils avaient décidé de se séparer, au moins pour un moment, il aurait donné n'importe quoi pour qu'elle accepte un dernier dîner, une dernière nuit avec lui.

Não... Não Otelo, não... Tant pis pour la bière pas fraîche, tant pis pour les pasteis rassis...

Le bus pour São José do Rio Preto partait à vingt heures et Clarissa entendait ne pas le louper...

Elle lui caressa la joue. Elle ne voulait pas que sa résolution se débine dans le vin, dans la bière, qu'elle dégouline dans les draps. Est-ce qu'il comprenait ça ?

Sim Clarissa, sim... Entendo ! Son voyage ne s'arrêtait pas à São José, n'est-ce pas ?

Non, elle prendrait une correspondance au matin.

Dans ce cas, le plus simple serait qu'il la conduise à São José : là elle choisirait le bus qu'elle voudrait. Ils n'iraient pas au restaurant, éviteraient les hôtels... Ils n'avaient pas tout dit, ils ne s'étaient pas dit tout ce qu'ils devaient se dire...

Elle s'absenta le temps de prendre son billet.

Il regardait les gens qui arrivaient chargés de bagages. Il avait le sentiment qu'ils partaient pour la Lune, qu'ils se préparaient pour un voyage intersidéral avec tous ces sacs qu'ils emportaient et que les chauffeurs enfournaient dans les soutes avec des gestes de boulanger ou de pizzaiolo.

Clarissa revint et il lui sembla que les yeux de la jeune femme étaient humides, mais peut-être n'était-ce qu'une illusion...

Ils restèrent un moment l'un près de l'autre, au milieu du bruit qui montait au fur et à mesure que la foule arrivait pour les départs du début de la nuit : Ponta Grossa, Curitiba, São Paulo...

Où irait-elle après São José ?

Elle garda le silence.

Elle ne voulait pas lui dire ?

Elle murmura avec tristesse qu'elle se rendait dans la maison familiale : à Goiânia.

Il répéta « Goiânia » comme s'il redoutait de ne pas s'en souvenir.

Les parents de Clarissa habitaient une grande demeure du secteur Bueno : une maison rongée par le deuil depuis que sa jeune sœur, Patricia, s'était flinguée... Maintenant, seuls les crapauds prenaient des bains dans la piscine !

Plus l'heure du départ avançait, plus Otelo se sentait gagné par une véritable panique. Il inscrivit son nom, son téléphone, son adresse sur une serviette en papier qu'il lui remit et qu'elle rangea dans son sac.

Le bus qu'ils guettaient tous les deux depuis un long moment se gara sur le bout de quai réservé à la compagnie Estrela do Paraná. Il paraissait récent et en assez bon état. Avec ses deux rétroviseurs qui descendaient le long du pare-brise comme une paire d'antennes, il ressemblait à un insecte : une grosse chenille blanche rayée de bleu qui avalait ses passagers avant de s'enfuir ventre à terre sur les routes.

Clarissa grimpa au dernier moment.

Otelo suivit sa silhouette mince, reconnaissable entre toutes à son casque de cheveux platine, qui se faufilait dans le couloir pour gagner une place à l'arrière, près de la vitre.

Il restait sur le quai les bras ballants, la gorge nouée. Elle se moucha à plusieurs reprises dans les serviettes en papier dont elle avait fait provision à la *lanchonete* de la gare.

Le bus s'ébranla. Otelo la vit se dresser soudainement et crier quelque chose qu'il n'entendit pas. Il courut à la Logus, grimpa dedans, lança le moteur et resta au volant en regardant les feux rouges du bus qui cahotaient sur les ralentisseurs avant de disparaître.

Il resta un long moment dans le noir, attendant que le morceau de chair que le bus emportait s'arrache complètement. Elle avait laissé derrière elle ses cassettes de musique. Il en enfourna une dans le lecteur, poussa le volume à fond.

Les guitares désaccordées gueulaient qu'elle foutait le camp, qu'ils ne se reverraient pas même s'ils croyaient le contraire, elles ronflaient, avec de ridicules tyroliennes électriques, qu'il ne pouvait en être autrement ! Ils s'étaient rencontrés, ils avaient baisé à cul perdu et puis ciao !

Y avait pas de quooooii chialer des heuuuures...

Y avait pas de quoi renifler son chagriiiinnn...

Un flic approcha de la voiture, il se pencha, la main en visière, pour inspecter cette bagnole qui dégueulait plein tube cette musique de merde.

Ça baisait pas à l'intérieur, personne ne fumait de la *maconha*. Il y avait juste un type, d'une quarantaine d'années, assis au volant qui regardait droit devant lui, les yeux perdus comme s'il rêvait.

Le flic toqua à la vitre. Otelo fit un geste de la main comme pour chasser une guêpe noire ou un moustique.

Le flic n'aima pas ce geste méprisant mais, après tout, si ce type s'autorisait à le traiter ainsi c'était sans doute parce qu'il pouvait se le permettre. Bien qu'une vitre manquât à l'arrière, la voiture était neuve, l'homme portait un costard que lui-même ne pourrait jamais se payer avec son salaire de flic des rues.

Il s'éloigna, laissant le type à sa rêverie, à sa musique de merde !

Un éclair cisailla les ténèbres au zénith de la dalle de béton jetée par-dessus les quais. L'orage menaçait depuis plusieurs jours mais ce soir c'était bon ! Il allait dégringoler des cordes !

Otelo quitta la gare routière. Il se sentait seul. Le fantôme de Zé était de retour à la place du mort. Il le sentait assis près de lui mais beaucoup plus froid qu'avant, beaucoup plus distant. Il lui faisait la gueule parce qu'il l'avait abandonné.

Il tourna dans le centre de Cascavel, s'installa à la terrasse bondée d'un restaurant ouverte sur la rue. Derrière lui, une table éclatait périodiquement de rires tonitruants.

La foudre déploya ses rameaux trémulants dans le ciel goudronné.

Que ferait-il après avoir dîné ?

Il chercherait un hôtel, s'allongerait sur le lit et penserait à elle qui filait dans les ténèbres du campo, à bord de ce bus qui ressemblait à une chenille.

Ça lui donnait envie de vomir.

Rentrer à São Paulo, retrouver son appartement, sentir dans l'ascenseur l'eau de toilette de Túlio Gonçalves, courir dans le parc Ibirapuéra, revoir Carlota : tout lui donnait envie de vomir...

Une femme, attablée avec un groupe, à l'autre bout de la terrasse, le regardait de temps à autre. Elle lui sourit. Il lui rendit son sourire.

Un petit vent frais qui sentait la terre mouillée lui caressa le visage.

Il fallait qu'il parle à quelqu'un.

Du bar, il appela Itamar à la 2e DP. On le fit patienter un moment. Lorsqu'il le prit au bout du fil, l'enquêteur s'exclama qu'il était sorcier : cinq minutes plus tôt il avait le delegado au bout du fil !

Barreto lui avait paru dans les vapes. Il lui avait raconté qu'il comptait se rendre à Puerto Esperança, au Paraguay, pour traiter une affaire avant de rentrer au bercail.

À part ça, rien de neuf ! La famille de Pedreiro ne s'était pas manifestée, à croire qu'après l'assassinat du vieux et de Saulo, le suicide de Dora, il ne restait plus personne pour prendre la vengeance à son compte !

« *E você seu Otelo ? Como vai ?... Bem ?... Como vai a viagem ?* »

Otelo remercia Itamar et raccrocha tandis que l'autre plaisantait. Quand il attraperait le delegado, Seu Otelo n'avait qu'à le fourrer dans une cage ! Une grande cage avec des barreaux épais comme celle des onces, elle aurait sa place au jardin zoologique, près de l'aéroport !

Il y eut une lumière brève comme si une énorme ampoule claquait et, une seconde plus tard, une détonation sèche faisait éclater le ciel.

Otelo courut à la Logus sous une pluie si violente qu'il eut du mal à déchiffrer les panneaux routiers, à la sortie de la ville. Par la BR 277, Foz d'Iguaçu n'était qu'à cent quarante-trois kilomètres ; il y serait avant l'aube.

45

Le jour se levait à peine et déjà les voitures se succédaient sur le pont de l'Amitié en une procession ininterrompue. Otelo avait parqué la Logus près d'un bouquet d'eucalyptus dont l'ombre la protégerait du soleil ; il se tenait debout à l'entrée du pont, une centaine de mètres plus loin.

Il inspectait chacune des voitures, que ce fût ou non une Bronco. Par moments, il avait le sentiment d'entendre la roue crantée d'un compteur cliqueter dans son cerveau :

Chevrolet...
Ford...
Volkswagen...
Fiat... Fiat...
Ford...
Chevy...
Ford...
Chevy... Chevy... Chevy...

Il avait glissé la photographie de Barreto dans la poche de son veston mais il savait que cette précaution était inutile. Lorsque le delegado se présenterait sur le pont, il le reconnaîtrait sans hésiter.

Les constellations rouges des marques de bagnoles, de produits électroniques, les noms des banques qui brillaient dans le ciel de Puerto Esperança, sur la rive d'en face, pâlissaient à mesure que le jour s'affirmait. La ville ressemblait à un entassement de cartons et de boîtes jetés de l'autre côté du fleuve comme pour s'en débarrasser.

Ford... Ford...

Chevrolet...

Fiat...

Chevrolet...

Volkswagen...

Toyota...

Ford...

Combi... Combi...

Otelo chassait le souvenir de Clarissa de peur qu'il ne lui fasse rater la Bronco bleu électrique, mais il revenait malgré lui. Les cheveux rouges de la jeune femme flottaient dans sa mémoire ainsi que les bouts de métal qui lui perforaient les chairs, les anneaux qui lui perçaient le bout des seins ; la peau blanche de Clarissa, ses hanches, ses fesses, les épaules de Clarissa, son ventre festonné de châtain !

Chevy... Chevy...

Ford... Ford...

Chevy...

Fiat...

Ford à la peinture salie, rayée par les buissons du campo...

Ford... Ford...

Chevy...

À cette heure elle était arrivée à São José do Rio Preto, elle attendait sa correspondance en sirotant un café à la *lanchonete* de la gare routière. Elle était lasse, la fatigue lui piquait les yeux. Peut-être pensait-elle à lui ?...

Volkswagen...
Ford...
Chevy... Chevy...
Ford...
Chevy...
Pick-up poussiéreux, cabossé...
Volkswagen...
Fiat...

Peut-être se demandait-elle ce qu'il faisait lui-même ? Elle croyait sans doute qu'il dormait dans une chambre d'hôtel.

Je suis là, Clarissa : là !

Il imaginait qu'il agitait le bras au-dessus de sa tête et qu'elle l'apercevait depuis São José.

Oi querido ! Qu'est-ce que tu fiches à la frontière ?

Je l'attends, Clarissa, il va passer d'ici peu ! Je vais l'avoir...

Quand il sera mort, quand je l'aurai vu raide à mes pieds, je filerai jusqu'à Goiânia, j'irai dans le secteur Bueno et je crierai : *Clarissa !... Clarissa !... Sou eu ! Otelo !*

Je te verrai apparaître sur le seuil d'une maison, tu sauteras dans mes bras.

Conducteur en chapeau de paille...
Conducteur en casquette américaine...
Cheveux... cheveux...
Conducteur en chapeau de feutre...
Casquette...
Cheveux !...
Peau du crâne...

Chapeau de toile avachi…

Peau du crâne…

Cheveux… cheveux…

Casquette…

Tu n'iras pas à Goiânia. Tu n'as rien à faire à Goiânia ! Rien… Tu joues avec ton cœur comme avec un yoyo… Elle a ranimé des souvenirs éteints, il n'y a pas de quoi en faire toute une histoire… Elle t'a redonné le goût de la chair, le goût du lit… Il fallait bien que ça arrive un jour, non ? Tu en avais assez d'être abstinent !

Au fait, qui a glissé sous ta porte le numéro de téléphone écrit au rouge à lèvres ?…

Moreira ?…

Tu crois que c'est Moreira ?…

Et si c'était Júlio César Sacramento ?… Tu n'as jamais pensé à lui, mais pourquoi pas ?… Il t'en voulait, il avait une revanche à prendre !

Il se foutait désormais de savoir qui avait glissé le fameux billet sous sa porte. C'était vieux, tellement vieux… Ça lui paraissait si loin, maintenant.

L'école de police, c'était fini ! L'enseignement, c'était fini ! Les gloussements grassouillets d'Abelardo Negri, fini ! Le petit Fischel qui se branlait dans sa poche, fini aussi !

Qu'est-ce que tu feras ?…

Je sais pas ! Je vais d'abord le tuer et après on verra.

Fiat…

Combi… Combi…

Barreto porterait-il une casquette ?… porterait-il un chapeau ?…

Non, il le voyait tête nue. Ses yeux pâles, qui lui trouaient le front, feraient comme deux lumières vissées sous l'arc des sourcils.

Ford... Ford...

Chevy...

Volkswagen Combi...

Il se souvint de l'odeur de la peau de Clarissa, se rappela ses mains à lui serrées sur la taille de Clarissa pour la guider quand elle le chevauchait et que son ventre à lui coulissait dans le sien. C'était bon... C'était tellement bon !...

Il passa la langue sur ses lèvres. Elle lui avait redonné le goût de vivre !

Merci, Clarissa ! Tu me vois ?... Je te dis merci !... Mer-ci !

Fiat... Fiat...

Combi...

Ford...

Combi...

Chevy... Chevy...

Pourquoi l'avait-il laissée partir ? S'il l'avait suivie contre sa volonté comme, un instant, il avait pensé le faire, s'il lui avait montré qu'il ne pouvait se passer d'elle, qu'il ne pouvait vivre sans elle, elle n'aurait pas fichu le camp !

Elle était partie pour qu'il la retienne, qu'il lui dise ce qu'il n'avait pas dit !

Qu'aurais-tu fait avec elle ?

Nous ne pouvions pas passer notre vie au lit !

Qu'y avait-il après le lit ?

On ne savait pas !...

Ni elle ni toi ne le saviez, c'est pour ça qu'elle est partie ! Elle avait peur que ça ne s'abîme. Toi aussi tu avais peur que ça ne s'abîme, d'ailleurs ça commençait à s'abîmer. Il y avait trop de silences entre vous... Trop de moments où tu pensais : à quoi bon lui dire, à quoi bon essayer de la convaincre, à vingt ans, on s'en fout !

Volkswagen...

Ford... Ford...

Combi... Combi...

Toyota...

Chevy... Chevy... Chevy...

Hundai...

Vers Noël, Scarpetta s'était mis avec une fille de vingt ans ! Depuis, on ne l'appelait plus que « ce con de Scarpetta » car, cette fille à son bras, il avait réellement l'air d'un con. D'un con gâteux !... Il ne paraissait pas son père, c'était bien pire : il avait l'air d'un type âgé qui se roule dans la fange, qui rampe, qui se tortille comme une vieille chatte en chaleur pour que sa proie ne fiche pas le camp, pour qu'elle tienne le coup face au ridicule, face à l'opprobre que suscitait leur couple pitoyable... « Qu'est-ce que tu veux, *querida* ? Qu'est-ce qui te ferait plaisir, *meu amor* ? »

Fiat... Fiat...

Volks...

Combi...

Volks...

Il n'était pas Scarpetta, non, et Clarissa ne ressemblait pas le moins du monde à la fille que cet idiot entretenait !

Chevy... Chevy... Chevy...

Une Bronco poussiéreuse se présentait à l'entrée du pont. Elle n'était pas bleu électrique mais bleu marine.

Le gamin s'était peut-être trompé...
Itamar s'était peut-être trompé...
La Bronco avançait au pas.

Otelo se mit à tripoter les clés de la Logus. Bientôt il pourrait distinguer les traits du conducteur.

Si c'était lui... S'il reconnaissait Barreto ?

Il libéra le cran de sûreté du Beretta, au fond de sa poche.

Est-ce qu'il le tuerait là, en plein milieu de la circulation ?

Ce n'était pas Barreto qui était au volant mais un type jeune, au teint foncé, dont les yeux n'étaient pas d'un bleu presque blanc mais d'un noir soutenu.

S'il tuait Barreto publiquement, ça ferait du foin... La presse se jetterait sur l'affaire, elle insinuerait qu'il s'agissait d'une vengeance amoureuse, que Zé et lui étaient amants !

Ils allaient lui vomir dessus à longueur de page, la mémoire de Zé serait souillée et il serait tué une seconde fois : salement, méchamment, comme ces saloperies de journaux savaient faire !

Carlota serait souillée également, Clarissa...

Il tuerait Barreto dans l'ombre. Il le suivrait jusqu'à ce qu'une opportunité se présente : il le flinguerait et il oublierait cette histoire si tant est qu'on pouvait oublier. Il irait peut-être faire un tour à Goiânia, jeter un coup d'œil au secteur Bueno...

Ford...
Fiat...
Chevy...
Ford...
Volkswagen...
Chevy...

Le ciel couvert bavait une lumière éteinte. Sous le pont, le Paraná roulait des eaux rousses, épaisses, grasses, entre des berges encaissées couvertes d'une végétation qui moussait en frisant comme une toison pelvienne.

Otelo sourit.

Les poils de Clarissa n'étaient pas si frisés, ils étaient plutôt longs et lisses, ils n'étaient pas verts non plus, ils étaient châtain clair, presque dorés !

En équilibre à la pointe d'une barque mince comme un *palito*, un pêcheur jetait un épervier dans le courant. Il ne prenait rien mais cependant recommençait son geste avec une obstination mécanique. Qu'espérait-il attraper dans cette soupe ? Une bagnole tombée du pont, une bicyclette, un carton de cigarettes, des bouteilles de whisky ?

Pourquoi n'allait-il pas plus loin, cet imbécile, pourquoi continuait-il à lancer inutilement son filet de corde comme s'il était une marionnette décérébrée ?

Parce qu'un pêcheur au bord d'un fleuve lance son filet. C'est dans sa nature, c'est dans l'ordre des choses.

Ford...

Chevy...

Ford...

Volkswagen...

Combi... Combi...

Fiat !

Elle avait terminé son café, elle faisait la queue au guichet pour acheter le billet de sa correspondance.

Paraguay, indiquait la plaque jetée au-dessus de la rue, Paraguay, avec une flèche qui disait : c'est par là, *meu filho*, vas-y, c'est tout droit, t'arrête pas !

Barreto déporta la Bronco sur la file de droite ! Paraguay ! C'était bon ! Dans moins d'une demi-heure il était dans cette ville à la con ! Ciudad machin, Ciudad Celeste ou Ciudad Agreste ! Il vendait son or à ce Chinois, ce Ko que l'autre connard à lunettes lui avait indiqué, et puis il rentrait ! Il en avait ras le cul de tout ça !

Ce putain de Chinois lui achetait son or et puis on n'en parlait plus ! Si Lene râlait qu'il avait foutu le camp trop longtemps, qu'elle s'était fait du souci, qu'elle avait plus de fric, et ci et ça, enfin toutes les râleries habituelles de Lene, il lui balancerait une poignée de billets à la figure ; il la connaissait suffisamment pour savoir qu'elle se calmerait tout de suite.

Va t'acheter ce que tu veux, Lene, et ferme-la ! On n'est plus dans la dèche, t'entends ?... On va déménager !

Ils achèteraient une *chacara* comme celle qu'il avait vue du côté de Ponta Porã : une belle *chacara* blanche avec des barrières de bois peintes en blanc, un gazon d'un vert intense importé d'Angleterre. Il imagina un bateau couvert de gazon flottant sur une mer d'un bleu soutenu et ça le fit sourire.

Ces rues qui montaient et descendaient comme des montagnes russes lui foutaient la nausée. Il avait envie de dégueuler, *puta merda* ! Pourquoi ils avaient construit une ville dans un coin pareil ? Pourquoi qu'y z'avaient pas recherché un terrain plat ? Y z'avaient dû se casser le cul pour sélectionner l'endroit le plus pourri à cent mille kilomètres à la ronde !... Les gens qui construisaient les villes étaient des cons ! S'il rencontrait un de ces types, une fois qu'il serait devenu important, il lui dirait : Seu Fulano, vous qui construisez des villes, eh bien vous êtes un con !

Sa bouche lui faisait mal, il avait le sentiment d'avoir avalé du pétrole qui se consumait en lui, qui brûlait dans son estomac, dans son ventre. Son bras blessé était une torche qu'il ne parvenait pas à éteindre, c'était un de ces trucs qui brûlent sur l'eau comme dans les films américains, les films de guerre.

Comment qu'on faisait pour arrêter ça ? Y avait un robinet à tourner quelque part ?

Lene saurait, elle ! Pas vrai ?... Hein, Lene ! Qu'est-ce qu'y faut que je fasse, *puta merda* ?

Mais les filles, Barreto ? les piscines, les palaces ?...

Les filles, oui, les palaces... les... Y fallait se donner tellement de mal. Il était trop vieux pour un cirque pareil ! Il allait liquider son or et puis il rentrerait !

Quand sa queue le démangerait, il irait faire une virée sur la côte : il se taperait toutes les *gatas* qu'il voudrait et puis il rentrerait ! Il retrouverait Lene, les gosses... Une vie qu'était une vie et pas cette course infernale !

Il arrêta la Bronco devant une terrasse de café, descendit lourdement.

Il buvait un coup en vitesse, il vendait son or à ce putain de Chinois et puis basta !

Il avala deux Antártica à la file puis il reprit la route.

Fronteira um kilometro !

Le trafic s'épaissit.

46

Il sut que c'était lui bien avant que la Bronco ne fût à sa hauteur. Barreto lui parut fatigué, sale, son visage portait des croûtes noires, ses yeux, réellement très pâles, étaient soulignés de cernes violets qui se décomposaient sur les pommettes en taches d'un jaune grisâtre. Le chaume d'une barbe noire semée de nombreux poils blancs lui mangeait les joues et la mâchoire. Conduisant d'une seule main, il paraissait absent. Il avait l'air triste, il avait l'air en deuil.

Otelo courut à la Logus et se fraya un chemin dans le flot de voitures à coups de pare-chocs. Il parvint à s'insérer dans le trafic et suivit la Bronco.

Il oublia Clarissa, il oublia Zé : seule comptait cette caisse d'acier bleu électrique dont la silhouette massive et haute se détachait au milieu des autres véhicules, une centaine de mètres devant le museau de la Logus.

Il faisait une chaleur humide annonçant l'orage. La lumière était dure et paraissait chargée de mercure. Otelo chaussa ses lunettes à verres fumés, il engagea machinalement une cassette dans le lecteur.

Cidade d'aço... Ciiiidade d'açooo... Viiiidro e aço !

Ça avançait pas, *puta merda* !

Barreto avait envie de les balayer tous, d'un revers de main, comme il faisait chez lui pour nettoyer la table après dîner, du temps où il habitait encore, avec Lene et les gosses, la maison de Guará. Oui, il les balayerait d'un revers de main et les jetterait dans le fleuve rouge qui coulait au-dessous de ce pont de merde !

Il suffoquait sur cette étroite bande de béton : y avait trop de monde, mille fois trop ! Les bagnoles se reniflaient le cul, *puta merda*, elles se touchaient le pot !

Il allait trouver ce putain de Chinois dans son shopping à la con, il lui fourguerait son or et on n'en parlerait plus ! Dès qu'il avait le fric, il rentrait en vitesse à Guará, il se fourrait au lit, Lene appelait un toubib et puis il dormait jusqu'à ce qu'il retrouve la paix ! Il passait dix jours au plumard ! S'il le fallait, il roupillait trois semaines !

Le soldat paraguayen qui montait une garde morne au poste frontière, à la sortie du pont, ne le regarda même pas. Le flot ininterrompu de bagnoles affamées de marchandises rampant sur le bitume, au pied de sa guérite, ne l'intéressait pas. Il se foutait des bagnoles, de leurs coffres voraces prêts à tout avaler ! Il se foutait du ciel plombé, des puanteurs de l'essence mal grillée qui engorgeaient ses bronches.

Tout le monde se foutait de tout, *puta merda* !

Puerto Esperança lui parut un amas de blocs de béton sali sur lequel on avait jeté un écheveau de fils électriques prenant les immeubles dans leurs mailles lâches semées de nœuds.

Les rues grouillaient d'une foule de types qui poussaient des diables chargés de piles de cartons bien plus hautes qu'eux. Ils étaient souvent deux ou trois à pousser et ressemblaient à ces fourmis qui trimbalent des cadavres d'insectes, des morceaux de feuille ou des brindilles dix fois, cent fois plus grosses qu'elles. Ils rasaient les trottoirs, plus encombrés encore d'éventaires saturés de marchandises que ceux de Ponta Porã.

On y vendait des cannes à pêche par milliers : on cultivait ici des haies de cannes à pêche, elles poussaient en buissons ! On vendait des jouets en plastique avec des ventres électroniques qui faisaient rrrrriiiii, qui faisaient crrraaaaaac, crrraaaaaaac, TAC ! TAC ! TAC ! qui jetaient des étincelles énervées...

Quelle ville, *puta merda* !

Des équipages se jetaient à corps perdu dans le flot de bagnoles au risque de se faire écraser. Un jeune type bataillait pour dégager la roue de son chariot coincée dans une plaque d'égout. Barreto dut arrêter la Bronco, le temps que le type se dégage. Il se pencha à la fenêtre et jeta : « T'en chies, *meu filho* !... Hein ?... t'en baves, nom de Dieu ! *Coragem ! moço... coragem !* »

Le garçon ne répondit pas. Il n'avait pas le temps ! Il fallait qu'il pousse son tas de cartons, qu'il le traîne en vitesse jusqu'à sa fourmilière.

Cette fermentation de bras et de jambes qui gigotaient sans cesse, ces dos courbés, ces têtes rentrées dans les épaules pour pousser plus fort, ces muscles bandés lui foutaient le vertige.

Il redoutait confusément qu'une voix épaisse l'appelle et lui commande de quitter sa bagnole pour pousser avec les autres. Il avait déjà tellement poussé ! Il s'était déjà tellement agité dans le flux secoué d'une vibration hystérique qu'il en gardait au fond de lui une peur sourde, viscérale ! Il voulait pas recommencer, il voulait pas replonger dans la cohue ! C'était fini, *puta merda*, terminé !

Quand le garçon se fut dégagé, Barreto leva la tête. L'enseigne *Shopping Center Nova Esperança* brillait en lettres vertes sur fond de béton à cent mètres de là.

Il remercia le ciel, il remercia Zé qui, là-haut, lui avait pardonné et le guidait depuis la tour de contrôle de son nuage.

Barreto fit le tour du bâtiment jusqu'à ce qu'il trouve une place où garer la Bronco.

S'il rentrait là-dedans avec ses sacs, il n'en ressortirait jamais ! Les Chinois lui voleraient son or, ils le feraient empailler, ils lui colleraient un moteur dans la tête qui ferait wouahhhhh ! ououuu !... et vendraient sa carcasse.

C'était risqué de laisser son trésor au fond de la Bronco dans une ville pareille, mais retourner à Foz d'Iguaçu, louer un coffre dans une banque où fourrer son magot était trop compliqué, c'était trop de travail ! Il verrouilla le véhicule et s'en remit à Zé qui veillait sur lui, au-dessus du ciel de plomb.

Assis sur un tabouret à l'entrée du shopping center, un Asiatique en gilet pare-balles montait la garde, un fusil à canon scié couché en travers des genoux. De deux doigts pointés sur ses yeux blancs, Barreto lui fit signe de surveiller sa bagnole. Il tira un billet de cent réais et le fourra dans la main du Chinois. Le type ne broncha pas.

« *Mira, mira !* » insista Barreto, « si quelqu'un approche de cette voiture, pan ! »

Le type se contenta de hocher la tête. Si quelqu'un approche... il fit un sourire mince.

Barreto demanda si Seu Ko avait son business là-dedans. « Ko », il répéta en arrondissant la bouche, « Seu Ko !

— *Si señor ! Pan !* » répéta le Chinois en lui faisant signe de passer.

Barreto haussa les épaules. Putains de Chinois ! On savait jamais s'ils avaient compris ou non ce qu'on leur racontait.

Le sol dallé de granit poli était jonché d'emballages déchirés, de papiers froissés, de bouts de carton. Barreto se fraya un passage dans la foule jusqu'au rectangle de lumière qui trouait la pénombre. Il déboucha sur une galerie qui courait tout autour d'un puits rectangulaire. Sur sa gauche, une succession de boutiques offraient des ordinateurs, des autoradios, des chaînes hi-fi, des jouets électroniques, des armes... La foule, dans laquelle il reconnut beaucoup de Brésiliens, rebondissait d'un commerce à l'autre, examinant la marchandise, la palpant avec des gestes de maquignon.

En se penchant par-dessus la balustrade, il constata que l'immeuble comptait une dizaine d'étages. Chacun était surveillé par des gardes armés de *riot guns* à canon et crosse sciés. Le calibre des pétoires lui parut démesuré. Si, par malheur, l'un de ces abrutis s'avisait de tirer, cinquante personnes descendraient d'un seul coup !

Le bureau de Ko était au dernier étage. Trois hommes armés d'Uzi se tenaient en faction devant sa porte. Ils fouillèrent Barreto et prirent le Glock qu'il portait à la ceinture, ils lui firent comprendre par signes qu'ils le lui rendraient à l'issue de son entrevue avec Ko.

Otelo gara la Logus à une centaine de mètres de la Bronco, sur l'autre rive de la rue. Il resta au volant. Le radiocassette braillait : *Cidade d'aço... Ciiiidade d'açooo... Viiiidro e aço !*

Chaque boutique gueulait sa rengaine. Ça braillait de partout !

Un homme, chargé de cartons comme un escargot à la coquille boursouflée, s'arrêta devant la Logus. L'homme jeta un coup d'œil aux plaques et proposa à Otelo de partager l'essence au cas où celui-ci accepterait de le prendre à son bord pour rentrer au District Fédéral.

Otelo déclina son offre.

L'homme posa ses cartons sur le trottoir. Il avait envie de se reposer et de bavarder un moment. Il était content de ses achats : du matériel informatique qu'il avait payé trois fois moins cher que ce qu'il valait de l'autre côté de la frontière. C'était grâce aux Chinois, selon lui ! Ces gens-là avaient quelque chose de spécial ! Un truc dans le cerveau que les autres avaient pas... Il avait lu quelque part que, quand on leur ouvrait le crâne, on découvrait qu'ils avaient une bosse bizarre dans la cervelle... Sans doute une glande particulière...

En quelques années, ils avaient pris le contrôle de la ville. « Chinois... Chinois... Chinois... » L'homme désignait du doigt les cubes de béton massifs sur lesquels flambaient des lettres électriques. « Et celui-là aussi : Chinois ! Là encore, et là : Chinois... Chinois ! »

Et c'était pas fini ! Il en arrivait de nouveaux chaque jour ! Ils quittaient Hong Kong en masse parce que les communistes leur foutaient la pétoche ! Ils avaient jeté leur dévolu sur cette bourgade, à la croisée de trois frontières, des vols entiers de Chinois s'abattaient quotidiennement sur la ville ! Bientôt, prédisait l'homme, on aurait ici des buildings comme ils avaient là-bas : du verre, de l'acier, de l'air climatisé à tous les étages !

Il avait envisagé un moment de s'installer dans le coin, mais les Chinois étaient pas des gens commodes ! Ça flinguait tous les jours à Puerto Esperança !... Un tueur à moto débarquait chez vous un matin et la messe était dite ! Avec les Chinois on discutait pas ! On payait ou on faisait de la viande froide ! On devenait jambon, quoi !

Lui, il ne se sentait pas une vocation de jambon ! Il continuait donc ses aller et retour qui étaient fatigants, qui rapportaient moins qu'une boutique à demeure. Mais il était vivant, pas vrai ?...

Eh oui, *meu amigo*, c'était comme ça ! Ici, il valait mieux avoir les yeux bridés. Les seuls qui tenaient le coup parce qu'ils étaient organisés et qu'il avaient fait alliance avec les Asiatiques, c'étaient les Libanais !

« *Até logo meu amigo !... Até logo !...* »

L'homme reprit son chemin. Il allait se poster un peu plus loin, il arrêterait une voiture qui passait !

Avant une heure il serait en route pour le district fédéral !

« *Ciao, meu amigo… Ciao !* »

Lorsqu'il réapparut, Barreto souriait, il avait l'air heureux. Il adressa quelques mots au garde assis sur un tabouret à l'entrée du shopping center. Le type fit non de la tête. Barreto lui tapa sur l'épaule comme s'il le félicitait et gagna sa voiture.

La Bronco plongea dans le trafic, Otelo la suivit. Barreto reprit le pont de l'Amitié ; parvenu sur la rive brésilienne, il vira aussitôt sur sa droite et s'engagea sur une route qui longeait le Paraná. Il roula une quinzaine de kilomètres puis bifurqua le long du rio Iguaçu qu'il traversa au poste frontière de Puerto Iguazu. Comme leurs collègues paraguayens et brésiliens, les soldats argentins laissaient passer les voitures et les camions sans rien leur demander.

Puerto Iguazu était une ville petite et, de surcroît, foutue, qui rétrécissait chaque jour ! À quelques dizaines de mètres du centre, les rues étaient à l'abandon. Des arbres, déjà grands, déjà hauts, poussaient dans les maisons sans toit. Ils agitaient leurs branches par les fenêtres béantes et Otelo se rappela la verrière crevée de la maison de la drogue, à Corumbá, où il avait tué cet homme qui menaçait Clarissa.

Le reflet noir de la Logus glissait sur des vitrines aveuglées par des feuilles de journal racontant un passé qui semblait mort depuis des lustres.

Quelques centaines de mètres devant la Logus, le fantôme bleu et lourd de la Bronco apparaissait épisodiquement par les brèches des murs.

Barreto ne se doutait pas qu'il traînait une ombre dans son sillage : il roulait au pas comme s'il cherchait son chemin, comme s'il prenait le temps de visiter la ville.

Il tourna un moment dans les rues désertes puis parut se lasser de ce décor à bout de souffle. Il rejoignit le centre et parqua la Bronco devant le seul restaurant où régnait un peu d'animation.

Il s'attabla près de la devanture d'où il pouvait surveiller sa voiture, tandis qu'Otelo s'installait dans le fond de la salle.

Longtemps il crut que Barreto attendait quelqu'un.

Il n'attendait personne.

On lui servit une viande épaisse, très cuite, qu'il découpa soigneusement, mastiquant longuement, les yeux dans le vague, concluant presque chaque bouchée par une rasade de bière. De temps à autre, il quittait la rue des yeux pour examiner son bras. À chaque fois il faisait une grimace à la fois perplexe et dégoûtée.

Son repas terminé, il se cura longuement les dents avec un *palito*. Il avait l'air absent, à côté de lui-même.

Il paya puis il remonta dans sa voiture et se coucha à l'arrière.

Otelo rejoignit la Logus et s'installa au volant, prêt à démarrer.

Le ciel était sombre, il faisait une chaleur étouffante.

Otelo se sentait calme. Barreto pouvait dormir des heures, ça n'avait aucune importance : sa patience était infiniment élastique ! Bientôt il ferait nuit, bientôt il se remettrait en route, il s'arrêterait quelque part et il tuerait Barreto.

Il éjecta le chargeur du Beretta et le compléta avec les cartouches en vrac qu'il récupéra au fond de son sac de voyage. Il hésita puis glissa le second chargeur dans la poche de sa veste. Barreto était costaud, beaucoup de sang bouillonnait dans son corps épais !... Certaines bêtes étaient si coriaces que pour les achever il fallait les frapper bien davantage qu'on ne l'avait imaginé. Un jour, il avait accompagné Fernando à la chasse dans les marais. Au retour, son frère avait tiré un lobo guará. Il avait grillé plus d'une douzaine de cartouches avant que le loup ne soit tout à fait mort.

Otelo revit l'animal qui roulait sur la terre rouge, qui se relevait, repartait, roulait encore ; l'odeur âcre de la cordite brûlée remplit sa mémoire et jeta dans sa bouche une salive amère. Le souvenir des coups de feu éclatait dans sa mémoire, il se rappela le rictus de son frère quand il fusillait le loup jusqu'à ce qu'il ne soit plus qu'un tas de poils tressautant mollement à chaque impact.

Il manœuvra la culasse du Beretta pour introduire une cartouche dans la chambre, remit le cran de sûreté en pensant que, cette fois, il ferait bien de le dégager avant d'appuyer sur la queue de détente s'il voulait sauver sa peau.

Peut-être que ce serait plus facile qu'il ne l'imaginait ! Peut-être que Barreto se laisserait tuer sans résistance, qu'il se laisserait approcher sans difficulté, sans méfiance...

Est-ce qu'il prendrait le temps de lui dire pourquoi il le tuait ?... Ça n'avait aucune importance. Il le tuerait pour Zé, pas pour lui, pour le souvenir de Zé, pour venger le meurtre de Zé...

Un gosse d'une dizaine d'années, maigre et félin, se faufilait dans les gravats d'une ruine. Le garçon se tapit derrière un pan de mur pendant quelques minutes puis il se détendit d'un coup en lançant une pierre de toutes ses forces. Sa proie dut lui échapper car il se mit à fouiller les gravats avec un bâton.

En vérité, Zé se moquait qu'il tue Barreto ou non... C'était lui : Otelo Braga, ex-professeur à l'École fédérale de police de São Paulo, qui voulait la peau de cet homme pour assouvir une vengeance personnelle ! Il comptait lui faire payer la mort d'Íris, le sac de péchés qui l'écrasait depuis qu'il avait joué les petits soldats imbéciles dans les rangs de la répression...

Le gosse cessa de fouiller les gravats et passa dans la ruine voisine.

Vers cinq heures, le temps se leva sur un soleil encore chaud. La silhouette de Barreto se dressa en ombre chinoise à l'arrière de la Bronco.

Il resta un moment immobile comme s'il lui fallait du temps pour remettre les images à l'endroit puis il descendit pesamment de la voiture, s'envoya deux ou trois bières au bar du restaurant, remonta dans la Bronco et démarra lentement.

47

Itamar secoua la tête : rien ! Il ne savait rien !

Est-ce qu'il avait revu l'homme qui se disait ami de Zé ? Carmelita faillit ajouter : celui qui m'a donné de l'argent. Elle aurait pu lui dire, après tout, maintenant qu'elle avait dépensé le plus gros de la somme.

Itamar n'avait pas revu l'homme en question.

La pièce puait le tabac froid. Carmelita avait le sentiment que l'air était saturé d'une poussière âcre qui brûlait les poumons.

Est-ce que le delegado Barreto avait donné signe de vie ?

« Le delegado Barreto s'est évaporé, *minha filha* ! » Itamar claqua des doigts. Personne l'avait revu, personne savait où il cachait sa carcasse de bœuf !

C'était lui, l'assassin de Zé, pas vrai ?

Itamar haussa les épaules. C'était ce que soutenait le type de São Paulo. Il était professeur à l'École fédérale de police, il devait savoir ce qu'il racontait ! Lui, Itamar, il avait pas d'idée là-dessus ! Aucune preuve formelle n'avait été recueillie et il y avait fort à parier qu'il y en aurait jamais. L'enquête était au point mort et personne semblait pressé de la relancer. C'était pas lui, simple enquêteur, qui pouvait se charger de ça ! C'était du niveau d'un delegado et comme le delegado de la 2ᵉ DP, jusqu'à preuve du contraire, c'était toujours Barreto...

Carmelita insista : c'était Barreto qui avait tué Zé.

Qu'est-ce qu'elle en savait, cette sacrée *mulata* ? « Qu'est-ce qui te dit que c'est lui ?... Hein ?... C'est peut-être le vieux qu'a descendu ton Zé, ou l'autre : l'infirme du fauteuil à roulettes... »

Elle savait que c'était Barreto ! Elle mit sa main sur son cœur. Elle le sentait là.

« Toutes les mêmes ! » soupira Itamar. La femme de Barreto, elle aussi elle sentait quelque chose là ! Itamar descendit sa main jusqu'à sa ceinture. Et aussi là. Et là, il ajouta, en regardant Carmelita droit dans les yeux.

La main de l'enquêteur disparaissait sous le bureau, Carmelita ne voyait pas la partie de son corps qu'Itamar empoignait mais elle n'avait pas besoin qu'on lui fasse un dessin !

C'est le type de São Paulo qui t'a persuadée de ça ?

Carmelita garda la bouche close.

Le professeur avait téléphoné, la veille ou peut-être bien l'avant-veille, il se trouvait dans le Mato Grosso do Sul et il comptait se rendre au Paraguay, sur les traces du delegado à ce qu'il prétendait.

Qu'est-ce que ferait le professeur s'il attrapait Barreto ?

Si le professeur attrapait le delegado ?

Itamar fit un sourire condescendant.

Un type de São Paulo pouvait pas attraper le delegado. Ni celui-là ni un autre, tout professeur à l'École fédérale de police qu'il était !

« Tu connais pas le delegado, *filhota* !
— Suppose qu'il le coince ! »

D'après ce que lui avait dit l'homme de São Paulo, au moment de partir, s'il coinçait le delegado il le tuerait, ça ferait pas un pli, mais il le coincerait pas. Itamar était prêt à parier six mois de sa paie !

Carmelita eut le sentiment que Barreto lui échappait, que le crime commis contre Zé lui échappait, qu'elle était impuissante. Le vieux sentiment d'inutilité qui la persécutait depuis toujours lui tordit le cœur, plus fort que jamais. Elle baissa la tête. Elle était venue pour rien à la 2e DP.

Itamar la raccompagna jusqu'à la porte.

Peut-être que Lene, la femme de Barreto, savait quelque chose, peut-être qu'elle se confierait à elle, de femme à femme.

Lene ne savait rien sauf qu'elle savait depuis toujours. Elle savait que ce salaud d'Aníbal la plaquerait ! Et voilà, c'était fait ! Il était parti dans la nature sans rien lui dire : pas une explication, pas une insulte, même pas un au revoir ! Rien ! Une nuit, il avait grimpé dans sa voiture et il avait foutu le camp ! Elle avait cru, une fois, l'entendre au téléphone mais ça venait de loin, la communication n'était pas bonne. Au bout du compte, elle n'était pas certaine du tout que c'était lui.

Qui était-elle pour lui demander des nouvelles du type qui avait été son homme, parce que ce n'était plus son homme, *sabe*. Une de ses maîtresses ? Une *mulata* qu'il se tapait en plus de la grosse Zulma ?

Carmelita n'avait jamais rencontré Barreto. Un homme, un professeur de l'école de police de São

Paulo était persuadé que le delegado avait tué son Zé.

Lene savait de qui il s'agissait : un type pas mal, d'une quarantaine d'années, bien vêtu, qui était venu chez elle, une nuit, avec ce grand imbécile d'Itamar.

Lene considéra Carmelita un moment, en silence, puis elle fit une grimace. Elle pouvait pas l'aider. Elle savait rien, vraiment.

Carmelita vit dans les yeux de la femme qu'elle disait vrai.

Lorsque le type frappa à sa porte, elle était prête. Elle savait qu'il était dans le coin. Elle le fit entrer, le fit asseoir sur le canapé au skaï écorché, s'excusa de ne pas lui offrir de bière.

L'homme commença de lui expliquer la raison de sa visite mais elle l'interrompit. Elle savait pourquoi il venait. Les gens qui habitaient les villas du lac nord, sur la rive d'en face, se plaignaient avec constance que les baraques de Paranoa faisaient une tache de misère qui leur gâtait la vue. Jusque-là, le gouverneur du District Fédéral, nommé par le pouvoir central, avait fait la sourde oreille, mais le prochain gouverneur serait élu.

L'homme haussa les épaules. C'était ainsi ! Luimême n'était qu'un fonctionnaire subalterne, *sabe*, il faisait ce que lui disait son administration.

Il ouvrit son porte-documents en plastique rouge et posa sur la table une liasse de feuillets. Si Carmelita acceptait de vider les lieux maintenant, on lui donnait un lot de terrain à construire dans le centre de la ville nouvelle qui s'élèverait bientôt, derrière la crête, à une dizaine de kilomètres. Si elle signait tout de suite, il lui remettait sur-le-champ un titre de propriété qu'elle n'aurait plus qu'à faire enregistrer au *cartório*.

Carmelita signa. Elle se rendit chez Laís et lui vendit ses meubles et le titre de propriété à prix d'ami car Laís ne l'avait pas laissé tomber lorsqu'elle était si mal.

Carmelita ne pouvait plus rester au District Fédéral. Elle ne supportait plus de croiser partout l'ombre de Zé. Elle laisserait ses gosses à sa grosse sœur Benedita, qui vivait dans la communauté du Vale d'Amanhecer, le temps qu'elle trouve un endroit où s'installer.

Laís regretterait sa présence mais Carmelita avait raison de partir. Où irait-elle ?

Elle n'avait pas encore décidé. Peut-être à Rio, à Belo Horizonte, sur la Lune si elle trouvait un bus pour l'y conduire…

48

La Logus roulait entre des arbres immenses. Le soleil déjà bas allongeait leurs ombres sur la route et donnait une impression de fraîcheur. Là-bas, au bout de la ligne droite, la Bronco semblait frappée par ces ombres qui se couchaient sur elle ; on aurait dit que des fléaux s'abattaient sur la voiture encore et encore, sans fin, qu'elle filait aussi vite qu'elle pouvait pour échapper aux coups.

Un grand panneau indiquait en lettres de bronze : *Hotel das Cataratas*. Quelques centaines de mètres plus loin, la Bronco bifurqua sur la gauche, empruntant une piste de terre large et bien entretenue qui, d'après le balisage, conduisait au panorama des chutes.

Otelo raccourcit la distance qui le séparait de la Bronco. Peu importait, désormais, que Barreto sût qu'il était suivi : il ne sortirait pas vivant de cette forêt !

Au lieu de tourner en direction du belvédère qui semblait proche, la Bronco continua tout droit. La piste se rétrécit et devint cahoteuse. Otelo la laissa reprendre du champ.

Il roula au ralenti près d'une demi-heure puis les arbres s'éclaircirent et la piste plongea vers le fleuve en lacets serrés que les effondrements de terrain, les pierres éboulées et les racines folles rendaient dangereux.

Otelo fit un demi-tour difficile et gara la Logus à contre-pente, prête à repartir lorsqu'il en aurait terminé.

Il descendit à pied vers l'Iguaçu et tomba sur la Bronco stationnée elle aussi à mi-pente. Il quitta le chemin et s'engagea sous le couvert de la forêt, marchant avec précaution pour faire le moins de bruit possible.

Par une trouée dans les arbres, il découvrit le fleuve qui roulait en contrebas ses eaux épaisses et lentes. Une digue de terre et de roches aménageait dans la rive un embarcadère boueux. Une barque, à demi noyée, tirait mollement sur son attache. Les oiseaux s'égosillaient dans le soleil couchant. Nulle part il ne vit Barreto.

Le delegado était allé négocier quelque chose dans ce shopping center de Puerto Esperança ; il s'agissait, sans aucun doute, de la mystérieuse cargaison volée chez Pedreiro, la nuit où il avait tué Zé, et qu'il avait pesée dans la baraque aux poules ! Quatre-vingt-douze kilos d'une marchandise coûteuse dont il attendait maintenant que quelqu'un arrive par le fleuve pour en prendre livraison.

Il résolut de tuer Barreto après l'échange. Il le cueillerait sur le chemin, lorsqu'il grimperait pour rejoindre la Bronco. Le bateau des Paraguayens serait alors au milieu de l'eau, ils ne pourraient rien faire.

Le soleil disparut derrière les collines boisées de la rive brésilienne et l'ombre monta du fleuve en une crue rapide. Vers le sud, l'Iguaçu faisait un coude et tombait dans le vide. Otelo n'avait jamais visité les chutes mais, d'après ce qu'il avait entendu, d'après ce qu'il en avait vu au cinéma, à la télévision, la brisure était immense.

Il entendit des séries de coups que l'écho amplifiait. Barreto tapait sur quelque chose avec un bout de bois. Dans l'ombre déjà épaisse, Otelo ne pouvait se faire qu'une idée très approximative de l'endroit d'où provenaient ces coups.

Il décida de se rapprocher de l'embarcadère et descendit lentement, prudemment, se faufilant entre les arbres sans s'éloigner du chemin qui dessinait une saignée claire. Son cœur cognait fort, la salive lui manquait.

Qui serait-il après le meurtre de Barreto ? Un homme libéré d'un fardeau ou, au contraire, un homme qui en traînait un encore plus lourd ?

Il glissa, une pierre se détacha et roula dans la pente. Il la vit qui rebondissait, cognait un tronc, rebondissait encore puis partait à l'horizontale.

Il s'immobilisa. Il s'attendait à ce que la tête, le torse de Barreto apparaissent soudain en contrebas, les yeux écarquillés, comme une de ces marionnettes de théâtre.

Qui c'est qui me lance des cailloux, crierait-il, qui c'est ?

Il n'y aurait pas de cœur d'enfant pour répondre : c'est Otelo !

Otelo !... Où il est Otelo ?

Au-dessus de toi ! Là-haut !

Il tirerait sans attendre l'échange de la marchandise contre le fric, il tirerait sur cette tête aux yeux blancs et Barreto basculerait dans la pente, son corps resterait accroché quelque part comme une poupée, un pantin monstrueux et désarticulé.

Adossé à un tronc, les pieds calés contre l'arête d'un gros rocher, Barreto dominait l'embarcadère de fortune qui arrondissait sa crique boueuse, une quinzaine de mètres au-dessous de lui.

Il avait attaché les sacs contenant l'or à la corde qu'il avait achetée dans la boutique du vieux, à Campo Grande.

Il avait raconté à ces connards de Chinois que, si l'échange se passait bien, il était en mesure de leur fournir d'autres lingots. Ils avaient eu l'air de le croire mais il ne pouvait pas leur faire confiance. Il devrait se méfier jusqu'à ce qu'il ait atteint la route bitumée, jusqu'au District Fédéral, *puta merda* ! Jusqu'à ce qu'il ait mis son fric au frais dans un coffre de banque !

Son bras lui faisait un mal de chien ! Il aurait préféré attendre avec l'esprit parfaitement clair, mais la douleur était trop forte. Elle lui brouillait la cervelle ; par moments, elle lui jetait un voile devant les yeux.

Il cassa la dernière ampoule de Palfium et se l'injecta dans la cuisse. Un quart d'heure plus tard il se sentait apaisé. Il inspecta une fois encore son arsenal. Il avait appuyé le Maverick à une branche, il lui suffisait d'étendre la main pour disposer d'une puissance de feu capable de trouer un porte-avions ! Il avait passé le Ruger et le Taurus dans sa ceinture, l'un sur le ventre, l'autre dans le dos, au cas où il devrait décamper en vitesse, mais, avant que quelqu'un ne le déloge de sa forteresse, il aurait fait pas mal de viande froide !

Il ricana : il ressemblait à un bandit mexicain, *puta merda* ! Un de ces types qui arpentaient les écrans de son enfance en pyjama blanc, la tête cerclée de galurins de paille larges comme des roues de camion ! Les gringos les tuaient comme des mouches mais il en venait toujours !

La lune montait dans l'axe du fleuve : une grosse lune d'un blanc bleuté dont la clarté alluma les eaux sirupeuses qui déroulaient leur flot semé de tourbillons.

Dans cette soupe, les poissons vaquaient à leurs petites affaires ! Ils butinaient le fond comme des papillons, ils farfouillaient la vase à la recherche de bestioles à picorer.

Une coruja ulula doucement, juste au-dessus de lui. Il leva la tête pour tenter d'apercevoir l'oiseau, bien qu'il sût que c'était inutile, même avec le clair de lune.

L'arbre montait haut !...

Ça lui foutait le vertige, ça lui faisait tourner la tête. Il filait jusqu'au ciel, *puta merda* !

Quand la lune passerait sur la cime, il lui suffirait d'escalader le tronc, de branche en branche !

Il sauterait sur la lune et puis adieu !

Adieu tout le monde ! Adieu la merde ! Adieu les saloperies, adieu la planète qui tournait pas droit ! Hein... Barreto !... Adieu la terre, pas vrai ?

Ouais, adieu toutes les conneries inutiles qui le faisaient courir !

Il avait trop couru, nom de Dieu ! Il était plus un jeune homme !

L'oiseau cria encore un effroi plumeux et doux qui résonna dans la mémoire de Barreto, suscitant une impression irritante de déjà vu, de déjà vécu !

Un de ces putains d'oiseaux lui avait déjà corné dans les oreilles : *Hooouuuu Barreto... Hooouuuu !*

C'était pas cet oiseau-là, c'était un autre, ailleurs...

Quand, *puta merda* ?... Où ?...

Hooouuuu Barreto... Hooouuuu !

« Ta gueule ! » il cria. « Ferme-la, coruja de mes fesses ! »

Si c'était pas la nuit, s'il attendait pas un équipage de Chinois à la manque, il lui enverrait une giclée avec le Maverick.

Hooouuuu Barreto...

Elle se tapait de ses menaces, de ses ordres ! Perchée dans la ramure, elle soufflait son avertissement lugubre : *Hooouuuu Barreto...*

Il se mit à cogner sur le rocher avec une branche morte et bientôt il entendit le vol lourd de l'oiseau qui filait vers le fleuve.

« Va », il grommela, « tire-toi !... Rentre à la maison, connasse ! »

La coruja qui lui chatouillait la mémoire, c'était en Bolivie qu'il l'avait entendue ! C'était une coruja bolivienne !

La lune continuait de monter : plate, une grosse lame d'acier, une de ces lames de diamant avec lesquelles ce gros lard de Ronaldo découpait le carrelage !

Diamant mes couilles ! Si c'était du diamant, pourquoi qu'il en faisait pas des bijoux au lieu de couper du carreau de faïence ? Hein, Ronaldo ?... T'es con ou quoi ?

Ronaldo était con, mais sa lame, c'était pas du diamant ! Tandis que la lune, là-haut ? Personne savait au juste !

Ces filous d'Américains, casqués comme des motocyclistes de l'espace, avaient fait semblant de débarquer dessus mais, en vérité, ils avaient tout filmé en studio ! C'était le sénateur Túlio Ferrari qui le lui avait dit !

Aníbal, meu amigo, vou te contar a verdade ! Os gringos nunca foram à lua ! Nunca ! Tudo não passou de cinema !

Parfaitement !

Ferrari était balancé comme un sac de *polvilho* mais il savait ce qu'il disait !

Le fleuve bruissait d'une rumeur mouillée. *Fuuuiiii... Fuuuuiiiii...* De temps à autre, on entendait un *plop* ! Comme le bruit d'un caillou jeté dans l'eau. C'était un poisson qu'était venu voir le clair de lune et qui s'en retournait chez lui !

Elle est grosse, *periquita* ! Elle est ronde comme un CD de Roberto Carlos qui chante en ouvrant un four, à voir son caleçon !

Il se remémorait les histoires que racontaient les pêcheurs du rio Pindaré lorsqu'il entendit un bourdonnement.

Ils prétendaient qu'après avoir mis bas dans un des lacs qui se forment sur les bords des fleuves en crue, les femelles pirarucus restent avec leurs petits pour les protéger. Elles les cachent dans les bulles qu'elles font avec leur bouche !

Ils racontaient que les mâles avalaient des gosses qui se baignaient...

Le bourdonnement venait de l'amont du fleuve, c'était sans doute une barque qui descendait l'Iguaçu ! C'étaient ses Chinois qui arrivaient !

Fallait pas qu'ils loupent l'appontement parce que, là-bas, la grande gueule des chutes était ouverte, prête à les gober tout vifs, bateau et moteur compris ! On les retrouverait jamais ! Ils tourneraient dans les remous, leur viande partirait en brioche et régalerait les poissons qui se réjouissaient déjà !

La lame noire d'une barque se découpa sur la flaque miroitante du fleuve. Elle était loin : en plein milieu du courant ! Ces abrutis l'avaient pas vu !

Un instant il pensa à leur faire signe avec sa lampe torche mais, après tout, c'était pas son boulot ! S'ils étaient assez stupides pour se jeter dans les chutes, tant pis pour eux !

La barque cassa soudainement sa trajectoire et fonça droit sur lui. Le courant la déporta un peu et le pilote dut forcer le moteur pour conserver son cap.

Tout compte fait, ces Chinois étaient pas si stupides. C'étaient même de bons Chinois : des Chinois qui voyaient la nuit comme des chats, des Chinois dangereux !

Otelo entendit le bruit aigre d'un moteur. Peu après, il distingua nettement une rumeur de branches brisées comme si un animal de grande taille, un cerf ou un cochon sauvage se frayait un chemin dans un taillis, puis une lumière brilla, durant quelques secondes, entre les arbres.

Quelqu'un se tenait au-dessus de lui, quelqu'un faisait signe au bateau qui filait sur le fleuve.

Le bruit du moteur enfla et Otelo sut que le bateau avait vu le signal : il se dirigeait vers l'embarcadère qui taillait dans la rive son encoche boueuse.

Il se déplaça d'une cinquantaine de mètres pour tenter d'apercevoir l'homme qui faisait des signaux. Une lueur rouge couronnait le haut de la pente : une lueur d'incendie. Il jugea que ça venait de l'endroit où Barreto avait parqué la Bronco mais peut-être qu'il se trompait, peut-être que quelqu'un avait mis le feu à la Logus ?

La barque courut sur son aire et la proue s'enfonça dans la boue de la rive avec un frottement creux.

Une ombre sauta à terre. Le type marmonna quelque chose. Barreto le vit se baisser puis se redresser, faire quelques pas en claudiquant et, lorsqu'il prit pied sur l'herbe, il se baissa à nouveau. Un de ceux qui étaient restés à bord dit quelque chose sur un ton qui parut à Barreto être celui de la moquerie.

L'homme se tint immobile, attendant que quelqu'un manifeste sa présence.

Barreto le laissa poireauter un moment puis il jeta un bout de bois qui rebondit sur l'herbe. Le type fit un écart. Barreto siffla doucement. L'autre leva la tête, scruta la pente, le rocher dont la paroi s'élevait devant lui comme un mur. Son inspection terminée, il posa la mallette à ses pieds.

Barreto entendit claquer les fermoirs des serrures. Le rayon d'une lampe torche éclaira une mallette de cuir noir comme celles qu'on voyait dans les films américains. Elle était bourrée de liasses serrées par des bracelets de plastique rouge. L'homme écarta les liasses pour faire apparaître le fond de la mallette et prouver qu'une bombe n'était pas cachée sous les billets, puis il rabattit le couvercle et pressa les fermoirs.

Barreto donna du mou à la corde et fit descendre les sacs jusqu'au bas du rocher. L'homme les détacha, les ouvrit pour vérifier qu'ils contenaient bien l'or promis. La vérification dura longtemps et, au moment où Barreto commençait à s'impatienter, l'homme noua la corde à la poignée de la mallette et attendit que Barreto la hisse jusqu'à lui.

Barreto examina un billet à la lueur de sa torche dont il filtrait le faisceau entre ses doigts. Le billet était bon ! Il en prit un autre au hasard, bon également ! Un troisième... Il compta rapidement les liasses. La mallette contenait ce qu'il avait exigé. Décidément, ces Chinois-là étaient parfaits !

Lorsqu'il releva la tête pour jeter un coup d'œil en contrebas, plusieurs armes automatiques se mirent à cracher des rafales sèches comme des hoquets. Barreto attrapa le Maverick et s'aplatit derrière l'arrête du rocher. Les balles ricochaient sur la pierre.

S'il restait sur place en cherchant à protéger son fric, il était foutu. Barreto abandonna la mallette, roula sur le ventre et se laissa glisser prudemment le long de la roche, la tête dans la pente, le canon du fusil en avant.

Les Chinois de la barque tiraient toujours, ils couvraient celui qui avait perdu sa godasse dans la vase et qui était probablement chargé de le descendre.

Otelo sursauta au vacarme des armes automatiques. Il dévala rapidement la déclivité sans chercher à se cacher.

Le feu cessa au bout de quelques secondes.

Otelo s'arrêta à la lisière des arbres. Quelques mètres au-dessous de lui, un gros rocher faisait un balcon qui dominait la crique de l'embarcadère.

Une barque de métal, dont la proue était fichée dans la boue, luisait sous la lune : vide. Seule résonnait la plainte régulière d'une épave, à demi chavirée, qui tirait sur son attache.

Otelo crut entendre une voix qui appelait doucement, qui disait quelque chose qu'il ne comprenait pas. Il tendit l'oreille. La voix s'était évanouie.

C'était la forêt qui parlait, comme dans les contes pour enfants, c'étaient les arbres, caressés par le vent, qui murmuraient un plaisir indicible.

Il eut le sentiment que la voix parlait encore avec des sons étranges.

Ça n'était que le fleuve qui chuchotait sa mélopée mouillée : *Fuuuiiiii... Fuuuiiiii...*

L'écorce du tronc auquel il s'appuyait éclata sous l'impact et il eut le sentiment que le bois le griffait au visage.

Otelo pivota sur sa gauche.

Le tireur se tenait en surplomb. C'était sans doute le type qui avait incendié les voitures, celui qui avait fait signe au bateau avec sa lampe.

Otelo murmura à l'adresse de l'homme une volée de paroles informes. L'homme répondit dans sa langue étrange. Otelo murmura encore, comme s'il était furieux, et le type se décolla du tronc derrière lequel il se protégeait.

Otelo l'abattit d'une balle en pleine poitrine.

Le corps roula dans la pente et se bloqua contre l'arête du gros rocher dans une posture cassée. Bizarrement, on aurait dit qu'il se tenait assis, recroquevillé sur lui-même.

Peut-être n'était-il qu'étourdi par sa chute, par le choc de l'impact sur un gilet pare-balles ?

Otelo s'accroupit sur ses talons et décida d'attendre.

Plaqué au rocher, Barreto scrutait la nuit. Les Chinois avaient quitté la barque et se cachaient maintenant dans les ténèbres, attendant qu'il se dévoile.

Une détonation éclata quelque part au-dessus. Barreto eut le sentiment que ce coup de feu ne le concernait pas. En face, rien ne bougeait. Il crut deviner une forme humaine étendue dans l'ombre que projetait la barque.

Peut-être qu'un des Chinois s'était cassé la gueule en sautant du bateau et gisait là, comme un con, sans oser bouger, dans la boue jusqu'au nez ?...

Il n'était pas certain que cette tache bossuée fût un homme. C'était peut-être la fièvre qui lui soufflait ses illusions, c'était peut-être la clarté vénéneuse de la lune qui le trompait.

S'il tirait pour en avoir le cœur net, il révélerait sa position.

Il y eut une autre détonation venant du même endroit. C'était comme si des types se tiraient dessus dans la pente, comme si des types se battaient entre eux !

La sueur ruisselait sur le front de Barreto, son visage était trempé. L'envie de s'éponger d'un revers de main le démangeait, mais il ne devait pas bouger.

Un type, là-haut, crevait de trouille, il tirait sur les fantômes. Connard de Chinois !

Le mort était bien mort et Otelo savait que c'était un Chinois : un de ces fameux Chinois que Barreto avait rencontrés à Puerto Esperança.

Il se serait volontiers glissé jusqu'au corps pour le fouiller mais il apercevait une tache pâle, collée comme une verrue à une racine qui saillait hors de terre, et cette tache ne lui disait rien de bon.

Elle ne bougeait pas, cependant il avait la conviction que lorsqu'il avait jeté un coup d'œil dans cette direction, quelques instants plus tôt, la tache n'était pas là.

Elle ressemblait à une de ces coquilles marines qui se fixent à la roche et qu'il cueillait, gamin, lorsqu'il allait à la mer, à Barra Velha, où Carlota possédait une maison d'été.

La tache bougea. Elle se déploya comme une araignée, crapahuta rapidement sur la racine et se fixa à nouveau.

Cette tache, c'était une main : la main d'un type qui se hissait le long du rocher en s'aidant des racines. Il progressait avec précaution et ne faisait aucun bruit. Otelo n'entendait que le fleuve qui poussait son interminable mélopée : *Fuuuuiiiii... Fuuuuiiiii...*

L'homme qui grimpait le long du rocher croyait que le cadavre, recroquevillé sur lui-même, n'était pas un cadavre, il croyait que c'était quelqu'un qu'il fallait tuer ! Et il allait le tuer !

L'homme jaillit soudain jusqu'aux épaules et aussitôt une arme automatique se mit à bégayer une fureur de feu et de ferraille. Sous les impacts, la silhouette du mort recroquevillé sur lui-même bascula sur le côté. Otelo tira au jugé, sa balle frappa le tireur en pleine tête et il disparut ; Otelo entendit son corps qui glissait le long de la roche avant de s'affaler sur l'herbe dans un bruit lourd et flasque.

Les bosses, dans l'ombre de la barque, c'était bel et bien un Chinois qui se mit à tirer rageusement. Il y en avait un autre, un peu plus loin, au milieu des fourrés, qui tirait lui aussi.

Barreto avait oublié que le Maverick avait un tel recul, ou bien ce con de Libanais lui avait vendu des munitions spécial carnage ! À chaque coup, le sabot de crosse lui écrasait l'épaule !

Les détonations lui vidèrent les oreilles.

Il dut attendre un long moment avant de deviner à nouveau la litanie de l'eau qui s'enroulait voluptueusement sur elle-même, se divisait en de multiples filets, glissait sur les flancs de la barque échouée avant d'aller se perdre, là-bas, dans la gigantesque cassure des chutes.

Barreto se déplia, se dandina d'un pied sur l'autre pour rétablir la circulation dans ses jambes engourdies. Il avança la tête hors de l'abri de la roche.

Ses sacs d'or gisaient dans l'herbe, ils attendaient qu'il les ramasse. Il jeta une branche, des cailloux. Le bruit qu'il fit resta sans écho. Quelque chose d'imprévu était arrivé qu'il comprendrait sans doute un peu plus tard.

Peut-être restait-il un Chinois perché là-haut, sur

le rocher ? Un Chinois fou qui avait flingué ses collègues pour voler la mallette de dollars.

Qu'est-ce qu'y croyait ce con ? Qu'il le laisserait faire, qu'il s'était tapé tout ce boulot, cet immense labeur pour qu'un Chinois lui fauche ses dollars ?

Barreto fit quelques pas dans l'herbe, la tête levée vers le rocher, le Maverick calé dans le creux de son épaule douloureuse. « Chinois !... », il appela. « Montre-toi, Chinois !... Montre tes fesses, *puta merda* ! »

Otelo sut que c'était lui. Il était en bas, c'était lui qu'il appelait, même s'il s'adressait à un autre.

Le moment était venu.

Il se dressa et tout de suite il vit la silhouette épaisse de Barreto qui se découpait sur la surface miroitante du fleuve. Il tira.

Barreto reçut la balle en pleine poitrine. Ça n'était qu'une petite balle de 9 mm ! Il en fallait davantage pour abattre un type comme lui, à envergure de bœuf.

Barreto répliqua.

La balle Breneke fracassa la cuisse d'Otelo.

Ce fut comme si sa jambe était emportée, comme si, au-dessous de la hanche, il n'avait plus que de la viande déchiquetée qui ne le portait plus.

Il s'assit lourdement et sentit le sang gicler par l'artère déchirée. Il se pencha en avant, tira, tira encore ; il vida le chargeur du Beretta sur la silhouette qui, en bas, se tenait la poitrine à deux mains.

Barreto avait l'impression que quelqu'un le martelait de ses poings brûlants. Il marcha vers le fleuve avec l'idée que s'il se trempait dans l'eau, la fièvre s'en irait.

« Tu as tué Zé ! » hurla une voix.

Ouais, il l'avait tué ! C'était pas ce qu'il avait fait de mieux, mais il avait tué Zé !

Son pied buta sur le corps du Chinois mort qui gisait dans la vase. Barreto tomba sur les genoux.

Ça tirait encore là-haut !

Ils en avaient pas marre ?

« T'en as pas marre ? » il gueula.

Barreto avait raison. Otelo se sentait las. Il se sentait crevé ! À quoi bon tirer encore, à quoi bon gueuler ? La nuit était superbe. Otelo se laissa aller en arrière, il s'allongea de tout son long sur la terre humide.

Au-dessus de lui, il y avait la lune.

Quand il était gosse, sa mère lui montrait l'homme qui habitait la lune. Elle était bleue, froide...

Tout devenait froid !

Barreto rampa jusqu'à l'eau, s'immergea entièrement. C'était frais, c'était bon.

Le courant le prit.

Là-bas, il y avait les chutes.

Oui, il y avait les chutes !

Il pensa qu'on ne le retrouverait jamais.

Lene et les gosses sauraient pas qu'il était mort, ils veilleraient pas son corps. Les poissons, les petits crabes, les crevettes d'eau douce, les larves qui grouillaient dans le fond boufferaient sa carcasse !

Il allait finir en merde de poisson, *puta merda* !

C'était trop tôt, c'était pas juste : il s'était donné tant de mal !

Barreto pleura.

DU MÊME AUTEUR

Aux Éditions Gallimard

Dans la collection La Noire
La trilogie « Le sang du Capricorne »
ZÉ, 1997, Folio Policier n° 345.
OTELO, 1999 (prix du polar SNCF 2000), Folio Policier n° 458.
CARMELITA, 2003 (Grand Prix du roman noir français du festival de films policiers de Cognac 2004).

Dans la collection Série Noire
DÉPEÇAGE EN VILLE, n° 2552, 1999.

Chez d'autres éditeurs
MINEURS, LES DERNIERS SEIGNEURS DU CHARBON, Photographies de Jacques Grison, Flammarion, 2005.
SOUS UN CIEL EN ZIGZAG, Joëlle Losfeld, 2005.
CARGO, Denoël, 1986, Joëlle Losfeld, 2005.
JUSQU'À LA MER, Joëlle Losfeld, 2003.
UN CACHALOT SUR LES BRAS, Joëlle Losfeld, 2002.
TEMPS LOURDS, Julliard, 1989.
SAHARA ÉTÉ HIVER, Denoël, 1983.
FURONCLES, France Adel, 1977.

COLLECTION FOLIO POLICIER

Dernières parutions

256. Jim Thompson — *Le lien conjugal*
257. Jean-Patrick Manchette — *Ô dingos, ô châteaux!*
258. Jim Thompson — *Le démon dans ma peau*
259. Robert Sabbag — *Cocaïne blues*
260. Ian Rankin — *Causes mortelles*
261. Ed McBain — *Nid de poulets*
262. Chantal Pelletier — *Le chant du bouc*
263. Gérard Delteil — *La confiance règne*
264. François Barcelo — *Cadavres*
265. David Goodis — *Cauchemar*
266. John D. MacDonald — *Strip-tilt*
267. Patrick Raynal — *Fenêtre sur femmes*
268. Jim Thompson — *Des cliques et des cloaques*
269. Lawrence Block — *Huit millions de façons de mourir*
270. Joseph Bialot — *Babel-Ville*
271. Charles Williams — *Celle qu'on montre du doigt*
272. Charles Williams — *Mieux vaut courir*
273. Ed McBain — *Branle-bas au 87*
274. Don Tracy — *Neiges d'antan*
275. Michel Embareck — *Dans la seringue*
276. Ian Rankin — *Ainsi saigne-t-il*
277. Bill Pronzini — *Le crime de John Faith*
278. Marc Behm — *La Vierge de Glace*
279. James Eastwood — *La femme à abattre*
280. Georg Klein — *Libidissi*
281. William Irish — *J'ai vu rouge*
282. David Goodis — *Vendredi 13*
283. Chester Himes — *Il pleut des coups durs*
284. Guillaume Nicloux — *Zoocity*
285. Lakhdar Belaïd — *Sérail killers*
286. Caryl Férey — *Haka*
287. Thierry Jonquet — *Le manoir des immortelles*
288. Georges Simenon — *Oncle Charles s'est enfermé*

289.	Georges Simenon	*45° à l'ombre*
290.	James M. Cain	*Assurance sur la mort*
291.	Nicholas Blincoe	*Acid Queen*
292.	Robin Cook	*Comment vivent les morts*
293.	Ian Rankin	*L'ombre du tueur*
294.	François Joly	*Be-bop à Lola*
295.	Patrick Raynal	*Arrêt d'urgence*
296.	Craig Smith	*Dame qui pique*
297.	Bernhard Schlink	*Un hiver à Mannheim*
298.	Francisco González Ledesma	*Le dossier Barcelone*
299.	Didier Daeninckx	*12, rue Meckert*
300.	Dashiell Hammett	*Le grand braquage*
301.	Dan Simmons	*Vengeance*
302.	Michel Steiner	*Mainmorte*
303.	Charles Williams	*Une femme là-dessous*
304.	Marvin Albert	*Un démon au paradis*
305.	Fredric Brown	*La belle et la bête*
306.	Charles Williams	*Calme blanc*
307.	Thierry Crifo	*La ballade de Kouski*
308.	José Giovanni	*Le deuxième souffle*
309.	Jean Amila	*La lune d'Omaha*
310.	Kem Nunn	*Surf City*
311.	Matti Y. Joensuu	*Harjunpää et l'homme-oiseau*
312.	Charles Williams	*Fantasia chez les ploucs*
313.	Larry Beinhart	*Reality show*
315.	Michel Steiner	*Petites morts dans un hôpital psychiatrique de campagne*
316.	P.J. Wolfson	*À nos amours*
317.	Charles Williams	*L'ange du foyer*
318.	Pierre Rey	*L'ombre du paradis*
320.	Carlene Thompson	*Ne ferme pas les yeux*
321.	Georges Simenon	*Les suicidés*
322.	Alexandre Dumal	*En deux temps, trois mouvements*
323.	Henry Porter	*Une vie d'espion*
324.	Dan Simmons	*L'épée de Darwin*
325.	Colin Thibert	*Noël au balcon*
326.	Russel Greenan	*La reine d'Amérique*
327.	Chuck Palahniuk	*Survivant*
328.	Jean-Bernard Pouy	*Les roubignoles du destin*
329.	Otto Friedrich	*Le concasseur*

330.	François Muratet	*Le Pied-Rouge*
331.	Ridley Pearson	*Meurtres à grande vitesse*
332.	Gunnar Staalesen	*Le loup dans la bergerie*
333.	James Crumley	*La contrée finale*
334.	Matti Y. Joensuu	*Harjunpää et les lois de l'amour*
335.	Sophie Loubière	*Dernier parking avant la plage*
336.	Alessandro Perissinotto	*La chanson de Colombano*
337.	Christian Roux	*Braquages*
338.	Gunnar Staalesen	*Pour le meilleur et pour le pire*
339.	Georges Simenon	*Le fils Cardinaud*
340.	Tonino Benacquista	*Quatre romans noirs*
341.	Richard Matheson	*Les seins de glace*
342.	Daniel Berkowicz	*La dernière peut-être*
343.	Georges Simenon	*Le blanc à lunettes*
344.	Graham Hurley	*Disparu en mer*
345.	Bernard Mathieu	*Zé*
346.	Ian Rankin	*Le jardin des pendus*
347.	John Farris	*Furie*
348.	Carlene Thompson	*Depuis que tu es partie*
349.	Luna Satie	*À la recherche de Rita Kemper*
350.	Kem Nunn	*La reine de Pomona*
351.	Chester Himes	*Dare-dare*
352.	Joe R. Lansdale	*L'arbre à bouteilles*
353.	Peppe Ferrandino	*Le respect*
354.	Davis Grubb	*La nuit du chasseur*
355.	Georges Simenon	*Les Pitard*
356.	Donald Goines	*L'accro*
357.	Colin Bateman	*La bicyclette de la violence*
358.	Staffan Westerlund	*L'institut de recherches*
359.	Matilde Asensi	*Iacobus*
360.	Henry Porter	*Nom de code : Axiom Day*
361.	Colin Thibert	*Royal Cambouis*
362.	Gunnar Staalesen	*La Belle dormit cent ans*
363.	Don Winslow	*À contre-courant du Grand Toboggan*
364.	Joe R. Lansdale	*Bad Chili*
365.	Christopher Moore	*Un blues de coyote*
366.	Joe Nesbø	*L'homme chauve-souris*
367.	Jean-Bernard Pouy	*H4Blues*
368.	Arkadi et Gueorgui Vaïner	*L'Évangile du bourreau*

369.	Staffan Westerlund	*Chant pour Jenny*
370.	Chuck Palahniuk	*Choke*
371.	Dan Simmons	*Revanche*
372.	Charles Williams	*La mare aux diams*
373.	Don Winslow	*Au plus bas des Hautes Solitudes*
374.	Lalie Walker	*Pour toutes les fois*
375.	Didier Daeninckx	*La route du Rom*
376.	Yasmina Khadra	*La part du mort*
377.	Boston Teran	*Satan dans le désert*
378.	Giorgio Todde	*L'état des âmes*
379.	Patrick Pécherot	*Tiuraï*
380.	Henri Joseph	*Le paradis des dinosaures*
381.	Jean-Bernard Pouy	*La chasse au tatou dans la pampa argentine*
382.	Jean-Patrick Manchette	*La Princesse du sang*
383.	Dashiell Hammett	*L'introuvable*
384.	Georges Simenon	*Touriste de bananes*
385.	Georges Simenon	*Les noces de Poitiers*
386.	Carlene Thompson	*Présumée coupable*
387.	John Farris	*Terreur*
388.	Manchette-Bastid	*Laissez bronzer les cadavres !*
389.	Graham Hurley	*Coups sur coups*
390.	Thierry Jonquet	*Comedia*
391.	George P. Pelecanos	*Le chien qui vendait des chaussures*
392.	Ian Rankin	*La mort dans l'âme*
393.	Ken Bruen	*R&B. Le gros coup*
394.	Philip McLaren	*Tueur d'aborigènes*
395.	Eddie Little	*Encore un jour au paradis*
396.	Jean Amila	*Jusqu'à plus soif*
397.	Georges Simenon	*L'évadé*
398.	Georges Simenon	*Les sept minutes*
399.	Leif Davidsen	*La femme de Bratislava*
400.	Batya Gour	*Meurtre sur la route de Bethléem*
401.	Lamaison-Sophocle	*Œdipe roi*
402.	Chantal Pelletier	*Éros et Thalasso*
403.	Didier Daeninckx	*Je tue il...*
404.	Thierry Jonquet	*Du passé faisons table rase*
405.	Patrick Pécherot	*Les brouillards de la Butte*
406.	Romain Slocombe	*Un été japonais*
407.	Joe R. Lansdale	*Les marécages*

408.	William Lashner	*Vice de forme*
409.	Gunnar Staalesen	*La femme dans le frigo*
410.	Franz-Olivier Giesbert	*L'abatteur*
411.	James Crumley	*Le dernier baiser*
412.	Chuck Palahniuk	*Berceuse*
413.	Christine Adamo	*Requiem pour un poisson*
414.	James Crumley	*Fausse piste*
415.	Cesare Battisti	*Les habits d'ombre*
416.	Cesare Battisti	*Buena onda*
417.	Ken Bruen	*Delirium tremens*
418.	Jo Nesbo	*Les cafards*
419.	Batya Gour	*Meurtre au Kibboutz*
420.	Jean-Claude Izzo	*La trilogie Fabio Montale*
421.	Douglas Kennedy	*Cul-de-sac*
422.	Franco Mimmi	*Notre agent en Judée*
423.	Caryl Férey	*Plutôt crever*
424.	Carlene Thompson	*Si elle devait mourir*
425.	Laurent Martin	*L'ivresse des dieux*
426.	Georges Simenon	*Quartier nègre*
427.	Jean Vautrin	*À bulletins rouges*
428.	René Fregni	*Lettre à mes tueurs*
429.	Lalie Walker	*Portées disparues*
430.	John Farris	*Pouvoir*
431.	Graham Hurley	*Les anges brisés de Somerstown*
432.	Christopher Moore	*Le lézard lubrique de Melancholy Cove*
433.	Dan Simmons	*Une balle dans la tête*
434.	Franz Bartelt	*Le jardin du Bossu*
435.	Reiner Sowa	*L'ombre de la Napola*
436.	Giorgio Todde	*La peur et la chair*
437.	Boston Teran	*Discovery Bay*
438.	Bernhard Schlink	*Le nœud gordien*
439.	Joseph Bialot	*Route Story*
440.	Martina Cole	*Sans visage*
441.	Thomas Sanchez	*American Zazou*
442.	Georges Simenon	*Les clients d'Avrenos*
443.	Georges Simenon	*La maison des sept jeunes filles*
444.	J.-P. Manchette & B.-J. Sussman	*L'homme au boulet rouge*
445.	Gerald Petievich	*La sentinelle*

*Composition Nord Compo
Impression Novoprint
le 2 février 2007
Dépôt légal : février 2007*

ISBN 978-2-07-034492-5/Imprimé en Espagne.

149597